Liebe in fünf Gängen

Eine Romanze am Bodensee

Die Autorin

Ulrike Janos, Jahrgang 1971, liebte schon als Kind alles, was mit Büchern und Sprache zu tun hat. Nach ihrem Studium der Sprachwissenschaften entdeckte sie schon bald ihre Liebe zum Schreiben und vor allem zur Belletristik.
Heute ist sie als freie Autorin tätig und lebt in der Nähe von Stuttgart. »Liebe in fünf Gängen« ist ihr erster Roman.

Ulrike Janos

Liebe
in fünf Gängen

Eine Romanze am Bodensee

Roman

TWENTYSIX – Der Self-Publishing-Verlag
Eine Kooperation zwischen der Verlagsgruppe Random House und BOD –
Books on Demand

© 2017 Ulrike Janos

Herstellung und Verlag: BoD – Books on Demand, Norderstedt
ISBN: 9783740729370

Kontakt zur Autorin:
Lektorat Susanne Jauss, Max-Eyth-Str. 7, D-71554 Weissach im Tal,
ulrike.janos@jauss-lektorat.de

Coverfoto: Daniel M. Nagy / Shutterstock
Blume im Innenteil: olillia / Shutterstock

Alle Rechte, einschließlich die des auszugsweisen Nachdrucks in jeglicher Form und der Übersetzung, sind vorbehalten. Das Werk darf auch auszugsweise nur mit Genehmigung der Autorin wiedergegeben werden.

Die Handlungen und Figuren in diesem Roman sind frei erfunden. Ähnlichkeiten oder Namensgleichheiten mit lebenden oder bereits verstorbenen Personen sind rein zufällig und nicht beabsichtigt.

Dieses Buch widme ich in Liebe und Dankbarkeit
meinen Eltern:

Meiner Mama,
die mir die Liebe zum Kochen geschenkt hat,
das Erscheinen dieses Buches
aber leider nicht mehr miterleben kann.

Und meinem Papa,
der mich in allem, was ich tue, unterstützt
und ohne dessen Beharrlichkeit
ich nie zum Schreiben gekommen wäre.

1

»So ein Mist«, brummte Conny, denn mit einem ohrenbetäubenden Lärm war der überdimensionale Bücherstapel in der Auslage in sich zusammengestürzt und hatte die ganze Buchhandlung zum Beben gebracht.

Conny versuchte verzweifelt, sowohl die Reißzwecken zwischen ihren Lippen als auch das Plakat, das sie gerade an der gegenüberliegenden Wand anbringen wollte, festzuhalten. Zu allem Übel schwankte auch noch die hölzerne Trittleiter unter ihr wie der Stuttgarter Fernsehturm in einem Novembersturm. Mit der einen Hand hielt sie sich an der Leiter fest, mit der anderen drückte sie das Plakat gegen die Wand. Zaghaft drehte sie sich um und blickte direkt in das finstere Gesicht ihres Chefs. Das hatte nichts Gutes zu bedeuten, so weit kannte sie ihn. Immerhin arbeitete sie nun schon seit mehr als zehn Jahren in seiner Buchhandlung.

Rasch fingerte sie die Reißzwecken aus dem Mund und schob sie in ihre Hosentasche. »Sorry, Herr Wieland«, stammelte sie.

»Hatte ich nicht gesagt, dass Sie den Stapel kleiner machen sollen?«

»Nun, ich dachte, bei diesem ganz besonderen Buch wäre es gut, wenn wir ein paar mehr in der Auslage ...« Wobei *ein paar* ziemlich untertrieben war, das musste Conny schon zugeben.

Doch seine Miene ließ keine Kompromisse zu. »Bitte, Frau Hausmann«, meinte er nur und deutete auf die Bücher, die wild verstreut auf dem Boden lagen. Dann wandte er sich wieder dem Kunden zu, der ihm gegenüber an der Kasse stand und bezahlen wollte.

Na gut, wenn er es unbedingt wollte, würde sie den Stapel eben kleiner machen und etwas weniger kunstvoll arrangieren als zuvor. Erich Wieland war ja eigentlich ein prima Chef, nett, wohlwollend und nachsichtig – meistens zumindest. Doch wenn es um solche Dinge ging wie gerade eben, kannte er kein Pardon, erst recht nicht, wenn es vor den Augen der Kunden passierte.

Conny rollte das Plakat, das sie immer noch in der Hand hielt, zusammen, kletterte die Trittleiter hinunter und machte sich daran, den umgekippten Bücherstapel wieder in Ordnung zu bringen. Die Reißzwecken in ihrer Hosentasche stachen sie beim Bücken in den Bauch, und in ihrem Rücken spürte sie die Blicke ihres Chefs, der sie nun natürlich mit besonderer Beobachtung bedachte.

Während sie den Stapel wiederaufbaute, inspizierte sie die Bücher genau, vielleicht ein wenig zu intensiv, was ihr aufgrund des Fotos auf dem Einband auch nicht wirklich schwerfiel. Glücklicherweise hatten alle den unglückseligen Sturz heil überstanden. Das hätte gerade noch gefehlt! Womöglich hätte sie sogar für den Schaden aufkommen müssen, was ihr Brötchengeber in der für ihn typischen Art wohl als »Lehrgeld« bezeichnet hätte. Und das, wo sie im Moment ohnehin knapp bei Kasse war, weil sich ihre anspruchsvolle Tochter schon zum dritten Mal in diesem Frühjahr neue Jeans in den Kopf gesetzt hatte und ihr studierender Sohn unbedingt mit seinem Ökologieseminar auf eine Studienfahrt nach Schweden mitwollte. Eigentlich hätte sie die beiden mit ihren Sonderwünschen zu ihrem Erzeuger schicken sollen, dachte sie und seufzte, doch wie ihr zu Ohren gekommen war, zog dieser es anscheinend gerade vor, sich auf einer Meditationsreise in einem tibetanischen Kloster selbst zu finden.

So war sie also froh, dass die Bücher keinen Schaden davongetragen hatten. Diesmal machte sie den Stapel nicht einmal halb so hoch und legte die Bücher ganz exakt aufeinander, damit sie ja nicht ins Kippen geraten konnten. Die übrigen Exemplare brachte sie zurück ins Lager.

Als sie von dort wieder zurückkam, war der Kunde gegangen, und Erich Wieland empfing sie mit einem Kopfschütteln. »Musste das denn vor dem Kunden sein?«

»Natürlich nicht, und es tut mir auch wirklich leid, ehrlich.«

»Na, dann ist ja gut.« Damit schien die Sache für ihn erledigt, denn er beugte seinen graumelierten Kopf über die Lagerbestandslisten, die er auf der Ladentheke ausgebreitet hatte.

Nun versuchte Conny ihr Glück mit dem Plakat auf ein Neues und erklomm noch einmal die wacklige Trittleiter, die wahrlich schon bessere Zeiten gesehen hatte. Ohnehin verströmte die gesamte Buchhandlung, die sich an einer belebten Einfallstraße in einem Vorort von Stuttgart befand, einen Hauch von Nostalgie und Angestaubtheit – von den Deckenlampen in Tütenform, die sicher noch aus den fünfziger Jahren stammten, bis hin zur Türglocke, die genau in diesem Augenblick einen melodischen, aber etwas antiquierten Dreiklang ertönen ließ.

Eine ältere Dame mit einem weißen Pudel an der Leine betrat den Laden und blickte sich unsicher um. Conny hatte gerade die ersten beiden Reißzwecken an ihrem Plakat befestigt und hegte die leise Hoffnung, dass sich ihr Chef selbst um die Kundin kümmern würde. Schließlich wollte sie endlich einmal mit dem Plakat fertig werden. Und das Buch, das darauf beworben wurde, sollte ja auch verkauft werden.

Doch schon im nächsten Moment vernahm sie ein leises Räuspern. Hatte sie doch geahnt, dass er sie von der Leiter holen würde, um die Kundin zu bedienen! Sie ließ das Plakat los, das glücklicherweise schon an den beiden oberen Ecken befestigt war, so dass es wenigstens an seinem Platz hängen blieb.

Mit einem kaum hörbaren Seufzer kletterte sie von der Leiter, setzte ihr höflichstes Verkäuferinnenlächeln auf und wandte sich der Kundin zu. »Wie kann ich Ihnen helfen?«

Wenn es stimmte, dass Hunde oftmals ihren Herrchen ähnelten, dann traf es für diese Kundin und ihren Pudel tausendprozentig zu. Die Dame hatte wirklich so etwas wie ein Pudelgesicht, und Conny versuchte, so gut es ging, das Lachen zu verkneifen und möglichst professionell zu wirken.

»Ich suche ein Buch für meine Enkelin zum Geburtstag. Sie wird fünfzehn«, sagte die Dame und blickte Conny fragend an.

»Haben Sie denn an etwas Bestimmtes gedacht?«

Sie schüttelte den Kopf. »Vielleicht können ja Sie mir einen Rat geben? Sie wissen bestimmt viel besser als ich, was die Jugend heute so liest. Wissen Sie, als ich fünfzehn wurde, steckten wir mitten im Wiederaufbau nach dem Krieg, und da hatten wir andere Dinge zu tun, als zu lesen.«

»Natürlich.« Conny nickte verständnisvoll und überlegte. Die meisten Mädchen in diesem Alter fuhren ja gerade auf Fantasy oder Vampirgeschichten ab. Doch während sie mit der Kundin im Schlepptau zur Jugendbuchabteilung marschierte, kam ihr eine zündende Idee. Warum sollte sie nicht gleich die Gelegenheit beim Schopfe packen?

»Wissen Sie was?«, meinte sie und machte eine Kehrtwendung, bei der sie beinahe noch die Dame mitsamt ihrem Pudel umgestoßen hätte. »Immer dieselben Geschichten zu lesen, das wird doch auf Dauer für ein junges Mädchen langweilig. Wie wäre es denn mal mit etwas völlig anderem? Ich hätte da ein Buch, das Ihrer Enkelin bestimmt gefallen würde.«

Sie blieb vor dem Bücherstapel stehen, den sie gerade wiederaufgebaut hatte, und griff nach dem obersten Buch.

»Ein Kochbuch?« Die Kundin runzelte die Stirn. »Also, ich weiß nicht ...«

Conny versuchte, so überzeugend wie möglich zu wirken. »Warum nicht? Sehen Sie, Ihre Enkelin ist doch nun schon eine junge Dame, sozusagen beinahe erwachsen. Da wird es höchste Zeit, dass sie kochen lernt.« Obwohl die Kundin sie skeptisch anblickte, fuhr sie unbeirrt fort: »Und wer ist dafür besser geeignet als Valentin Seidel, der genialste Koch, den ich kenne. Ach was, er ist nicht nur ein Koch, er ist ein wahrer Küchengott! Und gerade sein neuestes Buch hier ist einfach ...«

»Frau Hausmann«, unterbrach die Stimme ihres Chefs sie eindringlich. »Lassen Sie mich das bitte machen, ich bediene die Dame. Kümmern Sie sich lieber um Ihr Plakat.«

Während sich Erich nun endgültig mit der Kundin in die Jugendbuchabteilung aufmachte, trottete Conny zurück zu ihrer Leiter. Verärgert presste sie die beiden fehlenden Reißzwecken in die Wand. Das war mal wieder typisch für ihren Chef. Wenn sie sich besondere Gedanken machte und den Kunden nicht immer denselben Einheitsbrei verkaufen wollte, bremste er sie mit seiner rückständigen Denkweise aus! Und dazu noch bei diesem einen Buch, das es doch besonders verdiente, entsprechend ins Rampenlicht gerückt zu werden!

Als sie fertig war, kletterte sie die Leiter hinunter, trat ein paar Schritte zurück und bewunderte ihr Werk. Welch Bild von einem Mann Valentin Seidel doch war! Sein neues Kochbuch in der Hand strahlte er von dem Plakat herunter, und unter seiner überdimensionalen Kochmütze quollen blondgesträhnte Locken hervor, die ihn in Connys Augen ein wenig wie einen Engel aussehen ließen. Sie atmete tief ein und sah ihn vor sich, wie er am Herd stand, mit einer eleganten Handbewegung eine seiner umwerfenden Saucen umrührte und dabei seinen weiblichen Fans ein charmantes Lächeln über den Bildschirm schickte.

Conny schloss die Augen und träumte weiter. Nun sah sie ihn auf sich zukommen, er strahlte sie an, und sie hörte seine unvergleichlich samtige Stimme: »Conny.« Dann beugte er sich zu ihr hinunter, und sein Mund kam ihrem immer näher ...

»Conny! Sag mal, schläfst du?« Wie aus dem Nichts war hinter Conny eine attraktive Rothaarige in einem eleganten Designerkostüm aufgetaucht. »Aha, hätte ich mir ja denken können, womit du dich wieder beschäftigst. Mister Küchengott persönlich! Na, auf dem Plakat sieht er ja wirklich ganz appetitlich aus. Nur die Haare sind ein bisschen zu feminin, wenn du mich fragst.«

Conny schreckte auf und drehte sich rasch um. »Doro!«, rief sie und fiel ihrer Freundin um den Hals. »Bist du schon zurück? Wie war's in Hamburg?« Sie schob Doro ein Stückchen von sich weg und musterte sie eingehend. »Neue Haarfarbe, wenn ich mich nicht irre?«

Doro nahm eine Pose ein, die Marilyn Monroe vor Neid hätte erblassen lassen, und strich sich über das Haar. »Habe ich mir in Hamburg machen lassen. Ist ein Geheimtipp, der kommende Coiffeur der Stadt, ein ganz schnuckeliger Typ. Leider ein bisschen jung für mich, und außerdem soll er mehr auf Männer stehen. Sieht heiß aus, was?«

Conny nickte anerkennend und öffnete den Mund, um zu antworten, aber Doro ließ sie nicht zu Wort kommen. »Süße, ich sage dir, Hamburg ist schon eine tolle Stadt. Da ist immer was los, anders als hier bei uns. Die Promis geben sich dort die Klinke in die Hand. Und die Filmpremiere war echt erste Sahne! Wenn ich dir erzähle, wer sich alles auf dem roten Teppich getummelt hat ...«

Conny klappte die Trittleiter zusammen und stellte sie neben die Tür, die zum Lager führte. »Weißt du, Doro, manchmal beneide ich dich wirklich um deinen Job. Du fliegst in der ganzen Welt herum – na ja, zumindest beinahe – und triffst so viele berühmte Leute.«

»Ach, so toll ist das auch nicht immer, eine Klatschreporterin zu sein«, seufzte Doro und betrachtete ihre sorgfältig manikürten Fingernägel. »In unserer beschaulichen schwäbischen Idylle tut sich ja nicht allzu viel Sensationelles, über das ich berichten kann. Nicht mal bei den Politikern. Früher hatten wir wenigstens noch einen Ministerpräsidenten, der sich scheiden ließ und sich dann eine junge Freundin zulegte. Aber heute sind alle irgendwie viel zu brav geworden. Keine Skandälchen, kein Klatsch und Tratsch, nichts. Bis einem die Promis in Scharen über den Weg laufen, muss man wenigstens bis nach München fahren.«

Doro Canin, eigentlich Dorothea Haas, war Connys älteste und beste Freundin. Den »Künstlernamen«, wie sie ihn selbst bezeichnete, hatte sie sich zugelegt, als sie ihre eigene Zeitungskolumne mit dem Namen *Doro's Stars* bekam. Sie war nämlich Gesellschaftsjournalistin im Stuttgarter Büro des *Süddeutschen Kuriers* und berichtete regelmäßig darüber, was sich bei der Prominenz so tat – ein Job, der wie angegossen zu der extrovertierten, eleganten und weltgewandten Doro passte, die mit beiden

Beinen fest im Leben stand. Sie war genau das Gegenteil der eher zurückhaltenden, verträumten und empfindsamen Conny. Und dennoch – vielleicht auch gerade deswegen – verband die beiden seit dem ersten Tag, als sie sich in der Grundschule kennengelernt hatten, eine innige Freundschaft, die auch noch hielt, als sich die Wege der beiden im Laufe der Zeit unterschiedlich entwickelten. Doro zog es in die weite Welt hinaus, sie studierte Journalismus in Berlin, für ein halbes Jahr sogar in New York, während Conny zu Hause in Stuttgart blieb, eine Lehre als Buchhändlerin machte und eine Familie gründete. Dennoch blieben die beiden eng verbunden, und so betätigte sich Doro natürlich auch als Connys Trauzeugin, als Patentante ihrer beiden Kinder – und nach Connys Scheidung auch als ihre Seelentrösterin.

»Frau Hausmann, ich bin für eine halbe Stunde unterwegs«, ließ sich da Erich Wielands Stimme vernehmen, der inzwischen die Kundin mit dem Pudel fertig bedient hatte.

Conny nickte. »Kein Problem, Herr Wieland, ich bin ja da.«

Dann wandte er sich Doro zu. »Ah, sieh an, die Frau Haas. Was machen die Schönen und Reichen dieser Welt?«

»Das können Sie alles morgen in Doro Canins Kolumne nachlesen, Herr Wieland«, gab Doro schlagfertig zurück, wobei sie das »Doro Canins« besonders betonte. »Ein netter Mann, dein Chef«, meinte sie, als dieser den Laden verlassen hatte. »Leider jedoch etwas vergesslich, was meinen Namen anbelangt. Oder er macht das mit Absicht und will mich ärgern. Das würde ihm ähnlich sehen.«

Conny lachte. »Doro, du musst dich nun mal damit abfinden, dass manche Leute in dir immer noch das kleine Mädchen aus der Stuttgarter Vorstadt und nicht die große Dame von Welt sehen. Ich fürchte, das wird sich auch niemals ändern, und wenn du noch so oft als Doro Canin in der Zeitung erscheinst. Zumal dann, wenn dich jemand von klein auf kennt, so wie Herr Wieland. Weißt du noch, wie wir uns als Kinder immer die Nase am Schaufenster der Buchhandlung plattgedrückt haben? Ich hätte mir nie träumen lassen, dass ich mal hier arbeiten würde.«

»Ja, und dein Brötchengeber, der damals noch der Sohn vom Chef war, hat uns immer gnadenlos verscheucht«, sagte Doro mit einem spöttischen Unterton in der Stimme. Dann seufzte sie erneut. »Aber vielleicht war ja früher doch alles besser, findest du nicht auch?«

»Bist du heute auf dem Melancholie-Trip, oder wie soll ich es verstehen, dass du permanent am Seufzen bist? Das kenne ich von dir überhaupt nicht.«

»Ach, ich weiß auch nicht«, meinte Doro und seufzte schon wieder. »Irgendwie sollte mal etwas richtig Sensationelles passieren. So ein richtiger Knall, etwas noch nie Dagewesenes, ein handfester Skandal, über den ich dann berichten könnte – möglichst exklusiv natürlich.«

Conny grinste. »Und so einen Skandal willst ausgerechnet du aufdecken?«

»Warum denn nicht? Das würde mich mit einem Schlag in ganz Deutschland berühmt machen – ach, was sage ich, in ganz Europa! Ich sehe schon die Schlagzeile vor mir: *Doro Canin deckt auf: Vermeintlicher Saubermann hat Leiche im Keller ...*«

Doros Blick fiel auf das Plakat, das Conny aufgehängt hatte. »Dein Valentin Seidel scheint ja wirklich ein Saubermann zu sein. Der begehrteste Junggeselle im deutschen Fernsehen. Oder wie unser Konkurrenzblatt neulich schrieb: *der George Clooney der deutschen Kochzunft*. Wobei er ja eher wie dieser eine Schnulzensänger aussieht, dieser ..., na egal, du weißt schon, wen ich meine. Aber über deinen Valentin gibt es wahrlich nichts Aufregendes zu berichten. Keine Affären, keine heimliche Geliebte, rein gar nichts. Die Weste dieses Typen ist angeblich so weiß wie seine Kochschürze. Obwohl, so ganz nehme ich ihm das mit dem Junggesellen dann doch nicht ab, wenn er es auch noch so sehr betont. Oder er ist auch andersrum gepolt wie mein Friseur in Hamburg.«

»Das glaube ich nun wirklich nicht«, beeilte sich Conny zu sagen. »Vielleicht hat er ja einfach nur keine Zeit für eine Frau. Er ist schließlich mit seinen Fernsehauftritten viel unterwegs. Und dann hat er ja auch noch sein Schlosshotel am Bodensee, um das er sich kümmern muss. Womöglich hat er aber auch eine große Enttäuschung hinter sich und lebt deshalb alleine. Oder ...«

Doro hatte es sich inzwischen in einem Sessel in der kleinen Leseecke der Buchhandlung gemütlich gemacht, die Beine übereinandergeschlagen und blickte Conny schmunzelnd an.

»Was grinst du denn so?«

»Nichts, nichts«, meinte Doro, »ich amüsiere mich nur darüber, wie du deinen Valentin verteidigst.«

»Er ist nicht mein Valentin!«

»Gib es zu, du bist in ihn verknallt, wenigstens ein klein bisschen.«

»Bin ich nicht!«, entrüstete sich Conny und holte tief Luft. »Ich gebe ja zu, ich bewundere ihn ...«

Doros Grinsen wurde immer breiter.

»... als Koch natürlich. Nicht, was du denkst!«, rief Conny. »Er ist einer der besten Köche überhaupt, und ich konnte mir schon so viel von ihm abschauen. Erst neulich habe ich wieder eine Saucenkreation aus einem seiner Bücher nachgekocht: Zimt-Calvadossauce süßsauer mit einem Hauch Rosmarin und Ceylon-Pfeffer. Und dazu rosa gebratene Steaks vom Angus-Rind. Göttlich, sage ich dir! Der Mann ist einfach genial!«

»Und waren Alina und Philipp auch so begeistert von der Sauce wie du?«

Conny zuckte die Schultern und winkte ab. »Na ja, du kennst doch die beiden. Philipp würde sogar das Essen in der Mensa als Sterneküche bezeichnen. Und Alina ist im Moment mal wieder auf dem Salattrip, weil ihr anscheinend die neuen Jeans, die sie sich erst letzte Woche gekauft hat, zu eng sind.« Sie ließ sich in den zweiten Sessel neben Doro fallen. »Da bettelt sie mir schon die dritte Hose innerhalb kurzer Zeit ab, und dann passt sie nicht mal. Nun braucht sie anscheinend auch noch neue Sneakers. Und Philipp möchte unbedingt mit seinem Ökologieseminar auf die Studienfahrt nach Schweden. Gerade jetzt, wo von Jürgen überhaupt nichts kommt.«

»Treibt der sich immer noch im Himalaya rum?«

Conny nickte. »Er hat ja noch seine Auszeit, bis im Herbst das neue Schuljahr anfängt.«

»Das sollte ihn eigentlich nicht daran hindern, seinen Pflichten nachzukommen. Er hätte dir ja vor seiner Reise Unterhalt für ein paar Monate dalassen können.«

Jürgen war Connys geschiedener Mann und der Vater ihrer beiden Kinder Alina und Philipp. Normalerweise unterrichtete er Deutsch und Geschichte an einem Stuttgarter Gymnasium, aber zurzeit hatte er sich für ein Schuljahr beurlauben lassen und sich auf Weltreise begeben. Irgendwann war er dann in einem tibetanischen Kloster hängengeblieben, wo er auf die große Erleuchtung über den Sinn seines Lebens wartete, wie er Philipp in einer kurzen E-Mail mitgeteilt hatte. Conny hatte sich zwar gewundert, dass es in einem abgelegenen Kloster im Himalaya überhaupt eine Internetverbindung gab, aber nicht weiter darüber nachgedacht. Sie war froh, dass sich Jürgen am anderen Ende der Welt befand und sie ihm somit nicht dauernd über den Weg laufen musste – ihm und seinem dümmlichen Blondchen mit dem noch dümmlicheren Namen Lola.

Jürgen hatte Lola in einer Bar in der Innenstadt kennengelernt, wo sie als Animierdame arbeitete. Sie hatte ihn und sein Bankkonto so intensiv mit Beschlag belegt, dass Conny eines Tages die Nase voll hatte und die Scheidung einreichte. Das war vor drei Jahren gewesen, und wie ihr Alina und Philipp, die einen recht losen Kontakt zu ihrem Vater pflegten, berichtet hatten, war Lola immer noch ein Teil seines Lebens. Conny hatte eigentlich erwartet, dass er schnell genug von ihr haben würde, denn Jürgen brauchte von einer Frau nur fünf Dinge: ein Essen auf dem Tisch, saubere Wäsche, eine geputzte Wohnung, tagsüber Gespräche über Literatur und nachts Spaß im Bett. So wie sie diese Lola einschätzte, konnte die bei Jürgen nur mit dem Letzten punkten – doch das wahrscheinlich umso heftiger. Conny fragte sich, ob sich Lola wohl auch in diesem tibetanischen Kloster aufhielt oder ob sie in der Zwischenzeit schon auf der Suche nach einem neuen Lover war, von dem sie sich aushalten lassen konnte.

Da drang Doros Stimme wieder in ihre Gedanken. »Aber um noch mal auf deinen Valentin zurückzukommen: Für jemanden zu schwärmen, ist ja ganz okay. Aber findest du nicht, dass du es damit etwas übertreibst? Du verrennst dich da in was, der Typ lebt doch in einer ganz anderen Welt als du. Abgesehen davon, dass du nicht mal in seine Nähe kommst. Glaub mir, ich weiß, wie schwer es ist, einem Promi auch nur die Hand schütteln zu dürfen. Gut, mit Ausnahme von denen, die ganz versessen darauf sind, in die Zeitung zu kommen. Aber zu dieser Sorte gehört unser Starkoch sicher nicht, so wenig wie der über sein Privatleben rauslässt.«

Conny war froh, darauf nicht antworten zu müssen, denn in diesem Augenblick piepste Doros Handy. Doro tippte kurz darauf herum, dann griff sie nach ihrer Designertasche und sprang auf. »Verdammt, ich muss los, Redaktionskonferenz. Hab nicht gedacht, dass es schon so spät ist.« Hastig hauchte sie Conny zwei Küsschen auf die Wangen und eilte, so schnell es ihre hohen Absätze zuließen, zur Ladentür. Dort drehte sie sich noch einmal um und winkte Conny zu. »Wir sehen uns, Süße.«

Erst hatte Conny Doro verdutzt hinterhergeblickt, doch dann fiel ihr ein, was sie Doro schon die ganze Zeit hatte fragen wollen. »Halt, warte mal! Hast du am Sonntag zum Mittagessen Zeit? Ich würde uns was Leckeres kochen.«

Doro zog die Stirn kraus. »Sonntags zum Mittagessen? Das ist ja für meine Verhältnisse am frühen Morgen.«

Conny wusste, dass ihre Freundin ein ausgesprochener Nachtmensch war, und schmunzelte. »Dann kannst du es ja auch als Frühstück bezeichnen.« Als sich Doros skeptischer Gesichtsausdruck noch immer nicht gelegt hatte, fügte Conny hinzu: »Und außerdem würden sich Alina und Philipp freuen, ihre Patentante mal wiederzusehen.«

Das letzte Argument zog. »Also gut, ich komme«, meinte Doro und warf Conny eine Kusshand zu, »aber nicht vor eins, früher kriegst du mich sonntags nicht aus dem Bett. Und koch uns was Leckeres von Mister Küchengott!«

Ohne eine Antwort von Conny abzuwarten, warf sie die Ladentür hinter sich zu und war verschwunden.

Ein Schwall milder Frühlingsluft schlug Conny entgegen, als sie nach Feierabend die Buchhandlung verließ. Sie hatte schon den Weg zur Stadtbahn eingeschlagen, doch dann machte sie kehrt und beschloss, zu Fuß zu gehen. Es waren ohnehin nur drei Haltestellen bis nach Hause, und die frische Luft und ein wenig Sonne würden ihr nach dem langen Arbeitstag guttun. Außerdem würde sie während des kleinen Fußmarsches wunderbar ihren Gedanken nachhängen und ein wenig vor sich hin träumen können. Das tat sie nämlich gar zu gerne.

Natürlich spukte das Mittagessen, zu dem sie Doro für Sonntag eingeladen hatte, noch in ihrem Kopf herum. Zu Hause würde sie gleich ihre nicht gerade kleine Kochbuchsammlung wälzen und ein besonders leckeres Menü zusammenstellen. Schließlich war Doro ihre beste Freundin und immer da, wenn Conny sie brauchte. Außerdem sollte Philipp wenigstens ab und zu mal etwas Ordentliches im Magen haben. Von dem Essen, das er in der Göttinger Uni-Mensa bekam, hielt Conny so gut wie nichts, doch ihrem Sohn schien es zu schmecken. Und für Alina würde sie einen großen Salatteller mit vielen frischen Zutaten zaubern – vielleicht auch mit etwas Lachs oder Putenbrust? Auf jeden Fall würden die drei Augen machen ...

Kochen war Connys liebste Freizeitbeschäftigung. Ihr machte es nichts aus, in der Küche zu stehen und sich eine Menge Arbeit aufzuladen – im Gegenteil, gar zu gerne probierte sie neue Rezepte aus ihren Kochbüchern aus. Gut, dass sie das neue Buch von Valentin Seidel schon zu Hause hatte, denn darin würde sie garantiert etwas Raffiniertes für Sonntag finden.

Conny grinste. Nun war sie auf ihrer Gedankenreise schon wieder bei ihm gelandet – wie so oft! Doro würde sich darüber jetzt natürlich köstlich amüsieren. Aber Conny hatte sich diesbezüglich mit der Zeit ein dickes Fell zugelegt. Denn in ihren Augen war Valentin Seidel durchaus ein Mann, von dem es sich zu träumen lohnte. Außerdem war Doro nicht die Frau, die sich in Träumen oder Visionen verlor, sondern lebte in ihrer realen Welt hier und jetzt. Sie ließ sich ausschließlich von ihrem Verstand leiten, etwas anderes hätte auch gar nicht zu ihr gepasst.

Was hatte Doro noch mal gesagt? »Findest du nicht, dass du es damit etwas übertreibst?« Na ja, vielleicht war es etwas ungewöhnlich, für einen Koch zu schwärmen. Und außerdem war sie ja kein Teenager mehr, sondern hatte immerhin schon die Vierzig überschritten. Aber mal ehrlich: Andere Frauen – auch die in ihrem Alter, jawohl – schmachteten im Kino gutaussehende Schauspieler an oder fielen beim Konzert ihres Lieblings-Schmusesängers reihenweise in Ohnmacht. Und sie war eben Fan eines berühmten Kochs, warum nicht? Zugegeben, vielleicht war sie ja auch ein wenig in Valentin verliebt, ein klein bisschen zumindest. Das war ja auch kein Wunder, denn dieser Mann konnte nicht nur wundervoll kochen, sondern hatte auch sonst allerhand zu bieten. Allein sein Blick, wenn er mit seinen leuchtenden grüngrauen Augen in die Fernsehkamera lächelte und auf seinen Wangen zwei kleine, neckische Grübchen hervorblitzten, ließ ihre Knie ganz weich werden und ihr Herz ein wenig schneller schlagen. Dann sein vollendeter Körper – zumindest das, was man davon unter der Kochjacke erahnen konnte. Und erst seine Stimme, so sanft und sexy zugleich ...

Ein lautes Hupen riss sie aus ihren Gedanken. Rasch blickte sie sich um. Sie hatte in ihren Träumereien doch tatsächlich eine rote Fußgängerampel übersehen! Mit einer entschuldigenden Geste in Richtung des Autofahrers, der sie beinahe über den Haufen gefahren hätte, trat sie zurück auf den Bürgersteig und wartete, bis die Ampel auf Grün sprang.

Ob Valentin ahnte, dass sich Frauen seinetwegen in höchste Lebensgefahr begaben? Na ja, schimpfte sie mit sich selbst, zumindest wenn sie solch leichtsinnige Hühner waren wie sie. Doro hätte diese Szene jetzt wohl mit einem Kopfschütteln und einem flotten Spruch kommentiert. Doch das ließ Conny ziemlich kalt. Schließlich konnte ja nicht jeder so selbstbeherrscht und verstandesgetrieben sein wie ihre Freundin.

Oft malte Conny sich aus, wie es wäre, wenn sie Valentin tatsächlich einmal begegnete. Ob sie sich wohl sympathisch finden würden? An mehr wollte sie noch nicht einmal denken. Ganz bestimmt würden sie miteinander über das Kochen reden. Und Valentin würde wohl schnell merken, dass er in Conny eine Frau vor sich hatte, die wusste, wovon sie sprach. Schließlich hatte sie sich über die Jahre schon so vieles angeeignet, ohne jemals das Kochen richtig gelernt zu haben. Und sie kochte wirklich ziemlich gut, zumindest glaubte sie das. Gut, Alina und Philipp waren in dieser Hinsicht kein Maßstab. Die beiden würden sich notfalls auch von Fertiggerichten ernähren, Alina dazu noch von Salat und Philipp natürlich vom Mensaessen. Und wenn sie auch immer meckerten, wenn Conny etwas Ausgefalleneres auf den Tisch brachte, waren doch am Ende die Teller immer leer. Jürgen hatte ihr Essen stets gelobt, das musste man ihm lassen, aber konnte er das überhaupt beurteilen? Er selbst hatte so viel Ahnung vom Kochen wie ein Südseeinsulaner vom Cannstatter Volksfest und konnte gerade mal eine Dose Fertigsuppe öffnen, in einen Topf gießen und aufwärmen. Und Doro, die ja schließlich allein schon aufgrund ihres Berufs ein wenig Ahnung von der gehobenen Gastronomie haben dürfte, schmeckte es bei ihr immer ganz vorzüglich, wenn sie auch Connys Schwärmerei für Valentin ganz und gar nicht nachvollziehen konnte.

Was wohl Valentin von ihren Kochkünsten halten würde? Ihr allergrößter Wunsch war es ja, einmal mit Valentin zusammen zu kochen. Er würde neben ihr stehen, ganz nah, ihr tief in die Augen blicken und ihr dabei eines seiner Küchengeheimnisse verraten. Dann würde er probieren, was sie gekocht hatte, den Arm um sie legen und flüstern: »Ich bin ganz hin und weg, nicht nur von deinem Essen.« Und dann ...

Wieder bohrte sich Doros Stimme in ihren Kopf. *Du kommst ja nicht mal in seine Nähe.* Conny seufzte. Doro hatte das wohl ganz richtig erkannt. Aber wie sollte sie es anstellen, Valentin zu treffen? Sich als Zuschauerin für eine seiner Fernsehsendungen bewerben? Da würde er bestimmt von einer ganzen

Horde Verehrerinnen umschwärmt sein. Und sie müsste mit ansehen, wie er von anderen Frauen angehimmelt wird. Nein, das musste sie sich nun wirklich nicht antun. Aber wie sonst? Einen Brief schreiben – womöglich noch mit rosa Herzchen verziert? So nach dem Motto: *Lieber Valentin, ich finde dich wirklich ganz toll. Ich bin dein größter Fan auf diesem Planeten. Willst du mich kennenlernen?* ...

Bei dieser Vorstellung lachte sie so laut auf, dass sich ein paar Passanten verwundert nach ihr umdrehten. Rasch senkte sie den Kopf und eilte weiter. Gott, wie peinlich! Doro hätte das jetzt überhaupt nichts ausgemacht, sie liebte es aufzufallen und scherte sich einen feuchten Dreck darum, was die anderen von ihr dachten.

Conny seufzte. Wenn sie nur ein klein wenig von Doros Selbstsicherheit für sich abknabbern könnte, dann würde ihr im Leben so vieles leichter fallen. Der Umgang mit ihrem Chef zum Beispiel. Doro hätte bestimmt kein Problem, bei Erich Wieland neue Ideen durchzusetzen. Sie würde ihn eine Weile bezirzen, garniert mit ein paar lockeren Sprüchen – und schon würde er ganz von alleine einsehen, dass das neue Kochbuch von Valentin Seidel der Renner schlechthin war, den es gegenüber den Kunden besonders hervorzuheben galt.

Valentin, immer wieder Valentin! Sie konnte wirklich kaum einen Gedanken mehr fassen, ohne dass er sich darin einschlich. Langsam wurde das auch ihr fast unheimlich. Aber was sollte sie dagegen tun, wenn er immerzu in ihrem Kopf herumgeisterte?

Vor dem Schaufenster eines Reisebüros blieb sie stehen, weil eines der ausgestellten Plakate ihren Blick auf sich gezogen hatte. Es zeigte eine blühende Obstbaumlandschaft, im Hintergrund einen tiefblauen See, auf dem sich weiße Segelboote tummelten, und ganz hinten am Horizont leuchteten schneebedeckte Berge in der Sonne. *Frühling am Bodensee* stand in großen gelben Buchstaben auf dem wolkenlosen Himmel, der sich über der Landschaft erstreckte.

Ausgerechnet der Bodensee, welch ein Zufall!

Gedankenverloren betrachtete Conny ein paar Minuten lang das Bild. Es sah so friedlich aus, so still, ganz anders als die laute Großstadt mit ihrem Gewusel und dem Straßenlärm, der sie sogar noch nachts bis in ihre Wohnung verfolgte. Man müsste einfach ...

Ohne lange nachzudenken, betrat sie das Reisebüro.

2

Die drei Augenpaare am Tisch starrten Conny an, als gehörte sie einer Invasion von Marsmännchen an, die sich gerade daran machten, Stuttgart zu erobern.

Alina war die Erste, die ihre Sprache wiederfand. »Sag das noch mal. Wohin willst du?«, fragte sie ungläubig.

»Mama, jetzt spinnst du total!« Philipp ließ sich auf seinem Stuhl zurückfallen und griff sich an den Kopf.

Einzig Doro ließ keinen Kommentar verlauten, sondern widmete sich mit einem breiten Grinsen weiter dem Roastbeef auf ihrem Teller. Conny hatte ohnehin nicht damit gerechnet, dass die drei am Tisch nach ihrer Ankündigung in Jubelstürme ausbrechen würden, doch ein wenig hätten sie sich ja nun doch mit ihr freuen können. Aber Alina und Philipp teilten Connys Begeisterung für das Kochen überhaupt nicht, das hatten sie eindeutig von ihrem Vater. Und was Doro von ihrer Bewunderung für Valentin hielt, wusste sie ja auch zur Genüge.

»Was ist denn daran so schlimm? Ich will doch nur ein paar Tage Urlaub machen«, meinte sie schließlich etwas kleinlaut und stupste Philipp mit dem Ellbogen an. »Und überhaupt, wie redest du eigentlich mit deiner Mutter?«

»Du kannst ja gerne Urlaub machen«, entgegnete dieser, »aber muss es denn ausgerechnet in diesem Schicki-Micki-Bunker sein? Ich möchte nicht wissen, wie viel Energie dieser Möchtegern-Charmebolzen verschleudert, nur um diesen alten Kasten zu heizen.«

»Also, ich finde das Ambiente grundsätzlich schick.« Alina pickte eine Gurkenscheibe aus ihrem Salat und betrachtete sie von allen Seiten. »Ich weiß nur nicht, ob du dafür die richtige Garderobe hast, Mama.«

Das war ja mal wieder typisch! Ihr Sohn sorgte sich um Valentins Energieverbrauch – dabei gab es doch an Valentin so viele andere Dinge, über die es sich nachzudenken lohnte. Und ihre Tochter hatte nichts anderes im Sinn als Klamotten. Entweder sie würde tatsächlich Modedesignerin, was im Moment an erster Stelle ihrer Berufswünsche stand, oder einen Ölscheich heiraten müssen, um ihre Vorstellungen eines angemessenen Kleidungsstils befriedigen zu können. Doch zugegeben, mit ihrer Bemerkung hatte Alina nicht ganz Unrecht. Der Inhalt von Connys Kleiderschrank eignete sich wohl kaum dazu, in einem Nobelhotel Eindruck zu schinden.

Conny warf den beiden einen säuerlichen Blick zu, dann wandte sie sich an Doro, und in ihrer Stimme schwang eine ungewohnte Schärfe mit. »Der Herr Ökologiestudent und das Fräulein Modedesignerin in spe haben schon ihren Senf zu meinen Urlaubsplänen abgegeben, jetzt bist du dran. Aber überlege dir gut, was du sagst.«

»Na ja«, meinte Doro und kaute ganz undamenhaft weiter, »wenn du glaubst, dass dir das guttut, dann fahr hin. Es gibt Schlimmeres, als eine Woche in einem Nobelhotel am Bodensee zu verbringen, zumal wenn der Besitzer auch noch ein Schnuckelchen wie Valentin Seidel ist.«

Während Alina ein Kichern unterdrückte und Philipp die Augen verdrehte, antwortete Conny spöttisch: »Na, wenigstens eine, die mich halbwegs zu verstehen scheint.« Sie blickte Alina und Philipp über den Tisch hinweg an. »Aber glaubt bloß nicht, dass ihr mich von meinen Plänen abbringen könnt. Diesmal ist es eurer alten Mutter ernst.« Wie zur Bestätigung schnitt sie energisch eine Rosmarinkartoffel durch.

»Und die Kohle?«, fragte Doro. »Eine Woche in einem Hotel dieser Preisklasse kann man nicht gerade als billig bezeichnen.«

»Das lass mal meine Sorge sein«, antwortete Conny rasch, was ihr einen kritischen Blick von Doro einbrachte. Schnell versuchte sie, das Thema zu wechseln. »Sag mal, du könntest doch eigentlich mitkommen. Dafür, dass du meine beste Freundin bist, haben wir in letzter Zeit recht wenig zusammen unternommen.«

»Hm, ich weiß auch nicht«, überlegte Doro. »Reizen würde es mich schon, vielleicht tummeln sich ja dort irgendwelche Promis, über die ich berichten könnte. Aber ich habe um diese Zeit ein paar Termine auswärts: Prominentengolfturnier in Baden-Baden, Saisoneröffnung in Salzburg und so weiter.«

»Ach komm, überlege es dir doch noch. Wenigstens für zwei, drei Tage. Das Wellnessangebot im Hotel soll vom Feinsten sein. Und die Küche sowieso, darauf bin ich ja besonders gespannt.«

»Aber am allermeisten bist du auf diesen Küchencasanova gespannt, gib's zu«, warf Philipp ein.

Doch Conny ließ sich davon nicht beirren und fuhr begeistert fort: »Vielleicht können wir ja an einer Führung durch die Küche teilnehmen. Und womöglich ist sogar Valentin da und zeigt uns ein paar seiner Tricks. Das wäre natürlich der Hammer schlechthin!«

Philipp grinste. »Und zum Zeichen deiner Bewunderung darfst du ihm dann den Ring küssen – ach nein, das ist ja der Falsche. Der ist zwar auch weiß angezogen, aber einen Tick älter und wohnt in Rom. Allerdings hat er weitaus weniger Frauen, genauer gesagt gar keine. Dein Superkoch hat ja bestimmt an jedem Finger zehn. Aber ich frage mich, was der an sich hat, dass ihm die Frauen derart nachrennen.«

Conny schnappte nach Luft. Valentin und ein Frauenheld! Dabei wusste doch jeder, dass dem ganz und gar nicht so war. »Davon verstehst du überhaupt nichts, mein Sohn«, beeilte sie sich zu sagen. »Und außerdem hat Valentin auch keine Frau.«

»Woher willst du denn das wissen, Mama?«

»Na, das steht doch in allen Illustrierten«, meinte Conny, »und im Fernsehen wird es auch andauernd gesagt. Erst neulich habe ich wieder davon gelesen.«

Und Doro fügte hinzu: »Der begehrteste Junggeselle des deutschen Fernsehens – das soll er zumindest sein.«

Philipp schlug sich mit der Hand an die Stirn. »Na wunderbar, und morgen ist im Himmel Jahrmarkt. Jeder weiß doch, was die Regenbogenpresse manchmal für einen Müll zusammenschreibt!«

»Pass nur auf, was du sagst, mein Junge!« Doro drohte ihm lächelnd mit dem Finger. »Immerhin gehört deine Lieblings-Patentante auch zu dieser Zunft.«

»Anwesende natürlich ausgeschlossen, verehrtestes Tantchen«, antwortete Philipp und deutete eine kleine Verbeugung in Doros Richtung an. »Aber eines ist sicher: Sollte der Typ tatsächlich keine Frau haben, ist er entweder vom anderen Ufer oder solch ein Ekel, dass es keine lange bei ihm aushält.«

»Also wenn ihr mich fragt«, mischte sich nun Alina in die Diskussion ein, und ihr Blick verriet, dass sie ganz und gar ernst meinte, was sie sagte, »wenn er keine Frau hat, ist er vielleicht noch auf der Suche nach einer. Dann soll Mama ruhig mal hinfahren. Wer weiß, vielleicht verguckt er sich ja in sie. So übel sieht Mama für ihr Alter auch noch nicht aus. Und dieser Valentin selbst ist ja mindestens schon fünfzig.«

Während Philipp laut losprustete und dabei Mühe hatte, den Orangensaft, den er soeben getrunken hatte, nicht wieder mit voller Kraft aus dem Mund zu befördern, zwinkerte Doro Conny belustigt zu.

Connys Gesicht wiederum hatte mittlerweile eine Farbe angenommen, die dem Rot der Tomatenscheibe, die sie sich gerade in den Mund stecken wollte, gefährlich nahekam. »Du bist doch ...«, begann sie, doch dann beschloss sie, lieber zu schweigen.

»Ich weiß gar nicht, was ihr habt«, fuhr Alina fort, »das wäre doch megacool. Wir würden in einem superschicken Schlosshotel wohnen, Mama müsste nicht mehr selber kochen, sondern wir könnten alles aus der Küche kommen lassen. Philipp bräuchte nicht mehr in diesem Studentenjob zu ackern, und ich könnte nach dem Abi auf diese tolle Modeschule in Paris gehen. Die Modehäuser auf der ganzen Welt reißen sich um die jungen Designer, die dort studiert haben.«

»Das stimmt«, pflichtete ihr Doro bei, »die Schule hat ein klasse Renommee. Wer dort hingehen kann, braucht sich um seine Zukunft keine Sorgen zu machen.«

»Doro, das weiß ich doch«, antwortete Conny ungehalten, »aber Alina weiß auch, dass sie sich diese Schule aus dem Kopf schlagen kann, ein für alle Mal! Es wird schon schwierig für mich, überhaupt irgendeine Schule zu bezahlen, die Geld kostet, es sei denn, ihr Vater mit seinem Beamtengehalt bequemt sich endlich einmal wieder hierher.«

Man sah Alina an, dass es nun in ihr arbeitete. »Aber, Mama, wenn du diesen Valentin heiraten würdest – der schwimmt doch sicher im Geld. Was der alleine beim Fernsehen einsackt! Und er wäre ja dann auch so etwas wie mein Vater, oder? Das heißt, er könnte doch auch ein wenig zu meiner Ausbildung beitragen.«

Philipp hielt es nun nicht mehr auf seinem Platz. Er legte sein Besteck beiseite, wischte sich den Mund ab und stand auf. »Entschuldigung, aber bei so viel dummem, naivem Geschwätz vergeht mir der Appetit. Und außerdem habe ich noch ein bisschen was für die Uni zu tun.« Im Vorbeigehen klopfte er Alina auf die Schulter. »Man könnte echt nicht glauben, dass du nächstes Jahr schon dein Abi in der Tasche hast. Das hört sich für mich eher nach Kindergarten an.« Zum Schluss hauchte er Doro noch einen Kuss auf die Wange. »Tschau, Tante Doro, vielleicht sehen wir uns ja später noch.«

Doro starrte Philipp verdattert nach, bis er in seinem Zimmer verschwunden war. »Wie oft habe ich ihm schon gesagt, dass er nicht Tante zu mir sagen soll, da fühle ich mich so alt«, seufzte sie. Dann blickte sie Alina an. »Deine Fantasie ist noch schlimmer als die deiner Mutter, und das will was heißen. Aber mal im Ernst, warum sollte ausgerechnet ein Mann wie Valentin Seidel sich Hals über Kopf in deine Mutter, eine ganz normale Frau, verlieben? Nur weil sie in seinem Hotel Urlaub macht? Er spielt doch in einer ganz anderen Liga als sie. Wenn der sich eine Frau sucht, dann ein Fotomodell, eine Schauspielerin oder meinetwegen auch eine Fernsehmoderatorin – eben eine Frau, die in der Öffentlichkeit steht und mit deren Bekanntheit er sich schmücken kann.«

»Und was ist mit Liebe?«, fragte Alina. »Ich meine, ein bisschen Gefühl muss doch auch mit dabei sein, nicht nur reine Berechnung. Mama und er schwimmen immerhin auf derselben Wellenlänge. Die beiden könnten sich tagelang über nichts anderes unterhalten als über das Kochen. Und ich finde, in einer Beziehung ist es wichtig, dass man etwas hat, über das man miteinander reden kann.«

Doro grinste. »Kind, deine naive, romantische Sicht der Dinge möchte ich haben. Da bist du wirklich die Tochter deiner Mutter. Aber glaube mir, die Realität sieht leider etwas anders aus. Und dann hoffst du auch noch, dass Valentin dir die teure Schule bezahlen würde? Glaub mir, reiche Leute sind oft sparsamer als wir Normalsterblichen. Die lassen nicht so einfach eine Menge Kohle springen, sondern drehen jeden Cent dreimal um.«

Nun wurde Conny das Thema doch langsam zu heiß, und sie verspürte das dringende Bedürfnis, einzuschreiten. »Nun mach mal wirklich einen Punkt, Alina«, sagte sie und versuchte, möglichst gleichgültig zu klingen. »Das sind alles nur Hirngespinste, schöne Träume. Valentin ist eine bekannte Persönlichkeit, er wird sich wohl kaum mit einer kleinen Buchhändlerin wie mir abgeben. Ich möchte einfach ein paar Tage Urlaub machen, mehr nicht. Und da ich Valentin gut finde – als Koch natürlich, sonst nichts –, bietet es sich doch an, das in seinem Hotel zu tun. Wer weiß, vielleicht kann ich mir ja küchentechnisch das eine oder andere von ihm abschauen. Aber ich fahre ganz sicher nicht dorthin, um mir einen Mann zu suchen!«

Während Doro sich die Serviette vor den Mund hielt – wohl um zu verbergen, dass sie sich das Lachen kaum mehr verkneifen konnte –, schüttelte Alina den Kopf und meinte: »Also ich glaube, da steckt mehr dahinter. Ich bin mir fast sicher, dass du ganz schön in diesen Valentin verschossen bist, Mama. Wäre ja auch kein Wunder. Irgendwo sieht er ja schon nicht schlecht aus.

Mir wäre er natürlich zu alt, aber für dich ... Außerdem ist er berühmt, nicht gerade ein armer Schlucker, hat ein tolles Hotel und kann super kochen. An deiner Stelle würde ich versuchen, ihn mir zu angeln, wenn du schon mal dort bist und die Chance hast, ihn kennenzulernen. Und weißt du, Mama, irgendwie würde dir ein Mann in deinem Leben schon mal wieder ganz guttun.«

Conny seufzte unmerklich. Wie Recht Alina doch hatte. Aber zugegeben hätte sie das niemals.

»Gar nicht so dumm, deine Tochter, was?«, meinte Doro, als sie und Conny später alleine in der Küche waren. Alina hatte sich zu ihrer Freundin Meike verzogen, Conny räumte die Spülmaschine ein, und Doro hatte es sich auf einem der weiß lackierten Holzstühle am Küchentisch bequem gemacht.

Schon wieder dieses Thema. Conny konnte es nicht mehr hören. »Was meinst du?«, fragte sie gespielt unschuldig.

»Jetzt tu doch nicht so, die Sache mit Valentin natürlich.«

Conny bereute es jetzt schon, die anderen in ihre Urlaubspläne eingeweiht zu haben. Aber was war denn schon dabei? Schließlich waren es ja ihre Kinder und ihre beste Freundin. Wenn man denen schon nichts mehr verraten durfte ... Rasch wiegelte sie ab: »Ach, das stimmt schon, was Philipp sagt, das ist nur dummes Geschwätz.«

»Na, ich weiß nicht. Wenn ich nur an deine Gesichtsfarbe von vorhin denke ... Nachtigall, ich hör dir trapsen.«

Doros letzter Satz war zu viel des Guten gewesen. »Was ihr alle nur immer habt! Dauernd muss ich mich vor euch verteidigen, weil ich Valentin Seidel gut finde. Andere schwärmen für George Clooney oder David Garrett – und ich eben für einen Koch! Ihr tut ja, als ob ich ein Schwerverbrechen beginge! Dabei will ich mich doch nur ein paar Tage erholen. Darf ich das etwa nicht?« Den letzten Satz brachte Conny nur noch mit einem beträchtlichen Zittern in der Stimme heraus. Sie schleuderte das Geschirrtuch, das sie gerade in der Hand hielt, auf den Küchentisch, machte auf dem Absatz kehrt und schickte sich an, die Küche zu verlassen.

Wie der Blitz sprang Doro von ihrem Stuhl auf und schaffte es gerade noch, Conny aufzuhalten. Sie legte den Arm um sie und zog sie an sich. »Jetzt lauf doch nicht gleich davon«, meinte sie mit einem auf einmal viel sanfteren Ton in der Stimme. »Ich habe eben manchmal eine etwas zynische Ader, aber das weißt du doch mittlerweile. Wie lange kennen wir uns jetzt?«

»Fast vierzig Jahre.«

»Eben, nach dieser langen Zeit wirft uns doch so eine blöde Lappalie nicht mehr aus der Bahn. Da haben wir schon Schlimmeres miteinander überstanden, oder?«

Conny nickte und lächelte. Es stimmte schon: Was auch in ihrem Leben passiert war, Doro war stets da gewesen und hatte sie aufgefangen. Und sie war auch immer diejenige, die Conny zurück ins reale Leben verfrachtete, wenn sie mal wieder in ihre Traumwelt abzuheben drohte. »Danke«, schniefte sie schließlich.

»Wofür?«

»Na ja, weil du mich immer aus meinen Träumen auf den Boden zurückholst. Und weil du so großzügig darüber hinwegsiehst, dass ich manchmal so empfindlich reagiere.«

Eine ganze Weile umarmten sie sich stumm, und es tat Conny einfach nur gut. Schließlich schob Doro sie zu dem Stuhl, auf dem sie selbst zuvor gesessen hatte, und meinte: »So, Süße, du setzt dich jetzt hin und lässt dich zur Abwechslung mal von mir bedienen. Wenn ich in der Küche überhaupt was zustande bringe, dann wohl noch einen stinknormalen Kaffee.«

Conny lehnte sich zurück und spürte, wie sich ein entspannteres Gefühl in ihr breitmachte. Währenddessen hantierte Doro in der Küche herum und setzte Kaffee auf. In Connys Küche fand sie sich beinahe blind zurecht – kein Wunder, sie hatte ja schließlich Conny nicht erst einmal beim Kochen zugesehen. In all den Jahren war Doro zu einem Stammgast, ja eigentlich schon zu einem Familienmitglied geworden.

Gemeinsam genossen sie den Kaffee, der heiß war und Conny so langsam wieder einen klaren Kopf verschaffte. Während sie mit den Fingern das Blumenmuster auf ihrer Tasse nachzeichnete, murmelte sie plötzlich: »Alina hatte es schon irgendwie richtig erkannt.«

»Was denn?« Ahnte Doro wirklich nicht, was Conny meinte? Und wenn doch, dann setzte sie wenigstens diesmal nicht sofort das obligatorische Grinsen auf, was sie sonst immer tat, wenn von Valentin Seidel die Rede war.

»Na, das mit Valentin eben. Du weißt schon, dass ich mich in ihn verguckt habe und so.«

Anders als sonst feuerte Doro diesmal auch keinen flotten Spruch ab, sondern ließ Conny weitererzählen.

»Ich gebe ja zu, irgendwie hatte ich das schon im Hinterkopf, als ich diesen Urlaub gebucht habe. Einfach hinfahren, ihn vielleicht endlich mal treffen und dann ...« Conny zuckte die Schultern und lachte kurz auf. »Dass meine kluge Tochter mich durchschaut, damit habe ich natürlich nicht gerechnet.«

»Aber eines muss man ihr lassen«, meinte Doro. »Das hat sie sich gut ausgedacht. Du lachst ihn dir an, was dir ja ohnehin ganz und gar nicht unrecht wäre, und sie kommt dadurch an die notwendige Kohle, um ihre Schule in Paris zu finanzieren.«

»Und alles andere, was sie für ihr Leben braucht, noch dazu: Klamotten, Handy, Partys ... Ja, ich habe eine sehr anspruchsvolle Tochter. Also von mir hat sie das sicher nicht. Und ihr Vater ist ja auch keiner, der auf großem Fuße lebt und sein Geld zum Fenster hinauswirft. Das erledigt jetzt höchstens seine Lola für ihn.«

Endlich bot sich Doro die Gelegenheit, wieder an das Thema anzuknüpfen, das Conny vorhin beim Essen so erfolgreich überspielt hatte. »Apropos Geld: Kannst du dir einen Urlaub in dieser Nobelherberge überhaupt leisten?«

»Eigentlich nicht, du kennst ja meine finanzielle Situation. Selbst diese eine Woche ramponiert mein Budget schon sehr.« Conny senkte den Blick und beschäftigte sich wieder mit den Blumen auf ihrer Kaffeetasse.

»Und wo nimmst du das Geld her? Ich meine, du wirst ja wohl kaum die Bank an der Ecke überfallen wollen, oder?«

Conny sah Doro mit ernstem Blick an. »Na ja, das nun nicht gerade, aber ...«

Doro konnte nach all den Jahren im Gesicht ihrer Freundin lesen wie in einem offenen Buch, und plötzlich fiel es ihr wie Schuppen von den Augen. »Conny, sag jetzt bitte, dass das nicht wahr ist.«

»Doch, es ist wahr«, flüsterte Conny.

Doro schlug sich mit der Hand an die Stirn. »Du hast dein Notfallsparbuch geplündert? Sag mal, bist du noch ganz bei Trost? Und auch noch für einen solchen Lackaffen?« Da war sie wieder, die alte Doro, die kein Blatt vor den Mund nahm und die Dinge ganz unverblümt so ansprach, wie sie waren.

Das »Notfallsparbuch«, wie Conny es nannte, war ihre letzte eiserne Reserve von ein paar tausend Euro, die sie für den Fall der Fälle heimlich hortete. Nicht einmal Alina und Philipp wussten davon – lediglich Doro. Zum ersten Mal überhaupt seit ihrer Scheidung hatte sie von dem Geld genommen, und nun, da sie Doro gegenübersaß und deren Reaktion mit voller Breitseite abbekam, wurde ihr erst richtig bewusst, was sie getan hatte. Wie konnte sie nur! Ihr letztes Geld anzurühren! Kein Mann der Welt war das wert.

»Du hast ja Recht«, meinte sie schließlich kleinlaut, und dabei schimmerten schon wieder Tränen in ihren Augen. »Im Nachhinein sehe ich ja auch selbst ein, wie dumm ich war. Aber weißt du, als ich da vor dem Schaufenster des Reisebüros stand und das Plakat vom Bodensee gesehen habe, war da sofort der Gedanke an ihn – und dann konnte ich plötzlich gar nicht mehr anders. Wie eine Marionette bin ich in das Reisebüro hinein und habe gebucht. Keine Sekunde habe ich an das blöde Geld gedacht, sondern nur daran, ihm endlich einmal nahe zu sein, die winzige Chance zu nutzen, die sich mir womöglich dadurch bietet. Du ahnst gar nicht, wie sehr ich mich danach sehne, endlich mal wieder von einem Mann in den Arm genommen zu werden, mal wieder begehrt zu werden, mal wieder als Frau angesehen zu werden. Das geht mir schon sehr ab seit der Scheidung.«

Doro nickte. Zwar war auch sie Single, aber ihr machte das weitaus weniger aus als Conny. Sie war noch nie verheiratet gewesen und felsenfest davon überzeugt, dass sie sich nicht als Ehefrau und Mutter eignete. Ihre Beziehungen, die eher lockere Affären waren, hielten nie länger als ein paar Wochen oder Monate. Sie genoss ihre Freiheit in vollen Zügen, und wenn sie jemand darauf ansprach, meinte sie nur in ihrer ganz eigenen Art: »Männer kommen und gehen, aber ich bleibe.«

»Das mag ja schon sein«, sagte Doro, »aber muss es denn ausgerechnet ein prominenter Fernseh-Starkoch sein? Warum schaust du dich nicht mal in deiner Welt um, in deiner näheren Umgebung? Geh ins Fitnessstudio, mach einen Tanzkurs oder lerne meinetwegen auch an der Volkshochschule die Sprache der Hottentotten – Hauptsache, du kommst dabei mit Männern in Kontakt.«

»Mehrere Männer müssen es gar nicht sein, ein einziger würde schon reichen.«

»Eben. Und in deiner Buchhandlung muss es ja auch männliche Kunden geben. Mit denen plauderst du ein wenig, findest heraus, was sie so interessiert, empfiehlst ihnen ein Buch, und wenn sie zufrieden mit deiner Beratung und natürlich auch mit dir waren, kommen sie wieder.«

Conny lachte. »Ach, wenn das so einfach wäre. Glaub ja nicht, dass ich daran nicht schon selbst gedacht habe. Aber viele von denen sind altersmäßig jenseits von Gut und Böse, die Jüngeren kaufen doch heute alle im Internet ein. Die machen sich nicht mehr die Mühe und gehen in die Buchhandlung. Ist ja viel bequemer so. Und wenn sich doch mal ein Jüngerer in den Laden verirrt, ist er bestimmt vergeben und möchte für seine Angebetete oder seine Kinder ein Buch zum Geburtstag kaufen.«

Man sah Doro förmlich an, wie es in ihrem Kopf arbeitete, dann lächelte sie. »Na ja, es muss ja nicht unbedingt ein Kunde sein. Du arbeitest doch Tag für Tag mit einem recht wohlhabenden Junggesellen zusammen, einem Unternehmer noch dazu …«

»Jetzt mach mal halblang, Doro«, unterbrach Conny sie, »und versuche bitte nicht, mich mit meinem Chef zu verkuppeln! Erstens ist er fast zwanzig Jahre älter als ich, zweitens mein Arbeitgeber, und drittens weißt du doch gar nicht, ob er überhaupt mein Typ ist!«

Doro zog die Stirn kraus. »Gut, wo du Recht hast, hast du Recht, ich könnte mir auch nicht vorstellen, mit ihm ... Aber du und er, ihr habt doch gemeinsame Interessen: Literatur, die schönen Künste, hochgeistige Gespräche ... Und du musst zugeben, dass er eine ziemlich gute Partie ist. Er hat keine Kinder, also auch mal keinen Nachfolger für sein Geschäft, das er ja wohl nicht mehr ewig führen wird. Dann könntest du in die Bresche springen, du kennst dich in der Buchhandlung ja ohnehin fast besser aus als er selbst. Und Geld ist sicher auch da, denk doch mal allein an die Miete, die er für die Wohnungen über dem Laden kassiert. Du wärst also, wie man so schön sagt, versorgt.« Beim letzten Satz hatte Doro begonnen, breit über das ganze Gesicht zu grinsen.

»Ich wusste gar nicht, dass eine Doro Canin so viel Wert auf materielle Sicherheit legt.«

»Tu ich ja normalerweise auch gar nicht, aber in deinem Fall ... Denk mal an dein Notfallsparbuch.«

»Ach ja, das.« Conny seufzte gespielt. »Stimmt, vielleicht sollte ich ja dann wirklich ...? Etwas mit meinem Chef anfangen, meine ich.«

Doro grinste. »Mein voller Ernst.« Und nach einer kleinen Pause fügte sie hinzu: »Aber ich weiß ja, dass du das nie tun würdest. Lieber würdest du mit irgendwelchen Pennern unter einer Brücke schlafen. Oder auf einer Bank in unserem schönen Hauptbahnhof – wenn er bis dahin überhaupt noch steht und nicht in eine riesige Baugrube geplumpst ist.«

Beide begannen zu lachen, und Conny vergaß sogar für einen Moment Valentin Seidel, ihre Geldsorgen und ihr doch erheblich geschrumpftes Notfallsparbuch. Sie fühlte sich zurückerinnert an früher, als sie beide in ihrer Jugend völlig unbeschwert Pläne für die Zukunft geschmiedet hatten. Was hatten sie sich nicht alles für ihr Leben erträumt! Ja, Doro hatte sich ihren Traum erfüllt, eine bekannte Journalistin zu werden, wenn sie auch nicht ganz zur deutschen Top-Journalistenriege gehörte. Aber sie selbst? Was hatte sie erreicht? Das Wichtigste waren ihre beiden Kinder, die ihr zwar manchmal mit ihren Launen den letzten Nerv raubten, aber doch im Großen und Ganzen wohlgeraten waren. Aber sonst? Eine Mietwohnung, eine Scheidung, ein altes, klappriges Auto. Und dann noch ihr Job als Buchhändlerin, mit einem Chef, der sich wohl in nicht allzu ferner Zukunft in den Ruhestand verabschieden würde. Würde es die Buchhandlung und damit ihren Arbeitsplatz danach überhaupt noch geben? Erich Wieland hatte ja keinen Nachfolger, das hatte Doro schon richtig erkannt. Und in der heutigen Zeit jemanden zu finden, der eine Buchhandlung übernehmen wollte und dazu noch über das nötige Kleingeld verfügte, war auch nicht gerade einfach. Was dann? Immerhin gehörte sie mit jenseits der vierzig schon zum fortgeschrittenen Alter auf dem Arbeitsmarkt, da war es nicht mehr so einfach, etwas Neues zu finden. Wenn sie daran dachte, hätte sie sich noch mehr ohrfeigen können für das, was sie getan hatte. Einfach ihre eiserne Reserve anzugreifen – für einen Traum, eine verrückte Spinnerei!

Doro musste ebenfalls in Gedanken versunken gewesen sein, denn ganz gegen ihre Gewohnheit schwieg auch sie für einen Moment. Doch dann hörte Conny sie auf einmal fragen: »Und was willst du dann machen? Ich meine, wenn der Fall eintreten sollte, dass du dein Notfallsparbuch mal dringend für etwas anderes brauchst. Immerhin ist Jürgen wegen des Unterhalts für die Kinder gerade nicht greifbar. Du kannst jetzt nur hoffen, dass es deinem Chef nicht auch noch einfällt, Knall auf Fall die Buchhandlung dichtzumachen. Zumindest nicht, bevor du nicht wieder ein bisschen was zur Seite gelegt hast.«

»Ach, Doro, du kannst wieder mal meine Gedanken lesen. Daran habe ich nämlich auch gerade gedacht. Weißt du, ich würde am liebsten den ganzen Urlaub stornieren, ich habe jetzt ohnehin keine Freude mehr daran. Und zum Anziehen habe ich auch nichts Passendes. Wenn ich mit meinen Klamotten in diesem Luxushotel aufkreuze, halten die mich doch glatt für Valentins Putzfrau. Aber andererseits – wenn ich nicht fahre, ist trotzdem ein großer Teil des Geldes futsch.«

»Sag bloß, du hast keine Reiserücktrittsversicherung abgeschlossen?«

»Nein«, antwortete Conny kleinlaut, »die war mir dann doch zu teuer.«

»Aber ein Urlaub in einem Nobelschuppen scheinbar nicht.« Doro schüttelte den Kopf, dann legte sie ihre Hand auf Connys Arm und seufzte. »Weißt du was, Süße, wenn du mal wieder eine solche Entscheidung triffst, fragst du lieber vorher deine beste Freundin. Die sagt dir dann, was du dir leisten kannst und was nicht.«

»Okay, das mache ich.« Conny sah Doro mit feuchten Augen an. »Und was soll ich jetzt tun?«

»Jetzt musst du natürlich fahren. Das mit den Klamotten lösen wir schon irgendwie. Und wenn du für diesen Urlaub schon dein Notfallsparbuch plünderst, dann lass uns mal hoffen, dass Mister Küchengott wenigstens auch anwesend ist. Nicht dass er gerade wieder eine Fernsehsendung aufzeichnet und eine Horde schmachtender Damen mit seinem umwerfenden Charme beglückt.«

Ein kleines Lächeln huschte über Connys Gesicht. »Wenn schon so viel Geld beim Teufel ist, dann soll es sich auch lohnen, was?«

Doro grinste. »Ich gebe zu, ein ganz, ganz kleines bisschen eigennützig ist das schon auch gedacht. Du musst mir nämlich eines versprechen: Sollte sich irgendwas Sensationelles zwischen dir und Valentin ergeben, bin ich die Erste, die es erfährt. Und«, sie konnte sich nun das Lachen kaum mehr verkneifen, »für die Berichterstattung über eure Hochzeit bekomme ich natürlich die Exklusivrechte, das dürfte ja wohl klar sein.«

3

»What a beautiful day, oh, what a beautiful day …«

Conny trällerte das Lied, das gerade im Radio lief, lauthals mit. Zwar waren mehr schräge als gerade Töne darunter, was ihr beim Casting zum *Star des Jahres* wohl keinen Blumentopf, sondern eher eine bissige Bemerkung des Jury-Häuptlings eingebracht hätte. Doch davon ließ sie sich nicht beirren. Es hörte sie ja schließlich keiner – und wenn, wäre es ihr in diesem Moment wohl auch egal gewesen.

Endlich saß sie im Auto und konnte für eine Woche alles und alle hinter sich lassen. Alina und Philipp, die ja immer so erwachsen sein wollten, konnten jetzt endlich beweisen, dass sie auch mal eine Weile ohne ihre Mutter auskamen, die sie bekochte, die Wäsche wusch und ihnen ständig ihren Kram hinterherräumte. Philipp lebte ja ohnehin die meiste Zeit in seiner Studenten-WG in Göttingen und kam nur alle paar Wochen nach Hause. Und Alina war für die eine Woche zu ihrer Freundin Meike gezogen, was sie natürlich »total cool« fand, denn mit ihr konnte sie nun endlich ganz ungestört die Flausen, die sie im Kopf hatte, bis zum Exzess weiterspinnen, ohne dass ihre gestrenge Mutter sie in die Wirklichkeit zurückholte. Conny seufzte. Ja, sie musste zugeben, Alina hatte ihren Hang, sich in fantasievollen Träumen und Illusionen zu verlieren, eindeutig von ihr geerbt – Jürgen hatte da eine viel nüchternere Sicht auf das Leben.

Und Erich Wieland schließlich mit seinen verstaubten Ansichten musste eben nun seine Bücher mal alleine an den Kunden bringen. Sie hätte wetten können, dass er während der Zeit ihres Urlaubs keinerlei Anstrengungen unternahm, um Kochbücher zu verkaufen, und schon gar keines von Valentin Seidel. Und gleich nach ihrer Rückkehr würde er ihr triumphierend die Verkaufslisten vorlegen. Sie hörte ihn jetzt schon mit seinem unverkennbaren schwäbischen Akzent sagen: »Ja, Frau Hausmann, da sehen Sie mal wieder. Ginge es nach Ihnen, würden wir mit Kochbüchern einen völlig falschen Schwerpunkt setzen. Und erst recht mit denen von diesem Sternekoch – wie heißt er noch mal? Lassen Sie es sich gesagt sein, die Leute wollen heute eine einfache Küche und nicht diesen Firlefanz. Da muss es abends schnell gehen, wenn sie von der Arbeit heimkommen.« Dabei hatte er vom Kochen etwa genauso viel Ahnung wie Jürgen, das sagte alles. Aber das war in den nächsten Tagen nicht ihr Problem. Sollte er doch einmal sehen, wie weit er ohne sie kam. Sie interessierten gerade wahrlich andere Dinge.

So brauste sie also ihrem Urlaubsziel entgegen – wenn man es überhaupt als Brausen bezeichnen konnte, was ihre Klapperkiste zu leisten imstande war. Kurz vor ihrer Abreise hatte sie sie noch durchchecken lassen, und Herr Döberle, der Inhaber der Werkstatt, hatte Conny ziemlich schief angesehen, als sie ihm erzählte, dass sie damit die Fahrt an den Bodensee antreten wolle.

»Na, dann passen Sie mal gut auf Ihren kleinen Flitzer auf«, hatte er gemeint und sich dabei nachdenklich am Kopf gekratzt, »er ist mir schon richtig ans Herz gewachsen.«

»Kunststück«, hatte Conny geantwortet, »mit ihm haben Sie ja auch einen treuen Dauerkunden.«

Vor einer Viertelstunde hatte sie bei Stockach die Autobahn verlassen und fuhr nun in Richtung Südosten, wo sie schon wenig später den Bodensee erreichte. Die Bundesstraße, die am Seeufer entlangführte, war an diesem Sonntagmorgen erstaunlich leer, und es herrschte ein absolutes Gute-Laune-Wetter. Kein Wölkchen tummelte sich an dem satten blauen Himmel, und die Sonne schien Conny mitten ins Gesicht. Zum Glück hatte ihr die gute Doro vorgestern noch eine ihrer abgelegten Designer-Sonnenbrillen in die Hand gedrückt, zusammen mit zwei schwarzen Trolleys aus Krokoleder, in die sie einen Teil ihrer umfangreichen, meist sündhaft teuren Garderobe hineingepackt hatte.

»Glaub mir, in diesem Nobelschuppen wirst du die Klamotten gut gebrauchen können«, hatte Doro gemeint, als Conny protestierte. »An einem solchen Ort wirst du daran gemessen, was du anhast. Ich kenne das zur Genüge. Du wirst sehen, schon der Page, der dich vor dem Hotel empfängt und dein Auto in die Garage fährt, taxiert dich danach, ob du einen Fummel für dreißig oder für dreihundert Euro trägst. Und der Portier, der dich an der Rezeption eincheckt, erst recht.«

Bei diesen Worten war Conny ganz schwummrig geworden. Ohnehin hatte sie sich seit dem Gespräch mit Doro an jenem Sonntagnachmittag immer wieder gefragt, ob sie mit diesem Urlaub wirklich das Richtige tat. Abgesehen davon, dass sie einen großen Teil ihres Notfallsparbuchs verprasste, den sie für andere Dinge wahrlich hätte besser gebrauchen können, waren ihr auch zunehmend Zweifel gekommen, ob sie überhaupt in das exklusive Ambiente in *Seidels Seeschlösschen* passte. Nicht nur deshalb, weil sie nicht die passende Garderobe im Schrank hatte – hier hatte Doro ja Gott sei Dank noch rechtzeitig für Abhilfe gesorgt –, auch ihr Auto war nicht gerade standesgemäß. Wie würde es aussehen, wenn sie mit dieser alten Klapperkiste vor dem nobelsten Hotel weit und breit vorfuhr? Neulich in der Werkstatt bei Herrn Döberle hatte sie ein schickes schwarzes Sportcoupé auf dem Hof stehen sehen. An seiner Windschutzscheibe klebte ein Zettel mit der Aufschrift *Zu verkaufen*, und als sie Herrn Döberle nach dem Preis fragte, musste sie sich zusammenreißen, um nicht auf der Stelle ohnmächtig umzukippen. Ihr Notfallsparbuch – wohlgemerkt das komplette, nicht der klägliche Rest, der jetzt noch übrig war – hätte wohl gerade einmal für die vier Sportfelgen mit Diamantschnitt und die Designersitze aus feinstem Rindsleder gereicht. Daraufhin hatte Conny allen Ernstes überlegt, sich für den Urlaub einen Mietwagen zu nehmen, doch diesen Gedanken hatte sie so schnell wieder verworfen, wie er ihr in den Kopf gehuscht war. Es kam überhaupt nicht in Frage, noch mehr von ihrer eisernen Reserve anzukratzen!

Doch selbst wenn sich ihr Auto auf wundersame Weise über Nacht in eine Nobelkarosse verwandelt hätte, ein Problem bestand immer noch – und das war sie selbst. Schließlich pflegte sie nicht jeden Tag in solch gehobenen Kreisen zu verkehren, wie sie in Valentins Hotel garantiert anzutreffen waren. Ja, wenn sie so weltgewandt und selbstsicher wie Doro gewesen wäre, wäre es ihr bestimmt leicht gefallen. Doro hatte ja allein schon durch ihren Beruf reichlich Erfahrung, wie sie sich unter vornehmen Leuten zu bewegen hatte. Und außerdem war Doro eine Meisterin darin, in jeder denkbaren Situation souverän und gekonnt aufzutreten – im Gegensatz zu Conny selbst. Ihr, der einfachen Buchhändlerin, würden sie sicher sofort ansehen, dass sie nicht dazugehörte, dass sie nicht eine von ihnen war. Sie würde sich bestimmt hoffnungslos blamieren.

Doch sie hatte keine Gelegenheit, noch lange darüber nachzudenken, denn schon kurz darauf entdeckte sie den Wegweiser, der die Abzweigung zum Hotel markierte. Sie holte tief Luft, setzte den Blinker und bog ab. Mit einem Lächeln stellte sie fest, dass sie sich trotz aller Zweifel auf den Urlaub freute – und auf einen ganz bestimmten Herrn sowieso.

Seidels Seeschlösschen war Luxus pur, das konnte Conny rasch feststellen, als sie auf das prachtvolle Gebäude mit den spitzen Türmchen zufuhr. Es lag in einer malerischen Bucht direkt am Ufer des Sees und hatte einen eigenen kleinen Hafen, wo ein paar teuer aussehende Segeljachten ankerten und wohl nur darauf warteten, dass reiche Leute auf ihnen Partys feierten und dabei Champagner tranken. Auf dem Golfplatz, der ebenfalls zum Hotel gehörte und sich ein wenig abseits des Gebäudes über akkurat gemähte Wiesen erstreckte, herrschte bei diesem herrlichen Wetter reger Betrieb, und im Vorbeifahren hatte Conny auf einer Weide Pferde entdeckt. Sie hatte im Internet gelesen, dass das Hotel eine kleine, aber feine Araberzucht betrieb. Ob die Gäste hier wohl auch reiten durften? Als Kind hatte sie mit ihren Eltern immer die Ferien auf einem Bauernhof nahe der Ostsee verbracht, auf dem auch Pferde gehalten wurden. Damals hatte ihr das Reiten großen Spaß gemacht, und sie hätte gar zu gerne gewusst, ob sie es nach so langer Zeit überhaupt noch konnte.

Alles sah hier unheimlich vornehm und einladend aus, angefangen von den sorgfältig gepflegten Gärten über die schneeweiße Fassade, die bestimmt alle zwei Jahre frisch gestrichen wurde, bis hin zu den Fahnen, die vor dem Hotel gehisst waren und ein altes Wappen zeigten – womöglich gar das Wappen der Familie Seidel? Und der mit feinem Kies belegte Weg, auf dem Conny nun dem Hoteleingang entgegenrollte, sah aus wie geleckt. Sicher gab es hier Angestellte, die den ganzen Tag nur damit beschäftigt waren, die Wege sauber zu halten und jedes noch so kleine Stückchen Schmutz einzeln aufzulesen.

Auf einmal fiel ihr Philipps Bemerkung von neulich wieder ein. Was hatte er gesagt? *Ich möchte nicht wissen, wie viel Energie der verschleudert, nur um diesen alten Kasten zu heizen.* Conny grinste. Philipp wusste wohl schon, wovon er sprach. Um dieses Prachtstück hier und seine Umgebung so in Schuss zu halten, brauchte man wahrscheinlich einen Goldesel. Den Gästen schien es hier wirklich an nichts zu fehlen – kein Wunder, dass die Preise so astronomisch hoch waren. Hinzu kam ja noch das exklusive Restaurant, das von einem Sternekoch geführt wurde. Nein, nicht von irgendeinem Sternekoch – von *dem* Koch überhaupt, und einem ganz schnuckeligen noch dazu …

Wildes Geschrei ließ Conny aufschrecken. Geistesgegenwärtig trat sie auf die Bremse und schaffte es gerade noch, nur wenige Millimeter vor der Stoßstange einer schwarzen Limousine, die vor dem Hoteleingang parkte, zum Stehen zu kommen. Das hätte gerade noch gefehlt: noch nicht einmal angekommen und schon mittendrin im Schlamassel! Als sie sich nach einer gefühlten Ewigkeit einigermaßen von ihrem Schock erholt hatte, blickte sie auf, und fünf Augenpaare starrten ihr entgegen, als hätten sie noch nie ein altes, klappriges Auto mit einer noch nicht ganz so alten und nicht ganz so klapprigen Frau darin gesehen, obwohl sie sich im Moment wahrlich wie eine solche fühlte.

Hastig riss sie die Autotür auf und stieg aus. »Es tut mir sehr leid, wirklich«, stammelte sie, »ich war ganz in Gedanken …«

Der Erste der fünf, der seine Sprache wiederfand, war ein ziemlich hochtrabend dreinblickender Schnösel in einer schwarzen Uniform – vermutlich der Chauffeur des Nobelschlittens. Er musterte erst Conny, dann ihr Auto von vorne bis hinten und noch einmal von hinten bis vorne. Dann meinte er mit näselnder Stimme: »Wohl den Führerschein im Lotto gewonnen, was? Hat denn Ihr …«, er machte eine kleine Pause und deutete mit einer abfälligen Handbewegung auf Connys Auto, »… Ihr Wagen keine elektronischen Abstandssensoren?« Und dabei machte sich ein überhebliches Grinsen auf seinem Gesicht breit.

Was bildete der Kerl sich ein, sie so von oben herab zu behandeln! Dabei schien ihm – im Gegensatz zu ihr – das Auto, das er fuhr, noch nicht einmal zu gehören. In diesem Moment bereute es Conny schon zum ersten Mal, dass Doro nicht mit von der Partie war. Sie hätte jetzt bestimmt einen lockeren Spruch parat gehabt und damit diesem arroganten Lackaffen Kontra gegeben. Doch ihr selbst fiel natürlich mal wieder nicht das Passende ein, und so beschloss sie, lieber zu schweigen, als sich noch mehr vor diesen sichtlich vornehmen Leuten zu blamieren.

»Jetzt machen Sie mal halblang, mein Lieber«, ließ sich da ein älterer Herr in einem zweireihigen Nadelstreifenanzug vernehmen. Er sah eigentlich ganz nett aus und schien der Besitzer des Luxuswagens zu sein, denn er tätschelte liebevoll dessen Motorhaube. »Es ist doch glücklicherweise gar nichts passiert. Und die junge Dame hat sich ja entschuldigt. Sie wird einfach nur von einem ihrer Verehrer geträumt haben. Davon dürfte sie ja sicher eine ganze Menge haben, nicht wahr?«

»Ja, ich meine, nein …«, stotterte Conny. Konnte der Typ Gedanken lesen? Gut, von einem Verehrer hatte sie zwar nicht geträumt, aber immerhin von einem Mann …

»Das braucht Ihnen doch nicht peinlich zu sein, meine Liebe«, mischte sich nun die auch nicht mehr ganz so taufrische Dame ein, die gleich neben ihm stand. Sie trug ein elegantes Kostüm mit einer Seidenbluse, die dem strahlenden Weiß der Hotelfassade Konkurrenz machte, und ihr graublondes Haar saß derart akkurat, als wäre es an diese Morgen bereits durch die begnadeten Hände eines sündhaft teuren Friseurs gegangen. »Schau nur, Liebling, die junge Dame wird ganz rot. Ist das nicht süß?«, fragte sie und strahlte den Nadelstreifen-Herrn wie ein frischverliebter Teenager an.

Der Vierte im Bunde, ein hochaufgeschossener junger Mann in einer tannengrünen Uniform, auf deren Revers dasselbe Wappen wie auf den Fahnen vor dem Eingang prangte, hatte bei den letzten Worten der Kostümdame leise zu kichern begonnen. Dies brachte ihm einen Rempler des ebenfalls schon etwas in die Jahre gekommenen, ziemlich streng aussehenden Mannes neben ihm ein. Er hatte ebenfalls das Hotelwappen auf der Brust, trug jedoch im Gegensatz zu dem Jungen einen schwarzen Frack und schien so etwas wie dessen Vorgesetzter zu sein, denn er strafte ihn erst mit einem tadelnden Blick ab und deutete dann auf den Kofferraum des Luxusschlittens. Der Junge hörte daraufhin schlagartig auf zu lachen und machte sich eifrig daran, eine Unmenge von teuer aussehenden Koffern und Taschen auszuladen. Die Marke kam Conny ziemlich bekannt vor, und sie stellte in Gedanken ihr eigenes Gepäck daneben, doch irgendwie hielt es diesem Vergleich nicht so recht stand. Na ja, wenigstens würde sich der Hotelpage nachher keinen krummen Rücken holen, wenn er es auf ihr Zimmer trug.

»Darf ich jetzt Herrn und Frau Generaldirektor hineinbegleiten?« Der Frackträger blickte dabei die Kostümdame und den Nadelstreifen-Herrn an und machte eine einladende Handbewegung zu der breiten Flügeltür mit den Messingbeschlägen, die ins Innere des Hotels führte.

Ein Generaldirektor also. Dass es diese Bezeichnung überhaupt noch gab. Heute schmückten sich doch alle Topmanager mit englischen Titeln, damit sie noch wichtiger klangen, als sie sich ohnehin schon fühlten. Wie wohl der Frackträger sie ansprechen würde? »Frau Buchhandlungsangestellte«? Oder: »Frau Alleinerziehende Mutter von zwei doch noch nicht ganz so erwachsenen Kindern«? Vielleicht sogar: »Frau Hobbyköchin mit einer Schwäche für meinen Chef«?

Während sich Conny innerlich noch über diese Vorstellung amüsierte, setzte sich das Ehepaar Generaldirektor mitsamt dem Frackträger und dem Pagen in Bewegung. Letzterer schob einen riesigen Gepäckwagen vor sich her, der ihn um mindestens einen Kopf überragte. Kurz bevor sie die Eingangstür erreicht hatten, drehte sich Frau Generaldirektor noch einmal um und winkte Conny zu. Dabei wedelte sie nicht einfach mit der Hand herum wie gewöhnliche Leute, nein, sie drehte dabei ganz vornehm die Handfläche nach innen, womit sie der Queen von England wahrlich Konkurrenz gemacht hätte. Conny hatte gerade die Hand gehoben, um zurückzuwinken, als neben ihr ein scharfes Räuspern ertönte, worauf sie vor Schreck die Hand wieder fallen ließ. Na klar, der Chauffeur. Mit einem abfälligen Grinsen musterte er Conny noch einmal von oben bis unten, dann setzte er sich ohne Gruß ins Auto und brauste davon.

Mit offenem Mund starrte Conny sowohl Herrn und Frau Generaldirektor als auch deren Nobelkarosse hinterher, auch als alle schon lange im Hotel beziehungsweise hinter der nächsten Kurve verschwunden waren. In welchen Film war sie denn hier hineingeraten? Ja, sie kam sich tatsächlich vor wie im Kino und wartete nur darauf, dass von irgendwoher ein Regisseur »Klappe, Ende« rief. Hoffentlich würde das für den Rest ihres Urlaubs nicht immer so weitergehen.

»Darf ich das Gepäck der gnädigen Frau hineinbringen?«

Sie blickte sich um. Vor ihr stand der junge Page, der das Gepäck von Herrn und Frau Generaldirektor ins Hotel geschoben hatte. »Meinen Sie mich?«, fragte sie vorsichtig.

Er nickte. »Selbstverständlich, gnädige Frau.«

Unter einer gnädigen Frau hatte sie sich eigentlich etwas ganz anderes vorgestellt. Sie selbst war sicher genau das Gegenteil davon.

Sie streckte ihm die Hand hin. »Conny Hausmann aus Stuttgart. Ich habe hier für eine Woche gebucht.«

»Willkommen. Ich bin Tom, Page in diesem Hause.« Noch immer hielt er seine Arme hinter dem Rücken verschränkt. Durften hier etwa die Angestellten den Gästen nicht die Hand reichen? »Das mit Ihrer Reservierung und dem Einchecken machen Sie bitte drinnen an der Rezeption bei Herrn König. Das ist der Herr, denn Sie vorhin schon hier draußen zusammen mit Herrn und Frau Generaldirektor gesehen haben.«

Aha, der Frackträger war also der Portier. Aber sagte man das heute überhaupt noch so? Warum nur hatte sie sich nicht von Doro die wichtigsten Begriffe erklären lassen! »Ja, klar«, antwortete sie rasch, »aber lassen Sie doch bitte die Anrede mit der gnädigen Frau. Mein Name genügt völlig.«

»Tut mir leid, gnädige Frau.« Er zuckte die Schultern und deutete zur Eingangstür. »Von mir aus schon. Aber wenn ich es nicht sage, bekomme ich Ärger mit meinem Chef.« Wahrscheinlich meinte er damit wieder diesen Herrn König. Sie hatte ja schon vermutet, dass er der Vorgesetzte des Pagen war.

»Na gut.« Conny seufzte unhörbar. Das gehörte hier wohl zum guten Stil. Irgendwie würde sie sich schon daran gewöhnen.

»Darf ich jetzt?« Er zeigte auf den Kofferraum ihres Wagens.

»Ach so, ja, klar.« Dass er sich nun an ihrem Gepäck zu schaffen machte, konnte sie wohl nicht verhindern. Hoffentlich kam er danach nicht noch auf die Idee, ihr Auto zum Parkplatz fahren zu wollen. Es genügte, dass er von außen sah, was für eine Klapperkiste sie besaß, da mussten es die durchgesessenen Polster und die aufgeschlitzten Sitzbezüge im Inneren nun wirklich nicht auch noch sein. Aber vielleicht hatte er ja noch gar keinen Führerschein? Er sah doch noch ziemlich jung aus.

Sie beschloss, dieses heikle Thema sofort zu klären, und fragte beiläufig: »Ach, sagen Sie, Tom, wo kann ich denn mein Auto parken?«

»Auf dem Gästeparkplatz, dort drüben, wo es zum Golfplatz geht. Sie sind vorhin schon daran vorbeigefahren. Und eine Garage haben wir auch«, ertönte seine Stimme aus den Tiefen des

Kofferraums. Als er ihre Gepäckstücke auf seinen Wagen geladen hatte, meinte er: »Wenn Sie möchten, fahre ich Ihren Wagen nachher gerne für Sie dorthin.«

Schade, er hatte also doch schon einen Führerschein. Und wäre dem nicht so gewesen, hätten er oder dieser Herr König bestimmt einen Kollegen aufgetrieben, der diese Aufgabe übernommen hätte.

»Danke, das ist wirklich nicht nötig«, sagte sie rasch. »Ich möchte mir ohnehin nach der langen Fahrt ein wenig die Beine vertreten.«

»Wie Sie wünschen, gnädige Frau. Sollte Herr König Sie ansprechen, würden Sie ihm dann bitte sagen, dass Sie darauf bestanden haben, Ihr Auto selbst ...?«

»Natürlich, kein Problem«, antwortete sie erleichtert. »Sie können sich auf mich verlassen.«

Dieser Herr König schien ein strenger Vorgesetzter zu sein. Und wahrscheinlich überkorrekt, zumindest hatte er vorhin so ausgesehen.

Als Tom mit seinem überdimensionalen Gepäckwagen und Connys wenigen Habseligkeiten darauf im Hotel verschwunden war, machte sich Conny auf die Suche nach dem Parkplatz. Sollte das nun den ganzen Urlaub so weitergehen? Gnädige Frau hier, Herr Generaldirektor dort. Und immer dieses Gefühl, dass alle sie argwöhnisch beäugten, weil sie nicht zu dieser supernoblen Schicki-Micki-Gesellschaft gehörte. Wenigstens dieser Tom schien in Ordnung zu sein. Und nicht zu vergessen Frau Generaldirektor, die ihr so nett zugewinkt hatte.

Als sie ihr Auto auf dem Parkplatz abgestellt hatte, schlenderte sie zurück zum Hotel. Dabei nahm sie sich fest vor, diesen Urlaub zu genießen – egal wie er angefangen hatte und was noch kommen sollte. Und dazu gehörte auch, möglichst rasch nach Valentin Ausschau zu halten. Denn vor allem deshalb war sie ja hier, nicht wegen eines aufgeblasenen Chauffeurs und nicht wegen irgendwelcher vornehmen Gäste, deren Gepäck auf Toms Wagen zehnmal so viel Platz einnahm wie ihr eigenes.

Die Frau, die an der Rezeption stand und sich unsicher umblickte, sah sympathisch aus, sehr sympathisch sogar. Sie schien keines dieser allein reisenden Luxusweibchen zu sein, die sich auf Kosten ihres zu Hause gebliebenen und schwer arbeitenden Ehemannes oder – noch schlimmer – Liebhabers im Hotel ein schönes Leben machten. Und auch keines dieser »stargeilen Promi-Groupies«, wie Felix sie bei sich nannte, die sich im Hotel einquartierten, in der Hoffnung, sich hier einen bekannten Schauspieler, Politiker oder wenigstens einen Millionär zu angeln. Nein, sie sah so aus, als wollte sie einfach nur Urlaub machen. Und vor allem wirkte sie ziemlich normal, einfach und bodenständig, ganz anders als die Frauen, die sonst hier herumschwirrten. Allein schon, wie sie sich geradezu ehrfürchtig umgesehen hatte, als sie das Foyer betreten hatte … Und nun, da sie an der Rezeption stand und mit Bertram König die Anmeldeformalitäten erledigte, wirkte sie so schüchtern wie eine Schülerin, die ihrem Lehrer beichten musste, dass sie ihre Hausaufgaben nicht gemacht hatte. Es redete die ganze Zeit über fast nur einer – und das war natürlich Bertram.

Zugegeben, der Empfangschef konnte einem mit seinem Frack, seiner freundlichen, aber stets distanzierten Art und der geraden Körperhaltung schon gehörigen Respekt einjagen. Seinem wachen Blick entging nichts, und seine Miene verriet niemals auch nur irgendeine Regung – zumindest solange er im Dienst war. Privat war er ein seelensguter Mann, gutmütig und gesellig, so hatte ihn Felix auch schon erlebt. Doch sobald er den Frack mit dem Hotelwappen übergestreift hatte, wurde aus Bertram ein anderer Mensch. Seinen Empfang regierte er mit Strenge und absoluter Korrektheit, und er verlangte von seinen Mitarbeitern dieselbe unbeugsame Disziplin und Loyalität gegenüber ihrem Arbeitgeber, wie er selbst sie schon seit fast vierzig Jahren praktizierte.

Bertram erklärte der Frau nun anscheinend den Weg zu den Zimmern, denn er deutete auf die breite Freitreppe, die in der Mitte des Foyers nach oben führte. Sie wiederum folgte seinem Finger mit ihrem Blick, nickte brav und warf dabei locker, fast spielerisch ihr gut schulterlanges haselnussbraunes Haar zurück. Das hatte sie nun schon ein paarmal getan, seit Felix vor ein paar Minuten durch die Hotelhalle gegangen war und sie zufällig bemerkt hatte. Schien eine Marotte von ihr zu sein. Oder aber ein Zeichen von Unsicherheit, was ihn überhaupt nicht gewundert hätte. Womöglich war sie ja zum ersten Mal in einer solch vornehmen Umgebung. An ihrer Stelle wäre ihm das sicher genauso ergangen. Er konnte mit dem ganzen Pomp und Luxus hier auch wenig anfangen. Jetzt blickte sie in seine Richtung, und er beeilte sich, noch ein Stückchen weiter hinter die ausladende Grünpflanze zu schlüpfen, von wo aus er unbemerkt dem Treiben an der Rezeption zusehen konnte.

Nun reichte ihr Bertram noch ein paar Prospekte, wahrscheinlich hatte er ihr Sehenswürdigkeiten in der Umgebung empfohlen, und sie lächelte ihn dabei scheu an. Ein natürliches, ehrliches Lächeln, überhaupt nicht gekünstelt oder aufgesetzt, und ihre Augen funkelten dabei. Sie hatte etwas an sich, das ihn faszinierte, das ihn anzog, er konnte nur nicht genau sagen, was es war. Wahrscheinlich das Gesamtpaket: die schlanke, aber dennoch weibliche Figur, die großen, dunklen Augen, die Haare, die im gedämpften Licht des Kronleuchters über der Rezeption schimmerten, ihr Lächeln, ihre Gesten, ihre natürliche Ausstrahlung – einfach alles.

Gar zu gerne hätte er gewusst, wer sie war. Ob er nachher einmal Bertram fragen sollte, ganz diskret natürlich? Doch andererseits kannte er ja die übertriebene Korrektheit des Empfangschefs. »Bedaure, Herr Seidel«, hörte er ihn schon sagen, »aber Sie wissen doch, dass Diskretion gegenüber den Gästen der oberste Grundsatz unseres Hauses ist.« Nun, dann würde er wohl den Hotelcomputer mit der Buchungsliste knacken müssen. Wozu hatte er denn beste Beziehungen zum Chef?

Auf einmal spürte er eine Hand auf seiner Schulter. »Na, Bruderherz, was gibt es denn da so Interessantes zu sehen? Neue Gäste?«

Er zuckte zusammen und drehte sich ruckartig um. »Musst du mich denn so erschrecken!«

Valentin lachte. »Oha, das muss ja etwas sehr Faszinierendes gewesen sein, das dich derart wegtreten ließ.«

Felix zog es vor, darauf lieber nicht zu antworten. Stattdessen fragte er: »Stimmt etwas in der Küche nicht?«

»Nein, alles okay, aber ich brauche dich jetzt. Du weißt schon, wofür.«

»Ja, klar, ich bin gleich bei dir.« Wieder wanderte sein Blick zur Rezeption. Verdammt, jetzt war sie verschwunden. Dabei hatte er sich doch nur kurz zu Valentin umgedreht. Doch, halt, da war sie noch. Sie ging gerade neben Tom, der wahrscheinlich schon ihr Gepäck auf ihr Zimmer gebracht hatte, auf die Freitreppe zu. Er konnte zwar ihr Gesicht nicht mehr sehen, doch selbst von hinten konnte er die natürliche Aura spüren, die sie umgab. Sie stolzierte nicht wie viele andere weibliche Hotelgäste mit einem aufreizenden Gang durch die Hotelhalle, um möglichst viel Aufmerksamkeit zu erregen und zu zeigen, wer sie war – im Gegenteil, sie setzte fast vorsichtig einen Fuß vor den anderen und traute sich wahrscheinlich kaum, aufzublicken.

»Aha, hätte ich mir ja denken können, dass mein kleiner Bruder nach einem weiblichen Wesen Ausschau hält«, hörte er wieder Valentins Stimme. »Gerade erst angekommen?«

Felix nickte. »Ja, scheint so.«

»Na, na«, Valentin drohte ihm spielerisch mit dem Finger. »Und du Casanova bist natürlich sofort hinter ihr her.«

»Fragt sich nur, wer von uns beiden der größere Casanova ist«, ereiferte sich Felix. »Und außerdem bin ich nicht hinter ihr her. Ich habe sie nur zufällig gesehen, als ich auf dem Weg in die Küche war.«

Valentin zwinkerte ihm zu. »Ist auch besser so. Denk dran, die Hotelgäste sind für die Angestellten tabu. Da gibt's auch für dich keine Ausnahme, und wenn du hundertmal ein Seidel bist.« Dann zog er Felix leicht am Arm. »Also komm jetzt, in der Küche wartet eine Menge Arbeit.«

Felix war froh, dass er das Gespräch mit Valentin nicht weiter fortsetzen musste. Valentin konnte einem wirklich auf die

Nerven gehen mit seinen ewigen Versuchen, ihm irgendwelche Frauengeschichten anzudichten. Er war eben kein Frauentyp wie sein Bruder, kein solcher Charmebolzen erster Güte, der sich am wohlsten fühlte, wenn er im Rampenlicht stand und ihn ein Schwarm weiblicher Fans umgab. Na, wenn die wüssten ... Die Enttäuschung wäre sicher bei vielen groß, und vielleicht würde auch die eine oder andere Träne fließen. Doch das war einzig und allein Valentins Sache, damit wollte er sich erst gar nicht beschäftigen. Das Leben, das Valentin führte, mit den andauernden Fernsehauftritten und dem Starrummel, brauchte er für sich selbst überhaupt nicht. Er war so zufrieden, wie es war. Er liebte es, in der Hotelküche zu arbeiten und ab und zu einmal ein Lob von einem zufriedenen Gast zu bekommen. Doch er musste zugeben, dass er in seinem Leben schon etwas vermisste: eine Frau, mit der er seine Träume, seine Gedanken, einfach sein ganzes Leben teilen könnte. Und am meisten spürte er diese Leere, wenn er abends müde aus der Küche nach oben in seine dunkle Wohnung kam, die sich in einem Seitenflügel des Hotels befand.

Ein letztes Mal blickte er zur Treppe. Die Frau war mittlerweile mit Tom oben angelangt, und die beiden verschwanden nun in dem langen Flur, der zu den Zimmern führte. Mit einem leisen Seufzer drehte er sich um und folgte Valentin in die Küche.

Conny fühlte sich beinahe wie erschlagen, als sie das Zimmer betrat, das für die nächste Woche ihr Zuhause sein sollte. Ihre Wohnung daheim in Stuttgart erschien ihr im Vergleich dazu wie eine enge, dunkle Höhle, was nicht nur an der Größe des Zimmers lag, sondern an den hellen Pastelltönen, die zusammen mit viel Weiß dem Raum eine leichte, vornehme Ausstrahlung gaben. Die etwas verspielten und antik anmutenden Möbel von dem viertürigen Kleiderschrank über den kleinen Sekretär bis hin zu der eleganten Sitzgruppe fügten sich perfekt in das noble Ambiente des *Seeschlösschens* ein. Hier hatte ein genialer Innenarchitekt ganze Arbeit geleistet. Und mit der Summe, die wohl allein die Einrichtung der Gästezimmer verschlungen hatte, hätte sie den schwarzen Flitzer bei Herrn Döberle wahrscheinlich gleich ein paarmal kaufen können. Musste ja auch so sein, bei den Zimmerpreisen ...

Die Sensation schlechthin war jedoch das Bett. Ein Traum von einem Himmelbett aus weißem, geschnitztem Holz, dessen Bezüge und Vorhänge aus demselben gestreiften Satin gefertigt waren wie die Sitzgruppe. Conny konnte es kaum erwarten, bis Tom endlich verschwunden war und sie das Zimmer näher inspizieren konnte. Vor allem wollte sie eines: dieses Wahnsinnsbett ausprobieren.

»Kann ich sonst noch etwas für Sie tun, gnädige Frau?«

»Wie? Äh, nein, danke.« Irgendwie musste sie sich jetzt etwas einfallen lassen, um Tom loszuwerden. Das Bett reizte sie doch zu sehr. Hastig kramte sie in ihrer Handtasche, zog einen Geldschein heraus und drückte ihn Tom in die Hand. »Hier, für Sie. Ich habe nur eine Bitte: Ich weiß, dass das hier so üblich ist, aber ich möchte Sie noch einmal bitten, mich in Zukunft nicht mehr ›gnädige Frau‹ zu nennen, zumindest wenn sonst niemand dabei ist.«

Er sah sich unsicher um, als ob er irgendwo hinter einer Gardine den gestrengen Herrn König vermutete. »Meinen Sie wirklich?«

»Ja, und ich werde Sie auch bestimmt nicht verraten. Wie soll ich es ausdrücken? Ich ... ich bin das nicht so gewöhnt. Wissen Sie, in der Buchhandlung, in der ich arbeite, sprechen wir die Kunden, die wir persönlich kennen, mit dem Nachnamen an, und es hat sich noch niemand beschwert, dass wir zu unhöflich seien. Und, äh, es passt auch irgendwie nicht zu mir. So vornehm bin ich nicht, dass ich ›gnädige Frau‹ genannt werden muss.«

So, jetzt war es heraus. Sollte er nun von ihr denken, was er wollte.

Tom sah sie ein paar Sekunden lang an. Dann huschte ein Grinsen über sein Gesicht. »Wissen Sie was? Ich kann das voll und ganz verstehen, denn ich bin auch nicht so vornehm aufgewachsen. Meine Eltern sind einfache Gemüsegärtner drüben auf der Insel Reichenau. Aber dieser Umgangston gegenüber unseren Gästen gehört nun einmal zu den Prinzipien unseres Hauses – und zu meinem Arbeitsplatz.«

»Ja, natürlich, das sehe ich ein.« Erleichtert atmete Conny auf und zwinkerte Tom zu. »Aber ich sehe schon, wir verstehen uns.«

»Klar.« Er zwinkerte zurück. »Und meiner Freundin Lissy, die hier als Zimmermädchen arbeitet, geht es übrigens genauso. Sie werden sie sicher noch kennenlernen. Soviel ich weiß, hat sie gleich morgen früh Dienst auf dieser Etage.«

»Schön, ich freue mich.« Conny streckte Tom die Hand hin, und diesmal ergriff er sie sogar.

»Ich wünsche Ihnen noch einen guten Tag, gnädige Frau, und einen schönen Urlaub hier bei uns. Und auch danke hierfür.« Er wedelte mit dem Geldschein in seiner Hand.

»Keine Ursache, gern geschehen. Und Ihnen auch noch einen schönen Tag, Tom.«

Kaum hatte Tom die Tür hinter sich zugezogen, warf sich Conny auf das Bett. Himmlisch! Es war nicht zu hart und auch nicht zu weich, gerade richtig. Und dann so breit! Sicher hätten drei Leute locker darin Platz gefunden. Eine Weile spielte sie mit den zahlreichen Kissen herum, die in verschiedenen Größen auf dem Bett drapiert waren. Dann probierte sie die Fernbedienung aus, mit der sich Kopf- und Fußteil des Bettes einstellen ließen, bis sie auf den Millimeter genau die richtige Position gefunden hatte. So würde sie sicher fantastisch schlafen und ganz wunderbar träumen – und sie konnte sich auch schon vorstellen, von wem. Gleich nachher würde sie an der Rezeption fragen, ob er im Hause war. Vielleicht würde sie ihm ja sogar heute noch begegnen.

Mit einem Lächeln breitete sie die Arme aus, schloss die Augen und verlor sich für eine Weile in ihren Träumen.

4

Beschwingt lief Conny die Treppe hinunter, die vom Hotel hinab zum See führte. Sie hatte auf der Hotelterrasse, die an diesem schönen Sonntagnachmittag bis auf den letzten Platz gefüllt war, einen kleinen Imbiss zu sich genommen, eine *Crème de Légumes* mit gerösteten Toastscheiben, die ihr ohnehin schon ziemlich ramponiertes Urlaubsbudget nicht übermäßig strapazierte. Glücklicherweise war ihr Französisch aus der Schulzeit noch ganz passabel vorhanden, und die Tatsache, dass sie sich viel mit der gehobenen Küche und dem dazugehörigen Vokabular beschäftigte, tat ihr Übriges dazu, dass sie wenigstens beim Lesen der französischen Ausdrücke auf der Speisekarte nicht dastand wie der Ochse vor dem Berg. Fehlte nur noch, dass ihr der Kellner hätte erklären müssen, dass es sich bei dem Gericht, das sie sich ausgesucht hatte, um eine Gemüsecremesuppe handelte.

Aber um was für eine! Selbst an dieser einfachen Suppe konnte man die Handschrift eines Meisters herausschmecken. Conny war nur noch nicht dahintergekommen, was diesen exquisiten Geschmack ausmachte – wahrscheinlich eine raffinierte Mischung aus verschiedenen Gewürzen und Kräutern, und ein Schuss Hochprozentiges dürfte auch dabei gewesen sein. Sie erinnerte sich nicht, in dem knappen Dutzend Kochbüchern, die sie von Valentin Seidel besaß – es waren natürlich alle, die er jemals herausgebracht hatte –, eine vergleichbare Suppe gesehen zu haben. Vielleicht war es ja eine Neukreation von Valentin, und Conny hatte sie womöglich als eine der Ersten probieren dürfen!

Die Suppe hatte ihren ärgsten Hunger gestillt, damit musste sich ihr Magen erst einmal begnügen. Für den Abend hatte sie ja Halbpension gebucht, und wenn das Essen das hielt, was der Hotelprospekt versprach, würde sie mit einem Fünf-Gänge-Menü der Extraklasse verwöhnt werden – ganz im Stil von Valentin Seidel eben. Doch darüber hinaus auch noch tagsüber im Hotel zu essen, war bei diesen horrenden Preisen im Restaurant einfach nicht drin, die Suppe heute musste da schon eine Ausnahme bleiben.

Sie beschloss, gleich morgen früh im nächsten Ort nach einem Supermarkt Ausschau zu halten und sich einen kleinen Vorrat an Keksen, Chips und Knäckebrot zuzulegen, an dem sie sich zwischen dem Frühstück und dem Abendessen bedienen konnte. Sie musste nur einen Weg finden, die Sachen an der Rezeption und vor allem an Bertram König, der seine Augen überall zu haben schien, vorbei auf ihr Zimmer zu schmuggeln. Wenn sie alles in ihre große Strandtasche packte, würde es so aussehen, als käme sie gerade vom Swimmingpool. Das war zwar nicht gerade die feine Art, und vermutlich war sie der einzige Hotelgast, der dies nötig hatte. Aber was blieb ihr denn anderes übrig? Der Urlaub riss ja ohnehin schon ein Riesenloch in ihr Notfallsparbuch.

Mittlerweile war sie auf dem parkähnlichen Gelände des Hotels ein Stück am See entlanggeschlendert. Abseits des großen Hauptweges entdeckte sie versteckt zwischen den tief herabhängenden Zweigen der Bäume einen ziemlich verwitterten Bootssteg. Wahrscheinlich wurde er schon seit längerer Zeit nicht mehr genutzt, schließlich hatte das Hotel ja einen eigenen kleinen Hafen, an dem reger Betrieb herrschte.

Conny setzte sich auf die hölzernen Planken, zog ihre Sandalen aus und ließ die Beine im Wasser baumeln. Was für ein herrlicher Ort dies doch war! Hier konnte man sich sicher auch mal eine Weile ungestört aufhalten, ohne dass einem gleich eine Menge Leute über den Weg liefen.

Ob man an dieser Stelle des Sees baden durfte? Gar zu gerne wäre sie jetzt eingetaucht in dieses silberfarbene Nass, in dem sich die Nachmittagssonne spiegelte und das sich in sanften Wellen an den hölzernen Pfeilern des Steges brach. Auch wenn der Steg vom Land aus kaum einsehbar war, und vom Hotel aus erst recht nicht, das Letzte, was sie nun gebrauchen konnte, war, wegen einer solchen Lappalie Schwierigkeiten zu bekommen. Wie nannte man diesen Tatbestand? *Erregung öffentlichen Ärgernisses*, wenn sie sich nicht irrte. Sie kicherte leise. Dieser Ausdruck gehörte sicher zum Standardvokabular von Bertram König. Nicht dass er unfreundlich zu ihr gewesen war – im Gegenteil, er hatte sie beim Einchecken sicher genauso höflich und zuvorkommend behandelt wie Herrn und Frau Generaldirektor zuvor. Das musste man ihm lassen. Aber er wirkte dabei so steif, als hätte er einen Stock verschluckt. Und mit seinem regungslosen Gesichtsausdruck ähnelte er ziemlich stark der Marmorbüste, die genau gegenüber der Rezeption auf einem Sockel stand – irgendein berühmter Graf, der in grauer Vorzeit das Schloss erbaut hatte.

Doch mittlerweile gehörte das Schloss Valentin Seidel, und das war auch gut so. Schließlich hätte sie ein alter, verstaubter Graf nicht im Geringsten interessiert, was man von Valentin nun überhaupt nicht sagen konnte. Und das Tollste war: Er war auch noch anwesend! Es hätte ja auch sein können, dass er sich ausgerechnet jetzt auf einer mehrwöchigen Reise befand. Gewundert hätte es sie nicht, schließlich war er ja ein gefragter Mann und in der ganzen Welt unterwegs. Na ja, in der ganzen Welt war vielleicht etwas übertrieben, aber im ganzen deutschsprachigen Raum ganz sicher. In diesem Fall hätte sie sich wohl selbst in den Allerwertesten getreten, wenn dies möglich gewesen wäre.

Aber er war ja da – wenn auch die junge Dame an der Rezeption gemeint hatte, dass er sehr beschäftigt sei und für seine nächste Fernsehsendung probe. Aber was hatte er denn zu Hause schon zu proben? Machte man das nicht erst im Fernsehstudio? Valentin war doch ein solch routinierter Koch, dem alles ganz leicht von der Hand ging, da musste er garantiert nicht mehr üben. Aber bestimmt war er dabei, für seine Sendung neue raffinierte Kreationen zu testen. Ja, so musste es wohl sein.

Auf einmal hörte sie ein Knacken im Gebüsch und fuhr zusammen. Hoffentlich hatte sie durch ihre Anwesenheit keine Mäuse auf den Plan gerufen, von Wildschweinen ganz zu schweigen. Ein wenig ängstlich blickte sie sich um, und ihr war, als hätte sich zwischen den Zweigen etwas Weißes bewegt. Also kein Tier, es sei denn, am Bodensee siedelten neuerdings Eisbären, was sie allerdings sehr gewundert hätte. Was – oder besser wer – war es dann? Womöglich ein Spanner, der sie die ganze Zeit beobachtet hatte? Gut, dass sie ihre Badepläne gleich wieder über den Haufen geworfen hatte.

»Hallo, ist da jemand?«, rief sie und versuchte, dabei möglichst energisch zu klingen. Sie hatte irgendwo gelesen, dass dies im Fall der Fälle einen möglichen Angreifer abschrecken würde.

Sie bekam keine Antwort, und auch von dem weißen Schatten war weit und breit nichts mehr zu sehen. Hatte sie sich das alles nur eingebildet? Vielleicht waren es ja einfach nur Spaziergänger gewesen, Hotelgäste, die sich auch ein wenig abseits vom Trubel entspannen wollten. Aber dann hätten sie ja Antwort geben können, anstatt sich einfach so davonzuschleichen.

Für heute war ihr die Lust vergangen, sich hier weiter aufzuhalten. Doch sie nahm sich fest vor, an einem anderen Tag noch einmal herzukommen. Zu sehr hatte der Zauber dieses Ortes sie in seinen Bann gezogen.

Sie zog die Beine aus dem Wasser und blieb noch ein paar Minuten auf dem Steg sitzen, bis ihre Füße einigermaßen abgetrocknet waren. Dann schlüpfte sie in ihre Sandalen, griff nach ihrer Tasche und spazierte zurück zum Hotel.

Da war sie wieder! Felix hatte sie sofort erkannt. Sie saß ausgerechnet an seinem Lieblingsplatz, dem alten, ausrangierten Bootssteg am See. Hierher verirrten sich nur sehr selten Hotelgäste und Touristen. Es gab hier ja auch wenig zu sehen und zu erleben, ganz im Gegensatz zur Schiffsanlegestelle direkt am Hotel.

Doch genau diese Ruhe war es, warum er so gerne hierherkam – und sie schien diese Ruhe ebenso zu genießen wie er selbst. Hier konnte er für eine Weile dem Trubel im Hotel entkommen und ganz ungestört seinen Gedanken nachhängen. Oft brachte er sich auch ein Buch zum Lesen mit. Heute war er jedoch zu spät dran gewesen, um sich vorher noch eines aus seiner Wohnung zu holen. Auch hatte er keine Zeit mehr gehabt, sich umzuziehen, sondern tigerte in seiner Kochmontur durch das Gebüsch.

Nach Schichtende hatte er noch mit Valentin den Menüplan für dessen nächste Fernsehshow durchsprechen müssen. Die Proben im Studio begannen immerhin schon in gut zwei Wochen, und die warm aufgeschlagene Balsamicoschaumsauce, die Valentin dort präsentieren sollte, bereitete ihnen immer noch Kopfzerbrechen. Irgendwie wollte sie Valentin nicht so gelingen, wie sie sich das vorstellten.

Überhaupt diese vielen Fernsehsendungen von Valentin. Als ob in der Hotelküche nicht schon genug zu tun wäre. Gut, das Hotel – und damit ja auch Felix selbst – profitierten sehr wohl von Valentins Stardasein, doch es brachte ihm auch eine ganze Menge zusätzliche Arbeit ein. Er begleitete nicht nur seinen Bruder zu den meisten seiner Sendungen, um ihm als Beikoch zur Hand zu gehen, glücklicherweise nur hinter der Kamera. Auch bereits zu Hause mussten sie gemeinsam die Gerichte, die Valentin in der Sendung präsentieren sollte, austüfteln und vorbereiten.

Nicht dass Valentin nicht schätzte, was er an Felix hatte – im Gegenteil, ihm war gewiss bewusst, wie sehr er seinen jüngeren Bruder brauchte. Aber manchmal wünschte sich Felix, ein ganz normaler Koch in einem kleinen, gemütlichen Restaurant zu sein, mit geregelten Arbeitszeiten und ohne diesen ganzen Starkoch-Rummel, der sich rund um Valentin abspielte.

Immer noch saß die Frau regungslos da und blickte auf das Wasser hinaus. Ihre Silhouette wirkte etwas zerbrechlich vor dem silbrig flimmernden Wasser im Hintergrund, und die kleinen Steinchen auf ihrem T-Shirt funkelten in den Sonnenstrahlen, die sich durch die Zweige der Bäume brachen. Am liebsten hätte sich Felix zu ihr gesetzt, doch er wollte sie nicht erschrecken, und außerdem war er nicht gerade der größte Held, was das Ansprechen fremder Frauen anging.

Aber wenigstens ihr Gesicht wollte er sehen, und als er deswegen ein paar Schritte zur Seite machte, trat er auf einen Ast, der unter seinen Schuhen mit einem lauten Knirschen zerbrach. Hastig machte er kehrt, um das Weite zu suchen. Dabei erkannte er noch aus den Augenwinkeln, wie sie zusammenzuckte und den Kopf in seine Richtung wandte. Hoffentlich war er schnell genug gewesen, und sie hatte ihn nicht mehr gesehen, sonst glaubte sie womöglich noch, er wäre ein Spanner und hätte ihr nachgestellt.

Im Davonlaufen hörte er ihre Stimme. Zum ersten Mal. Sie rief nur ein paar Worte, und ihre Stimme hörte sich hart, fast schon unfreundlich an und passte so gar nicht zu der Zartheit und Verletzlichkeit, die sie in ihren Bewegungen, ihren Gesten ausstrahlte.

Er wagte es nicht, kurz innezuhalten und sich noch einmal umzudrehen. Womöglich war sie ihm ja gefolgt. Vorsorglich versteckte er sich ein wenig abseits des Weges hinter dem dicken Stamm einer alten Eiche. Von dort konnte er den Weg, der vom Seeufer zum Hotel führte, im Auge behalten.

Sie war noch nicht wieder aufgetaucht, also musste sie immer noch am Steg sein. Aber so langsam rannte ihm die Zeit davon. Er sah auf die Uhr. Schon fast vier. Wenn er vor Arbeitsbeginn noch in seine Wohnung wollte, durfte er sich nicht mehr allzu lange hier aufhalten.

Gerade wollte er sein Versteck hinter dem Baum verlassen, als er sie um die Ecke kommen sah. Sie hielt den Kopf gesenkt, schulterte im Gehen ihre Tasche und bog auf den Weg zum Hotel ein, ohne sich umzublicken.

Er atmete auf. Anscheinend hatte sie ihn nicht bemerkt. Nicht dass er sie nicht gerne kennenlernen und sich mit ihr unterhalten würde, aber auf keinen Fall sollte es auf diese Weise passieren. Wie er es anstellen würde, musste er sich gut überlegen. Schließlich war sie hier ja Gast und er nur ein Angestellter, wenn auch der Bruder des Chefs. Vielleicht musste er einfach nur auf eine günstige Gelegenheit warten. Hoffentlich würde er dann auch den Mut aufbringen, sie anzusprechen.

Er wartete noch ein paar Minuten, bis er sich sicher sein konnte, dass sie genügend Vorsprung hatte. Dann machte er sich ebenfalls auf den Weg zurück ins Hotel.

5

Mit gemischten Gefühlen betrat Conny am Abend den Speisesaal. Doro hatte ihr eingeschärft, sich auf jeden Fall zum Abendessen umzuziehen, das sei in Hotels dieser Kategorie ein absolutes Muss. So hatte sie schweren Herzens ihre Jeans und Doros Designer-T-Shirt gegen ein dunkelrotes Cocktailkleid ausgetauscht, das natürlich auch aus Doros Kleiderschrank stammte und in dem sie sich ziemlich unwohl fühlte. Irgendwie bildete sie sich ein, dass ihr alle ansahen, dass sie ein geliehenes Kleid trug, obwohl es ihr wie angegossen passte. Glücklicherweise hatten sie und Doro fast dieselbe Figur.

Aber wo war nur ihr Tisch? Sie hatte wenig Lust, durch den ganzen Saal von Tisch zu Tisch zu wandern, auf den Tischkarten nach ihrem Namen zu suchen und sich dabei von allen Gästen anstarren zu lassen.

Sie beschloss, gleich die erste Kellnerin anzusprechen, die ihr über den Weg lief. Doch diese meinte, es sei das Privileg des Restaurantleiters, neuen Gästen ihren Tisch im Speisesaal zuzuweisen, und deutete dabei auf einen Mann mittleren Alters, der den gleichen Frack wie Bertram König trug und in Connys Augen wie eine Mischung aus Elvis Presley und Prinz Charles aussah.

Conny seufzte kaum merklich. Anscheinend war hier alles bis ins letzte Detail durchorganisiert und jede Aufgabe ganz streng zugeteilt.

Als sie Charles-Elvis – so nannte sie ihn schon heimlich – ihren Namen genannt hatte, blätterte er in einem dicken, ledernen Buch und meinte schließlich mit einer kleinen Verbeugung:

»Wenn gnädige Frau mir bitte folgen wollen?« Er sprach in der Tat mit einem leichten englischen Akzent, und Conny musste sich zusammenreißen, um nicht laut loszulachen. Womöglich war Charles-Elvis, der mit Nachnamen ganz gewöhnlich Smith hieß – zumindest stand das auf dem Schildchen auf seinem Revers –, ja tatsächlich ein entfernter Verwandter von Prinz Charles. Vielleicht hatte sich ja irgendwann einmal ein Urahn der Windsors mit einer Dienstmagd namens Smith vergnügt, und ein Nachfahre dieses Schäferstündchen-Resultats stand nun leibhaftig vor ihr …

So trottete Conny nun also hinter Charles-Elvis her und versuchte dabei, so unverkrampft wie möglich zu gehen, was in den Schuhen mit den hohen, bleistiftdünnen Absätzen – natürlich auch eine Leihgabe von Doro, und bestimmt eine sündhaft teure noch dazu – gar nicht so einfach war. Es kam ihr wie eine Ewigkeit vor, bis er endlich vor einem Tisch stehen blieb, an dem sie zu ihrer Überraschung zwei bekannte Gesichter vorfand: Herrn und Frau Generaldirektor!

Auch das noch! Worüber sollte sie sich denn nur mit den beiden unterhalten? Spätestens jetzt wünschte sie sich niemanden sehnlicher herbei als die gute Doro, die für Small Talk geradezu geboren war und der die Gesprächsthemen bei Tisch niemals ausgingen, selbst wenn sie einem leibhaftigen Generaldirektor mit Luxuskarosse und Chauffeur gegenübersaß.

Charles-Elvis räusperte sich. »Darf ich vorstellen …«

»Oh, wie schön!«, rief Frau Generaldirektor dazwischen, und das Strahlen in ihren Augen verriet, dass sie es ernst meinte.

Und auch Herr Generaldirektor, der ganz nach alter Schule inzwischen aufgestanden war und sich leicht vor Conny verbeugte, freute sich sichtlich, denn er zwinkerte Conny zu und meinte: »Sieh an, die nette junge Dame mit dem rasanten Fahrstil.«

Charles-Elvis stand vor Staunen der Mund offen. »Die Herrschaften kennen sich?«

»Sagen wir mal so«, antwortete Herr Generaldirektor und schmunzelte, »die Stoßstangen unserer Autos kennen sich noch besser.«

Charles-Elvis schien nun völlig aus dem Konzept gebracht, denn er zeigte leichte Anzeichen einer Schnappatmung. »Gut, äh, dann, äh ... Ich hoffe, es ist den Herrschaften recht, dass ich Sie an einen Tisch gesetzt habe. Schließlich haben Sie ja denselben beruflichen Hintergrund. Und, äh, der Sommelier wird gleich bei Ihnen sein.«

Er verbeugte sich knapp, ging drei Schritte rückwärts, machte dann kehrt und stolzierte davon. Conny starrte ihm nach. Von hinten sah er in seinem Frack ein wenig aus wie ein Pinguin, und sein leicht watschelnder Gang tat sein Übriges dazu.

»Setzen Sie sich doch«, hörte sie die Stimme von Frau Generaldirektor, »wir beißen auch bestimmt nicht.«

»Natürlich, gerne.« Erleichtert ließ sich Conny nieder, und Herr Generaldirektor ließ es sich nicht nehmen, ihr den Stuhl zurechtzurücken. Das hätte ihr mal jemand zu Hause prophezeien sollen! Fehlte nur noch, dass er ihr die Hand küsste. Doch glücklicherweise tat er das nicht, sondern kehrte an seinen Platz zurück.

»So, dann sind wir also für die nächste Zeit Tischnachbarn«, meinte er, als er sich wieder setzte. »Verzeihung, wir haben uns noch gar nicht vorgestellt. Siegfried Althoff ist mein Name, und das ist meine Frau Gerlinde.«

»Conny Hausmann aus Stuttgart. Freut mich sehr.« In ihrem Kopf arbeitete es. Der Name Althoff sagte ihr etwas, doch sie kam beim besten Willen nicht darauf, was es war.

»Bleiben Sie länger hier?«, wollte Frau Althoff wissen.

»Nein, ich habe leider nur für eine Woche gebucht.«

»Wir für knapp zwei Wochen. Mein Mann wird allerdings zwischendurch einmal zurück nach Frankfurt fahren. Anscheinend ruft ihn die Arbeit. Er kann es nun einmal nicht lassen, obwohl er die Firma schon längst unserem Sohn übergeben hat und jetzt seinen wohlverdienten Ruhestand genießen könnte.«

Firma? Althoff? Frankfurt? Irgendetwas war doch da, aber was nur? Und was hatte das mit ihrem Beruf zu tun?

»Lassen Sie sich nur nicht verwirren, wenn alle hier im Hotel meinen Mann mit ›Herr Generaldirektor‹ ansprechen, obwohl er eigentlich gar keiner mehr ist«, plauderte Frau Althoff munter weiter. »Das Personal lässt es sich nicht nehmen. Das ist die Macht der Gewohnheit. Wir sind ja schon viele Jahre Stammgäste hier.«

Die beiden waren doch eigentlich ganz angenehm. Und ziemlich normal noch dazu. Besonders Frau Althoff schien gerne ausgiebig zu plaudern und Conny gegenüber keinerlei Standesdünkel oder Berührungsängste zu haben.

Nachdem ihnen der Sommelier einen fruchtigen Grauburgunder serviert hatte und sie einander zugeprostet hatten, wandte sich Herr Althoff wieder an Conny. »Nach Mister Smiths Andeutung bin ich nun aber neugierig geworden. Darf ich fragen, was Sie beruflich machen?«

»Ich bin Buchhändlerin.« Und als sie das breite Grinsen in Herrn Althoffs Gesicht sah, fiel es ihr wie Schuppen von den Augen. Natürlich! Der Althoff-Verlag in Frankfurt, einer der größten und bekanntesten Verlage in Deutschland! Warum war sie nicht gleich darauf gekommen? »Ich glaube, ich weiß jetzt, wo ich Sie einordnen muss«, sagte sie. »Das Verlagshaus Althoff! Ich wäre eine schlechte Buchhändlerin, würde ich Ihr Unternehmen nicht kennen, Herr Generaldirektor.«

»Jetzt fangen Sie nicht auch noch mit dem ›Generaldirektor‹ an«, meinte er und drohte spielerisch mit dem Finger. »Ich heiße einfach nur Althoff, sonst nichts.«

Frau Althoff hob gleich noch einmal ihr Glas. »Darauf müssen wir trinken. Sie verkaufen also die Bücher, die wir herausgeben. Liebling, ist das nicht toll?« Sie blickte ihren Mann strahlend an. Wenn sie lachte, sah sie trotz ihrer bestimmt schon gut siebzig Jahre wie ein junges Mädchen aus, und Conny beneidete sie insgeheim ein wenig darum.

»Auf jeden Fall, Schatz, da hatte Mister Smith einen ganz vorzüglichen Riecher«, antwortete er und wandte sich wieder

Conny zu. »Und vor allem interessiert es mich brennend, welches Feedback Sie von Ihren Kunden zu unseren Büchern bekommen. Sie sind ja sozusagen unsere Schnittstelle zum Leser.«

Wow. Der Seniorchef des renommierten Verlagshauses Althoff fragte ausgerechnet sie, die einfache Buchhändlerin, nach ihrer Meinung. Erich Wieland würden die Augen aus dem Kopf fallen, wenn sie ihm nach ihrer Rückkehr davon erzählte. »Das kann ich Ihnen sehr gerne sagen, Herr Gen..., äh, ich meine, Herr Althoff.«

»Und in welcher Buchhandlung in Stuttgart arbeiten Sie?«, wollte nun Frau Althoff wissen. »Da gibt es doch dieses große Buchhaus in der Königstraße. Wir waren während eines Stuttgart-Aufenthalts einmal dort, und mein Mann hatte seine liebe Mühe, mich wieder aus dem Geschäft herauszubekommen. Arbeiten Sie womöglich dort?«

»Nein, nein.« Conny schüttelte den Kopf und lachte. »Es ist natürlich der Traum eines jeden Buchhändlers, dort zu arbeiten, aber leider ... Meinen Arbeitgeber werden Sie wohl kaum kennen, es ist nur eine kleine Buchhandlung in einem Vorort, die Buchhandlung Wieland.«

Bei Herrn Althoff schien es zu arbeiten. »Wieland? Meinen Sie vielleicht Erich Wieland?«

Conny nickte. Kannte er etwa ihren Chef?

»Und ob ich den kenne! Es ist zwar schon Jahrzehnte her, aber ein Erich Wieland aus Stuttgart war mal Praktikant in unserer Firma. Sein Vater führte damals die Buchhandlung – irgendwo im Norden von Stuttgart, wenn ich mich nicht irre. Und bevor der Junior den Laden übernahm, schickte ihn der Senior auf große Tour quer durch die Republik. Er sollte mal überall reinschnuppern, die Produktion eines Buches von Anfang bis Ende kennenlernen. Na ja, dazu gehört natürlich auch ein Verlag, und da ist er schließlich bei uns gelandet. Lassen Sie mich mal nachrechnen, er dürfte gut zehn Jahre jünger sein als ich, und wir haben uns leider im Laufe der Zeit aus den Augen verloren. Aber was für eine Überraschung, dass Sie ausgerechnet bei ihm arbeiten! Erzählen Sie, wie geht es ihm und was treibt er so?«

Na klasse, jetzt durfte sie auch noch im Urlaub über ihren Brötchengeber sprechen. Dabei wollte sie doch mal wenigstens für ein paar Tage Abstand von ihm und seinen verstaubten Ansichten bekommen. Doch das konnte sie Herrn Althoff ja schlecht auf die Nase binden. Aber immerhin hatten sie dann mindestens bis zum Ende des Abendessens, wenn nicht sogar für die nächsten Tage ein Gesprächsthema, bei dem sie mitreden konnte und in dem sie sich sicher fühlte.

Und so erzählte und erzählte sie. Die Zeit verging wie im Flug, und als der letzte Gang serviert wurde – ein Traum von einem Himbeerparfait auf einem Spiegel von verschiedenen Saucen –, bereute sie es sogar schon, dass das Essen bald vorbei sein würde. Natürlich hatte sie jeden Gang des köstlichen Menüs genossen, das ebenso wie die Suppe heute Mittag eindeutig Valentins Handschrift trug: ausgewählte Zutaten, eine Komposition verschiedener Geschmacksrichtungen, die sich zwar auf den ersten Blick abenteuerlich anhörte, sich aber als sehr raffiniert erwies. Und das alles natürlich in einer Weise angerichtet und dekoriert, dass man sich fast nicht traute, überhaupt etwas davon zu essen.

Vor allem die Garnitur des Desserts hatte den Meisterkoch verraten. Keiner von Valentins Fernsehkollegen, die ja weiß Gott auch keine schlechten Köche waren, schaffte es, die Saucen mit einer geschmeidigen Drehung des Handgelenks so dekorativ vom Löffel fließen zu lassen wie er. Und Conny liebte es natürlich, ihm dabei vor dem Bildschirm zuzusehen, seine Hände zu betrachten, die kraftvoll und filigran zugleich waren und die sie wohl unter tausend anderen wiedererkennen würde ...

»Oder meinen Sie nicht auch?«, hörte sie da Frau Althoffs Stimme.

»Wie? Äh, ja, natürlich.« Wozu in aller Welt hatte sie jetzt nur Ja gesagt? Hoffentlich nichts, was sie später noch bereuen würde.

»Wissen Sie, mein Mann und ich haben schon so viele Restaurants ausprobiert, aber hier im *Seeschlösschen* wurden wir noch nie enttäuscht.«

Aha, anscheinend hatte Frau Althoff von der Qualität des Essens gesprochen. Da konnte sie sich beruhigt der Meinung ihrer Tischnachbarin anschließen. »Ja, das glaube ich gerne«, antwortete Conny erleichtert. »Ich bewundere Valentin Seidel sehr, besitze alle seine Kochbücher, koche auch vieles daraus nach und verpasse so gut wie keine seiner Fernsehsendungen. Das ist auch der Grund, warum ich hier bin. Vielleicht ergibt sich ja einmal eine Gelegenheit, dass ich mich mit ihm austauschen kann, wenn auch nur ganz kurz. Ich könnte sicher noch vieles von ihm lernen.«

»Da würde ich mir keine allzu großen Hoffnungen machen«, mischte sich Herr Althoff in das Gespräch ein. »Wir sind hier mittlerweile ja Stammgäste, aber selbst wir haben ihn bisher nur wenige Male zu Gesicht bekommen. Wie man so hört, ist er immer sehr beschäftigt, vor allem mit seinen Sendungen. Und außerdem möchte er sich wohl auch etwas von seiner Privatsphäre bewahren, was man ihm wahrlich nicht verdenken kann. Er hätte ja sicher bei dem ganzen Starrummel, der um seine Person gemacht wird, keine ruhige Minute mehr, selbst hier bei sich zu Hause.«

Frau Althoff musste Connys Enttäuschung bemerkt haben, denn sie stieß ihren Mann leicht mit dem Ellbogen an. »Liebling, jetzt nimm doch Frau Hausmann nicht alle Hoffnungen.« Und zu Conny gewandt meinte sie: »Wissen Sie, was ich an Ihrer Stelle tun würde? Versuchen Sie doch einmal, mit Herrn Seidels jüngerem Bruder in Kontakt zu kommen. Er arbeitet hier ebenfalls als Koch und ist ein sehr netter, umgänglicher Mann. Vielleicht kann er ja etwas für Sie arrangieren.«

Conny lächelte. »Vielen Dank für den Tipp, das werde ich sehr gerne versuchen.«

Gegen neun löste sich die Runde auf. Nachdem sie sich vor dem Eingang zum Speisesaal voneinander verabschiedet hatten, zog sich das Ehepaar Althoff ins Kaminzimmer zurück, um dort bei einem Glas Wein den Abend ausklingen zu lassen und der Pianomusik zuzuhören, die dort im Rahmen des Barbetriebs geboten wurde. Sie hatten Conny gefragt, ob sie auch mitkommen wolle, doch diese hatte dankend abgelehnt. Sie hatte andere Pläne, und nach dem Hinweis von Frau Althoff wollte sie keine Minute länger vergeuden. Irgendwo musste doch einer der beiden Seidel-Brüder aufzufinden sein.

Noch einmal die Rezeption zu bemühen, kam nicht in Frage. Bertram König hatte sie heute Nachmittag schon so merkwürdig von der Seite angesehen, als sie sich bei seiner Kollegin nach Valentin erkundigt hatte.

Nein, es musste einen anderen Weg geben, um an Valentin oder seinen Bruder heranzukommen. Doro würde nun an ihrer Stelle einfach seelenruhig in die Küche hineinspazieren und so tun, als hätte sie sich verlaufen und wäre nur ganz zufällig dort gelandet. Aber dazu fehlte ihr selbst der Mut, und außerdem wollte sie sich keine Schwierigkeiten mit der Hotelleitung und dem Personal einhandeln. Aber es gab ja sicher so etwas wie einen Personaleingang, den sie etwas näher unter die Lupe nehmen konnte, oder noch besser den Lieferanteneingang, wo die Ware für die Küche entgegengenommen wurde. Aber ob sich Valentin oder sein Bruder dort blicken ließen? Das Schleppen von Gemüsekisten fiel ja sicherlich nicht in ihr Aufgabengebiet.

Auf jeden Fall war es wohl das Beste, sie machte noch einen kleinen Verdauungsspaziergang ums Hotel, obwohl es das Wort *Spähgang* sicher besser getroffen hätte. Doch vorher würde sie sich in ihrem Zimmer noch andere Schuhe holen müssen, denn Doros edle Designerschuhe eigneten sich nicht gerade für Trampelpfade und Schleichwege im Park.

Auf dem Weg durch das Foyer kam sie an der Rezeption vorbei – keine Spur von Bertram König. Und das war auch besser so, denn er hatte sie wahrscheinlich ohnehin schon auf dem Kieker. Außerdem gönnte sie ihm durchaus ein wenig Freizeit.

Plötzlich entdeckte sie ihn. Nicht Bertram, nein, Valentin – ausgerechnet im hintersten Winkel des weitläufigen Foyers. Mit seiner weißen Kochjacke hob er sich deutlich gegen die dunkle Holzvertäfelung ab. Zwar hatte er ihr den Rücken zugekehrt, denn er war gerade dabei, eine Tür aufzuschließen. Doch ihn hätte sie in tiefster Nacht und im dichtesten Schneetreiben wiedererkannt, selbst wenn sie auf beiden Augen fast blind gewesen wäre. Und wenn ihm sein Bruder nicht extrem ähnlich sah, dann konnte das eigentlich nur Valentin selbst sein!

Im ersten Moment traute sie sich nicht einmal, sich zu bewegen, so fasziniert war sie von seinem Anblick. Doch dann ermahnte sie sich selbst: »Reiß dich zusammen, Conny«, flüsterte sie, »so eine Gelegenheit bekommst du nie wieder!« Wenn sie ihn noch erwischen wollte, musste sie sich sputen, denn er machte gerade Anstalten, die beiden Kisten, die neben ihm auf dem Boden standen, hochzuheben und damit in der Tür zu verschwinden.

Und dann spurtete sie los, doch das war in Doros High Heels gar nicht so einfach. Glücklicherweise tummelten sich um diese Zeit viel weniger Gäste im Foyer als tagsüber, und so lief sie wenigstens nicht allzu sehr Gefahr, jemanden über den Haufen zu rennen. Jetzt war sie zu allem Übel auch noch umgeknickt! In diesen hochhackigen Dingern würde sie Valentin nie rechtzeitig erreichen! Kurzentschlossen zog sie die Schuhe aus, nahm sie in die linke, ihre Tasche in die rechte Hand und rannte barfuß weiter, so schnell es ihr schmerzender Knöchel zuließ.

Jetzt hatte er schon die erste der beiden Kisten in das Zimmer getragen und machte sich nun daran, auch die zweite hochzuheben. Und sie war noch so weit von ihm entfernt! Warum musste dieses Foyer nur so unwahrscheinlich groß sein? Hätte es dieser steinerne Graf von und zu Irgendwas nicht ein wenig kleiner bauen können?

Nun war er auch mit der zweiten Kiste schon unter dem Türrahmen angelangt, und sie hatte immer noch eine ganz schöne Strecke vor sich. Sie musste unbedingt verhindern, dass er endgültig hinter dieser Tür verschwand.

Ohne lange nachzudenken, rief sie: »Herr Seidel, warten Sie doch bitte einen Moment!« Es war ihr egal, ob sich die wenigen anderen Gäste im Foyer verwundert nach ihr umsahen. Sollten sie doch. Sie hatte nur ein Ziel vor Augen, und dieses Ziel drehte sich nun um und blickte erstaunt in ihre Richtung.

Ja, er war es tatsächlich. Völlig außer Atem blieb sie vor ihm stehen. Und anders als erwartet, sah er nicht sie an, sondern erst ihre Schuhe, die sie immer noch in der Hand trug, und dann ihre nackten Füße.

»Ja, was ist denn?« Täuschte sie sich, oder erklang in seiner Stimme heute nicht dieses sanft-sexy Timbre wie sonst immer, sondern eine gehörige Portion Ungeduld?

»Herr Seidel, ich, ich ...«, keuchte sie. Verdammt, ausgerechnet jetzt rutschte ihr das Herz in die Hose, und sie stotterte nur herum. War ja auch kein Wunder. Wann stand schon ein Mann wie Valentin Seidel leibhaftig vor einem? Da hätte es sicher auch anderen die Sprache verschlagen – mit einer Ausnahme: Doro bestimmt nicht. Die hätte ihn einfach angelächelt, ein paar nette Worte gesagt, er hätte zurückgelächelt, und alles wäre in Butter gewesen.

Doch statt sie ebenfalls mit netten Worten und einem Lächeln zu bedenken, blickte er sie ziemlich mürrisch an. »Wenn Sie eine Beschwerde vorzubringen haben, wenden Sie sich an den Empfangschef, die Hausdame oder den Restaurantleiter. Und wenn Sie von der Presse sind, kann Ihnen mein Management sicher weiterhelfen.«

»Nein, nein«, beeilte sie sich zu sagen. Na ja, wenigstens hatte sie sich jetzt ein wenig gefangen und ihre Sprache wiedergefunden. Nachdem sie tief Luft geholt hatte, sprudelten die Worte auf einmal nur so aus ihr heraus. »Ich bin Gast hier und habe diesen Urlaub extra gebucht, weil ich ein großer Fan von Ihnen bin und ich Ihnen schon lange einmal sagen wollte, wie wunderbar Ihre Sendungen und Ihre Rezepte ...«

»Das ist ja alles ganz nett«, fiel er ihr ziemlich ungehalten ins Wort, »aber jetzt habe ich wirklich keine Zeit mehr.«

Noch ehe sie sich versah, verschwand er in dem Raum und schlug die Tür, an der ein Schild mit der Aufschrift *Privat* prangte, vor ihrer Nase zu.

Felix wusste im ersten Augenblick nicht, wie ihm geschah. Er war gerade auf dem Weg von der Küche zu Valentins privatem Büro, wo sie gemeinsam das neu angekommene Kochzubehör begutachten wollten. Kurz nach der Rezeption schoss ein rotes Etwas an ihm vorbei. Erst als er sich von seinem Schreck etwas erholt hatte, erkannte er, dass es die Frau war, die er heute Mittag erst an der Rezeption und dann am Bootssteg gesehen hatte und die ihn so in ihren Bann gezogen hatte. Sie raste auf die Tür zum Büro zu, in das Valentin gerade die Kisten mit dem Kochgeschirr trug, rief ihm etwas zu und blieb dann vor ihm stehen.

Anders als heute Mittag hatte sie ihre Haare hochgesteckt, was ihren schlanken Hals gut zur Geltung brachte. Ihr Kleid war sicher keines aus einem Billigkaufhaus – in all den Jahren im Hotel hatte sich Felix einen Blick für solche Dinge angeeignet –, und sie wirkte darin sehr elegant. Doch in Jeans und T-Shirt hatte sie ihm zugegebenermaßen noch besser gefallen. Ohnehin stand er mehr auf bodenständige, natürliche Frauen. Diese aufgetakelten, gekünstelten Modepuppen, wie sie im Hotel in Scharen herumliefen, würden wohl nie so wie sie hier barfuß im Foyer herumlaufen und sich dazu herablassen, ihre Schuhe ganz undamenhaft in der Hand zu tragen.

Was sie wohl von Valentin wollte? Womöglich war sie ja eine Reporterin auf der Suche nach einer guten Story. Doch dann würde sie wohl kaum wie der geölte Blitz durch das Foyer rennen, dazu noch barfuß und mit unordentlichen Haaren, denn aus ihrer Hochsteckfrisur hatten sich vom schnellen Laufen bereits einige Strähnen gelöst und hingen nun wirr herunter. Die Art und Weise, wie sie gerade auf seinen Bruder zugerast war, ließ eher darauf schließen, dass sie zu Valentins unzähligen weiblichen Fans gehörte. Die konnten gerne mal den Kopf verlieren und sich wie wildgewordene Teenager benehmen, das hatte Felix schon am eigenen Leib erfahren müssen. Und dafür würde ja auch die Tatsache sprechen, dass sie irgendwie gar nicht so richtig in die ziemlich abgehobene Umgebung des Hotels passte.

Felix sah seinem Bruder an, dass ihm das Gespräch äußerst unangenehm war. Er kannte ihn gut genug, um zu wissen, dass Valentin nichts so sehr verabscheute, als zu Hause von Verehrerinnen belagert zu werden. Unterwegs ja, in seinen Fernsehsendungen oder bei einer Autogrammstunde mit einem der Sponsoren, aber in seinem »Reich«, wie er es nannte, durfte ihm keine zu nahe auf die Pelle rücken.

Felix hatte deswegen schon endlose Diskussionen mit Valentin geführt. »Wenn du ein Hotel haben willst, musst du auch mit den Konsequenzen leben«, hatte er erst neulich wieder zu ihm gesagt. Die angenehmen Folgen, die das Hotel mit sich brachte, nahm Valentin schließlich auch mit. Er lebte ja auch ganz passabel von dem Gewinn, den es abwarf, und außerdem trug es nicht unerheblich zu seinem Image und seinem Bekanntheitsgrad bei. »Ohne Hotel kein Fernsehen und ohne Fernsehen kein Hotel«, pflegte sogar Valentin selbst hin und wieder zu sagen.

Ja, es stimmte: Ohne das Hotel wäre das Fernsehen nie auf Valentin aufmerksam geworden. Und ohne seine Fernsehsendungen wäre das Hotel nicht ständig bis auf das letzte Bett und den letzten Platz im Restaurant ausgebucht – selbst außerhalb der Saison, wenn der Bodensee nicht so viel Anziehendes bot. Die Leute kamen doch ganz offensichtlich wegen Valentin hierher. Wenn er also zu Hause seine Ruhe haben wollte, musste er wohl oder übel das Hotel aufgeben. Felix selbst würde das nicht viel ausmachen, er würde auch so klarkommen. Hier im Hotel war er zwar der Souschef, aber an diesem Posten hing er kein bisschen. Valentins rechte Hand zu sein, brachte ihm ja in erster Linie eines ein: jede Menge Stress und Überstunden.

Das Gespräch zwischen den beiden da drüben war so schnell zu Ende, wie es begonnen hatte. Valentin schien die Frau ziemlich schroff abgewimmelt zu haben, zumindest ließ sein Gesichtsausdruck diese Vermutung zu – und ihrer erst recht.

Nachdem Valentin die Tür zum Büro nicht gerade vornehm leise hinter sich geschlossen hatte, drehte sich die Frau mit gesenktem Kopf um und durchquerte wie ein begossener Pudel das Foyer, ohne nach links und nach rechts zu blicken. Deshalb bemerkte sie Felix auch nicht, als sie nicht allzu weit entfernt an ihm vorbeiging.

Irgendwie tat sie ihm leid. Was auch immer sie von Valentin gewollt hatte, sie hatte es absolut nicht verdient, so von ihm abgefertigt zu werden. Am liebsten hätte er sie jetzt getröstet, doch er traute sich nicht, sie anzusprechen. Deshalb blickte er ihr nur nach, wie sie durch das Foyer schlich und schließlich die große Freitreppe zu den Zimmern hinaufstieg.

Als sie aus seinem Blickfeld verschwunden war, machte er sich auf den Weg zum Büro. Valentin würde sicher schon auf ihn warten. Und tatsächlich, sein Bruder empfing ihn mit säuerlicher Miene. »Wo bleibst du denn so lange? Du weißt doch, dass ich auf dich warte.«

»Na ja«, antwortete Felix und konnte sich ein Grinsen nicht verkneifen, »ich musste mir doch erst noch das Schauspiel ansehen, das du da gerade abgegeben hast.«

Valentin sah ihn erst fragend an, dann winkte er ab. »Ach so, das. Ja, das war wieder mal ein besonders aufdringlicher Fan. Ich verstehe nicht, dass diese verrückten Weiber mir überall auflauern müssen. Nicht einmal zu Hause hat man seine Ruhe.«

Also doch. Hatte ihn sein Gefühl nicht getäuscht, dass sie auch zu den vielen Frauen gehörte, die Valentin umschwirrten wie die Motten das Licht. Komisch, sonst berührte ihn das überhaupt nicht, doch bei ihr ging es ihm erheblich gegen den Strich. Wenn sie so auf seinen Bruder abfuhr, würde er natürlich keine Chance bei ihr haben.

Er schluckte. »Ja, das ist nun mal der Preis deines Ruhms. Du führst ein Hotel, da musst du damit rechnen, dass deine vielen Verehrerinnen auch hierherkommen.«

»Ich weiß, ich weiß, Bruderherz. Das Thema müssen wir jetzt nicht auch noch ausdiskutieren. Lass uns lieber nachsehen, was uns Küngemann für die nächste Sendung geschickt hat. Der neue Mixstab soll ja ein wahres Wunderteil sein. Aber den müssen wir ausgiebig testen. Ich experimentiere nicht gerne mit neuen Geräten herum, vor allem dann nicht, wenn mir andere dabei zusehen.«

Während sich Valentin daran machte, die Kisten zu öffnen, seufzte Felix leise. Er kannte mittlerweile Valentins Marotte, selbst den unbedeutendsten Löffel vorher auszuprobieren, bevor er ihn in seinen Fernsehshows benutzte. Er fürchtete wohl immer noch …

»Nun, das werden wir bald haben«, meinte Felix schließlich. »So viel anders als die anderen kann dieser Mixstab auch nicht sein, wenn ihn auch Küngemann als das achte Weltwunder anpreist. Du musst ihn nur möglichst oft in die Kamera halten und darauf achten, dass das Logo deines geschätzten Sponsors auch immer gut zur Geltung kommt. Und was die neuen Töpfe anbelangt: Wenn da nicht während des Kochens auf einmal ein rosa Kaninchen herausspringt, dürftest du auch damit keine Probleme haben.«

»Du weißt genau, warum ich in diesen Dingen auf Nummer sicher gehen muss«, zischte Valentin und blickte dabei so finster drein, als wollte er jeden Moment die nagelneue Stielkasserolle seines Sponsors auf den Kopf seines Bruders donnern.

»Ja, ja, nur mit der Ruhe.« Felix legte beschwichtigend die Hand auf Valentins Schulter. »Wir schaffen das schon, keine Panik, großer Bruder. Zusammen haben wir es bis jetzt doch noch immer hingekriegt, oder?«

Valentin nickte. Was hätte er auch anderes tun sollen? Felix wusste, wie sehr die Tatsache an Valentin nagte, dass er in diesen Dingen voll und ganz von seinem Bruder abhängig war. Und wenn es auf eine Fernsehsendung zuging, spürte Felix dies umso deutlicher. Das würde auch diesmal nicht anders sein.

6

Als Conny am nächsten Morgen aufwachte, wusste sie im ersten Moment nicht, wo sie sich befand. Um sie herum drehte sich alles, und sie hatte das Gefühl, auf einem Bodenseeschiff bei Windstärke zehn zu sitzen – vielmehr zu liegen. Vorsichtig schlug sie die Augen auf. Irgendwie kam ihr der gestreifte Satin über ihr bekannt vor. Ach ja, das Himmelbett. Sie richtete sich ein wenig auf und sah sich im Zimmer um.

Ihr Blick fiel auf die Flasche mit dem teuren italienischen Wein, die neben einem leeren Weinglas auf dem Beistelltisch der Sitzgruppe stand. Wenn ihre Erinnerung sie nicht im Stich ließ, hatte sie sich die Flasche am Abend zuvor aufs Zimmer kommen lassen und sich geschworen, jeden Abend nur ein kleines Glas davon zu trinken. Doch nun war sie leer. Kein Wunder, dass in ihrem Kopf ein solches Gewitter tobte. Fast hundert Euro an einem einzigen Abend. Und das alles nur, um ihre Enttäuschung und ihren Frust hinunterzuspülen.

Erstaunlicherweise konnte sie sich an die Begegnung mit Valentin gestern Abend ganz genau erinnern, obwohl es ihr anders lieber gewesen wäre. Ja, sie hatte es tatsächlich geschafft, ihm leibhaftig gegenüberzustehen – und dann das. Mit allem hatte sie gerechnet, nur nicht damit, dass er sie so barsch abfertigen würde. Sie hatte sich ihr erstes Zusammentreffen mit Valentin so oft in Gedanken ausgemalt und sich tausend Fragen überlegt, die sie ihm stellen wollte. Und immer war Valentin in ihren Träumen so nett und freundlich gewesen, wie sie ihn aus dem Fernsehen kannte. Doch gestern Abend hatte auf einmal ein völlig anderer Mensch vor ihr gestanden. Und als sie dann in ihr Zimmer gekommen war und sich im Spiegel betrachtet hatte, war ihr klar geworden, dass sie vor Valentin ein jämmerliches Bild abgegeben hatte. Barfuß, mit den Schuhen in der Hand, der unordentlichen Frisur und völlig außer Atem hatte sie herumgestottert wie ein Schulmädchen bei seinem ersten Date, was an Peinlichkeit wohl kaum mehr zu überbieten war.

Eine quäkende Musik ließ sie aufschrecken. Was um Himmels willen war das? Irgendwie kam ihr diese Melodie bekannt vor – wenn man sie überhaupt als eine solche bezeichnen konnte. Hatte nicht Alina sie schon des Öfteren damit genervt, wenn sie in ihrem Zimmer die Bässe voll aufdrehte und die Fenster der Altbauwohnung in dem harten Rhythmus vibrierten?

Es dauerte einen Moment, bis Conny einfiel, woher der Lärm kam. Warum nur musste Alina andauernd neue Klingeltöne auf ihrem Handy installieren? Wahrscheinlich schämte sie sich ihrer altbackenen Mutter, die noch einen Handy-Klingelton aus der Steinzeit besaß. Gleich nachher würde sie ihren alten Klingelton wieder aktivieren. Dieser hier war ja nicht zum Aushalten.

Nachdem sie endlich das Handy auf dem Boden neben dem Bett gefunden hatte, hörte sie eine wohlbekannte Stimme, die dazu noch extrem gute Laune zu haben schien. »Guten Morgen, meine Süße.«

»Doro«, murmelte Conny schleppend und blickte auf die Uhr. Kurz nach halb acht. »Was ist denn passiert, dass du so früh schon so gut drauf bist? Das ist doch sonst gar nicht deine Zeit.«

»Ich hatte gestern einen wunderbaren Abend, und einen erfolgreichen noch dazu. Tut mir übrigens ehrlich leid, dass ich dich nicht mehr zurückrufen konnte. Ich bin erst um zwei in der Nacht nach Hause gekommen, da wollte ich dich nicht mehr wecken. Ich war doch auf dem Sommerfest der Staatsoper, über das ich eine große Reportage schreiben darf. Und rate mal, wen ich dort alles getroffen habe ...«

Während Doro ihr die komplette Gästeliste aufzählte, inklusive einer genauen Schilderung, was die anwesenden Promidamen getragen hatten, überlegte Conny. Ja, sie hatte Doro angerufen, nachdem sie auf ihr Zimmer gekommen war und auf den Wein gewartet hatte. Sie konnte sich gar nicht mehr genau daran erinnern, was sie ihr auf die Mailbox gesprochen hatte, aber es musste Doro immerhin dazu gebracht haben, sich schon in aller Herrgottsfrühe bei ihr zu melden.

»Aber jetzt bist endlich du dran«, hörte sie Doro sagen. »Warum klingst du denn so belämmert? Es muss ja was Furchtbares passiert sein.«

Conny seufzte. »Ach, frag lieber nicht. Gestern Abend ist mir Valentin über den Weg gelaufen, ganz zufällig.«

»Wow, gleich am ersten Abend. Los, erzähle.«

»Da gibt's nicht viel zu erzählen. Es war ein Reinfall hoch zehn.«

Conny berichtete Doro in allen Einzelheiten, was vorgefallen war.

»Na, das ist ja ein Ding«, meinte Doro, als Conny geendet hatte. »Wer hätte gedacht, dass der große Valentin Seidel, der charmante und stets lächelnde Liebling aller Frauen – na ja, zumindest fast aller –, auch eine unfreundliche Seite hat.«

»Glaub mir, im ersten Moment habe ich gezweifelt, ob da auch tatsächlich Valentin vor mir steht, so krass war der Unterschied gegenüber sonst.«

»Vielleicht hat er ja einen Doppelgänger«, meinte Doro mit einem ironischen Unterton in der Stimme. »Oder einen eineiigen Zwilling.«

»Einen Zwilling wohl nicht, aber meine Tischnachbarn – von denen muss ich dir übrigens auch noch erzählen – haben mir gesagt, dass Valentin einen jüngeren Bruder hat.«

»Aber der müsste dann Valentin schon sehr ähnlich sehen, oder?«, konterte Doro. »Sonst hättest du ja sicher gemerkt, dass da nicht dein Superkoch vor dir steht. Wer, wenn nicht du? Du wendest ja schließlich keinen Blick von der Mattscheibe ab, wenn seine Sendungen laufen.«

»Ja, stimmt. Die beiden müssten sich ähneln wie ein Ei dem anderen – und das nicht nur im Aussehen, sondern auch in der Haltung, den Gesten, der Stimme, einfach in allem. Nein, wenn ich ehrlich sein soll, das war Valentin, da bin ich mir nahezu hundertprozentig sicher. Aber warum war er dann auf einmal so anders?«

»Ach, vielleicht hast du ihn einfach nur auf dem falschen Fuß erwischt, im falschen Moment am falschen Ort.« Doros Antwort sollte wohl ein Trost für Conny sein, aber irgendwie hörte es sich an, als ob sie es nicht wirklich so meinte. Conny kannte inzwischen jeden noch so kleinen Unterton in der Stimme ihrer besten Freundin, und sie hätte wetten können, dass es in Doros Kopf nun arbeitete.

Und tatsächlich hörte Conny sie gleich darauf fragen: »Sag mal, was hältst du davon, wenn ich am Donnerstag und Freitag für einen Blitzbesuch zu dir runter düse?«

»Ja, geht das denn? Ich dachte, dein Terminkalender ist proppenvoll.«

»Ich habe am Donnerstagmorgen noch eine kurze Redaktionskonferenz, dann könnte ich losfahren. Und am Freitagnachmittag muss ich zur Eröffnung des Promigolfturniers in Baden-Baden sein. Da kann ich auch vom Bodensee aus ganz bequem hinfahren. Aber wenn du deinen Valentin für dich alleine haben willst, brauchst du es natürlich nur zu sagen«, meinte Doro gespielt pikiert, »dann stürze ich mich stattdessen ins Münchner Nachtleben. Das wollte ich ohnehin schon lange mal wieder machen.«

»Ach Quatsch«, beeilte sich Conny zu sagen, »ich freue mich doch immer, wenn ich dich sehe. Und wie oft soll ich dir noch sagen, dass das nicht mein Valentin ist? Heute Morgen sowieso nicht.«

»Na, dann war es vielleicht doch für etwas gut, dass er dich so abgefertigt hat. Du, frag doch mal an der Rezeption, ob die für die Nacht auf Freitag ein Zimmer für mich haben – mit Seeblick natürlich. Wenn schon, denn schon.«

»Kein Problem, ich erkundige mich gleich nachher mal. Ich muss jetzt dann sowieso etwas in meinen alkoholgeschädigten Magen bekommen. Auf das Frühstücksbuffet bin ich ja gespannt. Das Abendessen jedenfalls war schon mal phänomenal.«

»Muss es ja auch«, meinte Doro trocken, »es kostet ja schließlich auch ein gutes Stück mehr als in der Jugendherberge um die Ecke. Aber sag mal, das mit deinem Magen hört sich an, als hättest du dich gestern Abend aus Frust hemmungslos besoffen.«

»Richtig geraten. Und fast hundert Euro für eine Flasche Wein sind deswegen auch beim Teufel.«

»Prost Mahlzeit, du legst ja ein schönes Tempo an den Tag. Aber sag, wie ist es denn sonst so? Wie ist dein Zimmer? Und wie sind die Leute?«

Conny lachte. »Nur mit der Ruhe, eine Antwort nach der anderen. Also, das Hotel ist ein Traum, mein Zimmer erst recht, und die Angestellten wollen mich partout mit ›gnädige Frau‹ ansprechen.«

»Das ist in so einem noblen Haus durchaus üblich.«

»Mag ja sein, nur komme ich mir so fehl am Platz vor. So klein, so unbedeutend. Andauernd habe ich das Gefühl, als ob mich alle nur anstarren und mir von Weitem schon ansehen, dass ich nur eine einfache Buchhändlerin bin, auf deren Konto gähnende Leere herrscht.«

»Ach was, das bildest du dir bestimmt nur ein.«

»Ja, tröste mich nur, das kann ich gut gebrauchen. Und dann weiß ich überhaupt nicht, wie ich mich in so einer Umgebung bewegen soll. Du hättest mich gestern beim Einchecken erleben sollen. Vor lauter Aufregung habe ich kaum ein Wort herausgebracht. Da war so ein ganz steifer Portier im Frack, einer vom alten Schlag, der wahrscheinlich zum Lachen in den Keller geht. Er scheint an der Rezeption das Regiment zu führen. Bertram König heißt er, und auf dem Schildchen auf seiner Brust stand etwas von Empfangschef.«

»Hui«, Doro pfiff anerkennend, »der Empfangschef persönlich hat dich eingecheckt. Nicht schlecht.«

»Von mir aus hätte das auch ein ganz normaler Rezeptionsangestellter sein können. Als ich ihm gegenüberstand, habe ich ständig nur daran gedacht, um Gottes willen nichts falsch zu machen. Aber nicht nur da, auch sonst, im Restaurant, einfach überall habe ich Angst, in irgendeiner Weise negativ aufzufallen.

Das ist eine ganz andere Welt als meine. Von meinem armseligen Auto ganz zu schweigen. Stell dir vor, meine Stoßstange hätte fast Bekanntschaft mit einer Generaldirektorenkarosse gemacht. Inklusive eines aufgeblasenen Chauffeurs.«

Und so berichtete Conny Doro von den Althoffs und ihrem gemeinsamen Abendessen, der netten Unterhaltung mit Tom und natürlich auch von der Einrichtung des Hotels.

»Mein Zimmer ist ein Traum«, meinte sie schließlich. »Und das Bett erst. Wenn du für Donnerstag kein eigenes Zimmer bekommst, kannst du auch bei mir schlafen. Das Bett ist groß genug, da könntest du sogar noch jemanden mitbringen, und wir hätten immer noch jede Menge Platz.«

»Aha, für einen flotten Dreier sozusagen.«

»Woran du schon wieder denkst... Aber ich freue mich wirklich riesig, dass wir uns schon so bald sehen.«

»Ich auch«, meinte Doro. »Und auf deinen Halbgott in Weiß bin ich auch schon gespannt. Wer weiß, vielleicht schaffe ich es ja sogar, ihm ein Interview abzuluchsen, exklusiv natürlich. Dann könnte ich ihm mal ein wenig auf den Zahn fühlen. Aber jetzt lass uns langsam zum Schluss kommen, ich möchte nämlich gleich noch die fürsorgliche Tante Doro spielen und einen Rundruf bei deinen Sprösslingen starten. Alina dürfte zwar schon in der Schule sitzen, aber dann will ich ihr zumindest auf die Mailbox quatschen.«

»Lieb von dir. Irgendwie ist das ein komisches Gefühl so ohne die beiden.«

»Kein Problem, wozu bin ich denn Patentante. Ich werde mein gestrenges Auge auf die beiden werfen und dich als Oberglucke würdig vertreten.«

»Danke, Doro, du bist ein Schatz.«

»Das brauchst du nicht andauernd zu sagen, das weiß ich doch schon längst.«

Nach dem Frühstück begab sich Conny zur Rezeption, um das Zimmer für Doro zu buchen. Eigentlich hatte sie dies ja gleich erledigen wollen, als sie von oben herunterkam, aber dann hatte sie an der Treppe Gerlinde Althoff getroffen, die ebenfalls auf dem Weg zum Speisesaal war. Sie war alleine unterwegs, denn ihr Mann hatte bereits um sieben Uhr gefrühstückt und sich dann gleich wieder in seine Suite begeben, um an einer wichtigen Telefonkonferenz mit Führungskräften des Verlags teilzunehmen.

Die beiden Frauen unterhielten sich prächtig, während sie sich an dem reichhaltigen Frühstücksbuffet bedienten, das einem Fünf-Sterne-Hotel alle Ehre machte.

»Um das alles durchzuprobieren, muss man mindestens drei Wochen hierbleiben«, meinte Frau Althoff. Dem konnte Conny nur beipflichten.

Und auch der erste Eindruck, den sie gleich bei ihrer Ankunft von Frau Althoff gewonnen hatte, bestätigte sich immer mehr. Sie war eine sehr reizende und aufgeschlossene ältere Dame. Und sie schien froh zu sein, nicht alleine dasitzen zu müssen und in Conny eine Gesprächspartnerin gefunden zu haben, mit der sie vor allem eines gemeinsam hatte: ihre Liebe zu Büchern. Es stellte sich sogar heraus, dass sie selbst einmal als Buchhändlerin gearbeitet hatte, bevor ihr ihr späterer Ehemann über den Weg lief.

»Wissen Sie, Conny«, sagte Gerlinde – die beiden nannten sich inzwischen schon beim Vornamen –, »bei meiner Begeisterung für Bücher musste ich früher oder später einmal bei einem Verleger landen. Mein Ehemann hätte keinen passenderen Beruf haben können.«

»Na ja«, antwortete Conny, »bei mir hat es leider nur zu einem Lehrer gereicht, einem mit einer Vorliebe für geistig minderbemittelte Blondchen. Aber jetzt ist er ja scheinbar auf dem besten Weg, sich zu läutern.« Sie erzählte Gerlinde die ganze Geschichte ihrer Scheidung und wunderte sich, dass sie dies eigentlich zum allerersten Mal tun konnte, ohne dass gleich die ganze Enttäuschung und Bitterkeit von damals in ihr hochkamen. Gerlindes Gegenwart schien also umgekehrt auch ihr gut zu bekommen.

Bevor sie sich nach dem Frühstück trennten, verabredeten sie sich für Mittwoch, um in Konstanz drüben am anderen Seeufer einen kleinen Bummel zu machen. Herr Althoff würde dann für zwei Tage nach Hause fahren und in der Firma nach dem Rechten sehen, obwohl dies in Gerlindes Augen gar nicht nötig war. »Mein Mann kann eben nicht ohne seine Firma sein«, hatte sie fröhlich gemeint. »Sie hält ihn jung und fit. Warum sollte ich ihm das also verwehren? Ich werde schon nicht hier herumsitzen und Trübsal blasen, nicht wahr?«

Und auch Conny musste ehrlich zugeben, dass sie sich auf das Zusammensein mit Gerlinde freute, wenn diese auch ihre Mutter hätte sein können. Aber komischerweise fiel ihr dieser Altersunterschied kaum auf, und wenn, dann störte sie sich keineswegs daran.

An der Rezeption herrschte um diese Uhrzeit Hochbetrieb. Viele Gäste, die abreisen wollten, checkten aus, sehr frühe Neuankömmlinge bereits ein, und andere wiederum machten sich zu einem Tagesausflug auf und fragten nach den Abfahrtszeiten der Linienschiffe.

So musste Conny eine Weile warten, bis sie an der Reihe war. Zum Zeitvertreib blätterte sie in einem der Prospekte, die auf dem Tresen auslagen. Ausgerechnet eine Broschüre mit Fanartikeln von Valentin! Neben seinen Kochbüchern, die sie so gut kannte, wurden darin Kochschürzen, Schneidebretter, Kaffeetassen und vieles andere mehr angeboten – alles natürlich mit Valentins strahlendem Konterfei bedruckt. Trotz der Enttäuschung vom Vorabend war Conny im Nu ganz vertieft in die vielen bunten Bildchen, die neben Valentin auch das Hotel und den See zeigten. *Valentin Seidel, der beliebte Starkoch vom Bodensee, heißt Sie herzlich willkommen in seiner Welt*, las sie. Na ja, wenn so wie gestern Abend bei Valentin ein herzliches Willkommen aussah ...

Die stets höfliche, aber immer etwas monoton klingende Stimme von Bertram König zog plötzlich Connys Interesse auf sich. »Es tut mir leid, Frau Seidel, die Post ist heute noch nicht da.«

Frau Seidel? Interessiert blickte Conny sich um und sah, wie der Empfangschef mit einer eleganten Frau etwa in ihrem Alter sprach und sich gerade vor ihr verbeugte.

»Würden Sie mich denn bitte kurz benachrichtigen, wenn etwas für mich ankommt?«, fragte die Frau nun. Sie war nicht allzu groß und hatte feine, ebenmäßige Gesichtszüge. Trotz der Hitze hatte sie lässig einen sandfarbenen Kaschmirpullover über die schmalen Schultern drapiert. Überhaupt wirkten ihre Kleidung und der Schmuck, den sie trug, auf Conny ziemlich teuer und exklusiv. Solche Dinge zu beurteilen, lernte man zwangsläufig, wenn man mit einer Doro Canin befreundet war.

Die Frau strich sich ihre langen pechschwarzen Haare, die sie ein wenig wie Schneewittchen aussehen ließen, aus dem Gesicht. »Die Haarfarbe kann gar nicht echt sein«, würde Doro in ihrer unvergleichlichen Art jetzt sagen. »Nenne mir eine Frau jenseits der vierzig, bei der nicht schon der graue Haarteufel zuschlägt.«

Conny musste sich zusammenreißen, um nicht laut loszukichern. Neugierig machte sie zwei Schritte auf die beiden zu.

»Selbstverständlich, Frau Seidel«, sagte nun Bertram König und verbeugte sich abermals, »sobald Post für Sie da ist, werde ich veranlassen, dass sie Ihnen sofort nach oben gebracht wird.«

Eine Frau Seidel. Sie hatte sich also doch nicht verhört. Die Frau musste zu Valentins Familie gehören. Aber seine Frau konnte sie ja nicht sein, er war ja schließlich Junggeselle. Also blieb nur die Frau seines Bruders. Oder vielleicht eine unverheiratete Schwester der beiden?

Conny sah ihr noch nach, wie sie die Freitreppe nach oben ging. Mit ihrer eleganten und gepflegten Erscheinung passte sie wie angegossen in das Ambiente des Hotels. Kein Vergleich dazu, wie zerzaust sie selbst gestern Abend vor Valentin aufgetaucht war. Kein Wunder, dass er ihr bei ihrer ersten Begegnung nicht sofort um den Hals gefallen war!

»Ja, bitte, gnädige Frau, was kann ich für Sie tun?«

Conny wandte den Kopf wieder zur Rezeption. Hinter dem Tresen stand die junge Frau, die ihr gestern Nachmittag gesagt hatte, dass Valentin im Hause sei. Doch zu diesem Zeitpunkt hatte sie noch nicht einmal ahnen können, dass er ihr so bald schon leibhaftig gegenüberstehen würde.

»Ja, Frau, äh …«, sagte Conny und schielte auf das Namensschild an ihrem Revers, auf dem *Jasmin Becker* stand. »Ja, Frau Becker. Ich wollte fragen, ob Sie in der Nacht von Freitag auf Samstag noch ein Einzelzimmer frei haben. Mit Seeblick, falls das möglich ist.«

»Einen Moment bitte.« Frau Becker tippte ein paarmal auf dem Computer herum, der vor ihr stand. »Sie haben wahrlich Glück. Wir haben noch ein einziges Zimmer frei, und auch nur für diese eine Nacht, allerdings handelt es sich um ein Doppelzimmer.«

»Das geht schon in Ordnung«, antwortete Conny.

Hoffentlich tat es das wirklich, und Doro musste nicht den Preis für zwei Personen bezahlen. Doch danach traute sie sich dann doch nicht zu fragen. »Wissen Sie, meine Freundin kommt mich für zwei Tage hier besuchen«, sagte sie stattdessen.

Frau Becker lächelte. »Wie schön. Dann wünsche ich Ihnen eine angenehme Zeit zusammen. Auf welchen Namen darf ich das Zimmer denn reservieren?«

»Dorothea Ha…, nein«, besann sich Conny rasch, »Doro Canin, bitte. Canin mit C.«

In diesem Moment wandte Bertram König, der gerade nebenan einen Gast bediente, ruckartig seinen Kopf zu ihr und starrte sie für ein paar Sekunden an. Bestimmt sagte ihm der Name Doro Canin etwas. Na und? Er sollte ruhig wissen, mit welcher bekannten Persönlichkeit sie befreundet war. Wahrscheinlich las er regelmäßig *Doro's Stars* – aber nur ganz heimlich auf der Toilette. Schließlich ziemte es sich ja nicht für den stets korrekten, diskreten und verschwiegenen Empfangschef eines Fünf-Sterne-Luxushotels, sich am Klatsch und Tratsch über berühmte Leute zu beteiligen.

»Darf ich denn sonst noch etwas für Sie tun, gnädige Frau?«, hörte Conny da wieder Frau Beckers Stimme.

»Nein, danke.« Doch dann sah sie, wie Bertram König, der den Gast inzwischen fertig bedient hatte, in einer Tür an der Rückseite der Rezeption verschwand, und hatte plötzlich eine Idee. »Ja, vielleicht doch?«, sagte sie vorsichtig.

»Gerne.«

»Äh.« Wie sollte sie es nun anfangen, um die Frage möglichst belanglos erscheinen zu lassen? Am besten war wohl, wenn sie erst einmal ihr »Verkäuferinnenlächeln«, wie sie es nannte, aufsetzte. Damit hatte sie in der Buchhandlung schon so manchen Kunden von einem Kauf überzeugen können.

»Sagen Sie, Frau Becker«, begann sie nun langsam, »die schwarzhaarige Dame, die vor ein paar Minuten hier war, kann es sein, dass Ihr Kollege sie mit ›Frau Seidel‹ angesprochen hat? Oder habe ich mich da verhört?« Sie zwinkerte Frau Becker zu und sprach ganz selbstverständlich weiter: »Wissen Sie, ich habe das Armband der Dame so sehr bewundert, mich aber nicht getraut, sie zu fragen, wo sie es herhat.«

Wer hätte gedacht, dass sie so ausgebufft schwindeln konnte? Na ja, immerhin heiligte der Zweck ja bekanntlich die Mittel. Doro hätte sich bestimmt köstlich amüsiert, wäre sie Zeugin dieser Szene gewesen.

Es dauerte ein paar Augenblicke, bis Frau Becker antwortete, denn sie sah sich zuerst nach allen Seiten um. Wahrscheinlich vergewisserte sie sich, dass ihr gestrenger Chef sich nicht irgendwo in der Nähe aufhielt. Erst dann sagte sie ein wenig leiser als zuvor: »Ja, Sie haben richtig gehört. Das war Marlene Seidel.«

»Ah, dann ist das also eine Schwester von Valentin Seidel?«, hakte Conny nach.

»Wie? Ja, ja«, antwortete Frau Becker rasch, für Connys Geschmack ein wenig zu rasch. Irgendetwas kam ihr an der Antwort merkwürdig vor. Doch vielleicht las sie auch einfach nur zu viele Krimis.

»Vielen Dank für die Information«, beeilte sich Conny zu sagen und lächelte Frau Becker zu.

»Gerne, gnädige Frau, aber das bleibt bitte unter uns«, antwortete diese. »Ich darf den Gästen eigentlich keine Auskünfte über die Eigentümerfamilie geben.«

»Ja, natürlich, darauf können Sie sich verlassen. Ich werde niemandem auch nur ein Sterbenswörtchen verraten.«

Bevor Conny sich auf den Weg machte, die Umgebung zu erkunden, ging sie noch einmal hinauf in ihr Zimmer, um ihre Strandtasche zu holen. Schließlich hatte sie sich ja vorgenommen, sich heimlich einen Vorrat an Lebensmitteln zuzulegen, um nicht immer für viel Geld im Restaurant essen zu müssen – was nach dem Desaster mit der teuren Flasche Wein, die sie am Abend zuvor aus Frust ausgetrunken hatte, nötiger war denn je.

Als sie die Tür zu ihrem Zimmer öffnete, strahlte ihr eine junge Frau entgegen. Ihr Kittel hatte denselben Grünton, wie ihn auch das Empfangspersonal und die Kellner im Restaurant trugen. Das Zimmermädchen wahrscheinlich. Sie war gerade dabei, das Himmelbett neu zu beziehen.

»Oh, entschuldigen Sie bitte vielmals, gnädige Frau«, meinte sie fröhlich mit einem unverkennbar schweizerischen Akzent. »Ich hatte angenommen, dass Sie bei dem schönen Wetter bereits unterwegs sind. Aber ich verschwinde selbstverständlich sofort.« Mit ihrer freundlichen und ungekünstelten Art gefiel sie Conny auf Anhieb.

»Nein, nein, bleiben Sie ruhig da«, antwortete Conny. »Meinetwegen brauchen Sie nicht zu gehen, ich möchte nur kurz meine Tasche holen, dann bin ich sofort wieder weg. Ich bin übrigens Conny Hausmann aus Stuttgart.«

Ohne lange nachzudenken, ergriff das Zimmermädchen die Hand, die Conny ihr entgegenstreckte. »Ach, Sie sind das? Mein Freund Tom, der hier als Page arbeitet, hat mir schon gesagt, dass hier gestern eine sehr nette Frau aus Stuttgart angekommen ist.«

Bei Conny fiel jetzt auch der Groschen. »Dann müssen Sie Lissy sein! Tom hat auch mir schon von Ihnen erzählt.«

»Na, dann hoffentlich nur Gutes. Sonst müsste ich ihm wohl die Ohren langziehen.« Lissy lächelte. »Wenn Sie irgendetwas brauchen, sagen Sie es bitte. Ich bin für die Zimmer auf dieser Etage zuständig, wenn ich nicht gerade freihabe. Aber nun muss ich mich wieder an meine Arbeit machen, sonst bekomme ich Ärger von oben.«

Wen sie wohl mit *oben* meinte? Valentin? Aber er als vielbeschäftigter Meisterkoch konnte sich bestimmt nicht auch noch um die Zimmermädchen kümmern. Hatte er nicht gestern Abend von einer Hausdame gesprochen? Das war wahrscheinlich Lissys unmittelbare Vorgesetzte. Womöglich handelte es sich dabei ja sogar um diese Marlene Seidel? Doch Conny konnte sich irgendwie nicht richtig vorstellen, wie diese zarte, elegante Frau eine ganze Horde von Zimmermädchen herumkommandierte. Gar zu gerne hätte sie Lissy danach gefragt, doch diese sollte nicht gleich das Gefühl bekommen, von ihr ausgehorcht zu werden.

Während sich Lissy wieder der Bettdecke widmete, ging Conny ins Badezimmer, um ihre Strandtasche zu holen. Als sie wieder zurückkam, beschloss sie ganz spontan, doch einmal nachzuhaken. »Ach, Lissy, darf ich Sie noch etwas fragen?«

»Wenn ich darauf eine Antwort weiß, gerne.«

»Sie sagten vorhin, Sie bekommen Ärger von oben. Meinten Sie damit Herrn Seidel? Valentin Seidel?«

»Nein, nein«, sagte Lissy ganz ungezwungen, »mit Herrn Seidel habe ich kaum etwas zu schaffen. Sein Zuständigkeitsbereich ist ja die Küche. Nein, meine Vorgesetzte ist Frau Vogel, unsere Hausdame. Sie ist verantwortlich für alles, was mit den Zimmern zu tun hat.«

Eine Frau Vogel also, nicht Marlene Seidel. Doro hätte dazu jetzt wohl treffend wie immer bemerkt: »Bleibt nur noch die Frage, ob es sich bei diesem Vogel um eine Nachtigall oder einen Habicht handelt.«

Um nicht laut loszulachen, fragte Conny schnell weiter: »Und wie ist er so? Valentin Seidel, meine ich. Man kennt ihn ja sonst nur aus dem Fernsehen, aber so ganz privat erlebt man ihn da natürlich nicht.«

»Sie werden lachen«, antwortete Lissy, »ich glaube, ich habe mit Valentin Seidel noch keine hundert Worte gewechselt. Wenn es hochkommt, sehe ich ihn ein- oder zweimal im Monat. Selbst wenn er einem mal über den Weg läuft, hat man kaum Gelegenheit, mit ihm zu sprechen. Ich grüße ihn, er grüßt zurück, weil er ja weiß, dass ich für ihn arbeite. Und das war's dann auch schon. Er ist ja immer so beschäftigt.« Lissy lachte und schüttelte mit Schwung ein Kopfkissen auf. »Wissen Sie was? Ich glaube, er kennt nicht mal meinen Namen. Um sich um die Belange der Angestellten zu kümmern, hat Herr Seidel viel zu viel um die Ohren, aber dazu hat er ja auch seine leitenden Angestellten. Das ist einmal, wie schon gesagt, Frau Vogel, die für die Zimmer verantwortlich ist, dann Herr König für den Empfang und Mister Smith für das Restaurant.«

Als Lissy in allen Einzelheiten zu beschreiben begann, wie die beiden Letzteren aussahen, meine Conny rasch: »Ja, die Herren habe ich bereits kennengelernt.« Sie wollte doch so viel wie möglich über Valentin erfahren und nicht über den steifen Bertram König und diesen komischen Charles-Elvis mit seinem Watschelgang und den Segelohren. »Und in der Küche, wer hat da das Sagen?«, fragte sie, um das Gespräch wieder in die richtigen Bahnen zu lenken.

»Offiziell Valentin Seidel natürlich – wenn er denn mal Zeit hat. Für den Küchenbetrieb selbst ist Valentins jüngerer Bruder Felix viel wichtiger. Er ist der Souschef und sorgt dafür, dass der Laden läuft. Valentin ist ja mehr das Aushängeschild nach außen, in die Öffentlichkeit. Aber ohne Felix könnte die Hotelküche dichtmachen, das erzählt man sich zumindest unter den Kollegen.«

»Da fällt mir noch etwas ein«, meinte Conny zögernd, »ich habe gestern Abend im Foyer von Weitem einen blonden Mann in einer Kochjacke gesehen, der aussah wie Valentin. Ich bin mir nur nicht ganz sicher, ob er es tatsächlich war, da er ja doch ein ganz schönes Stück von mir entfernt stand. Könnte das möglicherweise Felix Seidel gewesen sein?«

Na bravo, nun schwindelte sie schon zum zweiten Mal innerhalb kurzer Zeit. Wer hätte gedacht, dass sie so durchtrieben sein konnte? Aber sie musste einfach Gewissheit haben. Immerhin hegte sie noch ein kleines Fünkchen Resthoffnung, dass es sich bei dem unfreundlichen Typen gestern Abend womöglich doch nicht um Valentin gehandelt hatte.

»Das kann mir eigentlich nicht vorstellen«, überlegte Lissy. »Die beiden Brüder sehen sich kaum ähnlich, bis auf die blonden Haare, die Felix aber kürzer trägt als Valentin. Doch sonst haben die beiden eigentlich kaum etwas gemeinsam – außer der weißen Kochmontur natürlich.«

Also doch Valentin. Sie spürte, wie sich ihr Magen umdrehte.

Lissy fuhr unbeirrt fort: »Felix ist auch von seinem Wesen ganz anders als Valentin. Er ist offener und unkomplizierter als sein Bruder und gibt sich auch viel mehr mit uns Angestellten ab. Gut, das kommt vielleicht auch daher, dass Valentin der Star ist, der über allem schwebt. Felix ist dagegen nur ein ganz normaler Koch – aber ein außergewöhnlich begabter. Oft setzt sich Felix zu uns in den Pausenraum, ganz ungezwungen, wie einer von uns. Das würde Valentin niemals tun. Der wechselt wie gesagt kaum ein Wort mit den Angestellten, höchstens mit denen in der Küche. Aber wir haben wirklich keinen Grund, uns zu beschweren, schließlich sorgt der Rummel, der um Valentin gemacht wird, dafür, dass das Hotel gut läuft und wir hier alle sichere Arbeitsplätze haben, nicht wahr?«

»Ja, das ganz bestimmt.« Eine Frage brannte Conny noch auf der Zunge. »Ist Felix Seidel denn verheiratet?«

Lissy lachte. »Nein, nein, er sagt immer, er hat keine Zeit zum Heiraten. Dabei ist die Frau wirklich zu beneiden, die unseren Felix mal an Land ziehen kann. Er ist ein Mensch, mit dem man Pferde stehlen kann, und gleichzeitig sehr verständnisvoll und einfühlsam.«

Also war Felix das ganze Gegenteil dieses Typen von gestern Abend. Und verheiratet war er auch nicht. Es sah also ganz so aus, als ob diese Marlene doch die Schwester der beiden war. Aber warum wurde Conny dann das Gefühl nicht los, dass an Jasmin Beckers Antwort von vorhin etwas faul war? Sie musste es herausfinden, doch Lissy würde sie jetzt wohl nichts Neues mehr entlocken können, ohne dass es allzu sehr auffiel.

Diese plauderte munter weiter: »Nun muss ich aufhören, so von Felix zu schwärmen. Nicht dass mein Tom noch eifersüchtig wird.«

Conny lächelte und legte Lissy die Hand auf den Arm. »Ich glaube, da brauchen Sie sich keine Sorgen zu machen. Tom weiß sicher ganz genau, was er an Ihnen hat.«

»Na, das will ich doch sehr hoffen«, gab Lissy trocken zurück. »Aber jetzt sollte ich mich wirklich wieder an meine Arbeit machen.«

»Natürlich, ich möchte auf keinen Fall, dass Sie meinetwegen Schwierigkeiten bekommen.«

Während sich Lissy wieder mit dem Bett beschäftigte, kramte Conny in ihrer Geldbörse und drückte Lissy einen Geldschein in die Hand. »Es war wirklich sehr nett, mit Ihnen zu plaudern, Lissy.«

»Oh, danke sehr. Wissen Sie, ich könnte noch viel länger mit Ihnen tratschen. Manchmal trifft man einen Menschen, den man überhaupt nicht kennt, und man hat trotzdem sofort das Gefühl, dass es mit ihm passt, nicht wahr?«

»Ja, da haben Sie völlig Recht.«

Als Conny das Zimmer verlassen hatte und den Flur entlang zur Treppe schlenderte, spukte ihr das Gespräch mit Lissy noch immer im Kopf herum. Zu dumm, jetzt war ihre Urlaubskasse schon wieder ein Stück geschrumpft. Aber wie würde Doro jetzt sagen? »Gute Information hat eben ihren Preis.« Ja, und die Information, die sie von Lissy bekommen hatte, war gut, zumindest brachte sie sie weiter, wenn auch nicht in die Richtung, die sie sich gewünscht hatte.

Aber wenigstens hatte sie jetzt Gewissheit, wer der unfreundliche Typ von gestern Abend war. Valentin spielte ja anscheinend auch gegenüber seinen Angestellten den Unnahbaren. Aber warum gegenüber seinen Gästen und Fans, von denen er doch lebte? Oder hatte sie ihn wirklich nur auf dem falschen Fuß erwischt, und er war nach einem stressigen Tag einfach nur genervt gewesen?

Sie beschloss, das Letztere zu glauben und einfach nicht mehr daran zu denken. Den Rest des Urlaubs würde sie sich nicht von Valentins merkwürdigem Verhalten vermiesen lassen, das nahm sie sich fest vor. Aber ob ihr das tatsächlich gelingen würde?

Auf ihrer Erkundungstour entdeckte sie im Nachbarort ein gemütliches italienisches Straßencafé, wo es die größte Eisauswahl gab, die ihr jemals unter die Augen gekommen war. Da es gerade um die Mittagszeit war, ließ sie sich im Schatten der Bäume ein Hörnchen mit Schinken und Käse, ein Stück italienische Mandeltorte und noch zwei Kugeln Eis schmecken. Das musste bis zum Menü am Abend, das sicher wieder außergewöhnlich sein würde, reichen. Danach stöberte sie ganz in der Nähe des Cafés eine kleine Buchhandlung auf und konnte der Versuchung nicht widerstehen, sich neuen Lesestoff zuzulegen, obwohl sich auf ihrem Reader noch mindestens fünfzehn ungelesene E-Books befanden.

Und schließlich kaufte sie sich in einem Supermarkt einen größeren Vorrat an Keksen, Müsliriegeln, Knäckebrot und Mineralwasser. Sie konnte die Sachen gar nicht auf einmal auf ihr Zimmer tragen, sondern musste noch zweimal zum Auto zurückgehen. Natürlich hatte ausgerechnet an diesem Nachmittag Bertram König Dienst an der Rezeption, und er musterte sie jedes Mal verwundert und auch ein wenig misstrauisch – zumindest bildete sie sich das ein –, wenn sie mit der vollen Strandtasche an ihm vorbeischlenderte und versuchte, dabei möglichst locker auszusehen. Womöglich würde er sich sogar bei nächster Gelegenheit Zugang zu ihrem Zimmer verschaffen, um nachzusehen, was sie da Geheimnisvolles ins

Hotel geschmuggelt hatte. Glücklicherweise konnte sie ihren Kleiderschrank abschließen und ihre Vorräte damit vor neugierigen Blicken schützen.

Die Schlepperei und die Hitze hatten sie müde gemacht, und so legte sie sich ein Weilchen auf ihr Himmelbett, um zu lesen. Doch schon nach kurzer Zeit war sie tief und fest eingeschlafen, und aus dem Weilchen wurden schließlich beinahe zwei Stunden. Die Flasche Wein von gestern Abend steckte immer noch in ihr. Nie wieder würde sie so viel trinken, das nahm sie sich nun felsenfest vor, und erst recht nicht einen so schweren Rotwein wie diesen.

Nach der Mittagsschicht war die Gelegenheit günstig, wie Felix fand. Der große Trubel, der vormittags an der Rezeption herrschte, hatte sich gelegt, und außerdem hatte dort um diese Zeit normalerweise nur ein einziger Mitarbeiter Dienst. Der richtige Zeitpunkt also, um ein paar Nachforschungen anzustellen.

Tatsächlich: Als sich Felix der Rezeption näherte, war dort keine Menschenseele zu sehen – bis auf Jasmin Becker, die Nichte seiner früheren Schulkameradin Silke. Genauer gesagt war Silke ein wenig mehr als das gewesen. Es hatte eine Zeit gegeben, da waren sie beide unzertrennlich, und Felix hatte schon als Sechzehnjähriger ernsthaft mit dem Gedanken gespielt, Silke irgendwann einmal zu heiraten, natürlich erst nachdem er seine Kochlehre beendet hatte. Schließlich wollte er seiner Frau ja etwas bieten können.

Aber genau daran war ihre Beziehung letztendlich gescheitert. Nach der Schule zog Silke nach Zürich, wo sie eine Tante hatte, und begann dort eine Ausbildung bei einer großen Schweizer Bank. Sie kam nur noch hin und wieder über das Wochenende oder in den Ferien nach Hause an den Bodensee, und bei einem dieser Heimatbesuche machte sie Felix klar, dass sie gut darauf verzichten konnte, einen Koch zu heiraten. Wenn, dann kam nur ein Banker für sie in Frage – und im optimalen Fall mindestens ein Abteilungsleiter. Felix hatte an dieser Abfuhr noch lange zu knabbern gehabt.

Viele Jahre später hatten sie sich zufällig wiedergetroffen, als eine Familienfeier Silke zu einem ihrer seltenen Besuche an den Bodensee führte. Es war ihr inzwischen tatsächlich gelungen, einen wohlhabenden und angesehenen Investmentbanker zu heiraten, von dem sie aber schon wieder geschieden war. Sie machte Felix, der mittlerweile zum Souschef im *Seeschlösschen* aufgestiegen war, eindeutige Avancen und schlug ihm reumütig vor, es noch einmal miteinander zu versuchen. Doch Felix lehnte höflich, aber bestimmt ab. Zu tief saß immer noch der Stachel der Enttäuschung in ihm.

Seit Silke hatte es natürlich immer wieder mal eine Frau in seinem Leben gegeben, aber zu mehr als zu einer kurzen, lockeren Beziehung hatte es nie gereicht. Und schon lange hatte ihn keine Frau mehr so fasziniert wie diese eine, die gestern hier im Hotel angekommen war, wenn er auch rein gar nichts über sie wusste, bis auf die Tatsache, dass sie ein Fan seines Bruders war. Nur ihretwegen wagte er es nun, an der Rezeption im Buchungscomputer herumzuspionieren. Er lechzte danach, mehr über sie herauszufinden.

Jasmin saß in dem kleinen Büro an der Rückseite der Rezeption am Schreibtisch. Die Tür stand offen, und als sie Felix' Schritte hörte, blickte sie von ihrer Arbeit auf.

Felix blieb kurz an der Tür stehen und lächelte ihr zu. »Na, Jasmin, alles in Ordnung?«

»Bis auf diesen Papierkram hier schon, der macht sich leider nicht von alleine. Und bei dir?«

»Ja, alles okay, eben auch immer viel Arbeit. Sag mal«, er zögerte kurz, »könnte ich kurz einen Blick in die Buchungsliste werfen? Ein alter Kumpel will mich demnächst über das Wochenende besuchen, und da würde ich gerne nachsehen, wann wir ein Zimmer für ihn frei hätten.«

»Ja, klar, mach nur, du weißt ja, wie es funktioniert«, antwortete Jasmin und deutete nach draußen zum Tresen, wo der Buchungscomputer stand. »Aber an den Wochenenden wirst du bis September kein Glück haben, das kann ich dir auswendig sagen.«

»Kein Problem«, Felix zuckte mit den Schultern, »dann soll er eben ein paar Tage Urlaub nehmen und während der Woche kommen. Der gute Daniel arbeitet ohnehin zu viel.«

»Oder so«, meinte Jasmin und wandte sich wieder dem Aktenordner zu, der vor ihr lag.

Während Felix das Passwort eintippte, das den Bildschirmschoner des Computers entsperrte, musste er unweigerlich grinsen. Gut, dass ihm als Ausrede so schnell Daniel eingefallen war, mit dem er damals zusammen auf der Berufsschule gewesen war, der aber nun schon lange Zeit in Australien lebte und dort ein Restaurant besaß. Die Wahrscheinlichkeit, dass er irgendwann tatsächlich hier im Hotel aufkreuzen würde, war verschwindend gering. Wer hätte gedacht, dass er, der brave und biedere Felix Seidel, so ausgebufft sein konnte – und das auch noch wegen einer Frau? Valentin hätte an dieser Geschichte sicherlich seinen Spaß, aber er würde einen Teufel tun und sie ihm auf die Nase binden. War Valentin doch ohnehin immer derjenige, der sich über Felix' »ausferndes Liebesleben«, wie er es nannte, lustig machte.

Als er endlich herausgefunden hatte, wie er sich die Liste mit der Zimmerbelegung in der Reihenfolge des Eincheckens anzeigen lassen konnte, atmete er erleichtert auf. Er hätte ja auch Jasmin fragen können, aber dazu hätte er ihr wiederum erklären müssen, warum er die aktuelle Buchungsliste brauchte und nicht die der kommenden Wochen.

Er ging die neuen Gäste durch, die gestern eingecheckt hatten, und fand ausschließlich allein reisende Herren – vermutlich Geschäftsleute – und Paare. Er hatte jedoch die Frau, nach der er suchte, bis jetzt immer ohne Begleitung gesehen.

Gerade wollte er seine Suche abbrechen, als er doch noch fündig wurde. Conny Hausmann, las er, aus Stuttgart, von Beruf Buchhändlerin. Das musste sie sein. Sie hatte für eine Woche Zimmer 24 gebucht, eines der billigeren Zimmer mit Blick auf die Felder, nicht zum See. Eine Buchhändlerin also. Nicht gerade eine der Berufsgruppen, die häufig im Hotel anzutreffen waren.

Er hatte gerade sein Handy aus der Tasche gezogen und die Buchungsdaten auf dem Monitor fotografiert, um sie sich besser merken zu können, als er hinter seinem Rücken eine Stimme hörte. »Kann ich Ihnen helfen, Herr Seidel?«

Erschrocken fuhr er herum und blickte geradewegs in das Gesicht von Bertram König, der erst ihn und dann den Monitor mit der Buchungsliste kritisch musterte.

»Darf ich fragen, was Sie von der Dame wollen und warum Sie es für nötig halten, ihre Buchungsdaten zu fotografieren?«

»Ich, äh …« Zu dumm. Und dann noch ausgerechnet Bertram. Jasmin hätte sich vielleicht mit einem Lächeln und einer netten Ausrede abspeisen lassen, aber Bertram war da schon ein anderes Kaliber. Er hörte das Gras wachsen und roch es schon von Weitem, wenn jemand versuchte, ihn anzuschwindeln.

»Nun?« Bertram blickte Felix an wie ein Lehrer, der einen Schüler beim Abschreiben erwischt hatte.

»Äh, na ja.« Felix beschloss, es geradeheraus mit der Wahrheit zu versuchen, etwas anderes fiel ihm auf die Schnelle auch gar nicht ein. Zögernd sprach er weiter: »Sie wissen ja, wie das ist, Bertram. Ich habe die Dame gestern gesehen, als sie hier angekommen ist. Ja, und wie soll ich es sagen? Ich wollte nun gerne herausfinden, wer sie ist, was sie so macht und so. Sie wissen schon.« Er zwinkerte Bertram kumpelhaft zu.

Dieser blickte ihn nach wie vor regungslos an, doch Felix bildete sich ein, dass seine Mundwinkel ein klein wenig zuckten. »Gut«, sagte Bertram schließlich nach einer gefühlten Ewigkeit, »dann will ich mal für Sie eine Ausnahme machen, Herr Seidel«, wobei er den Namen Seidel außergewöhnlich stark betonte.

Für ihn machte Bertram also eine Ausnahme, was er bestimmt seinem Status als Bruder des Chefs zu verdanken hatte, obwohl Bertram darauf sonst eigentlich wenig Rücksicht nahm. Zumindest wenn er im Dienst war, behandelte er Felix normalerweise wie jeden anderen Mitarbeiter des Hotels auch: höflich, aber distanziert und manchmal sogar ziemlich streng.

Und Felix hatte richtig vermutet. »Sie wissen ja«, fuhr Bertram fort, »dass unser Haus gegenüber seinen Gästen äußerste Diskretion walten lässt, aber da Sie ja nun einmal zur Eigentümerfamilie gehören … Und schließlich dient es ja einem guten Zweck, nicht wahr?« Jetzt zwinkerte Bertram sogar zurück, und es schien, als wäre bei diesem letzten Satz der gestrenge und oberkorrekte Empfangschef in ihm ganz kurz zur Toilettenpause verschwunden.

»Ich danke Ihnen, Bertram, ich danke Ihnen sehr!« Mit einem Lächeln drückte Felix Bertrams Hand. »Sie haben mir damit einen großen Gefallen getan.«

Erleichtert wollte er sich aus dem Staub machen – er hatte ja nun alle Informationen, die er haben wollte –, als Bertram ihm zuraunte: »Aber an Ihrer Stelle wäre ich vorsichtig mit dieser Dame.«

Felix blieb wie angewurzelt stehen. »Warum das denn?«

Bertram zog Felix am Arm mit sich in das kleine Büro. »Lassen Sie uns bitte einen Moment alleine, Frau Becker. Und schließen Sie die Tür«, sagte er zu Jasmin, die daraufhin aufstand, das Zimmer verließ und die Tür hinter sich zuzog.

»Können Sie mir mal bitte verraten, Bertram, was das soll?«

»Nun«, Bertram räusperte sich und klopfte ein paar Fusseln von seinem Revers, die gar nicht da waren. »Da Sie ja so offensichtlich Interesse an der Dame zeigen, muss ich Sie warnen.«

»Warnen? Und warum?«

»Ich habe den berechtigten Verdacht, dass sie eine andere ist als die, für die sie sich ausgibt.«

»Aha.« Felix hatte alle Mühe, ernst zu bleiben. »Und was ist sie dann Ihrer Meinung nach?«

»Eine Reporterin.«

Nun konnte sich Felix nicht länger zurückhalten und prustete los. »Entschuldigen Sie bitte, Bertram, aber wie kommen Sie denn auf so etwas?«

»Erst einmal zeigt die Dame unverhohlenes Interesse an Ihrem Bruder.«

»Na ja, da dürfte sie wohl nicht die Einzige sein.«

Bertram strafte ihn mit einem tadelnden Blick. »Wie mir zugetragen wurde, fragt sie das Personal nach ihm aus – nach ihm und der ganzen Familie Seidel. Und anscheinend hat sie gestern Abend Ihrem Bruder hier im Foyer aufgelauert.«

»Ja, das Letztere habe ich aus der Ferne mitbekommen. Aber als aufgelauert würde ich es nicht gerade bezeichnen. Und anscheinend hat sie sich Valentin gegenüber als sein Fan vorgestellt. Das wäre gar nicht so abwegig, so viele Verehrerinnen, wie mein Bruder sein Eigen nennt. Die Damen wollen ja schließlich so viel wie möglich darüber erfahren, was ihr Idol privat so treibt, nicht wahr?«

»Das schon«, entgegnete Bertram, »aber bei ihr gibt es einen klitzekleinen Unterschied.«

»Und der wäre?«

Bertram blickte Felix vielsagend an. »Doro Canin.«

»Doro Canin?«

»Sie kennen diese Dame nicht, Herr Seidel?«

»Nein, sollte ich etwa?«

»Nun, dann will ich Sie aufklären.« Bertram ging zu seinem Schreibtisch – er hatte natürlich einen eigenen und musste ihn nicht mit den anderen Mitarbeitern der Rezeption teilen –, holte eine Zeitung aus der Schublade und hielt sie Felix vor die Nase. »Hier. Ich bin deswegen vorhin extra zum nächsten Kiosk gefahren.«

Skandal! Oben ohne am Strand gesichtet! Die Schlagzeile stach Felix direkt ins Auge, und gleich darunter erkannte er auf einem überdimensionalen Foto eine bekannte Schauspielerin, die sich nur mit einem Bikinihöschen bekleidet im Sand sonnte.

»Hm, mit dieser Figur kann sie sich das aber auch leisten«, meinte Felix anerkennend. Was hätte er denn sonst sagen sollen? Er wusste ja immer noch nicht, was dies alles mit dieser Doro Dingsbums und vor allem mit Conny – er nannte sie in Gedanken schon so – zu tun hatte.

Bertram schüttelte vorwurfsvoll den Kopf. »Sie sollen doch nicht auf die barbusige Dame schauen, Herr Seidel, sondern auf das hier!« Er tippte mit dem Finger auf das Foto einer rothaarigen, ziemlich stark geschminkten Frau links oben in der Ecke. Über dem Foto standen eingerahmt von zwei Sternen die Worte *Doro's Stars* und unter dem Foto *Die Welt der Schönen und Reichen.*

»Aha«, meinte Felix, »das ist also diese Doro, äh ...«

»Doro Canin, richtig.«

Felix grinste. »Sagen Sie nur, Bertram, Sie lesen so ein Käseblatt?«

»Das ist kein Käseblatt«, entrüstete sich Bertram, »sondern der *Süddeutsche Kurier*, eine anerkannte Tageszeitung, in der diese Doro Canin eine Klatsch- und Tratschkolumne hat.«

»Aha«, sagte Felix noch einmal, weil er immer noch nicht verstand. »Und was hat das alles mit der Dame von Zimmer 24 zu tun?«

»Nun, diese Frau Hausmann hat ein Zimmer reservieren lassen. Für Donnerstag. Und raten Sie mal, auf welchen Namen.«

»Doch nicht etwa auf diese Doro?«

»Erraten!« Bertram blickte Felix triumphierend an. »Sie hat zwar zu Frau Becker gesagt, Doro Canin sei ihre Freundin, die sie hier besuchen wolle, aber ich traue der Sache nicht.«

»Also wie eine Journalistin sieht Con..., äh, Frau Hausmann nun nicht gerade aus«, meinte Felix, »dazu macht sie mir einen zu harmlosen, zurückhaltenden Eindruck. Ich glaube, eine Reporterin würde forscher und bestimmter auftreten.«

»Das kann alles nur Tarnung sein.« Bertram schien sich seiner Sache sehr sicher zu sein. »Vielleicht ist sie selbst ja gar keine Reporterin, sondern soll nur für diese Doro Canin Informationen sammeln, damit diese weiß, wonach sie schnüffeln muss, wenn sie dann selbst hierherkommt. Man hört ja immer wieder die abenteuerlichsten Geschichten von Journalisten, die sich irgendwo einschleichen ...«

»Nun machen Sie aber mal einen Punkt, Bertram! Wie können Sie einer harmlosen Frau, die bei uns Urlaub macht und zufällig ein Fan meines Bruders ist, so etwas andichten? Es bekommt Ihnen anscheinend nicht gut, dieses Blatt hier zu lesen. Und außerdem, was sollte sie bei uns schon Großartiges erschnüffeln wollen?«

Bertram sah Felix ernst an und sagte leise: »Ich glaube, da gibt es so manches, das besser nicht an die Öffentlichkeit gelangen sollte, Herr Seidel. Nichts für ungut, aber ich wollte Sie nur warnen. Ihrem Bruder werde ich auch noch meine Bedenken vortragen. Und jetzt entschuldigen Sie mich bitte.«

Kaum hatte er zu Ende gesprochen, drückte er Felix die Zeitung in die Hand und ließ ihn alleine im Büro stehen.

Felix betrachtete noch einmal den Artikel dieser Doro. Vielleicht waren die beiden ja wirklich Freundinnen, und sie wollten sich hier zusammen zwei schöne Tage machen. Komisch, zumindest äußerlich passten sie so gar nicht zusammen. Aber das mussten sie ja auch nicht. Hauptsache, sie verstanden sich gut.

Und wenn Bertram doch Recht hatte und Conny hier nur Informationen ausspionieren wollte? Wer weiß, was sie alles herausfinden würde. Und dann? Das wollte er sich am liebsten gar nicht vorstellen.

Mit einem Seufzer legte er die Zeitung zurück auf den Schreibtisch und verließ ebenfalls das Büro.

7

Als Conny aufwachte, war es schon fast halb fünf, doch sie fühlte sich viel besser, und da sie erst für sieben Uhr mit den Althoffs zum Abendessen verabredet war, beschloss sie, noch einen kleinen Spaziergang über die Felder zu machen.

Sie wollte nach den Pferdeställen, die zum Hotel gehörten, Ausschau halten. Vielleicht hatte sie ja Glück, und die Pferde konnten auch von den Gästen geritten werden, denn mittlerweile kribbelte es schon mächtig in ihr, und sie verspürte eine unbändige Lust, mal wieder im Sattel zu sitzen.

Auf der Skizze im Hotelprospekt waren die Ställe zwar nicht eingezeichnet, doch von ihrem Zimmerfenster aus hatte sie inmitten der Wiesen mehrere Flachdachgebäude entdeckt, die verdächtig nach Stallungen aussahen. Sie hätte sich ja an der Rezeption erklären lassen können, wo sich die Ställe befanden, doch ihr Bedarf an Bertram Königs misstrauischen Blicken war für heute gedeckt.

Und sie hatte sich nicht getäuscht: Die Gebäude, die sie von ihrem Zimmer aus gesehen hatte, waren tatsächlich die Pferdeställe. Als sie dort ankam, war weit und breit niemand zu sehen. Die meisten Pferde tummelten sich draußen auf den Koppeln in der Nachmittagssonne, und der Stall war so gut wie leer.

Nur ganz hinten in der Ecke regte sich etwas. Als sie näherkam, entdeckte sie in einer der Boxen eine wunderschöne fuchsbraune Araberstute. Conny konnte sich gar nicht sattsehen an dem eleganten Körperbau und dem seidig glänzenden Fell des Tieres. Es musste ihre Schritte gehört haben, denn es wandte ihr den Kopf zu und wieherte leise.

»Halt still, Arabella, wir sind ja gleich fertig.«

Erst jetzt bemerkte Conny, dass sich außer der Stute noch ein Mann in der Box befand. Bestimmt ein Pferdepfleger, denn er war gerade dabei, die Hufe der Stute zu säubern, und streckte Conny sein zugegebenermaßen ziemlich knackiges Hinterteil, das in einer engen Jeans steckte, entgegen. Seine Stimme hatte etwas, sie konnte nur nicht sagen, was. Aber dieses Etwas sorgte auf jeden Fall dafür, dass ihr ein wohliger Schauer den Rücken hinunterlief.

Normalerweise hätte sie sich jetzt sofort geräuspert oder sich sonst irgendwie zu erkennen gegeben, denn umgekehrt hasste sie kaum etwas mehr, als hinter ihrem Rücken beobachtet zu werden, ohne es zu wissen. Doch irgendwie genoss sie es, den Mann – oder vielmehr das, was sie von ihm sah – noch ein paar Augenblicke länger ungestört betrachten zu können.

Die Stute wieherte noch einmal, diesmal lauter, und sie zuckte heftig, als wollte sie dem Mann zu verstehen geben, dass da noch jemand war, jemand, der pausenlos auf seinen Hintern starrte.

Nun musste er doch gemerkt haben, dass etwas nicht stimmte, denn er drehte sich um, und als er sie sah, huschte ein Lächeln über sein Gesicht.

»Entschuldigen Sie bitte«, stammelte sie, »ich wollte Sie nicht stören.«

Er sagte nichts, sondern schaute ihr nur fest in die Augen, so intensiv, als wollte er sie mit seinem Blick festhalten. Irgendwie kam er ihr bekannt vor, sie wusste nur nicht, wo sie ihn einordnen sollte.

Es dauerte eine kleine Ewigkeit, bis sie weitersprechen konnte. »Es ist nur so, ich ...« Verdammt, warum musste der Kerl sie nur so aus der Fassung bringen!

Er schmunzelte, und in seinen Mundwinkeln bildeten sich zwei Grübchen. »Lassen Sie mich raten, Sie wollen vielleicht dieses Prachtpferd hier kaufen?«

»Nein, nein«, antwortete sie rasch, ohne lange nachzudenken, »auf meinem Bankkonto herrscht gerade ziemliche Flaute.« Schon im nächsten Moment hätte sie sich ohrfeigen können für diese Antwort. Da stand ihr ein wildfremder Mann gegenüber – noch dazu einer, der sie ziemlich durcheinanderbrachte –, und sie sprach über das nicht vorhandene Geld ihrem Konto.

Er grinste wie ein Junge, der beim Nachbarn Äpfel geklaut hat. »Nun, da kann es sich wenigstens mit meinem Konto zusammentun, dort sieht es ähnlich aus.« Daran zweifelte sie keine Sekunde, denn sein T-Shirt und die Reitstiefel hatten schon weitaus bessere Tage gesehen, und sein Haarschnitt hätte dringend eine Generalüberholung gebraucht. Als Pferdepfleger verdiente er sich wohl keine goldene Nase, wenn es auch im Stall eines Nobelhotels war.

»Ich weiß nicht, ob das so eine gute Idee ist«, meinte sie trocken, »null plus null ergibt doch immer noch null.«

»Aber gemeinsam ist man viel stärker, da spürt man auch die Flaute auf dem Konto nicht so sehr, oder?«

Sie lächelte ihn an. »Ja, das stimmt wohl. Aber ob Ihr Konto und meines sich überhaupt vertragen würden?« Sie staunte, wie gut sie auf einmal in der Lage war, zu flirten. Das hatte sie ja seit einer Ewigkeit nicht mehr gemacht. Zum letzten Mal musste das in ihrer Anfangszeit mit Jürgen gewesen sein, aber gerade an den wollte sie nun überhaupt nicht denken.

»Nun, es käme auf einen Versuch an«, konterte er. »Aber wollen Sie mir jetzt nicht endlich verraten, was Sie hierherführt?«

Beinahe hätte sie »Raten Sie doch mal!« geantwortet, doch sie konnte es sich im letzten Moment verkneifen. Stattdessen sagte sie: »Ich wohne drüben im Hotel und wollte fragen, ob die Gäste hier reiten können.«

»Hm«, meinte er und strich eine Haarsträhne zur Seite, die ihm in die Stirn gefallen war. Fasziniert folgte ihr Blick der Bewegung seiner Hand. »Ich denke, das dürfte normalerweise kein Problem sein. Doch auf die Araber lassen sie nur Gäste, die wirklich ausgesprochen gut reiten können. Der Rest muss sich leider mit den anderen Pferden begnügen. Können Sie denn reiten?« Beim letzten Satz fixierte er sie wieder so fest mit den

Augen, dass es ihr schwerfiel, überhaupt eine vernünftige Antwort herauszubringen.

»Ja, nein ... nun, wie man es nimmt. Ich bin als Jugendliche oft geritten«, sagte sie schließlich, wobei das Wort *oft* ziemlich übertrieben war, aber das brauchte sie ihm ja nicht auf die Nase zu binden. »Doch das ist ja nun auch schon lange her.«

»Sie können hier auch Reitstunden nehmen. Warten Sie, ich schreibe Ihnen die Telefonnummer des Stallmeisters auf. Er teilt die Pferde für die Gäste ein, und bei ihm können Sie auch einen Reitlehrer buchen.« Er griff nach seinem Handy, das auf der Boxenmauer lag. »Haben Sie etwas zu schreiben?«

»Ja, natürlich.« Conny kramte in ihrer Handtasche nach ihrem Notizbuch und reichte es ihm. »Ihr Chef?«, fragte sie, während er eine Nummer von seinem Handy ablas und aufschrieb.

»Was? Äh, ja, klar.« Als er ihr das Buch wieder zurückgab, berührten sich ihre Hände für die Dauer eines Wimpernschlags, und ihre Haut brannte danach an der Stelle wie Feuer. Und ihr war, als ob auch er bei der Berührung zusammengezuckt war.

Nach einer kurzen Pause, in der sie sich wieder etwas sammeln konnte, sagte er: »Sie können das mit den Reitstunden übrigens auch an der Rezeption erledigen. Herr König, der Empfangschef, weiß darüber bestens Bescheid – und natürlich auch seine Mitarbeiter.«

Ob es wohl irgendetwas gab, über das Bertram König nicht Bescheid wusste? Er schien so etwas wie die graue Eminenz des Hauses zu sein, der heimliche Chef, oder wie immer man ihn auch nennen mochte. »Ja, ich weiß, wer das ist, ich hatte schon das Vergnügen«, konnte sie sich nicht verkneifen zu antworten.

»Na, dann kann ja nichts mehr schiefgehen«, meinte er und zwinkerte ihr zu.

Sie wusste nicht, was sie nun noch sagen sollte, und ihm ging es anscheinend genauso, denn für ein paar Augenblicke schwiegen sie sich wie zwei schüchterne Teenager verlegen an. Eigentlich hatte sie ja jetzt alles, was sie wissen wollte, doch irgendwie konnte sie sich nicht von ihm und dem Knistern, das sie zwischen ihnen spürte, losreißen.

»Also gut«, sagte er schließlich und deutete auf die Stute, »dann werde ich mal weitermachen.«

»Natürlich, lassen Sie sich von mir nicht aufhalten. Nicht dass Sie noch meinetwegen Ärger mit Ihrem Chef bekommen. Und danke.« Sie zeigte auf das Notizbuch, das sie immer noch in der Hand hielt.

Dann drehte sie sich rasch um und machte sich auf den Weg nach draußen – rasch genug, bevor er sehen konnte, wie ihr Gesicht puterrot anlief.

»Gern geschehen«, hörte sie ihn noch sagen, als sie schon ein paar Schritte entfernt war. »Und vielleicht sieht man sich ja mal wieder.«

»Wie?« Sie wandte noch einmal kurz den Kopf in seine Richtung. »Ja, klar«, stammelte sie. »Und danke noch mal.«

Das mit dem Wiedersehen würde Felix wörtlich nehmen. Unbedingt, das nahm er sich fest vor.

Wie verlegen sie gewesen war, als sie sich voneinander verabschiedet hatten. Als hätte sie sich nicht getraut, noch etwas zu sagen. Aber ihm selbst war es ja auch nicht anders gegangen. Wie ein Schuljunge hatte er dagestanden, unfähig, sie weiter in ein Gespräch zu verwickeln. Doch sie hatten ja auch ein wenig miteinander geflirtet, wenn er darin auch ziemlich aus der Übung war, wie er sich eingestehen musste. Es war ja auch schon eine ganze Weile her, dass ihn eine Frau so sehr fasziniert hatte wie sie.

Und dass sie ihn für einen Pferdepfleger gehalten hatte ... Dabei hätte sie eigentlich Verdacht schöpfen müssen, als er nicht einmal die Telefonnummer seines angeblichen Chefs auswendig kannte. Aber vielleicht hatte ihre Begegnung sie ja ähnlich durcheinandergebracht wie ihn.

Es war ihm nicht unrecht, dass sie noch nicht wusste, wer er war. Sollte sie ruhig erst einmal glauben, er sei ein einfacher Angestellter. Schließlich hatte er ja zur Genüge Erfahrungen gemacht mit Frauen, die in ihm nur den Bruder des berühmten

Starkochs sahen. Gut, sie war ja angeblich ein Fan von Valentin und würde womöglich in ihm auch nur eine willkommene Möglichkeit sehen, an diesen heranzukommen. Doch irgendwie konnte er sich das bei ihr nicht so richtig vorstellen. Nein, sie war anders, das fühlte er. Und bei ihrer kurzen Berührung hatte er deutlich gespürt, dass da etwas zwischen ihnen war, wie eine schwelende Glut, die kurz davor war, aufzuflammen.

Er musste eine Möglichkeit finden, sie wiederzutreffen. Eine Woche ging schnell vorbei, und er würde davon ja die meiste Zeit in der Küche verbringen. Schade, dass er nur montags reiten konnte, wenn er seinen freien Nachmittag hatte. Sie würde bestimmt bald wieder im Stall auftauchen. Vielleicht konnte er ja herausfinden, wann sie sich ein Pferd reservieren ließ oder Unterricht nahm und dann mit einem Kollegen seinen Dienst tauschen. Der Stallmeister, mit dem er sich auch privat ziemlich gut verstand, war sicher auskunftsfreudiger und weniger misstrauisch als Bertram, wenn er sich so nebenbei mal nach einer gewissen Conny Hausmann erkundigte. Bertram würde er deswegen nicht fragen, obwohl dieser auch Einblick in die Belegungspläne des Stalls hatte. Doch nachdem er ihn dabei ertappt hatte, wie er die Buchungsdaten aus dem Computer fotografierte, wollte er in dieser Richtung lieber nichts riskieren. Zudem war Bertram ja geradezu von der Vorstellung besessen, dass Conny eine verkappte Journalistin war. Aber was, wenn er wirklich Recht hatte?

»Ach was, nichts als Hirngespinste!«, sagte er laut und verpasste Arabella einen so kräftigen Bürstenstrich, dass diese ihn verwundert mit der Nase anstieß. »Ist gut, meine Süße«, murmelte er ihr ins Ohr, »du bleibst ja nach wie vor eine wichtige Frau in meinem Leben, auch wenn du jetzt womöglich Konkurrenz bekommst.«

Sie konnte es tatsächlich noch. Als der Stallmeister am nächsten Tag Conny zu der Box des Pferdes führte, das er für sie reserviert hatte, rutschte ihr zunächst schon ein wenig das Herz in die Hose. Er versicherte ihr jedoch, dass Cherry – so hieß die Stute – lammfromm sei und auch von Anfängern geritten werde. Sie führte das Tier ein wenig auf dem Hof herum, sprach mit ihm und spürte dann rasch, wie es Vertrauen zu ihr fasste – und umgekehrt ebenfalls. Einer der Pferdepfleger half ihr beim Aufsitzen. Dann ritt sie tatsächlich los, erst in langsamem Schritttempo, und schließlich traute sie sich sogar, ein wenig zu traben. Dabei achtete sie peinlich genau darauf, sich nicht allzu weit vom Stall zu entfernen, nicht nur, damit man sie im Fall der Fälle leichter finden konnte. Nein, sie wollte ja auch Ausschau halten, ob sie in der Umgebung des Stalls einen gewissen Pferdepfleger entdeckte.

Irgendwie hatte sie sich ja auch seinetwegen dazu entschlossen, es tatsächlich mit dem Reiten zu versuchen. Sie war sehr erleichtert gewesen, als ihr der Stallmeister am Telefon versichert hatte, dass die Nutzung der Pferde für die Hotelgäste kostenlos sei. Und glücklicherweise musste sie auch keine Reitstunden mehr nehmen, denn das hätte ihr stark ramponiertes Urlaubsbudget wohl kaum mehr hergegeben.

Spontan beschloss sie, den südländisch aussehenden Pferdepfleger, der Cherry vor dem Aufsitzen gesattelt hatte, nach seinem Kollegen zu fragen, der gestern im Stall Dienst gehabt hatte. Doch dieser zuckte nur mit den Schultern und meinte: »Kenne nix diese Kollege«, obwohl sie ihm ganz genau beschrieben hatte, wie der Mann aussah. Den Stallmeister wollte sie allerdings nicht nach ihm fragen, er war ja schließlich sein Chef, und sie wollte nicht unnötig Unruhe verursachen. Es wurde bestimmt nicht allzu gerne gesehen, wenn sich das Personal etwas mehr als nötig mit den Gästen abgab.

So blieb ihr wohl nichts anderes übrig, als zu warten, bis er ihr wieder über den Weg lief – und dies hoffentlich bald, denn ewig dauerte ihr Urlaub ja auch nicht. Aber sie würde ganz sicher noch ein paarmal im Stall vorbeischauen, denn irgendwann musste er ja dort wieder aufkreuzen. Die Begegnung mit ihm hatte etwas in ihr ausgelöst, und das fühlte sich ganz und gar nicht schlecht an.

8

Am Mittwoch brachen Conny und Gerlinde Althoff gleich nach dem Frühstück zu ihrem Ausflug nach Konstanz auf. Siegfried Althoff war bereits in aller Herrgottsfrühe mit seinem Chauffeur zurück nach Frankfurt gefahren.

Der Chauffeur hieß übrigens ganz treffend mit Nachnamen Sauser, was bei Conny unweigerlich einen heimlichen Lachanfall ausgelöst hatte. Seitdem er wusste, dass Conny die Tischnachbarin seiner Arbeitgeber war, und Herr Althoff sie in seiner Gegenwart als »Bücherkollegin« bezeichnet hatte, behandelte er sie nicht mehr so herablassend wie bei ihrer ersten Begegnung vor dem Hotel – im Gegenteil, er zeigte sich als die Freundlichkeit in Person und sprach Conny ebenfalls mit »gnädige Frau« an. Wer weiß, was er sich unter einer »Bücherkollegin« vorstellte. Womöglich dachte er, sie sei genauso Verlegerin wie sein Chef oder zumindest Inhaberin einer großen Druckerei oder Buchhandlung. Und Conny ließ ihn in dem Glauben, dann musste sie sich schon nicht sein hochnäsiges Grinsen ansehen.

Erst hatte Conny dem Ausflug mit Gerlinde mit gemischten Gefühlen entgegengesehen, weil er zwangsläufig mit sich brachte, dass Gerlinde Connys Rostlaube in aller Ausführlichkeit zu Gesicht bekam. Doch als sie schließlich im Auto saßen und sich auf den Weg nach Meersburg zum Fährhafen machten, meinte Gerlinde ganz locker: »Wissen Sie was, Conny, Ihr Auto erinnert mich so schön an meine Jugend. Dieses Gefühl ist mir ganz abhandengekommen, seitdem ich nur noch in einer Nobelkarosse durch die Gegend kutschiert werde. Mein erster Wagen war ebenfalls klein, wendig und schnittig, genau wie Ihrer – und auch nicht mehr der Jüngste. Aber ich war unheimlich stolz auf ihn, weil ich eines der wenigen Mädchen war, die damals schon den Führerschein hatten. Und glücklicherweise legte meine ganze Familie zusammen, um das Auto zu finanzieren. Meine Tante – Gott hab sie selig – hat dafür sogar ein Baumgrundstück verkauft. Ich musste ja jeden Tag dreißig Kilometer zu meiner Arbeitsstelle fahren, und die Busanbindung war bei uns auf dem Land miserabel.«

Natürlich wusste Gerlinde inzwischen über Connys klamme finanzielle Situation Bescheid, und sie hatte es sich nicht nehmen lassen, Conny zu dem Ausflug einzuladen, was diese nur unter gehörigem Protest akzeptiert hatte. Gerlindes Blick hatte jedoch keinen Widerspruch geduldet.

Nachdem sie am Vormittag einen kurzen Abstecher zur Insel Reichenau gemacht und dort die berühmten Wandmalereien in der Kirche besichtigt hatten, fuhren sie zum Mittagessen nach Konstanz hinein. In einem kleinen Restaurant in der Fußgängerzone, das für seine Fischspezialitäten bekannt war, hatte Gerlinde einen Tisch reserviert. Die Felchen im Parmesanmantel, die Conny sich aussuchte, waren erst vor wenigen Stunden im See gefangen worden, so versicherte ihr die Kellnerin, die ihre Bestellung entgegennahm.

»Wissen Sie, dass das die Chefin persönlich war?«, fragte Gerlinde, als diese weitergegangen war. »Weil das Restaurant so klein ist, betreibt das Besitzerehepaar es nahezu alleine. Er kocht, und sie macht den Service. Am Wochenende oder wenn mal eine Gesellschaft ansteht, nehmen sie sich Aushilfskräfte dazu. Ich finde das ein sehr schönes Konzept. Sie können dadurch beste Qualität liefern und auch mal einen speziellen Wunsch der Gäste erfüllen.«

Conny blickte sich um. Der einzige Raum des Restaurants fasste höchstens dreißig Plätze und war liebevoll eingerichtet und mit vielen Details dekoriert. Es herrschte eine gemütliche und heimelige Atmosphäre – ganz anders als im *Seeschlösschen*, wo alles zwar wahnsinnig teuer, aber auch ein wenig unpersönlich und kalt wirkte. Zwar watschelte hier kein Charles-Elvis im

Frack herum, doch darauf konnte Conny gut und gerne verzichten.

»Von solch einem Restaurant träume ich, das gebe ich ganz offen zu«, meinte sie schließlich und seufzte. »Regionale Küche, bodenständig, aber mit ein wenig Raffinesse, heimische, hochwertige Produkte und eine solche Umgebung wie hier, wo sich der Gast einfach zu Hause fühlt. Verstehen Sie mich bitte nicht falsch. Ich verehre Valentin Seidel als Koch sehr und bin natürlich jedes Mal aufs Neue begeistert von seinen erlesenen Kreationen. Aber mein Ansatz für ein eigenes Restaurant wäre ein ganz anderer, das habe ich nicht zuletzt in den drei Tagen festgestellt, seit ich hier im *Seeschlösschen* bin.«

Die Worte sprudelten nur so aus ihr heraus. Von diesem Traum hatte sie noch nie jemandem erzählt, nicht einmal Doro, denn die hätte sie sicher für total übergeschnappt und abgehoben gehalten.

»Sagen Sie nur, Sie tragen sich mit dem Gedanken, ein eigenes Restaurant zu eröffnen?«, fragte Gerlinde sichtlich erstaunt. »Ich wusste ja schon, dass Sie gerne kochen, aber dass Sie überlegen, das beruflich zu machen, davon hatte ich keine Ahnung.«

»Ja, das verrate ich auch normalerweise nicht, denn es ist noch lange kein konkretes Vorhaben, sondern nur ein Traum. Ein schöner Traum zwar, doch er wird wohl auch leider für immer ein Traum bleiben. Wenn ich an das Kapital denke, das ich da einbringen müsste ... Ich komme ja jetzt schon nur gerade eben so durch. Mein Ex-Mann tummelt sich lieber irgendwo in der Welt, als sich um den Unterhalt seiner Kinder zu kümmern, und mein Arbeitsplatz ist auch nicht gerade auf Dauer ausgelegt. Schließlich ist mein Chef nicht mehr allzu weit vom Ruhestand entfernt, und wer weiß, was danach kommt ...«

Gerlinde schien von der Idee Feuer und Flamme zu sein. »Aber gerade deswegen sollten Sie sich doch eine eigene Existenz aufbauen, mit der Sie unabhängig vom Wohlwollen und den Launen anderer sind. Es gibt ja heute auch Existenzförderprogramme, wo Sie günstiges Kapital bekommen. Wenn Sie möchten, spreche ich mal mit meinem Mann, er weiß darüber sicher besser Bescheid als ich.«

»Oh, nein, nein«, wiegelte Conny rasch ab, »das ist nett gemeint, danke. Aber so weit bin ich noch lange nicht.« Das fehlte gerade noch, dass sich die Dinge auf diese Weise verselbständigten. Aber irgendwie hatte Gerlinde auch nicht ganz Unrecht. Vielleicht sollte sie ja wirklich einmal anfangen, ihr Leben selbst in die Hand zu nehmen.

»Würden Sie es sich denn zutrauen, ein Restaurant zu führen?« Gerlinde sah Conny mit ernstem Blick an. »Ich meine, Sie haben ja keine entsprechende Ausbildung.«

»Das Kochen dürfte wohl das geringste Problem sein«, überlegte Conny. »Ich habe mir im Laufe der Jahre so vieles angeeignet, und ich würde auch nicht davor zurückschrecken, eine größere Gruppe gleichzeitig zu bekochen. Aber damit ist es ja noch lange nicht getan. Da hängt ja viel mehr dran: Einkauf, Buchhaltung, Steuern, die ganzen lebensmittelrechtlichen Vorschriften ...«

»Das sind alles Dinge, die man lernen kann«, gab Gerlinde lächelnd zu bedenken.

»Ja, natürlich, das schon. Doch etwas ganz Entscheidendes fehlt mir im Vergleich zu den Inhabern hier: die zweite Hälfte. Ich habe keinen Mann an meiner Seite, der mich unterstützt und mit anpackt. Und zurzeit ist auch weit und breit keiner in Sicht.« Für einen Moment tauchte das Bild des Pferdepflegers aus dem Stall vor ihren Augen auf, und in ihrem Bauch begann es zu kribbeln. Um sich nichts anmerken lassen, sprach sie rasch weiter: »Ich kann ja schlecht alles alleine machen – kochen und servieren gleichzeitig. Da müsste ich mich ja zweiteilen können. Es sei denn, ich spanne meine Freundin Doro für den Service ein. Es würde ihr bestimmt einen Heidenspaß machen, ungeduldige, hungrige Gäste zu bedienen«, meinte sie mit einem Augenzwinkern.

Doro eignete sich wohl genauso wenig als Kellnerin wie ein Eisbär für eine Tour durch die Sahara. Conny versuchte sich vorzustellen, wie Doro perfekt geschminkt, in High Heels und auffälligen Designerklamotten Berge von Essen verteilte, verschmutzte Teller abräumte und frischgezapftes Bier durch das Lokal trug. Mit ihrer berufsbedingten Neugier würde sie wohl die meiste Zeit damit verbringen, die Gäste nach deren Lebensgeschichte auszufragen, in der Hoffnung, dass dabei vielleicht eine gute Story für sie heraussprang.

Während sich Conny noch über diese Vorstellung amüsierte, wurde ihnen das Essen serviert, das gar zu appetitlich aussah und genauso gut duftete. Es war dekorativ angerichtet, zwar nicht so avantgardistisch wie bei Valentin, aber man merkte, dass es mit viel Liebe zubereitet worden war – und vor allem schmeckte man es. Ja, so stellte sie sich die Küche ihres Restaurants vor, wenn es denn irgendwann mal eines geben sollte. Hoffentlich hatte sie Gerlinde jetzt nicht einen Floh ins Ohr gesetzt. Es war zwar ihr ganz großer Traum, aber ein solches Risiko konnte und wollte sie nicht eingehen.

»Erzählen Sie doch von Ihrer Freundin«, griff Gerlinde das Thema Doro wieder auf, als sie ein paar Bissen gekostet hatten. »Wann kommt sie? Morgen?«

Conny nickte und berichtete Gerlinde von ihrer gemeinsamen Schulzeit, Doros Job, ihren vielen Reisen und den Prominenten, die sie überall traf. Damit hatten sie für den Rest des Essens ein ergiebiges Gesprächsthema, und Connys Traum vom eigenen Restaurant war bei Gerlinde erst einmal vergessen.

Obwohl Conny nach dem Essen gerne noch eine Weile geblieben wäre und die Atmosphäre des Restaurants genossen hätte, brachen sie bald auf. Sie wollten ja noch einen ausgiebigen Einkaufsbummel machen. Während sich Gerlinde vorher noch zur Toilette begab, um sich ein wenig frisch zu machen, blickte Conny aus dem Fenster und beobachtete das Treiben draußen in der belebten Fußgängerzone.

Auf einmal entdeckte sie Valentin auf der anderen Straßenseite – zumindest bildete sie sich ein, dass er es war. Der Mann hatte dieselbe Größe und Statur, ebensolche weizenblonden, halblangen Haare, und auch seine Gestik erinnerte stark an Valentin. Da er eine dunkle Sonnenbrille und einen Cowboyhut mit einer besonders breiten Krempe trug, konnte Conny sein Gesicht nicht gut erkennen. Außerdem drehte er ihr die meiste Zeit den Rücken zu. Anscheinend wartete er auf jemanden, denn er blickte immer wieder ungeduldig durch das Schaufenster ins Innere eines Schuhgeschäfts.

Nach kurzer Zeit kam die Person, auf die er gewartet hatte, aus dem Laden heraus – und es war keine Geringere als Marlene Seidel, da war sich Conny sicher, wenn diese auch heute ihre Haare nicht offen, sondern hochgesteckt trug. Also war der Mann ganz bestimmt auch Valentin, und wenn er sich noch so gut mit Hut und Sonnenbrille tarnte.

Als Marlene vor ihm stand, beugte er sich zu ihr hinunter und flüsterte ihr etwas ins Ohr – oder war es doch eher ein Kuss? Zu dumm, dass Conny ihre Fernsichtbrille im Auto liegen gelassen hatte!

»Was gibt es denn da draußen so Interessantes zu sehen?«, fragte Gerlinde, die genau in dem Moment wieder zurück an den Tisch kam, als die beiden da drüben voneinander abließen und händchenhaltend in die entgegengesetzte Richtung verschwanden.

Für einen Augenblick saß Conny wie versteinert da. Gingen so Bruder und Schwester miteinander um? Die beiden hatten eher wie ein frischverliebtes Pärchen gewirkt. Vor allem Marlene schien ihm schmachtende Blicke zugeworfen zu haben. Aber kein Wunder, das würde ihr selbst in Valentins Gegenwart ja auch nicht anders gehen.

»Conny?«, fragte Gerlinde noch einmal. »Ist alles in Ordnung mit Ihnen?«

»Ja, ja, natürlich«, antwortete Conny rasch. »Mir war nur gerade, als hätte ich dort drüben jemanden gesehen, den ich kenne. War aber wohl nicht so.«

Doch, es war ganz bestimmt so, dessen war sie sich sicher. Nur gut, dass sie den köstlichen Fisch bereits verspeist hatte, denn jetzt wäre ihr garantiert der Appetit vergangen.

Der anschließende Einkaufsbummel machte Conny keinen richtigen Spaß mehr. Andauernd spukte ihr das Bild von Valentin im Kopf herum, wie er Marlene erst geküsst hatte – wenn es denn ein Kuss war – und dann händchenhaltend mit ihr davongezogen war. Die Konstanzer Innenstadt mit ihrem fast schon südländischen Flair und teilweise recht erlesenen Geschäften konnte sie auch nicht wirklich ablenken. Sie wollte eigentlich am liebsten nur noch eines: zurück ins Hotel und sich alleine auf ihrem Zimmer verkriechen. Nicht dass sie Gerlindes Anwesenheit nicht schätzte, aber das, was sie vorhin gesehen hatte, hatte ihr doch einen gehörigen Dämpfer verpasst.

Auch Gerlinde war aufgefallen, dass Conny nicht so ganz bei der Sache war. »Stimmt etwas nicht?«, fragte sie besorgt und blickte Conny dabei fast schon mütterlich an.

Was sollte sie nun antworten? Sie konnte ja schließlich schlecht sagen: »Ich bin geschockt, weil Valentin Seidel eine Frau geküsst hat.« Andererseits wollte sie Gerlinde, die es ehrlich mit ihr meinte und sie so akzeptierte, wie sie war, auch nicht anlügen. So antwortete sie zögernd: »Gestern beim Reiten habe ich mich wohl etwas übernommen. Ich hatte so lange nicht mehr im Sattel gesessen, dass ich heute jeden Knochen spüre.« Gut, *jeden Knochen* war vielleicht etwas übertrieben, doch sie spürte schon ziemlichen Muskelkater, vor allem am Gesäß und an den Oberschenkeln. Ein Pferdesattel war eben kein Komfortsessel und ihre Kondition auch nicht die allerbeste.

»Warum haben Sie das denn nicht früher gesagt?«, meinte Gerlinde. »Den Ausflug hätten wir doch auch verschieben können.«

»Nein, nein, das war schon gut so«, antwortete Conny. »Mir hat der Ausflug sehr gutgetan, ich merke nur jetzt, dass ich schon so lange auf den Beinen bin. Und meine Füße fangen jetzt auch ein wenig zu brennen an.«

Wenigstens hatte sie damit Gerlinde nicht vollkommen angelogen. Aber ein wenig meldete sich Connys schlechtes Gewissen dann doch. Vielleicht würde sie das Ganze Gerlinde irgendwann einmal erklären können, und sie würden vielleicht sogar herzhaft darüber lachen, doch so weit war sie noch lange nicht. Erst einmal musste sie das, was sie heute gesehen hatte, verarbeiten.

So kamen Conny und Gerlinde bereits um halb fünf am Nachmittag wieder im *Seeschlösschen* an. Ihre Einkäufe ließen sie sich ganz vornehm von Tom aufs Zimmer tragen, wofür ihm Gerlinde ein fürstliches Trinkgeld zusteckte. Conny verschwand dann auch gleich auf ihr Zimmer mit der Begründung, eine Schmerztablette nehmen und sich ein wenig hinlegen zu wollen. Und Gerlinde tat es ihr nach, zumindest das mit dem Hinlegen, denn auch sie schien mittlerweile doch ziemlich müde geworden zu sein. Sie verabschiedeten sich oben an der großen Freitreppe – Gerlindes Suite lag zwar auf derselben Etage, aber am anderen Ende des Gebäudes – und verabredeten sich wie jeden Abend um sieben zum Essen.

Als Conny auf ihrem Zimmer angekommen war, beachtete sie die beiden Einkaufstaschen, die Tom vor dem Kleiderschrank abgestellt hatte, erst einmal nicht. Vielmehr schleuderte sie ihre Sandalen in eine Ecke. Ihre Füße brannten mittlerweile tatsächlich. Gut, dass sie ihre bequemsten, wenn auch nicht allerschönsten Schuhe angezogen hatte und nicht eine der hochhackigen Leihgaben von Doro, bei denen man schon vom Hinsehen Hühneraugen bekam. Sie ließ sich im Bad für ein paar Minuten kaltes Wasser über die Unterarme laufen und kippte sich zum Schluss auch ein paar Handvoll davon ins Gesicht.

Dann ging es ihr besser – ein wenig zumindest. Sie zog ihre verschwitzte Kleidung aus, legte sich nur mit Slip und T-Shirt bekleidet aufs Bett und war innerhalb kurzer Zeit eingeschlafen.

Frisch geduscht, geschminkt und frisiert und in Doros teuerstem Designerkleid schritt Conny die große Freitreppe ins Foyer hinunter. Ganz unten stand ein Mann in einer weißen Kochjacke, der ihr verdächtig bekannt vorkam. Er hielt eine rote Rose in der

Hand und schien auf sie zu warten, denn er blickte die ganze Zeit nur sie an und lächelte ihr zu. Zwar trug er eine dunkle Sonnenbrille, sodass sie sein Gesicht nicht allzu gut erkennen konnte, aber als er zu sprechen begann, wusste sie, wer es war.

»Meine liebste Conny«, sagte er mit seiner verführerischen Stimme, »du siehst heute wieder einmal ganz bezaubernd aus.« Seine Worte verwirrten sie so sehr, dass sie Mühe hatte, es ohne Sturz die Treppe hinunter zu schaffen. Doros High Heels und die Tatsache, dass sie den Blick nicht von ihm abwenden konnte, taten ihr Übriges.

Als sie heil unten angekommen war, reichte er ihr die Rose, griff nach ihrer Hand und sagte: »Ich habe nur auf dich gewartet, meine Schöne.« Er riss sich die Sonnenbrille herunter und warf sie in Richtung Rezeption, wo sie nur ganz knapp an Bertram Königs Kopf vorbeisegelte. Dann legte er ihr die Arme um den Hals, schaute ihr tief in die Augen, und sein Mund kam ihrem immer näher.

»Valentin«, hauchte sie, »ich habe dich so vermisst.«

Als sie endlich seine Lippen auf ihren spürte, wurde er auf einmal ruckartig von ihr weggerissen – und zwar von Marlene, die wie aus dem Nichts hinter ihm aufgetaucht war. Ihre Haare, die sie nun wieder offen trug, hingen ihr strähnig und ungepflegt ins Gesicht, ihr Make-up war fleckig und ihr dunkler Lidschatten in alle Richtungen zerlaufen. Sie erinnerte Conny an die Zombies in den Horrorfilmen, die sich Jürgen früher immer angesehen hatte. Marlene bedachte erst Conny, dann Valentin mit einem hasserfüllten Blick, dann schlug sie zu. Der Knall, mit dem ihre Hand Valentins Wange traf, schallte durch das ganze Foyer, sodass alle Anwesenden ruckartig die Köpfe nach ihnen umdrehten. Dann wandte sich Marlene Conny zu und hob abermals die Hand ...

Schweißgebadet schreckte Conny hoch. Gottseidank, sie war in ihrem Zimmer – alleine. So einen hässlichen und doch auch irgendwie schönen Traum hatte sie schon lange nicht mehr geträumt. Wie Valentin sie angesehen hatte. Und dann dieser Kuss ... Es hatte sich alles so real angefühlt – bis zu dem Moment, als Marlene aufgetaucht war. Ob sie tatsächlich Valentins Frau war? Oder »nur« seine Schwester, mit der er besonders liebevoll umging? Sie hatte ja nicht einmal sicher gesehen, ob sich die beiden vor dem Schuhgeschäft tatsächlich geküsst oder sich nur etwas ins Ohr geflüstert hatten.

Völlig durcheinander und noch gar nicht richtig in der Wirklichkeit angekommen, griff sie nach ihrem Handy, legte sich wieder hin und starrte zur Decke. Sie musste jetzt dringend mit jemandem sprechen, der mit dem *Seeschlösschen* und den ganzen Ereignissen hier absolut nichts zu tun hatte.

Da sie seit ihrer Abreise nicht mehr mit Philipp telefoniert hatte, wählte sie zuerst seine Nummer, doch er meldete sich nicht. Vielleicht saß er noch in einer Vorlesung oder – was wahrscheinlicher war – auch schon mit seinen Kumpels in einer verrauchten Studentenkneipe und diskutierte mit ihnen über die großen Probleme in der Welt.

Bei Alina hatte sie mehr Glück. Sie meldete sich gleich nach dem ersten Klingeln.

»Alina, mein Schatz, wie geht es dir denn?«, fragte Conny freudig.

»Ach, Mama, du bist es.« Irrte sie sich oder klang da in der Stimme ihrer Tochter ein wenig Enttäuschung mit?

»Ja, ich bin es.« *Ich bin es nur*, ergänzte sie in Gedanken. »Ich wollte mal fragen, wie es dir geht.«

»Das hast du doch heute Morgen schon gemacht, bevor ich zur Schule bin. Erinnerst du dich nicht mehr?«

»Ganz so verkalkt bin ich ja auch noch nicht«, konnte sie sich nicht verkneifen zu antworten. »Aber ich dachte, vielleicht gibt's ja was Neues bei dir.«

»Nein, absolut nicht. Und bei dir? Hat Valentin dir schon einen Heiratsantrag gemacht?«

»Ja, so ähnlich«, hätte sie am liebsten geantwortet, aber dann besann sie sich und sagte: »Red nicht so daher, mein Kind. Erstens bin ich nicht hier, damit Valentin mir einen Heiratsantrag macht, und zweitens habe ich ihn bisher nur einmal gesehen, und das auch nur aus der Ferne.«

Hatte sie ihren Kindern nicht beigebracht, immer die Wahrheit zu sagen? Und nun ertappte sie sich schon wieder bei einer Schwindelei.

»Ist noch was, Mama?«, fragte Alina, und es hörte sich ganz so an, als wollte sie Conny loswerden. Wahrscheinlich hatte sie ihre Tochter gerade bei einem ganz wichtigen Internet-Chat gestört oder bei einem ihrer Unter-Frauen-Gespräche mit Meike, bei denen es eigentlich nur um zwei Themen ging: Mode und Jungs. Seufzend verabschiedete sie sich von Alina und legte auf.

Jetzt noch Doro anzurufen und ihr zu erzählen, was sie heute in Konstanz beobachtet hatte, kam absolut nicht in Frage. Ihre impulsive Freundin war noch im Stande und setzte die Geschichte in ihre Zeitungskolumne. Sie sah schon die Schlagzeile vor sich: *Hat Valentin Seidel ein kleines Geheimnis? Ist der begehrteste Junggeselle im deutschen Fernsehen doch schon heimlich vergeben?*

Nein, so etwas durfte sie nicht riskieren. Schließlich würde sie ja noch ein paar Tage hier im Hotel verbringen, und außerdem kam Doro ja morgen zu Besuch. Jeder, der ein wenig Grips im Kopf hatte, würde eins und eins zusammenzählen und sofort ahnen, dass sie etwas mit dem Artikel zu tun hatte. Und sie konnte gut und gerne darauf verzichten, für den Rest ihres Aufenthalts abweisend behandelt und schief angestarrt zu werden.

Inzwischen war es bereits Viertel nach sechs. Conny beschloss, vor dem Abendessen noch ausgiebig zu duschen, das würde vielleicht ihren Kopf freimachen. Dann föhnte sie sich die Haare, machte sich zurecht und begab sich auf den Weg zum Speisesaal.

»Na, alter Junge, wieder zurück?«, begrüßte Felix seinen Bruder, als dieser sich zum ersten Mal an diesem Tag in der Küche blicken ließ.

»Ja, endlich«, antwortete Valentin, »nachdem ich mir den halben Tag lang in irgendwelchen Klamotten- und Schuhläden die Beine in den Bauch gestanden habe.«

Felix grinste und trat etwas näher an Valentin heran, sodass ihn die anderen Mitarbeiter in der Küche nicht hören konnten. »Na ja, das Eheleben ist eben hart. Früher, als Marlene noch die meiste Zeit in München war und nur am Wochenende hierherkam, hättest du dir wohl nie im Traum einfallen lassen, mal einen ganzen Tag für sie zu opfern, nur um mit ihr shoppen zu gehen. Aber du wolltest es ja nicht anders. Jetzt musst du da eben durch.«

Valentin boxte Felix spielerisch in die Seite und lachte. »Warte nur ab, mein Kleiner, wenn dich erst mal eine am Haken hat, werden dir deine flotten Sprüche schon auch noch vergehen!«

Felix atmete tief durch. Für einen Moment huschte ihm Connys Bild, wie sie im Stall vor ihm gestanden hatte, durch den Kopf.

Glücklicherweise bemerkte Valentin Felix' nachdenklichen Blick nicht, denn er hatte sich umgedreht und hob den Deckel eines Kochtopfs hoch, der auf dem Herd stand. »Eine neue Suppenkreation?«

Felix nickte und reichte ihm einen Löffel. »Hummercremesüppchen mit Safran, Dill und einem Schuss Wermut.«

»Mmh.« Valentin bewegte die Suppe, die er sich aus dem Topf genommen hatte, genüsslich im Mund hin und her, leckte auch noch den Löffel von allen Seiten ab und klopfte Felix auf die Schulter. »Exzellent, wie immer. Ich wusste, ich kann mich auf dich verlassen.«

»Wenn du willst, zeige ich dir nach Feierabend, wie ich sie gemacht habe.«

Valentin winkte ab. »Heute ist es ganz schlecht. Ich habe Marlene versprochen, nachher, wenn der meiste Trubel hier vorbei ist, mit ihr noch einen kleinen Mondscheinspaziergang durch den Park zu machen. Immerhin ...«

»Immerhin habt ihr euch heute vor fünf Jahren kennengelernt, und da willst du dich natürlich ganz besonders um deine frisch Angetraute kümmern, das verstehe ich doch.« Felix zwinkerte Valentin zu.

»Alles klar, Bruderherz, dann lass uns das auf morgen verschieben. Apropos morgen«, Valentin zog Felix ein wenig zur Seite, »Bertram hat mir erzählt, dass Doro Canin – du weißt schon, diese Klatschreporterin – morgen hier antanzen wird. Anscheinend besucht sie eine Freundin, die hier Urlaub macht, eine gewisse Conny Hausmann. Ich glaube, das ist die Person, die mir neulich abends vor dem Büro aufgelauert hat.«

Felix' Herz machte einen kleinen Sprung, als er Connys Namen hörte. Um sich nichts anmerken zu lassen, sagte er rasch: »Also, unter aufgelauert verstehe ich etwas anderes. Ich stand ja nicht allzu weit entfernt und habe es mit angesehen. Sie ist Gast hier, zufällig auch noch Fan von dir und hat dich angesprochen. So schlimm ist das ja nun auch wieder nicht.«

Valentin schmunzelte. »Kommt es mir nur so vor oder verteidigst du die Dame ein bisschen zu vehement?«

Felix drehte sich ein wenig zur Seite. Valentin brauchte nicht zu sehen, dass seine Gesichtsfarbe vermutlich gerade einen mittelstarken Rotton annahm. »Warte«, murmelte er, »ich muss mal kurz drüben nachsehen, ob Holger mit dem Gemüse klarkommt.«

Als er zurückkam, hatte sich Valentin noch einen Löffel Hummercremesüppchen genehmigt.

»Ich hoffe, du hast einen neuen Löffel genommen und nicht den, den du vorhin so intensiv abgeleckt hast. Die Suppe soll nämlich heute noch den Gästen serviert werden.«

Typisch Valentin. Er überhörte Felix' Bemerkung geflissentlich und meinte stattdessen: »Auf jeden Fall werden wir morgen für zwei Tage diese Doro Canin im Haus haben, die bestimmt überall ihre Nase hineinstecken wird.«

»Und wenn die Dame sich bei uns einfach nur eine schöne Zeit mit ihrer Freundin machen möchte?«

»Ach was, das glaubst du doch selbst nicht. Ich kenne diese Schreiberlinge. Die sind immer auf der Suche nach einer guten Story, selbst wenn sie mit vierzig Grad Fieber im Bett liegen und sich kaum noch rühren können. Nein, nein, diese Dame hat etwas vor, das spüre ich. Warum sonst hätte ihre abgespannte Freundin, die meinetwegen barfuß durch das Foyer rennt, das Personal nach mir und unserer Familie aushorchen sollen?«

»Und wer behauptet das?«

»Bertram, und der hört ja bekanntlich das Gras wachsen. Und was diese Conny Hausmann angeht, hatte ich vorhin anscheinend auch keinen so schlechten Riecher. Hat es dir diese Dame also angetan? Du hast sie ja vor ein paar Tagen an der Rezeption schon so interessiert beobachtet.«

Während sich Valentin sichtlich darüber amüsierte, winkte Felix nur ab und murmelte: »Ach, glaub doch, was du willst.«

»Das tue ich ja. Auf jeden Fall müssen wir vor diesen beiden Damen auf der Hut sein.«

9

Nach dem Abendessen verabschiedete sich Conny rasch von Gerlinde. Sie wollte noch einen Abstecher zum Bootssteg machen, denn sie brauchte die Stille und die Abgeschiedenheit, um in Ruhe nachdenken zu können. So war sie froh, dass es Gerlinde vorzog, sie nicht auf ihrem Spaziergang durch den Park zu begleiten und stattdessen lieber im Kaminzimmer dem Pianisten zuzuhören. Außerdem wartete sie sehnsüchtig auf einen Anruf ihres Mannes.

Als Conny durch den Park in Richtung Seeufer schlenderte, dachte sie darüber nach, was Gerlinde gesagt hatte: »Wenn man so lange miteinander verheiratet ist wie wir beide, wird zwar in der Ehe vieles zur Routine, aber man kann irgendwie auch nicht mehr ohne den anderen, so sehr ist man zusammengewachsen. Wenn mein Mann nur einen Tag weg ist, vermisse ich ihn schon ganz schrecklich, da geht es mir nicht anders als jedem frischverliebten Teenager.« Und dabei hatte Gerlinde unglaublich glücklich und zufrieden ausgesehen, und Conny hatte sie sogar ein wenig um diese Zufriedenheit beneidet. Ob sie im Alter wohl auch einmal so reden würde wie Gerlinde? Na ja, dazu brauchte sie natürlich erst einmal einen Mann, den sie vermissen konnte.

Über Jürgen hätte sie wohl nie so sprechen können, auch wenn ihre Ehe gehalten hätte. Wenn Sie es nüchtern betrachtete, hatte dazu irgendwie das besondere Feuer zwischen ihnen gefehlt. Gut, am Anfang war sie jung und naiv gewesen und hatte sich schon sehr verliebt gefühlt, doch rückblickend war es wohl eher Bewunderung, weil Jürgen als angehender Deutschlehrer so gut über Literatur dozieren konnte, das einzige Thema, in dem sie sich damals schon wirklich gut auskannte. Und für ihn war es bequem gewesen: Sie hatte bereits ein regelmäßiges Einkommen und er in der Endphase seines Studiums jemanden, der ihm seine Hausarbeiten abtippte, kochte und seine Wäsche machte. Als dann schließlich Philipp unterwegs war, hatten sie geheiratet, ohne lange nachzudenken, ob sie es auch wirklich wollten.

Wenn sie ehrlich war, hatte die kurze Begegnung mit dem Pferdepfleger vorgestern im Stall mehr in ihr ausgelöst als die ganzen Ehejahre mit Jürgen zusammen. Dieses Knistern zwischen ihnen, dieses heftige Prickeln, als sich ihre Hände nur für einen kurzen Augenblick berührten, ließ sie seitdem nicht mehr los. Irgendwie war es schon paradox: Da war sie wegen Valentin, den sie für den begehrenswertesten und attraktivsten Mann überhaupt gehalten hatte, hierhergekommen, hatte ihr letztes Geld dafür zusammengekratzt, und dann brachte ein anderer Mann sie derart durcheinander. Und dieser andere war keine Berühmtheit, kein Spitzenkoch, dem die Frauen scharenweise hinterherliefen, und er war auch kein Adonis wie Valentin. Er war nur ein einfacher Pferdepfleger, aber er hatte etwas an sich, das ihre Sinne und ihr Herz ziemlich in Aufruhr brachte.

Als sie schon recht weit vom Hotel entfernt war und in den schmalen Pfad einbog, der am See entlangführte und auf den sich kaum mehr Hotelgäste verirrten, schon gar nicht in der Dämmerung, hörte sie plötzlich Stimmen, die sie aus ihren Gedanken rissen. Genauer gesagt war es eine Männer- und eine Frauenstimme, und sie hörte die beiden leise lachen. Sie mussten gar nicht mehr weit von ihr entfernt sein und würden wahrscheinlich schon nach der nächsten Biegung vor ihr stehen.

Sie hielt inne und hörte den beiden zu.

»Ich bin so froh, Liebling, dass ich mich dazu durchgerungen habe, München den Rücken zu kehren«, sagte die Frau. »Die Fahrerei war schon immer ziemlich stressig, und du hattest Recht, dass ich auch hier zahlungskräftige Kunden finden würde.«

»Sei ehrlich, Marlene, mein Herz, habe ich nicht immer Recht?« So betörend konnte eigentlich nur einer sprechen.

»Natürlich, Valentin, du bist auch mein bester Ratgeber, und das nicht nur beruflich.«

Schon wieder die beiden! Genügte es nicht, dass sie heute Mittag in Konstanz deren Geturtel hatte mit ansehen müssen? Sie schienen nun ganz nahe zu sein, denn ihre Stimmen wurden immer lauter. Es war wohl das Beste, wenn sie sich irgendwo versteckte. Sie legte keinen gesteigerten Wert darauf, ausgerechnet jetzt Valentin gegenüberzutreten und sich womöglich wieder eine unfreundliche Abfuhr einzuhandeln. Und außerdem konnte sie dann Mäuschen spielen und den beiden noch ein wenig zuhören. Mittlerweile hätte sie den kläglichen Rest ihres Notfallsparbuchs darauf verwettet, dass die beiden alles andere als nur Geschwister waren.

Rasch blickte Conny sich um. Ein wenig abseits des Weges entdeckte sie ein paar dichte Sträucher. Sie durfte keine Zeit mehr verlieren und spurtete los, denn nun konnte sie schon die Schritte der beiden auf dem Kiesweg hören. Glücklicherweise hatte sie sich nach dem Abendessen noch umgezogen und die Schuhe gewechselt.

Tatsächlich, kaum war Conny im Gebüsch verschwunden, bogen Valentin und Marlene um die Ecke.

»Als damals vor fünf Jahren deine Sekretärin bei mir angefragt hat, ob ich nicht dein Hotel einrichten könne, hätte ich mir nicht träumen lassen, was sich daraus entwickelt«, sagte Marlene nun, »vor allem nicht, dass ich irgendwann einmal Frau Seidel werden würde.«

Valentin lachte. »Und ich erst recht nicht. Wir müssen nur aufpassen, dass wir nicht erwischt werden, jetzt wo wir ständig beisammen und auch noch verheiratet sind.«

Für ein paar Augenblicke war es verdächtig still geworden. Anscheinend waren die beiden stehen geblieben, denn Conny hörte nicht einmal mehr das Knirschen des Kieses unter ihren Schuhen. Sie konnte sich lebhaft vorstellen, was die beiden nun machten.

Ganz vorsichtig, um ja kein Geräusch zu verursachen, bog Conny ein paar Zweige des Busches, hinter dem sie hockte, auseinander. Und sie hatte richtig vermutet: Durch die Lücke, die das Gebüsch freigab, sah sie, wie die beiden sich leidenschaftlich küssten. Conny verspürte einen leichten Stich in der Brust – und noch mehr Stiche auf ihren nackten Unterschenkeln, wo es sich ein paar Mücken bequem gemacht hatten. Sie hätte doch lieber eine lange Hose statt der Bermudashorts anziehen sollen. Aber hatte sie ahnen können, dass sie schon wieder Valentin über den Weg laufen und sich vor ihm im Gebüsch verstecken würde, mitten in einem Mückennest? Sie traute sich nicht, nach den Biestern zu schlagen, denn das hätte sie womöglich in ihrem Versteck verraten. Also blieb ihr nichts anderes übrig, als sich wohl oder übel als deren Opfer zur Verfügung zu stellen.

»Ich fürchte, wir können es nicht mehr lange geheim halten, dass es uns beide gibt, Valentin«, erklang nun wieder Marlenes Stimme. »Die Wahrscheinlichkeit ist zu groß, dass uns die Gäste hier zusammen sehen.«

Damit hatte Marlene ungewollt den Nagel auf den Kopf getroffen. Doch sie ahnte bestimmt nicht, dass ihnen bereits jemand auf die Schliche gekommen war und sie sogar aus dem Gebüsch heraus beobachtete.

»Daran habe ich auch schon gedacht«, antwortete Valentin. »Aber wenn wir es publik machen, dass ich nun nicht mehr zu haben bin, verliere ich wohl einen beträchtlichen Teil meiner Fans. Es gehört nun mal zu meinem Image, dass ich ein Junggeselle bin, von dem die Frauen träumen können, und von diesem Image lebe ich ganz gut.«

Conny wischte eine Mücke weg, die ihr ins Gesicht geflogen war. Ja, sie hatte auch zu diesen Frauen gehört, die ihn anschmachteten und naiv davon träumten, dass er sie – ausgerechnet sie – erwählen würde, wo er doch so viele andere haben konnte. Sie lugte durch die Zweige. Die beiden umarmten sich immer noch und machten keine Anstalten, weiterzugehen.

»Aber wäre es nicht besser, du sagst die Wahrheit, bevor sie durch Zufall herauskommt und es womöglich einen Riesenskandal gibt, der dir wahrscheinlich noch mehr schaden würde?«, gab Marlene zu bedenken.

»Ja, das ist wohl richtig, mein Herz. Doch darüber brauchen wir uns an diesem besonderen Tag nicht den Kopf zu zerbrechen. Ich werde mir etwas überlegen. Lass uns lieber diesen zauberhaften Abend genießen, er ist so zauberhaft wie du.« Valentins letzte Worte klangen wie das Schnurren eines räudigen Katers.

»Bereust du womöglich schon, dass du mich geheiratet hast? Immerhin bringt meine Existenz dich jetzt in einen echten Zwiespalt«, sagte Marlene, während Valentin begann, ihr Gesicht mit Küssen zu bedecken.

Conny konnte es nun nicht mehr mit ansehen und drehte den Kopf zur Seite.

»Wir können uns ja wieder scheiden lassen«, antwortete Valentin zwischen zwei Küssen. »Aber erst, nachdem wir uns heute Nacht ganz hemmungslos geliebt haben.« Dem Stöhnen der beiden nach zu urteilen, küssten sie sich nun immer wilder.

»Jetzt gleich?«, hörte Conny Marlene nach einer Weile sagen.

»Warum nicht, mein Herz?«

Valentin schien es ja gar nicht mehr erwarten zu können. Hoffentlich konnten sich die beiden noch so lange zurückhalten, bis sie im Hotel in ihrem Bett lagen, und trieben es nicht hier vor ihren Augen. Darauf konnte sie gut und gerne verzichten.

Wenn sie wenigstens ein Stück weitergingen, könnte sie aus ihrem unbequemen Versteck verschwinden, bevor die Mücken ihr noch den letzten Tropfen Blut aussaugten. Ein besonders fieses Exemplar hatte sich bereits in ihr Hosenbein verirrt, war die Innenseite ihres Oberschenkels hinaufgekrochen und begann nun, auch dort genüsslich zuzustechen. Ein anderes war gerade dabei, ihr in die Nase zu krabbeln. Unruhig tippelte sie von einem Fuß auf den anderen. Das Zwicken zwischen ihren Beinen machte sie fast wahnsinnig! Und obendrein schien die Mücke in ihrer Nase nun Walzer zu tanzen, denn es juckte sie auf einmal ganz fürchterlich.

Und dann passierte es. Ganz ohne Vorwarnung.

»Hatschi!«, tönte es weit hörbar durch den Park.

Diese verdammten Biester! Sie traute sich kaum mehr zu atmen. Hoffentlich waren Valentin und Marlene so sehr mit ihrer Knutscherei beschäftigt gewesen, dass sie nicht es mitbekommen hatten.

Doch weit gefehlt. Nur wenige Sekunden später tauchte Valentins Gesicht über ihrem auf. »Sie schon wieder!«, polterte er unvermittelt los. »Was fällt Ihnen ein, mir ständig und überall nachzusteigen?«

»Ich … ich wollte nur …«, stammelte Conny.

»Ausspionieren wollten Sie mich, nur deswegen sind Sie doch hierhergekommen. Geben Sie es endlich zu!«

»Aber nein, es ist alles ganz anders, als Sie denken.« Sie hatte ihn doch nicht vorsätzlich aushorchen wollen! Gut, natürlich war sie neugierig gewesen, was es mit ihm und Marlene auf sich hatte. Aber was hätte er auch anderes von ihr denken sollen, nachdem er sie hier im Gebüsch gefunden hatte? Und dann auch noch ihr peinlicher Auftritt neulich abends im Foyer …

Mittlerweile war ihm Marlene gefolgt. Sie fasste Valentin am Arm und sagte: »Jetzt beruhige dich doch, vielleicht gibt es für das alles ja wirklich eine Erklärung.«

Doch Valentin schüttelte Marlenes Hand mit einer ruckartigen Bewegung ab. »Ach woher! Warum sollte sie sonst hier im Gebüsch hocken? Sie wird ja wohl kaum einem dringenden Bedürfnis nachgegangen sein.«

In einer anderen Situation hätte Conny nach dieser Bemerkung laut losgelacht. Doch angesichts der Ernsthaftigkeit der Lage hielt sie es für besser, das Lachen tunlichst zu unterdrücken.

Und das war auch besser so, denn Valentin wetterte nun ziemlich ungehalten weiter: »Haben Sie dann auch wenigstens genug gehört und gesehen? Verschwinden Sie, bevor ich mich noch vergesse!« Dabei deutete er mit dem ausgestreckten Arm zum Weg hin, und sein Gesicht glich dabei einem Vulkan, der kurz vor dem Ausbruch stand.

Nur mit Mühe schaffte es Conny, aufzustehen, denn mittlerweile waren auch ihre Füße eingeschlafen. »Es tut mir leid, ehrlich«, flüsterte sie, und ihre Stimme zitterte. Hoffentlich bemerkten Valentin und Marlene nicht, wie nahe sie daran war, loszuheulen. Benommen humpelte sie auf dem unebenen Boden davon.

»Es wird Ihnen noch viel mehr leidtun«, rief Valentin ihr hinterher. »Wenn ich Sie nämlich gleich morgen früh aus meinem Haus werfen lasse, und Ihre saubere Reporterfreundin, in deren Auftrag Sie hier herumschnüffeln, gleich mit dazu!«

»Bravo!«, rief Felix, als Conny außer Sicht- und vor allem Hörweite war, und klatschte in die Hände. »Ein ganz toller Auftritt, großer Bruder!«

Er war gerade auf dem Weg zum Bootssteg gewesen, um seine Füße, die er nach dem langen Arbeitstag kaum mehr spürte, noch ein wenig im Wasser zu kühlen. Als er Valentins Geschrei gehört hatte, beschloss er, nachzusehen, was seinen Bruder derart auf die Palme gebracht hatte. Natürlich kannte er Valentin gut genug, um zu wissen, dass dieser schon gerne mal aus der Haut fahren konnte, zum Beispiel, wenn ihm etwas in der Küche nicht so gelang, wie er sich das vorstellte. Aber dann prallte sein Unmut meistens nur an Felix ab. Vor fremden Leuten hatte sich Valentin normalerweise im Griff – anders hätte es ja auch schlecht zu seinem Image als Everybody's Darling gepasst.

Er hatte das Geschehen aus sicherer Entfernung beobachtet, und als er erkannte, dass Conny diejenige war, gegen die sich Valentins Zorn richtete, war er rasch hinter einem dicken Baumstamm verschwunden. Nicht aus Feigheit, doch Conny wäre es sicher unangenehm gewesen, wenn er sie in dieser Situation gesehen hätte. Und er wollte das zarte Pflänzchen, das im Stall begonnen hatte, zwischen ihnen zu keimen, nicht aufs Spiel setzen. Er konnte sich denken, wo sie nun hinwollte. Zurück ins Hotel bestimmt nicht, denn dann hätte sie die entgegengesetzte Richtung einschlagen müssen. Er hatte zwar nicht mitbekommen, was genau geschehen war, doch er hatte gespürt, dass Valentin sie mit seinem unmöglichen Verhalten sehr verletzt hatte, und er wäre ihr am liebsten gleich nachgegangen. Doch vorher musste er noch ein ernstes Wort mit seinem Bruder reden.

»Was machst du denn hier?«, fragte Valentin ziemlich entgeistert, als er Felix erkannt hatte.

»Na, ich wohne und arbeite hier, schon vergessen? Und als ich dann auf meinem kleinen Abendspaziergang dein Geschrei hörte, dachte ich mir, ich sehe mal nach, was da los ist.«

»Diese Conny Hausmann ist los«, brummte Valentin. »Dieses Weibsstück lauert mir andauernd auf, und jetzt hat sie sich sogar im Gebüsch versteckt und mein Gespräch mit Marlene belauscht.«

Felix schmunzelte. Daher wehte also der Wind. Wahrscheinlich war Conny unfreiwillig Zeugin einer intimen Szene zwischen Valentin und Marlene geworden. Er wusste ja, dass Valentin die Spaziergänge durch den hinteren Teil des Parks, in den sich normalerweise keine Hotelgäste verirrten, gerne dazu nutzte, um mit Marlene zu turteln. Vor allem abends hatte er selbst die beiden auch schon öfter dabei erwischt, sich aber nie zu erkennen gegeben. Und nun befürchtete Valentin, dass sein kleines Geheimnis in Sachen Marlene bald kein Geheimnis mehr sein würde. Immerhin kannte Conny ja diese Klatschreporterin, deren Namen er vergessen hatte – irgendetwas mit einem Hasen, so viel wusste er noch. Und diese Reporterin würde ausgerechnet morgen hier auftauchen. Das würde einen Aufruhr geben, obwohl er Conny und ihrer Freundin gar keine bösen Absichten unterstellte. Aber allein die Anwesenheit einer Reporterin würde wohl dazu führen, dass Valentin wie ein aufgescheuchtes Huhn durchs Hotel rannte, einen genauso aufgeregten Bertram König im Schlepptau, der alles tun musste, um die Dame von seinem Chef fernzuhalten.

»Dass sie euch mit Absicht nachgegangen ist, um zu lauschen, kann ich mir eigentlich nicht vorstellen«, sagte er schließlich. »Wer weiß, was sie da im Gebüsch zu suchen hatte. Vielleicht hat ihr der Espresso nach dem Abendessen auf die Blase gedrückt oder …«

»Red keinen Unfug!«, unterbrach ihn Valentin barsch. »Ich weiß genau, was sie zusammen mit ihrer Freundin vorhat. Aber wenn es um diese Frau geht, scheinst du ja gleich ein Dutzend rosaroter Brillen zu tragen.«

Felix überhörte den letzten Satz und meinte stattdessen: »Das ist aber noch lange kein Grund, sie so anzuschreien, erst recht nicht, wenn du hinter ihr Kontakte zur Presse vermutest. Da hättest du die Sache doch ganz anders angehen müssen.«

»Da muss ich Felix hundertprozentig zustimmen«, mischte sich nun auch Marlene ein und nickte Felix beipflichtend zu. »So ein Wutausbruch ist doch ein gefundenes Fressen für die Presse. Ob sie uns nur durch Zufall oder mit Absicht belauscht hat, Tatsache ist, dass sie jetzt über uns Bescheid weiß. Was zwischen uns läuft, war ja nicht zu übersehen und auch nicht zu überhören. Aber dein unflätiges Benehmen hat alles nur noch schlimmer gemacht, Valentin.«

»Ja, das weiß ich auch«, meinte Valentin zerknirscht. »Mit mir ist irgendwie der Gaul durchgegangen. Ihr wisst ja, dass ich nichts so sehr hasse, als zu Hause von aufdringlichen Fans belästigt zu werden. Und nun hatte sie auch noch mitbekommen, dass Marlene und ich ...«

»Tja, großer Bruder, ich würde sagen, dein sauberes Image ist gerade im Begriff, ein paar Flecken zu bekommen«, konnte sich Felix nicht verkneifen zu bemerken, was ihm einen giftigen Blick von Valentin einbrachte.

»Lass diese neunmalklugen Frotzeleien und sag mir lieber, was wir jetzt tun sollen.«

»Also, an deiner Stelle wäre ich von Anfang an viel ehrlicher mit dem Thema Marlene umgegangen, das habe ich dir ja schon oft gesagt. Hättest du beizeiten die Karten auf den Tisch gelegt, wäre zwar die eine oder andere deiner Verehrerinnen eine Weile todunglücklich gewesen, aber das hätte sich mit der Zeit gelegt. Du hättest sicher kaum etwas von deiner Beliebtheit verloren.« Felix zuckte die Schultern. »Aber um so vorzugehen, ist es jetzt natürlich schon zu spät.«

»Nicht unbedingt.« Valentin wiegte nachdenklich den Kopf hin und her. »Man muss es nur entsprechend geschickt anstellen.«

Conny konnte nachher nicht mehr sagen, wie sie überhaupt zum Bootssteg gekommen war. Der Boden vibrierte unter ihren Füßen, und ihr war, als ob sie gleichzeitig Schiffschaukel und Achterbahn fuhr. Noch nie hatte sie jemand so gedemütigt wie Valentin gerade eben – nicht einmal Jürgen, als er sich von ihr abgewandt und sich dieses Blondchen angelacht hatte. Und das Allerschlimmste war, dass sie so etwas niemals hinter Valentin vermutet hätte. Nie hätte sie gedacht, dass er, der stets so nett, charmant und höflich auftrat, derart die Kontrolle über sich verlieren könnte, und sie fragte sich, wie ein Mensch auf so erschreckende Weise zwei Gesichter haben konnte.

Wie er sie angeblickt hatte, voller Hass und Verachtung. Dabei hatte sie doch gar nichts verbrochen. Doch, sie hatte sich im Gebüsch versteckt und ihn und Marlene belauscht. Aber mehr auch nicht. Und er musste auch über ihre Verbindung zu Doro Bescheid wissen und daraus geschlossen haben, dass sie ihn aushorchen und dann Doro alles erzählen wollte. Wahrscheinlich ärgerte er sich unbändig darüber, dass sie seine Knutscherei mit Marlene mitbekommen hatte und nun sein kleines Geheimnis kannte. Wenn sie wollte, bräuchte sie jetzt Doro nur ein einziges Wort zu erzählen, und diese würde einen Artikel schreiben, der sich gewaschen hatte. Denn würden bald alle wissen, dass der große Valentin Seidel gar nicht so unverheiratet war, wie er stets vorgab, und außerdem ein ziemliches Ekelpaket sein konnte. Doch darauf legte sie keinen Wert. Sie spürte auch keine Rachegelüste gegenüber Valentin, sie war nur eines: maßlos enttäuscht und geschockt.

Sie setzte sich auf die hölzernen Planken des Stegs, die noch warm vom Tag waren, zog die Beine an und vergrub ihr Gesicht zwischen den Knien. Erst dann ließ sie ihren Tränen freien Lauf.

Nach einer Weile hörte sie ein Rascheln, dann Schritte und das Knistern von Holz. Jemand setzte sich neben sie, und ein herber, männlicher Duft stieg ihr in die Nase. Dieses Aftershave war ihr in den letzten Tagen schon einmal begegnet, aber ihr fiel nicht mehr ein, wo das gewesen war.

Valentin? War er ihr etwa nachgegangen, weil ihm sein Verhalten leidtat und er sich entschuldigen wollte?

Wie in Zeitlupe drehte sie den Kopf zur Seite und sah zuerst zwei Beine, die in einer aufgekrempelten Jeans steckten und im Wasser baumelten. Aber hatte Valentin vorhin wirklich eine Jeans getragen? Sie konnte sich gar nicht mehr genau daran erinnern. Ihr Blick wanderte langsam am Körper des Mannes nach oben. War das eine weiße Kochjacke?

Dann sah sie ihm ins Gesicht, und ihr Atem stockte. Der Pferdepfleger aus dem Stall! Er blickte sie an und lächelte. Aber warum war er angezogen wie ein Koch?

Doch sie hatte jetzt nicht die Kraft, darüber nachzudenken, einerseits, weil ihr immer noch die Enttäuschung und der Schock über Valentins Verhalten in den Knochen steckten, und andererseits, weil ihr in Gegenwart des Mannes neben ihr ganz schwindlig wurde. Wie sehr hatte sie sich danach gesehnt, ihn wiederzusehen! Aber ausgerechnet jetzt! Was mochte er von ihr denken? Sie sah vom Heulen sicher fürchterlich aus. Glücklicherweise war es inzwischen schon ziemlich dunkel geworden, und so konnte er ihr Gesicht wenigstens nicht bis ins letzte Detail erkennen.

Er kramte in seiner Hosentasche, zog ein Taschentuch heraus und reichte es ihr. »Hier. Ist auch frisch gewaschen.«

Konnte er Gedanken lesen? Sie selbst hatte natürlich kein sauberes Taschentuch bei sich, und so griff sie dankbar danach. Diesmal berührten sich ihre Hände länger als im Stall. Seine Haut fühlte sich warm an, und die Berührung ließ sie am ganzen Körper beben. Sie musste sich regelrecht zwingen, ihre Hand von seiner wegzureißen.

»Danke«, sagte sie verlegen und schniefte. Sie benutzte das Taschentuch ausgiebig, dann steckte sie es in ihre Hosentasche.

»Sie bekommen es auch frisch gewaschen wieder, versprochen.«

Er nickte. »Kein Problem, das hat Zeit, ich habe noch genügend davon.«

Eine ganze Weile saßen sie stumm da und starrten hinaus aufs Wasser, in dem sich das Licht des Vollmonds spiegelte und das in regelmäßigen Wellen gegen den Steg schlug. Langsam beruhigte sie sich, und sie spürte, dass es eigentlich an ihr war, das Gespräch weiterzuführen, zu erklären, warum er sie in diesem Zustand angetroffen hatte. Sie rechnete es ihm hoch an, dass er nicht nachfragte, sondern einfach nur abwartete.

Irgendwann sagte sie schließlich leise: »Was werden Sie jetzt von mir denken, dass ich wie ein kleines Mädchen dasitze und heule?«

Er zuckte mit den Schultern. »Nun, es wird wohl sicher einen Grund dafür geben. Wenn Ihnen danach ist, werden Sie ihn mir irgendwann erzählen – und wenn nicht, dann werde ich Sie auch nicht bedrängen, es zu tun.«

Erleichtert lächelte sie ihn an. Sie spürte, dass sie Vertrauen zu ihm haben konnte und dass ihre Geschichte bei ihm gut aufgehoben war, wenn sie auch Valentin, der ja immerhin sein Arbeitgeber war, in einem ziemlich schlechten Licht dastehen ließ.

Und so holte sie tief Luft und erzählte ihm alles, angefangen von ihrer Schwärmerei für Valentin und ihrem großen Wunsch, ihn kennenzulernen und mit ihm über das Kochen zu fachsimpeln. Sie ließ nichts aus, weder ihren spontanen Entschluss, im *Seeschlösschen* Urlaub zu machen, noch ihre erste Begegnung mit Valentin am Sonntagabend im Foyer. Und sie endete schließlich mit dem unschönen Vorfall von gerade eben, als Valentin sie so sehr beschimpft hatte. Anders als sie anfangs befürchtet hatte, brach sie bei ihrer Schilderung nicht gleich wieder in Tränen aus, was wohl an seiner Gegenwart lag, denn er ließ sie einfach reden, ohne sie auch nur ein einziges Mal zu unterbrechen.

»Wissen Sie, worüber ich mich selbst am meisten ohrfeigen könnte?«, fragte sie. »Dass ich so dumm und naiv war zu glauben, dass mich Valentin Seidel mit offenen Armen empfangen würde, dass ich nur in sein Hotel zu fahren bräuchte, und schon würde er mir seine Küche zeigen, mit mir plaudern und mir ein paar seiner geheimsten Tricks verraten. Für ihn bin ich doch nur ein Fan unter vielen anderen. Ich kann sogar verstehen, dass es ihn manchmal nervt, auf Schritt und Tritt belagert zu werden. Aber ich weiß schon, was er denkt. Bei mir kommt nämlich noch etwas anderes hinzu.« Sie erzählte ihm von Doro und deren Besuch morgen. »Valentin muss irgendwie erfahren haben, dass Doro und ich befreundet sind. Da hat er eins und eins zusammengezählt, und schon spioniere ich im Auftrag einer bekannten Klatschreporterin hinter ihm her. Natürlich werde ich meiner Freundin nichts über den Vorfall von gerade eben erzählen. Ich würde damit natürlich eine Lawine lostreten, doch ich möchte nicht, dass sich die Leute über Valentin das Maul zerreißen.«

»Das finde ich sehr anständig von Ihnen.«

Sie nickte. »Aber auch wenn er so etwas hinter mir vermutet, braucht er mich doch noch lange nicht so wüst zu beschimpfen. Er wusste doch gar nicht, ob er mit seinem Verdacht überhaupt richtig lag. Ich habe mich doch nur im Gebüsch versteckt, damit er sich durch mich nicht belästigt fühlt. Konnte ich denn ahnen, dass er zusammen mit einer Frau auftaucht und dann auch noch beinahe mit ihr ... Na ja«, meinte sie verlegen, »Sie wissen schon, was.«

Felix schmunzelte. Ihre Verlegenheit, das auszusprechen, was Valentin und Marlene womöglich noch miteinander getrieben hätten, wenn sie sich nicht durch einen dummen Zufall selbst verraten hätte, ließ sie in seinen Augen noch reizvoller erscheinen. Sie hatte ihm ihre ganze Geschichte erzählt, vorbehaltlos und vor allem ehrlich, dessen war er sich ganz sicher. Einen größeren Vertrauensbeweis konnte es in dieser Situation nicht geben.

Er hatte sie doch richtig eingeschätzt. Sie verfolgte nicht diese hinterhältigen Absichten, die Valentin ihr unterstellt hatte. Am liebsten wäre er sofort ins Hotel zurückgerannt und hätte seinem Bruder noch einmal ordentlich den Kopf gewaschen –

und Bertram gleich mit dazu, denn der hatte ja schließlich Valentin erst diesen Floh ins Ohr gesetzt. Doch bei diesen beiden Starrköpfen würde eine heftige Standpauke wahrscheinlich gar nichts nützen. Für sie blieb Conny eine Reporterin oder zumindest deren Handlangerin, da konnte er sich noch so sehr für sie einsetzen.

Inzwischen hatte sie es ihm gleichgetan, ihre Schuhe ausgezogen und die Füße ins Wasser gehängt. Sie hatte schöne, wohlgeformte Beine, und ihre ziemlich helle Haut schimmerte im Mondlicht wie Perlmutt. Er war kurz davor, ihr das zu sagen, doch dann ließ er es lieber bleiben. So verletzt, wie sie war, hätte sie womöglich noch gedacht, dass er nur auf einen heißen Flirt aus war und das, was sie ihm anvertraut hatte, nicht ernst nahm.

»Und das Allerschlimmste ist«, fuhr sie nun fort, »dass ich sozusagen mein letztes Geld für diesen Urlaub ausgegeben habe, meinen Notgroschen, die eiserne Reserve, die ich noch nie zuvor angerührt hatte. Und zum Dank dafür muss ich mich derart beschimpfen und demütigen lassen.« Sie seufzte und blickte hinaus auf den See. »Ich hoffe nur, dass in nächster Zeit nicht irgendwas schiefgeht, dass nicht mein Auto vollends den Geist aufgibt oder es meinem Chef einfällt, sich Hals über Kopf in den Ruhestand zu verdrücken. Durch diesen Urlaub bin ich sozusagen blank, wie man so schön sagt.«

Ihre Worte ließen ihn aufschrecken. Wusste sein ignoranter Bruder überhaupt, was seine Fans für ihn auf sich nahmen, für eine einzige Begegnung, für das Gefühl, ihrem Idol wenigstens einmal nahe zu sein? Am liebsten hätte er sie in den Arm genommen und sie getröstet, aber er traute sich nicht.

»Das heißt also, Sie bereuen diesen Urlaub schon?«, fragte er und sah ihr unvermittelt in die Augen.

Conny musste erst überlegen, was sie auf diese Frage antworten sollte. Sie konnte ja schlecht sagen: »Nein, ich bereue überhaupt nichts, denn ohne diesen Urlaub wäre ich Ihnen niemals begegnet.« Doro konnte so etwas, einfach rundheraus zu sagen, was sie dachte, ohne dass es lächerlich oder peinlich wirkte. Dazu kam, dass er sie jetzt wieder so ansah wie vorgestern im Stall.

Seine Augen bohrten sich so tief in ihre, dass sie glaubte, jeden Moment darin versinken zu müssen. Und er hatte schöne Augen, warm und ausdrucksstark. Dagegen kamen ihr Valentins Augen auf einmal nichtssagend, seelenlos und kalt vor.

»Na ja«, meinte sie schließlich, »einerseits bereue ich natürlich, dass ich in meiner Naivität so viel Geld für einen Traum, eine Schwärmerei ausgegeben habe. Aber andererseits...« Sie konnte seinem Blick nun kaum mehr standhalten und sprach schnell weiter: »Andererseits habe ich noch nie an einem so schönen Ort und in einem so exklusiven Haus Urlaub gemacht. Und es wird wohl auf lange Sicht der einzige Urlaub dieser Kategorie bleiben.«

Sie versuchte, das Thema zu wechseln. »Aber nun habe ich so viel von mir erzählt, jetzt sind Sie mal an der Reihe. Ich weiß über Sie noch gar nichts, außer dass Sie drüben im Stall Pferdepfleger sind. Obwohl«, sie schmunzelte, »wenn ich Sie mir so ansehe, sind sie wohl auch ein wenig Koch, stimmt's?«

»Gut geraten. Aber eigentlich nur Koch. Das mit den Pferden ist lediglich ein Hobby.«

»Und ich habe Sie für einen Stallburschen gehalten, wie peinlich, und Ihnen auch noch die Telefonnummer Ihres angeblichen Chefs abgeschwatzt.« Und die anderen Angestellten nach ihrem »Kollegen« ausgefragt, fügte sie in Gedanken hinzu.

»Das braucht Ihnen wirklich nicht peinlich zu sein. Ich hätte ja schließlich auch einen Ton sagen können.« Er zwinkerte ihr zu. »Aber es war irgendwie schon immer mein ganz besonderer Traum, mal für eine kurze Zeit Stallbursche sein zu können – oder zumindest für einen gehalten zu werden.«

Befreit stimmte sie in sein Lachen ein, und auf einmal fühlte sich der hässliche Zwischenfall mit Valentin gar nicht mehr so schlimm an.

Sie zog ihre Beine wieder aus dem Wasser, das nun langsam doch etwas kühl wurde. »Aber sagen Sie, wenn Sie Koch sind, dann arbeiten Sie doch mit Valentin Seidel zusammen, oder?«, fragte sie.

»Ja, in der Tat, und das sogar ziemlich eng.«

»Oje, da habe ich Ihnen ja schöne Dinge über Ihren Chef erzählt. Ich hoffe doch, das bleibt unter uns, und ich möchte nicht, dass Sie nun schlecht über ihn denken. Auch wenn er wohl ein ziemliches Ekelpaket sein kann, halte ich ihn trotzdem nach wie vor für einen genialen Koch und ...«

Er legte seine Hand auf ihre und drückte sie sanft. »Sie haben mir nichts über Valentin erzählt, was ich nicht schon wusste. Es braucht manchmal nur einen Funken, um ihn aus der Haut fahren zu lassen. Meistens prallt dann alles an mir ab, heute mussten zur Abwechslung mal Sie dran glauben. Und wenn dann auch noch ein paar Fernsehsendungen anstehen, so wie jetzt gerade, ist er besonders reizbar.«

Sie war so sehr damit beschäftigt, das zu verarbeiten, was die Berührung seiner Hand in ihr ausgelöst hatte, dass sie erst einige Augenblicke später antworten konnte. »Aber wenn er auch mit Ihnen so umspringt, warum sind Sie dann noch hier? Sie sind ja sicher ein exzellenter Koch, sonst würden Sie nicht unter Valentin Seidel arbeiten. Mit diesen Referenzen müsste es für Sie doch ein Leichtes sein, irgendwo anders unterzukommen. Hier in der Gegend wimmelt es doch nur so von guten Restaurants.«

Felix spürte, dass es nun höchste Zeit war, mit der Wahrheit herauszurücken. Conny war ihm gegenüber ehrlich gewesen, und jetzt musste er es auch sein, wenn er nicht ihr Vertrauen verlieren wollte. Sie war zwar eine Fremde, aber er fühlte sich ihr so nah, dass er ihr nun einfach sagen musste, wer er war.

»Na ja, das ist gar nicht so einfach«, er holte tief Luft, »schließlich habe ich ja nur den einen Bruder.«

Jetzt war es heraus. Wenn sie jetzt nichts mehr mit ihm zu tun haben wollte, weil er der Bruder dieses »Ekelpakets«, wie sie Valentin bezeichnet hatte, war, konnte er wohl auch nichts dagegen tun. Aber er wollte das, was zwischen ihnen beiden gerade entstand, nicht damit belasten, dass er ihr die Wahrheit vorenthielt. Schwindeleien gab es ohnehin schon genug in seinem Leben, und Valentin war beileibe nicht unschuldig daran.

Ausgerechnet Felix Seidel! Conny schlug sich vor Schreck die Hand vor den Mund. Sie hatte ihm ihr Herz ausgeschüttet, sich in allen Einzelheiten über das miese Verhalten seines Bruders ausgelassen. Und er hatte sie reden lassen, ohne ihr auch nur den kleinsten Hinweis zu geben, dass er Valentin in Wahrheit viel näher stand als nur ein einfacher Angestellter in der Küche. Hatte er ihre Lage etwa ausgenutzt und würde gleich nachher zu Valentin rennen und ihm alles brühwarm erzählen? Wenn er das tat, war er kein Deut besser als sein Bruder.

Hastig schlüpfte sie in ihre Schuhe, obwohl ihre Füße noch feucht waren, und erhob sich schwankend. »Ich glaube, unter diesen Umständen brauchen wir uns nicht weiter zu unterhalten«, presste sie heraus. »Hoffentlich haben Sie genug aus mir herausgequetscht, damit Ihr Bruder mich dann auch gleich aus dem Hotel werfen kann.«

Dann drehte sie sich um und wollte loslaufen. Nur weg von ihm. Doch er schaffte es gerade noch, sie an der Hand festzuhalten. Sie geriet ins Taumeln und wäre beinahe vom Steg ins Wasser gefallen, wenn er nicht blitzschnell aufgesprungen wäre und sie aufgefangen hätte. Viel länger als unbedingt nötig hielt er sie mit seinen Armen umschlungen, und sie wünschte sich insgeheim, dass er sie nie wieder loslassen würde. Doch dann siegte die Vernunft in ihr. Energisch versuchte sie, sich aus seiner Umarmung zu lösen, doch er machte keine Anstalten, sie freizugeben.

»Lassen Sie es mich bitte erklären.« Er blickte sie geradezu flehend an, und sie verspürte das unbändige Verlangen, ihn einfach zu küssen.

»Bitte«, sagte er noch einmal.

»Gut.« Ihre Stimme war kurz davor, zu versagen. »Aber erst lassen Sie mich los.«

Er zog seine Arme von ihr weg und stand mit hängenden Schultern vor ihr. Erleichtert atmete sie auf und sah an ihm vorbei. Sie hätte für nichts garantieren können, hätte sie sich weiter von ihm festhalten lassen.

»Ich hatte nie die Absicht, meinem Bruder irgendetwas von dem zu erzählen, worüber wir gerade gesprochen haben«, sagte er leise. »Sie haben mir leidgetan, weil er Sie so schäbig behandelt hat. Deswegen habe ich Sie reden lassen. Ich möchte jetzt auch gar nichts beschönigen. Aber hätten Sie gleich gewusst, wer ich bin, hätten Sie sich mir doch niemals anvertraut.«

Er umschloss ihr Gesicht mit beiden Händen und drehte ihren Kopf zu sich, so dass er ihr direkt in die Augen sehen konnte. Wieder wurde ihr schwindlig unter seinem Blick. »Wie sehr wünsche ich mir, dass Sie mir glauben«, flüsterte er. »Ich bin Ihr Freund, nicht Ihr Feind. Und ich ... ich ...«

Plötzlich lagen seine Lippen auf ihren, und sie konnte gar nicht genau sagen, von wem der Kuss ausgegangen war. Sie wusste nur, dass es unglaublich schön war, dass sie schon lange nicht mehr so intensiv empfunden hatte. Sie klammerte sich an seine Lippen wie eine Ertrinkende, als könnte sie damit diesen Augenblick für immer festhalten. Doch ihr Kopf sagte ihr etwas anderes. Sie durfte einfach nichts mit Valentins Bruder anfangen!

»Ich habe vom ersten Augenblick an gespürt, dass da etwas Besonderes zwischen uns ist. Du nicht auch?«, sagte er heiser, und sein Gesicht war ihrem ganz nahe. Dann küsste er sie noch einmal, noch viel leidenschaftlicher als zuvor. Und sie erwiderte seinen Kuss, ohne lange nachzudenken.

Auf einmal stockte sie. Was, wenn das alles nur eine billige Anmache war und Valentin Felix auf sie angesetzt hatte, um sie zu besänftigen? »Es tut mir leid«, stammelte sie. »Ich kann das nicht.«

Sie drehte sich um, ließ Felix allein auf dem Steg stehen und rannte auf dem schnellsten Weg durch den dunklen Park ins Hotel zurück.

Nur sehr ungern ließ Felix sie gehen. Er war ihr spontan ein Stückchen nachgelaufen, überlegte es sich dann jedoch anders. Es war wohl das Beste, er ließ sie für heute in Ruhe. Sie sollte auch nicht denken, er hätte ihre Situation ausgenutzt. Nach all dem, was an diesem Abend geschehen war, war sie bestimmt unfähig, einen klaren Gedanken zu fassen. Und ihm ging es genauso. Als sie in seinen Armen lag, war alles ganz leicht gewesen. Er hatte nur noch sie und ihren weichen Körper gespürt und sich einfach von seinen Gefühlen treiben lassen, etwas, das ihm früher bei Frauen nur ganz selten gelungen war.

Mittlerweile war er immer mehr davon überzeugt, dass sie die Frau war, nach der er so lange gesucht hatte. Und sie? Was empfand sie für ihn? Sie hatte seinen Kuss erwidert, das hatte er gespürt. Er hatte auch bemerkt, wie ihr Körper bei jeder seiner Berührungen bebte. Doch wie mochte es morgen in ihr aussehen, bei Tag? Hatte sie ihn vielleicht nur aus Verzweiflung geküsst, weil er ihr zugehört und in diesem Augenblick ihrer verletzten Seele Halt gegeben hatte?

Doch heute Nacht würde er auf diese Fragen keine Antwort mehr finden. Völlig aufgewühlt machte er sich ebenfalls auf den Weg zurück ins Hotel.

10

Ungeduldig und immer noch ein wenig durcheinander wartete Conny am nächsten Tag auf Doros Ankunft. Um die Mittagszeit rief Doro sie von unterwegs an, als sie die Autobahn verlassen hatte, und Conny suchte sich anschließend einen Platz auf den schmiedeeisernen Bänken, die den Kiesweg vor dem Hoteleingang säumten. Von hier konnte sie die Straße, die zum Hotel führte, wunderbar überblicken. Doros knallrotes Cabrio würde sie sicher schon von Weitem erkennen.

Während sie wartete, wanderten ihre Gedanken zurück zum Abend zuvor – wie schon so oft an diesem Morgen. Felix. So hatte sie kein Mann vorher geküsst, und sie spürte noch immer den sanften, aber auch ein wenig fordernden Druck seiner Lippen auf ihren. Doch eine Frage nagte nach wie vor in ihr: Meinte er es wirklich ernst, oder sollte er nur auf Anweisung seines Bruders nett zu ihr sein? Sie hatte ihm bei ihrem Gespräch am Steg blind vertraut. Aber konnte sie das überhaupt noch, angesichts der Tatsache, dass er Valentins Bruder war? Sie beschloss, erst einmal alles auf sich zukommen zu lassen und abzuwarten, wie die Dinge ihren Lauf nahmen. Drei Tage war sie nun noch hier, und in dieser Zeit würde es sich entscheiden, so oder so.

Komischerweise maß sie seit der Begegnung mit Felix am Steg dem unschönen Zwischenfall mit Valentin keine so große Bedeutung mehr zu, und auch nicht der Tatsache, dass Valentin heimlich verheiratet war. Sollte er doch mit seiner Marlene glücklich werden. Doro würde sie von all dem nichts erzählen, das hatte sie Felix versprochen. Hoffentlich würde sie das auch durchhalten können. Doro hatte für solche Dinge einen sechsten

Sinn, und sie kannte Conny inzwischen in- und auswendig, um jede ihrer Regungen richtig deuten zu können.

Auf einmal sah sie Doros roten Flitzer ganz oben an der Kreuzung auftauchen, wo die Zufahrt zum Hotel von der Hauptstraße abzweigte. Als Doro keine hundert Meter mehr entfernt war, hielt sie an und stieg aus. Dann bückte sie sich ein paarmal, setzte sich gleich darauf wieder ins Auto und fuhr weiter.

Conny schmunzelte. Typisch Doro, sie hatte sicher noch rasch ihre Schuhe gewechselt. In ihren »Autofahrertretern«, wie Doro ihre abgenutzten, bequemen Schuhe nannte, konnte sie ja schlecht in einem Luxushotel aufkreuzen. Aufreizend langsam rollte Doro über den Kiesweg auf den Eingang zu. Vielleicht konnte sie ja mit den hochhackigen Schuhen, die sie nun ganz bestimmt trug, auch gar nicht schneller fahren. Auf jeden Fall machte Doro auch das mit Stil – ganz anders als Conny vor ein paar Tagen, als sie erst im allerletzten Moment die Bremse gefunden hatte.

Und genauso lasziv, wie sie vorgefahren war, schälte sich Doro nun auch aus ihrem Auto. Erst kamen die High Heels von einem berühmten Designer – Conny hatte also doch richtig vermutet – und die Beine, die in schwarzen Netzstrümpfen steckten, daraufhin eine ganze Weile nichts, und dann schließlich der Rest.

Hätte Conny nicht gewusst, dass es sich um Doro handelte, hätte sie zweimal hinsehen müssen. Doro sah aus wie eine Mischung aus Grace Kelly und Jackie Kennedy, als wäre sie soeben einem Hollywoodfilm aus den Fünfzigerjahren entstiegen. Sie trug ein schwarzweißes Kostüm mit knielangem Rock, das verdächtig nach einem berühmten französischen Couturier aussah, und um den Kopf hatte sie ein weißes Chiffontuch geschlungen, um ihre wie immer perfekt sitzende Frisur vor dem Fahrtwind zu schützen. Tom, der vor dem Hotel wartete, stand vor Staunen der Mund offen.

Als Doro ausgestiegen war, nahm sie die dunkle Sonnenbrille, die sicher auch von einem bekannten Designer stammte, ab und blickte sich um. »Conny«, rief sie überrascht, als hätte sie ihre Freundin erst jetzt entdeckt, »da bist du ja!« Sie eilte auf Conny zu, so schnell, wie es ihre Bleistiftabsätze auf dem lockeren Kies eben zuließen. Wäre Conny ihr nicht entgegengekommen und hätte sie aufgefangen, hätte sich Doro bei diesem waghalsigen Unterfangen womöglich noch das Bein gebrochen.

»Meine Süße, wie geht es dir denn in deinem neuen Domizil?« Doro hauchte Conny ein Küsschen auf jede Wange, wobei sie peinlich darauf achtete, ihren Lippenstift, dessen kräftiger roter Farbton perfekt mit dem ihres Autos harmonierte, nicht zu ruinieren. »Sieht scharf aus, der Kasten«, raunte sie Conny zu, »und erst recht der Junge in Uniform dort drüben.«

»Untersteh dich«, flüsterte Conny zurück, »der ist in festen Händen – und außerdem viel zu jung für dich.«

Doro winkte nun Tom zu sich heran und bedachte ihn mit einem betörenden Lächeln. »Junger Mann, würden Sie sich bitte um mein Gepäck kümmern?«

»Gerne, gnädige Frau«, stammelte Tom schüchtern und starrte Doro an, als wäre sie das achte Weltwunder.

Während er sich am Kofferraum des Wagens zu schaffen machte, wandte sich Doro wieder Conny zu. »Weißt du, meine Süße, ich musste ein wenig mehr Gepäck mitnehmen«, sagte sie so laut, dass es Tom und auch die anderen Gäste, die sich im Eingangsbereich aufhielten, hören mussten. »Ich nehme doch ab morgen an dem berühmten Charity-Golfturnier in Baden-Baden teil.« Ein Mann, der vor dem Hotel von einem Taxi abgeholt wurde, drehte auch prompt den Kopf in ihre Richtung. Doro lächelte und nickte ihm hoheitsvoll zu. Sicher glaubte er, eine ganz prominente Persönlichkeit vor sich zu haben.

»Ich denke, du berichtest nur darüber?«, flüsterte Conny.

»Na klar, aber das muss ja hier nicht jeder wissen«, gab Doro ebenso leise zurück.

Conny grinste. »Aha, verstanden, ganz großer Auftritt also.«

»Du hast es erfasst.«

»Und wo ist deine Golfausrüstung?«, fragte Conny nun wieder in normaler Lautstärke.

Doro boxte sie ganz leicht in die Seite und schüttelte kaum merklich den Kopf. »Weißt du, die habe ich mit meinem Caddy vorausgeschickt. Er ist heute schon hingefahren, weil er sich den Platz ganz genau ansehen möchte.«

Conny hatte Mühe, nicht laut loszuprusten, und Doro schien es ähnlich zu gehen. Als Tom ihr Gepäck auf seinen Wagen verladen hatte, drückte sie ihm den Autoschlüssel in die Hand und lächelte. »Hier, junger Mann, aber gut darauf aufpassen, ja? Sonst habe ich morgen kein Auto und kann nicht an meinem Turnier teilnehmen. Meine Freunde aus der Gesellschaft wären untröstlich.«

Dann hängte sie sich bei Conny unter, und gemeinsam betraten sie leise kichernd das Hotel.

An der Rezeption wurden sie schon von Bertram König erwartet, der ihnen zunickte und dabei etwas aufgesetzt lächelte. »Guten Tag, die Damen.« Vor Doro verbeugte er sich besonders tief. »Gnädige Frau, es ist mir eine außerordentliche Ehre, eine bekannte Journalistin wie Sie in unserem Hause begrüßen zu dürfen. Im Namen der Geschäftsleitung und insbesondere von Herrn Seidel heiße ich Sie ganz herzlich willkommen.«

»Haben Sie vielen Dank.« Doro beäugte ihn argwöhnisch. »Sie kennen mich?«

Bertram nickte und verbeugte sich abermals. »Aber natürlich, wer kennt Sie nicht? Ich lese regelmäßig den *Süddeutschen Kurier* – und natürlich auch Ihre Kolumne.«

Kam es Conny nur so vor, oder verhielt sich Bertram Doro gegenüber besonders unterwürfig? Sie selbst hatte er nicht mit derart geschwollenen Worten begrüßt. Aber sie war ja schließlich auch keine bekannte Journalistin, nur eine völlig unbedeutende, kleine Buchhändlerin. In ihr keimte ein leiser Verdacht auf. Was, wenn hier auch Valentin seine Finger im Spiel hatte? Vielleicht hatte er ja seine Angestellten angewiesen, Doro besonders zuvorkommend zu behandeln, damit sie ja nichts Schlechtes über ihn schrieb – vor allem nach seinem unmöglichen Verhalten gestern. Er musste ja davon ausgehen, dass sie Doro alles erzählen würde. Auf jeden Fall musste sie auf der Hut sein. Bei Bertram hatte sie von Anfang an ein ungutes Gefühl gehabt. Oder hatte sie es sich nur eingebildet, dass er sie mit besonders misstrauischen Blicken bedachte?

Während Bertram Doros Daten in den Computer eintippte, drehte diese sich um und ließ ihren Blick durch das Foyer schweifen. »Très chic«, rief sie, »très chic!«

»Ich habe dich noch nie Französisch reden hören«, raunte Conny ihr zu.

»Das macht man so«, flüsterte Doro zurück. »Französisch ist doch die Sprache der vornehmen Leute.«

»Ja, früher vielleicht, bei Kaisers und Königs, aber heute doch nicht mehr.«

Doro winkte nur ab, denn sie wandte sich gerade wieder Bertram zu, der ihr den Zimmerschlüssel aushändigte.

Conny grinste. Eines war jetzt sicher: Doro hatte sich vorgenommen, hier im Hotel eine ganz große Show abzuziehen. Gedankenverloren blickte sie die große Freitreppe hinauf und nahm nur noch wie aus großer Ferne Doros und Bertrams Stimmen wahr, die sich neben ihr miteinander unterhielten. Hier an dieser Stelle war sie im Traum die Treppe hinuntergeschritten, und Valentin hatte unten auf sie gewartet und sie geküsst. Sie versuchte sich vorzustellen, wie Felix anstelle von Valentin dort unten stehen und auf sie warten würde, und ein warmer Schauer durchflutete ihren Körper.

Plötzlich klopfte Doro ihr auf die Schulter. »Conny, sag mal, wo bist du denn mit deinen Gedanken? Hier, Post für dich.« Sie reichte ihr einen weißen Umschlag, auf dem mit einer schwungvollen, männlichen Handschrift ihr Name geschrieben stand.

»Für mich?«

»Na klar, noch eine Conny Hausmann wird es hier wohl nicht geben.«

Felix? War der Brief etwa von ihm? Aber dann sah sie mit einem kleinen Anflug von Enttäuschung, dass Doro den gleichen Umschlag in der Hand hielt.

Während Doro noch Bertram fragte, ob sie ihren Schmuck in den Hotelsafe legen könne – ganz bestimmt auch ein Teil ihrer Show –, entfernte sich Conny ein paar Schritte von der Rezeption und riss hastig den Umschlag auf. Sie zog eine schlichte weiße Karte heraus, die mit der gleichen Handschrift wie der Umschlag beschrieben war:

Werte Frau Hausmann,
erweisen Sie mir die Ehre, gemeinsam mit Ihrer Freundin, Frau Doro Canin, heute Abend um neunzehn Uhr mein persönlicher Gast zum Dinner im Kaminzimmer zu sein? Ich würde mich herzlich freuen.
Ergebenst, Ihr Valentin Seidel

Valentin wagte es tatsächlich, Doro und sie zum Abendessen einzuladen – nach all dem, was er sich gestern geleistet hatte! Entweder er bereute sein Verhalten ehrlich, was sie sich aber irgendwie nicht so recht vorstellen konnte, oder das war nur Taktik, um sie milde zu stimmen und sie mit allen Mitteln davon abzuhalten, Doro etwas zu verraten. Er wusste ja, dass sie ihn sehr verehrte, das hatte sie ihm schließlich bei ihrem ersten Zusammentreffen im Foyer schon erzählt. Und da konnte er sich leicht zusammenreimen, dass es für sie vermutlich nichts Größeres gab, als von ihrem Idol persönlich zum Essen eingeladen zu werden. Noch vor ein paar Tagen wäre dies tatsächlich auch so gewesen. Aber inzwischen ...

Sie hätte die Einladung am liebsten spontan abgesagt, aber wie sollte sie das Doro erklären? Ein plötzlicher Migräneanfall kam nicht in Frage, so etwas dauerte bei ihr mindestens anderthalb Tage, und damit hätte sie sich die kurze Zeit mit Doro hier im Hotel gründlich verdorben. Und außerdem konnte man auch in dieser Hinsicht – wie in so vielem anderem – Doro ohnehin nichts vormachen. Sie würde wahrscheinlich sofort merken, wenn sie versuchte zu kneifen.

Mittlerweile war Doro mit Bertram fertig und kam ihr nach. »Na, was steht denn in dem geheimnisvollen Umschlag?«, flüsterte sie. »Ein Liebesbrief von deinem Superkoch-Schätzchen?«

Conny hatte schon eine ironische Bemerkung auf der Zunge, konnte sie sich aber gerade noch verkneifen. Stattdessen hielt sie Doro die Karte hin und antwortete nur: »So ähnlich. Hier, lies, du hast sicher dasselbe bekommen.«

Doro überflog die Karte. »Wow, wie kommen wir denn zu der Ehre? Ein Dinner bei Mister Küchengott persönlich!«

Conny zuckte mit den Schultern und versuchte, möglichst gleichgültig zu klingen. »Das haben wir bestimmt dir zu verdanken, nicht mir. Vielleicht will er dir ja ein Interview geben.«

»Freiwillig? Das glaubst du doch selbst nicht! Aber was ist denn mit dir los?« Doro warf Conny einen kritischen Blick zu. »Normalerweise würdest du doch bei einer solchen Einladung Luftsprünge machen, dass dem Typ dort drüben an der Rezeption Hören und Sehen vergeht. Das ist wohl das Lampenfieber, was?«

»Ja, das wird es wohl sein«, antwortete Conny und atmete auf. »Komm, lass uns jetzt dein Zimmer ansehen.«

»Kommt gar nicht in Frage. Mein Gepäck ist zwar schon oben, aber dort wird es auch noch eine Weile ohne mich auskommen müssen. Lass uns erst mal ins Restaurant gehen, ich muss dringend eine Kleinigkeit zwischen die Zähne bekommen. Mein Magen knurrt schon wie zehn Bären bei der Großwildjagd. Und ein Gläschen Sekt könnte ich jetzt auch vertragen.«

Als sie gemeinsam das Restaurant betraten, kam ihnen Charles-Elvis dienstbeflissen entgegen und musterte Doro von oben bis unten. »Wünschen die Damen zu speisen? Hier drinnen oder lieber draußen auf der Terrasse? Bei diesem herrlichen Wetter haben wir einen besonders reizvollen Blick auf den See.«

Die Terrasse war gut besucht, während sich an den Tischen im Restaurant nur ein paar vereinzelte Gäste verloren. Anscheinend zog es bei dem schönen Wetter wirklich alle nach draußen.

Während Conny mit den Schultern zuckte, beschloss Doro für sie beide: »Ich würde sagen, wir bleiben hier drinnen. Wissen Sie, wir beiden Hübschen haben uns so viel zu erzählen, dafür haben wir hier mehr Ruhe.« Sie lächelte Charles-Elvis derart entwaffnend an, dass dieser über das ganze Gesicht rot wurde.

»Ja, natürlich«, sagte er rasch. »Darf ich dann die Damen zu einem besonders ruhigen Tisch führen?«

Doro ließ Charles-Elvis ein paar Schritte vorausgehen. Als er außer Hörweite war, stieß sie Conny mit dem Ellbogen an und flüsterte: »Wo haben sie denn den aufgetrieben?«

Conny schüttelte nur leicht den Kopf und legte den Zeigefinger auf dem Mund, dann ging sie Charles-Elvis nach. Er führte sie an einen Tisch, der etwas abseits in einer kleinen Nische gelegen war, und entfernte sich, nachdem er die Bestellung aufgenommen hatte. Angesichts der Tatsache, dass am Abend das große Dinner mit Valentin auf sie beide wartete, entschieden sie sich nur für einen sommerlichen Salatteller.

Doro sah Charles-Elvis mit nachdenklicher Miene nach. »Also irgendwo habe ich das Gesicht schon mal gesehen. Und die Frisur erinnert mich stark an die Sechziger.«

»Was meinst du, warum ich ihn heimlich ›Charles-Elvis‹ nenne?«, wisperte Conny und konnte das Lachen kaum noch zurückhalten. Doros Anwesenheit tat ihr gut, das merkte sie schon jetzt, wenn ihr auch etwas mulmig zumute war, denn Doro würde sicher irgendwann fragen, ob sie Valentin noch einmal wiedergesehen hatte.

Und es dauerte tatsächlich nicht lange. Kaum hatten sich die beiden nach ihrem Lachanfall wegen Charles-Elvis wieder einigermaßen beruhigt, kramte Doro noch einmal Valentins Karte aus ihrer Tasche. »Na, da hat sich dein Schnuckelchen aber mächtig ins Zeug gelegt. Eine persönliche Einladung zum Dinner. Ich sage dir, in den Genuss kommen nicht viele.« Sie blickte Conny argwöhnisch an. »Sag bloß, du freust dich nicht. Jetzt lernst du ihn endlich mal kennen, so richtig, meine ich. Und diesmal kann er dich nicht so einfach zwischen Tür und Angel abspeisen.«

Conny zwang sich zu einem Lächeln. »Diesmal wohl nicht.«

Doro ließ nicht locker. »Irgendwie kommst du mir verändert vor. Was ist denn los mit dir?«

»Nichts, was soll schon los sein?«

»Ich weiß nicht, deine Augen leuchten so merkwürdig. Hat das vielleicht mit einem gewissen Herrn zu tun?«

Wenn Doro wüsste, dass sie absolut ins Schwarze getroffen hatte. Es war ganz sicher ein Mann, der ihr dieses Leuchten in die Augen zauberte, wenn auch nicht der, den Doro im Sinn hatte.

»Du hast ihn also inzwischen noch mal wiedergesehen?«, fragte Doro.

»Wen?«

»Na, frag doch nicht so dumm. Den, über den wir schon die ganze Zeit reden, um den sich dein ganzes Leben dreht und für den du damals im Reisebüro diesen Leichtsinn mit dem Urlaub hier verbrochen hast. Valentin natürlich!«

Was sollte sie jetzt antworten? Sie wollte Doro ja möglichst nicht anlügen. »Ach so, ja«, meinte sie zögernd, »stell dir vor, gestern habe ich ihn sogar zweimal gesehen.« Was ja schließlich auch der Wahrheit entsprach.

»Warum sagst du das nicht gleich? Erzähl schon, wie war's?«

»Nichts war. Einmal habe ich ihn nur ganz von Weitem gesehen, beim Einkaufen in Konstanz, und dann noch einmal gestern Abend im Park, aber da war er anscheinend sehr in Eile. Richtig gesprochen habe ich da auch nicht mit ihm.« Was ja auch nicht gerade gelogen war, immerhin hatte Valentin sie in seiner Wut kaum zu Wort kommen lassen.

»Na also«, meinte Doro, »und heute Abend hast du endlich mal ausgiebig Gelegenheit, mit ihm zu reden. Und wehe, er stiehlt sich schon nach fünf Minuten davon! Aber das wird er sich nicht trauen, denn dann schreibe ich einen Artikel über ihn, der sich gewaschen hat.«

Der Gedanke, einen ganzen Abend mit Valentin in einem Raum und sogar an einem Tisch verbringen zu müssen, versetzte Conny einen Stich in den Magen. Sie sah immer noch seine kalten Augen vor sich, die sie rasend vor Wut angestarrt hatten. Wie in aller Welt sollte sie ihm jetzt gegenübertreten? Sie würde sicher die ganze Zeit an nichts anderes denken können. Glücklicherweise würde Doro an ihrer Seite sein und mit Sicherheit die Unterhaltung an sich reißen. Auch in dieser Hinsicht konnte sie sich auf ihre Freundin wirklich verlassen.

»Ach ja, ehe ich es vergesse«, wechselte Doro das Thema, »ich soll dir schöne Grüße ausrichten. Rate mal, von wem.«

»Das können eigentlich nur Alina und Philipp sein.«

»Ja, klar, von denen natürlich auch. Mit Alina habe ich jeden Tag telefoniert. Ich hoffe, ich bin ihr damit nicht zu sehr auf die Nerven gegangen. Ist ja für mich eine völlig neue Erfahrung, mich mal um jemand anderen als nur um mich selbst kümmern zu müssen. Übrigens habe ich mich mit ihr vorgestern Nachmittag in der Stadt zu einem Bummel getroffen. Sie brauchte ein paar Sachen, und auf Tante Doros Kreditkarte war gerade ein Honorar eingegangen.«

»Sieh an, dieses kleine Biest, das hat sie mir natürlich nicht erzählt. Weil sie genau weiß, dass ich mit ihr schimpfe, wenn sie dich als Melkkuh benutzt. Aber trotzdem vielen Dank.«

»Keine Ursache, der Vorschlag kam ja von mir selbst. Ich weiß doch, dass Mädels in dem Alter immer viele Wünsche haben. Wir waren ja schließlich damals auch nicht anders. Und außerdem mache ich es gerne. Wozu bin ich schließlich Patentante?«

»Trotzdem ist es mir nicht recht, vor allem weil ich weiß, welch teure Wünsche mein Fräulein Tochter hat.«

»Ach was.« Doro winkte ab und lachte. »Lass mir doch die Freude. Dafür lade ich mich mal wieder bei dir zum Essen ein.«

»Ja, klar, das sowieso.«

»Und mit Philipp habe ich zweimal gemailt, am Telefon erreicht man ihn ja kaum. Ihm geht's auch gut, er hat viel zu tun. Ich nehme an, er beglückt seine Dozenten und Kommilitonen mit seinen Ökotheorien.« Doro nahm einen Schluck von dem Wein, der ihnen inzwischen serviert worden war. »Und dann soll ich dir noch mal Grüße ausrichten – und zwar von deinem Chef.«

»Von Herrn Wieland? Wo hast du denn den getroffen?«

»Na ja, ich brauchte ein Geschenk für eine Kollegin zum Geburtstag. Und da ich weiß, dass sie gerne Krimis liest, dachte ich mir, ich kaufe ihr einen. Ist doch mal was anderes als immer nur Blumen. Ja, und da habe ich eben gestern deinem Chef einen kleinen Besuch abgestattet.«

Conny grinste. »Ich glaube, das war das erste Mal in deinem Leben, dass du ein Buch verschenkt hast. Gib es zu, du wolltest nur sehen, ob die Buchhandlung ohne mich überhaupt noch steht.«

»Ertappt, das auch.«

»Und?«

»Gleich als ich reinkam, hat er mir erzählt, dass die Bücher von Valentin Seidel doch nicht so der Renner seien, wie du glaubst. Angeblich hat er seit einer Woche kein einziges mehr verkauft.«

Merkwürdigerweise berührte Conny das auf einmal bedeutend weniger, als sie gedacht hatte. Früher hatte sie einen solchen Ehrgeiz entwickelt, so viele Bücher von Valentin wie nur möglich zu verkaufen. Doch nun? Um sich nichts anmerken zu lassen, sagte sie rasch: »Dachte ich mir doch, dass er darauf herumreitet. Es war ihm ja schon lange ein Dorn im Auge, dass ich dafür immer besonders viel Werbung gemacht habe. Und sonst? Ihr habt euch doch sicher nicht nur über Valentins Bücher unterhalten.«

»Ach, wir haben über alles Mögliche gesprochen.« Doro druckste erst ein wenig herum, dann platzte sie auf einmal heraus: »Ich wusste ja gar nicht, dass dein Chef so vielseitig interessiert ist. Eigentlich dachte ich mir immer, der hat nichts außer seinen Büchern im Kopf. Aber nun habe ich mich eines Besseren belehren lassen müssen. Ich glaube, es gibt nichts, bei dem er nicht mitreden kann. Und stell dir vor, er kennt sogar den neuesten Klatsch über die Royals.«

»Dann muss das ja ein langer Buchkauf gewesen sein, wenn ihr über so vieles gesprochen habt.«

»Na ja«, Doro zögerte kurz, »du wirst es ja ohnehin erfahren. Wir waren danach noch zusammen beim Abendessen.«

»Wer? Du und Herr Wieland?« Conny fragte sicherheitshalber noch einmal nach, so unglaublich klang das für sie.

»Ja, tatsächlich. Es war schon kurz vor Feierabend, uns plagte der Hunger, und wir hatten beide an diesem Abend nichts vor. Da hat es sich halt so ergeben. Und es war lange nicht so übel, wie ich zuerst befürchtet hatte – im Gegenteil. Ich muss zugeben, ich habe deinen Chef immer ziemlich verkannt.«

»Meine beste Freundin und mein Chef einträchtig beisammen an einem Tisch! Dass ich das noch erleben darf!« Conny lachte und schlug sich mit der Hand an die Stirn. »Wäre ich du, würde ich jetzt fragen: ›Und, was läuft da zwischen euch?‹«

»Überhaupt nichts«, wiegelte Doro zwar gespielt beleidigt ab, doch ihr Gesicht nahm auf einmal einen viel weicheren Ausdruck an. »Ich habe nur gesagt, dass er ein sehr interessanter und angenehmer Gesprächspartner ist, mehr nicht.«

Conny spürte, dass sie jetzt besser nicht weiter nachbohren sollte. Sie würde es ihrer Freundin von Herzen gönnen, wenn sie endlich einmal mit einem Mann länger als nur ein paar Wochen glücklich werden könnte. Zwar passte Erich Wieland ganz und gar nicht in Doros übliches Beuteschema, aber vielleicht wäre er dennoch – oder gerade deswegen – ein Mann, der Doro ein wenig Bodenhaftung in ihrem doch ziemlich flatterhaften Leben geben könnte.

Für den Rest des Essens brauchte sie glücklicherweise weder über Erich Wieland noch über Valentin zu sprechen, denn überraschend gesellte sich Gerlinde Althoff zu ihnen, die ebenfalls einen kleinen Imbiss zu sich nehmen wollte. Conny atmete erleichtert auf, als sie feststellte, dass Gerlindes Anwesenheit Doro in keinster Weise störte – im Gegenteil. Als Doro hörte, dass Gerlinde in der Frankfurter Gesellschaft verkehrte und demnächst Eintrittskarten für die Bayreuther Festspiele hatte, war sie in ihrem Element, und Conny konnte in aller Ruhe ihren Gedanken nachhängen.

Ob Felix heute wohl Dienst in der Küche hatte? Gar zu gerne hätte sie mit ihm gesprochen und ihm erklärt, warum sie gestern Abend einfach davongelaufen war. Ja, wenn sie mit einem solchen Selbstbewusstsein wie Doro ausgestattet gewesen wäre, wäre sie einfach zur Rezeption spaziert und hätte nach ihm gefragt. Aber dazu fehlte ihr einfach der Mut, obwohl sie ihn schon ziemlich vermisste. Seine Hände auf ihrem Gesicht hatten sich so gut angefühlt – und erst sein Kuss ... Außerdem wollte sie nicht noch mehr Öl ins Feuer gießen, indem sie sich schon wieder nach einem Mitglied der Familie Seidel erkundigte. Valentin vermutete hinter ihr wohl noch immer eine Reporterin – oder zumindest deren Gehilfin. Und Bertram König hatte wahrscheinlich strikte Anweisung, Valentin ganz genau Bericht zu erstatten, wenn er etwas Verdächtiges bemerkte.

Nach dem Essen verabredeten sich die drei Frauen, den Nachmittag gemeinsam im Wellnessbereich des Hotels zu verbringen. Conny hätte zwar am liebsten einen Spaziergang über das Gelände und vor allem zum Bootssteg gemacht, aber wie hätte sie das Doro und Gerlinde erklären sollen? Sie konnte ja wohl kaum sagen, dass sie Ausschau nach dem Mann halten wollte, der seit ihrer ersten Begegnung am Montag im Stall und erst recht seit dem Kuss gestern Abend ihre Gedanken pausenlos in Beschlag nahm.

»Was soll denn das nun schon wieder?«, fragte Felix Valentin, als dieser die Küche betrat.

»Was bitte?«

»Na, das Schild am Kaminzimmer: *Heute Abend geschlossene Gesellschaft.* Mister Smith sagt, dass du das angeordnet hast. Aber wie nett, dass ich wenigstens auch mal erfahre, dass wir heute Abend eine Gesellschaft zusätzlich zu bekochen haben. In der Reservierungsliste steht davon nämlich nichts.«

Valentin winkte ab und lächelte. »Das ist auch kein großes Ding, nur vier Personen, meine persönlichen Gäste. Und außerdem wollte ich es dir ohnehin gerade sagen.«

»Aha, nur vier Personen also. Und die bekommen gleich das komplette Kaminzimmer. Dann ist heute Abend also kein Barbetrieb?«

»Nein, ausnahmsweise nicht.«

Felix verdrehte die Augen. »Gut, deine Entscheidung. Das müssen ja ganz besondere Gäste sein.«

»Sind sie auch.«

Typisch Valentin. Seine sprunghaften Entschlüsse hatten Felix schon des Öfteren vor Probleme gestellt, was die Organisation der Küche anbelangte. Valentin musste eigentlich wissen, dass sich auch ein zusätzliches Menü für nur vier Personen nicht so einfach aus dem Ärmel schütteln ließ, wenn es den hohen Ansprüchen des Hauses genügen sollte.

»Also gut«, sagte Felix schließlich. »Hast du einen besonderen Wunsch hinsichtlich des Menüs? Aber du weißt ja hoffentlich, was wir vorrätig haben. Irgendwelche ganz ausgefallenen Zutaten werden wir in der Kürze der Zeit nicht mehr auftreiben können, das ist ausgeschlossen. Es ist ja immerhin schon nach zwei.«

»Ja, ich weiß, Bruderherz«, meinte Valentin und klopfte Felix auf die Schulter. »Aber wenn es einer schafft, heute Abend ein Spitzenmenü zu zaubern, dann du. Ich verlasse mich wie immer voll auf dich.« Er war schon im Begriff, weiterzugehen, als er wie beiläufig sagte: »Übrigens bist du heute Abend auch dabei. Bei dem Dinner für vier, meine ich.«

Felix hielt Valentin am Arm zurück. »Wie meinst du denn das?«

»Na ja«, Valentin grinste, »wir beide werden heute Abend mit zwei reizenden Damen dinieren.«

Felix beschlich eine leise Ahnung, um wen es sich dabei handelte. »Da Marlene ja bis morgen geschäftlich in St. Gallen ist, nehme ich stark an, dass sie nicht zu den beiden Damen gehört.«

»Blitzmerker.« Das Grinsen auf Valentins Gesicht wurde noch ein wenig breiter.

»Sag bloß, du hast diese Doro ...«

»Doro Canin, genau, und ihre merkwürdige Freundin, die mir pausenlos nachstellt, noch dazu. Sie heißt übrigens ...« Valentin überlegte kurz, dann winkte er ab. »Ihren Namen habe ich vergessen. Ist auch nicht so wichtig.«

Aber dafür wusste Felix ihren Namen ganz genau. Conny. Er sah ihr Bild vor sich, wie sie sich gestern Abend nach Valentins Abfuhr davongeschlichen hatte. Ihre Augen waren so voller Angst gewesen. Und dann, am Steg, hatte er sie endlich in seinen Armen gehalten, und es hatte sich von Anfang an gut und richtig angefühlt. Einerseits war die Tatsache, mit Conny einen ganzen Abend verbringen zu können, überaus verlockend. Andererseits wäre er natürlich viel lieber mit ihr alleine gewesen. Valentins Gegenwart würde sie bestimmt wieder einschüchtern.

»Du sagst ja gar nichts, Bruderherz«, hörte er da Valentins Stimme. »Hat es dir die Sprache verschlagen?«

»Mir geht es einfach nur gegen den Strich, dass du alles über meinen Kopf hinweg entscheidest, sogar mit wem ich meinen Abend verbringen soll.«

»Jetzt sag nur, es ist dir nicht recht. So wie du dich für die Kleine immer ins Zeug legst, dürftest du dich doch freuen, sie wiederzusehen.«

Das tat er ja, unbändig sogar, aber Valentin brauchte er das nun wirklich nicht zu auf die Nase zu binden. Stattdessen versuchte er, ein wenig ungehalten zu klingen, als er fragte: »Und was genau bezweckst du mit dieser Einladung? Ganz ohne Hintergedanken wirst du diesen Zauber wohl nicht veranstalten, zumal du ja sonst um die Hotelgäste einen weiten Bogen machst.«

Valentin schmunzelte. »Du kennst mich wirklich gut, kleiner Bruder. Denk mal scharf nach. Gut Wetter machen, heißt meine Strategie. Wir werden uns heute Abend gegenüber den beiden Damen von unserer besten Seite zeigen.«

»Ich glaube, du bist derjenige von uns beiden, der sich von einer besonders guten Seite zeigen muss. Schließlich hast du etwas glattzubügeln, nicht ich.«

Valentin überhörte Felix' Einwand. »Ich werde mich besonders intensiv um diese Klatschreporterin kümmern, und du übernimmst ihre Freundin. Das dürfte dir ja nicht allzu schwer fallen. Am besten wickelst du sie so um den kleinen Finger, dass sie meine kleine Unfreundlichkeit von gestern Abend ganz schnell wieder vergisst. Ich hoffe nur, dass sie ihrer Reporterfreundin noch nichts davon erzählt hat.«

Das hatte sich Valentin ja ganz prima ausgedacht. Schon wieder sollte er bei einem seiner nicht ganz so ehrenhaften Pläne mitspielen. Und er fand es Conny gegenüber mehr als schäbig, wenn er sich auf Valentins Idee einließ.

Felix schüttelte den Kopf. »Na bravo! Was für ein genialer Plan! Und ich soll mich für deine Machenschaften mal wieder vor deinen Karren spannen lassen, ja? Aber mit mir nicht, diesmal nicht. Ich behandle jemanden nicht nur deswegen höflich und zuvorkommend, weil du damit irgendeinen miesen Hintergedanken verfolgst.«

»Aha, so ist das also. Ich vermute, dass dein plötzlicher Sinn für Ehrlichkeit mit der Kleinen zusammenhängt – wie hieß sie gleich noch mal?« Valentin stellte sich ganz dicht vor Felix und raunte ihm zu: »Aber vergiss nicht, dass du zu einem guten Stück mit drinhängst. Wenn diese Journalistin erst mal anfängt, herumzuschnüffeln ... Du bist genauso dran, wenn unser kleines Geheimnis aufliegt – und damit meine ich nicht meine heimliche Heirat mit Marlene. Das ist nur die Spitze des Eisbergs, wie du ja wissen dürftest.«

Felix hatte Mühe, Valentins durchdringendem Blick standzuhalten. »Okay, du hast gewonnen.« Er atmete tief durch. »Ich werde heute Abend da sein, mehr aber auch nicht. Dein schäbiges Verhalten von gestern musst du alleine geradebiegen. Und was die Sache mit Marlene angeht, du musst wissen, wie lange du das noch geheim halten willst und vor allem noch kannst.«

Valentin bedachte Felix noch einmal mit einem ziemlich säuerlichen Blick, dann machte er kehrt und verließ die Küche.

»Was ist denn jetzt mit dem Hummercremesüppchen?«, rief Felix ihm hinterher. »Vergiss nicht, in zwei Wochen beginnen schon die Proben im Fernsehstudio.«

Doch Valentin gab keine Antwort. Er drehte sich nicht einmal mehr um, sondern winkte nur ab und rauschte davon.

Felix seufzte. Hoffentlich würde heute Abend alles gut gehen.

11

»Meine verehrten Damen, ich freue mich, Sie in meinem bescheidenen Haus begrüßen zu dürfen!« Valentin breitete die Arme aus und schritt auf Conny und Doro zu, die gerade das Kaminzimmer betreten hatten. Er küsste jeder die Hand, betrachtete beide und meinte schließlich mit einem strahlenden Lächeln: »Ich darf sagen, dass Sie heute Abend ganz besonders bezaubernd aussehen.«

Er machte eine Handbewegung hin zu dem elegant gedeckten Tisch, der in der Mitte des Raumes stand. Im Hintergrund wartete Charles-Elvis mit einem Kellner, und beide verneigten sich, als Conny und Doro näherkamen.

Doro war die Erste, die nach dieser überschwänglichen Begrüßung ihre Fassung wiederfand. »Ganz großes Kino, was?«, raunte sie Conny zu, die noch immer nicht so recht wusste, wie ihr geschah. Wie konnte ein Mensch nur auf so extreme Weise zwei Gesichter haben? So wie Valentin sie gerade begrüßt hatte, kannte sie ihn aus seinen zahlreichen Fernsehauftritten. Und wäre nicht ihre Erinnerung an den »anderen« Valentin gewesen, hätte sie ihm bestimmt seinen charmanten Auftritt abgekauft und sich womöglich auch noch geschmeichelt gefühlt. Doch so spukte immer noch seine hässliche Fratze von gestern Abend vor ihren Augen herum, und wenn sie ehrlich war, widerte er sie in diesem Moment sogar ein wenig an.

Während Valentin mit Charles-Elvis sprach, der wiederum dem Kellner Anweisungen gab, traten Conny und Doro an den Tisch. Er war mit Platztellern aus feinstem Porzellan gedeckt, und die Kerzen des achtarmigen Leuchters spiegelten sich in dem auf Hochglanz polierten Silber und in den Kristallgläsern, von denen an jedem Platz eine gute Handvoll standen. Der einzige Farbtupfer waren die roséfarbenen, gestärkten Stoffservietten und die farblich passenden kleinen Rosenbouquets.

Hoffentlich musste sie nicht neben Valentin sitzen, dachte Conny, was jedoch bei der Anordnung der Gedecke – jeweils eines an jeder der vier Seiten des Tisches – gar nicht so einfach war. Außerdem war es ja so üblich, dass immer ein Herr neben einer Dame saß, zumindest hatte sie das in einem ihrer Kochbücher gelesen. Aber für wen war das vierte Gedeck? Valentin würde ja wohl kaum Charles-Elvis mit an den Tisch bitten. Dann vielleicht für Marlene? Doch die gab es ja offiziell gar nicht, wenn Conny sie auch gestern ganz ungewollt in einer eindeutigen Situation zu Gesicht bekommen hatte.

»Darf ich mir erlauben, den Damen ein paar Rosen zu überreichen? Mit ergebenstem Dank, dass Sie mir heute die Ehre erweisen«, erklang wieder Valentins soft-samtige Stimme. Mit einer kleinen Verbeugung drückte er jeder von ihnen eines der Rosenbouquets, die auf dem Tisch standen, in die Hand.

Während Doro hinter Valentins Rücken Mühe hatte, sich das Lachen zu verkneifen, wusste Conny nicht, was sie sagen sollte. Am liebsten hätte sie Valentin die Blumen um die Ohren gehauen – nicht nur wegen seines unmöglichen Verhaltens gestern, sondern vielmehr, weil er einfach so tat, als ob nichts gewesen wäre. Nicht die kleinste Spur von Reue spiegelte sich in seinem Gesicht, geschweige denn, dass er sich bei ihr entschuldigt hätte. Nein, er ging mit seinem falschen Grinsen und seinem heuchlerischen Geschwätz einfach darüber hinweg.

Nachdem Valentin mit der Begründung, in der Küche nach dem Rechten sehen zu müssen, noch einmal kurz den Raum verlassen hatte, nahm ihnen Charles-Elvis die Blumen wieder aus der Hand und stellte sie zurück auf den Tisch – natürlich nur bis zum Ende des Dinners, wie er nicht müde wurde zu versichern. Dann sagte er etwas von »im Restaurant gebraucht werden« und machte sich ebenfalls davon, den Kellner im Schlepptau.

Kaum hatte er die Tür hinter sich geschlossen, prustete Doro los. »Also das ist mir auch noch nie passiert. Da bekommt man Blumen geschenkt und muss sie gleich wieder hergeben, weil sie zur Tischdekoration gehören! Und das in einem solch vornehmen Haus!«

»Von mir aus kann er sie gerne behalten«, murmelte Conny vor sich hin.

»Na, sag mal, was ist denn mit dir los? Das kommt gar nicht in Frage, geschenkt ist geschenkt. Aber mal was ganz anderes: Dein Superkoch scheint tatsächlich so ein Charmebolzen zu sein, wie er sich im Fernsehen präsentiert. Obwohl mir das Ganze ein bisschen zu überzogen vorkommt, total gekünstelt.«

Bevor Conny auch nur ein Wort sagen konnte, öffnete sich schon wieder die Tür, und Valentin trat ein. Und hinter ihm – Felix!

Er trug ein anthrazitfarbenes, leicht schimmerndes Jackett mit einer schwarzen Hose, hatte den obersten Knopf seines weißen Hemdes offen stehen und sah unverschämt gut aus. Conny spürte, wie ihr Herz gleich viel schneller schlug und ihre Knie zu zittern begannen. Glücklicherweise hatte Doro in weiser Voraussicht auch ein Abendkleid für Conny eingepackt, sodass sie sich neben Felix nicht wie eine graue Maus vorkommen musste. Und das Make-up, das ihr die Kosmetikerin im Wellnessbereich am Nachmittag verpasst hatte, tat sein Übriges. Eigentlich hatte sie darauf verzichten wollen. Valentins Einladung war ihr nicht mehr so wichtig, wie sie es noch vor Beginn ihres Urlaubs gewesen wäre. Doch Doro und Gerlinde hatten sie so lange beschwatzt, bis sie nachgegeben hatte. Und nun war sie froh darüber, denn Felix blickte sie bewundernd an.

Valentin drehte sich ein wenig zur Seite und deutete auf Felix. »Darf ich vorstellen, meine Damen, das ist Felix Seidel, mein einziger Bruder, mein Souschef und mein bester Mann in der Küche. Ihm haben wir es zu verdanken, dass wir heute Abend ein ganz vorzügliches Menü genießen dürfen.«

Felix reichte erst Doro, dann Conny die Hand. Und während Doro es nicht lassen konnte, Valentin zu fragen: »Ach so? Ich hatte eigentlich erwartet, dass Sie es sich nicht nehmen lassen, uns selbst zu bekochen« und Valentin darauf etwas von »viel zu tun« und »Proben im Fernsehstudio« entgegnete, hielt Felix Connys Hand fest. Das Lächeln, mit dem er sie ansah, war zwar nicht so überschwänglich wie das von Valentin, aber es wirkte viel natürlicher und ehrlicher.

»Ich freue mich riesig, dass wir heute zusammen essen«, sagte er leise und blickte Conny dabei genauso tief in die Augen, wie er es zuvor schon im Stall und am Bootssteg getan hatte. »Du siehst unheimlich schön aus.« Dann erst ließ er Connys Hand los, räusperte sich und sagte so laut, dass Doro und Valentin es hören mussten: »Ich freue mich sehr, Sie wiederzusehen, Frau Hausmann.«

»Ihr kennt euch?« Doro klappte fast die Kinnlade herunter, und auch Valentin stand das Erstaunen ins Gesicht geschrieben.

»Ja«, antwortete Felix, »wir sind uns vor ein paar Tagen kurz im Pferdestall begegnet. Ich habe Frau Hausmann die Telefonnummer des Stallmeisters gegeben, damit sie sich bei ihm ein Pferd reservieren kann, nicht wahr?«

Conny nickte nur.

»Im Pferdestall, wie romantisch!«, flötete Doro, und während Valentin sich kurz mit Felix wegen des Essens unterhielt, flüsterte Doro Conny zu: »Jetzt verstehe ich. Warum hast du mir denn nichts von ihm erzählt? Und übrigens ist das Leuchten in deinen Augen jetzt wieder da.«

»Na ja, ich ...«, begann Conny, war aber froh, dass Valentin Doro und sie genau in diesem Augenblick zu Tisch bat. Und wie sie es befürchtet hatte, hatte sie tatsächlich Valentin neben sich, zu ihrer Linken, während Felix rechts von ihr Platz nahm.

Während sie den Aperitif, einen erfrischenden Mix aus Champagner und Sommerbeerenlikör, genossen, ließ es sich Valentin nicht nehmen, das Menü, das auf sie wartete, in allen Einzelheiten und mit äußerst blumigen Worten zu beschreiben. Einerseits fragte sich Conny, warum er das nicht Felix überließ, wenn dieser es doch zubereitet hatte. Doch auf der anderen Seite war sie froh, dass Valentin sofort die Unterhaltung an sich riss und dabei in erster Linie Doro ansah. Felix schien es ähnlich zu gehen, denn er sagte nur brav etwas, wenn er gefragt wurde, und verbrachte den Rest der Zeit damit, Conny bewundernde Blicke zuzuwerfen und dabei sein Glas verlegen in der Hand zu drehen. Glücklicherweise bemerkten Valentin und Doro nichts davon. Valentin war ohnehin viel zu beschäftigt damit, Doro zu unterhalten. Mittlerweile war er in seinen Schilderungen zum Hotel und natürlich zu seiner Küche übergegangen. Und falls Doro die heimlichen Blicke zwischen Felix und Conny registrierte, ging sie zumindest ganz taktvoll nicht darauf ein. Bestimmt hatte sie auch gar keine Gelegenheit dazu, denn Valentin belegte sie derart mit Beschlag, dass sie kaum in Ruhe essen konnte. Inzwischen war nämlich der erste Gang, eine Saiblingsterrine mit gerösteten Brotchips, serviert worden.

Und zu Wort kam Doro bei Valentin auch kaum, was für sie, die sonst so ein Plappermaul war, nicht gerade einfach sein musste. Lediglich einmal deutete sie auf ihren Teller und fragte Valentin: »Ihre Eigenkreation, nehme ich an?«

Valentin antwortete mit stolzgeschwellter Brust: »Selbstverständlich, alles, was Sie heute Abend serviert bekommen, entstammt meiner kreativen Ader«, woraufFelix einen heftigen Hustenanfall bekam.

»Um Himmels willen«, meinte Valentin besorgt, »du wirst doch hoffentlich keine Gräte erwischt haben.« Rasch blickte er wieder Doro an. »Wissen Sie, wenn man als Koch nicht alles selbst erledigt ... Die Küchenhilfen sind manchmal zu dämlich, um selbst die einfachsten Dinge wie das Entgräten eines Fisches richtig zu machen.«

Als sie bereits beim dritten Gang angelangt waren und Valentin immer noch pausenlos die Vorzüge seines Hotels und natürlich seiner Kochkunst in den höchsten Tönen lobte, hatte Conny schließlich genug von dieser Selbstbeweihräucherung. Noch vor ein paar Tagen wäre sie förmlich an seinen Lippen geklebt und hätte jedes Wort, jede Geste, jeden Blick von ihm in sich aufgesogen wie ein Schwamm. Doch nach all dem, was inzwischen passiert war und wie sich Valentin ihr gegenüber verhalten hatte, gingen ihr seine Worte nun dermaßen gegen den Strich, dass sie am liebsten aufgestanden wäre und den Raum verlassen hätte – wären da nicht Doro und vor allem Felix gewesen, der die Situation, nicht im Mittelpunkt des Gesprächs stehen zu müssen, sichtlich genoss.

Irgendwann zwischen Limetten-Wodka-Sorbet und gekräutertem Kalbsfilet mit Orangenjus reichte es ihr endgültig. Valentins selbstgefällige Art und die Tatsache, dass er sie beinahe wie Luft behandelte und immer noch wie selbstverständlich über sein schäbiges Verhalten von gestern Abend hinwegging, widerten sie inzwischen dermaßen an, dass sie spontan beschloss, das Gespräch in eine andere Richtung zu lenken.

Als Valentin kurz darauf von der großen Herausforderung sprach, ein Hotel wie das *Seeschlösschen* zu führen, sah sie ihre Chance gekommen. Sie fasste all ihren Mut zusammen und sagte: »Da können Sie ja froh sein, Herr Seidel, dass Ihre Familie Sie so tatkräftig bei dieser großen Aufgabe unterstützt. Ihr Bruder natürlich zuallererst«, sie warf Felix ein strahlendes Lächeln zu, das dieser dankbar erwiderte, »und dann sicher auch Ihre Frau Marlene.«

Sie hatte Valentin während des ganzen Abends noch nicht sprachlos erlebt, doch in diesem Augenblick war er es. Man sah ihm an, wie es in ihm arbeitete. Felix schmunzelte genüsslich vor sich hin, und Doro wirkte, als würde sie im nächsten Moment vom Stuhl kippen.

Da Valentin offenbar immer noch nicht in der Lage war, etwas zu sagen, und stattdessen sein Weinglas in einem Zug leerte, ergriff Conny die Gelegenheit und sprach ganz gelassen und höflich weiter: »Übrigens sollten Sie vielleicht mal Ihr Personal aufklären, um wen es sich bei Ihrer Frau tatsächlich handelt. Dort kursiert nämlich die Meinung, dass sie Ihre Schwester ist. Wo ist sie eigentlich heute Abend? Ich hätte sie gar zu gerne offiziell kennengelernt.« Erstaunlicherweise kamen ihr die Worte ganz einfach über die Lippen. Früher hätte sie bestimmt nur herumgestammelt und sich schon beim Sprechen gleich wieder überlegt, welche Konsequenzen ihre Worte haben könnten.

Doch bestimmt gab ihr jetzt auch Felix' Gegenwart die Kraft und den nötigen Mut dazu.

Valentin schien sich nun ein wenig gefangen zu haben, denn er antwortete mit einer Selbstverständlichkeit in der Stimme: »Gut, dass Sie das Thema anschneiden. Ich wollte auch gerade darauf zu sprechen kommen.« Er wandte sich wieder Doro zu, lächelte sie an und sagte: »Wissen Sie, als ich gehört habe, dass Sie einen kurzen Aufenthalt in meinem Haus planen, dachte ich mir, ich packe die Gelegenheit gleich beim Schopfe. Es ist nämlich in der Tat so, dass ich erst kürzlich in den Stand der Ehe getreten bin und jetzt natürlich auch die Öffentlichkeit an meinem Glück teilhaben lassen möchte. Und da ich Sie, verehrteste Frau Canin – oder darf ich Doro sagen? – und Ihre journalistische Arbeit sehr bewundere, möchte ich Sie fragen, ob Sie nicht exklusiv über meine Heirat berichten möchten. Ich würde mich natürlich auch gemeinsam mit meiner Frau hier im Hotel als Fotoobjekt zur Verfügung stellen, als eine Art Homestory sozusagen.« Er sah Doro mit einem schmachtenden Dackelblick an, der selbst das Sorbet, das sie gerade gegessen hatten, zum Schmelzen gebracht hätte, und ergriff nun sogar ihre Hand. »Liebste Doro, es wäre mir eine große Ehre, wenn Sie Ja sagen.«

Welch ein gerissener Kerl Valentin doch war! Statt in große Beschämung zu verfallen, schaffte er es tatsächlich, die Wahrheit so hinzudrehen, dass er zuletzt wieder obenauf war und wie der strahlende Gewinner dastand.

Es dauerte ein paar Sekunden, bis Doro antwortete. »Nun ja, das ist natürlich ein sehr verlockendes Angebot, Herr Seidel«, drang ihre Stimme wie aus weiter Ferne an Connys Ohr, »vor allem, da ich ja weiß, dass Sie sich normalerweise sehr bedeckt halten, was Ihr Privatleben anbelangt. Ich weiß nur nicht, ob ich bis morgen Mittag einen Fotografen hierher bekommen könnte …«

»Nein, nein, kein Problem, das müssen wir auch nicht übers Knie brechen«, antwortete Valentin. »Meine Frau ist ohnehin bis morgen Abend geschäftlich unterwegs. Sie ist eine bekannte Innenarchitektin, müssen Sie wissen.«

Plötzlich drehte sich Connys Magen um. Sie musste dringend an die frische Luft, wenn sie nicht riskieren wollte, dass sich das Essen, das sie gerade zu sich genommen hatte, vor aller Augen wieder seinen Weg nach draußen bahnte. Hastig stand sie auf. »Entschuldigen Sie mich bitte einen Moment. Ich fühle mich auf einmal nicht ganz wohl«, presste sie gerade noch heraus und rannte aus dem Zimmer.

»Was ist denn mit ihr? Hoffentlich ist ihr das Essen nicht auf den Magen geschlagen«, hörte sie Valentin noch ganz unschuldig sagen, bevor sie die Tür hinter sich zuwarf.

Ohne nach links und rechts zu blicken, durchquerte Conny das Foyer und verließ das Hotel. Draußen vor dem Eingang setzte sie sich auf eine Bank und vergrub den Kopf in den Händen.

»Kann ich Ihnen irgendwie helfen, gnädige Frau?«, hörte sie kurz darauf eine Stimme. Es war Tom, der vor ihr stand und sie besorgt ansah.

»Wenn ich vielleicht ein Glas Wasser haben könnte?«, fragte sie zögernd.

»Kein Problem, kommt sofort, gnädige Frau.«

In diesem Moment kam auch schon Doro um die Ecke gebogen und setzte sich neben Conny. »Da bist du ja. Der schnuckelige Page hat mir verraten, wo du steckst. Geht es dir hier draußen besser?«

Conny nickte. Eine Weile sprachen sie gar nichts, bis Tom mit dem Wasser erschien. Conny lächelte ihm dankbar zu, worauf dieser sich verbeugte und die beiden wieder alleine ließ.

Als Conny das Glas leer getrunken hatte, lehnte sie sich zurück. »So, jetzt weißt du's also auch«, meinte sie mit einem zynischen Unterton in der Stimme.

»Ja, und ich muss es auch erst mal verdauen. Der begehrteste Junggeselle des deutschen Fernsehens ist heimlich verheiratet. Das ist wirklich ein Hammer. Wie hast du davon erfahren?«

»Ich habe es zufällig herausbekommen. Gestern.« Conny war erleichtert, dass Doro anders als erwartet keine Einzelheiten aus ihr herauszukitzeln versuchte. Auch kam nicht die sonst übliche Standardfrage: »Warum hast du mir denn nichts davon erzählt?«

Stattdessen meinte Doro nach einer Weile: »Und was denkst du? Soll ich es machen?«

»Was?«

»Die Homestory, die Valentin mir angeboten hat. Die würde mich beruflich schon weiterbringen. Die Geschichte würde deutschlandweit Beachtung finden, und ich wäre diejenige, die exklusiv darüber berichten darf. Wer weiß, vielleicht würden auch noch größere Zeitschriften auf mich aufmerksam. Aber andererseits weiß ich, was für eine Enttäuschung das für dich sein muss.« Ungewohnt einfühlsam griff sie nach Connys Hand. »Wenn es dir zu sehr wehtut, lasse ich es natürlich sein.«

Ob es wehtat, dass Valentin verheiratet war? Nein, das nicht, kein bisschen. Wenn sie etwas schmerzte, dann seine selbstgefällige Art, seine Dreistigkeit, sich zuerst ihr gegenüber wie der letzte Kotzbrocken zu benehmen und dann ganz selbstverständlich darüber hinwegzugehen. Und je länger sie darüber nachdachte, verspürte sie auch ein wenig Genugtuung, dass Valentin nun mit der Wahrheit herausrücken musste, wenn sie auch Felix gestern Abend gesagt hatte, nicht darüber reden zu wollen. Doch vorhin am Tisch hatte sie sich noch mehr gedemütigt gefühlt als nach Valentins Wutausbruch im Park, und sie hatte ihn einfach auf Marlene ansprechen müssen. Irgendwann wäre die Wahrheit ohnehin ans Licht gekommen, und nun konnte wenigstens Doro davon profitieren.

Sie setzte sich aufrecht hin, straffte die Schultern und sagte ganz ruhig: »Nein, Doro, es macht mir nichts aus. Wenn du so eine Chance bekommst, musst du sie auch nutzen. Unbedingt. Dass Valentin verheiratet ist, war zuerst schon ein Schock für mich. Aber glaube mir, ich habe ihn besser überwunden, als ich gedacht hatte.« Sie blickte Doro an und fuhr ganz leise fort: »Und daran ist Felix beileibe nicht unschuldig.«

Doro fiel ihr spontan um den Hals. »Conny! Heißt das …? Haben mich meine Augen also doch nicht getäuscht! Mensch, wie ich mich für dich freue!«

»Langsam, Doro, noch ist nicht viel passiert. Wir haben uns nur lange und sehr vertraut unterhalten. Und wir haben uns auch geküsst.«

»Aber das ist doch schon einmal ein Anfang. Und außerdem muss man schon blind und taub gleichzeitig sein, um nicht zu merken, wie sehr es zwischen euch beiden knistert.«

»Wenn Felix nur nicht Valentins Bruder wäre.« Conny seufzte. »Du wirst lachen, dieser – wie sagst du immer – Küchengott ist mir mit seiner egozentrischen, übertriebenen Art auf einmal so zuwider, dass ich gar nicht mehr weiß, warum ich überhaupt einmal für ihn geschwärmt habe.« Dass dies auch daran lag, dass Valentin sie am Vorabend wie der letzte Dreck behandelt hatte, brauchte Doro im Moment nicht unbedingt zu wissen. Vielleicht würde sie ihr irgendwann später einmal davon erzählen.

»Na also, meine Süße, dann schlagen wir jetzt gleich mehrere Fliegen mit einer Klappe. Du hast deinen Felix gefunden …«

»Halt«, protestierte Conny, »noch ist er nicht mein Felix.«

»Aber so gut wie. Außerdem bist du von deinem Valentin-Tick geheilt – und ich kriege eine Superstory gleich mit dazu. Du musst zugeben, viel besser hättest du dein Notfallsparbuch kaum investieren können.«

Conny blieb nichts anderes übrig, als in Doros Lachen einzustimmen. Es tat ihr unendlich gut, ihre Freundin in dieser Situation bei sich zu haben, und der große Stein, der ihr auf dem Herzen lag, fühlte sich auf einmal unwahrscheinlich leicht an.

Als Felix aus dem Hotel heraustrat, sah er Conny und Doro auf einer Bank vor dem Eingang sitzen, genau wie Tom, den er im Foyer getroffen hatte, es gesagt hatte. Valentin hatte ihn losgeschickt, um die beiden zu suchen, denn es war ihm natürlich ganz und gar nicht recht, dass das Essen nicht so verlaufen war, wie er sich das vorgestellt hatte. Vor allem hatte er bestimmt nicht damit gerechnet, dass die beiden ihm davonlaufen würden, was Felix insgeheim sogar ein wenig freute.

Doch viel mehr überwog seine Sorge um Conny. Wenn es nun wirklich eine Lebensmittelvergiftung war und er womöglich mit Schuld daran hatte? Aber dann redete er sich ein, dass ihr wahrscheinlich nur Valentins Geschwätz und die Erinnerung an sein mieses Verhalten von gestern Abend auf den Magen geschlagen waren, zumindest hoffte er das sehr.

Rasch lief er zu den beiden hinüber, und als Conny den Kopf hob und ihn anblickte, huschte ein Lächeln über ihr Gesicht.

»Valentin schickt mich. Ich soll nach Ihnen beiden suchen und nachsehen, ob es dir besser geht.« Er duzte Conny ganz selbstverständlich, obwohl ihre Freundin danebensaß.

Und Conny schien es auch nichts auszumachen, denn sie antwortete: »Das ist lieb von dir, danke. Mir geht es schon wieder besser.« Dabei klang ihre Stimme so verletzlich, dass er sie am liebsten spontan in den Arm genommen hätte.

Für ein paar Augenblicke sprach keiner etwas, und es war schließlich Doro, die das Schweigen beendete, indem sie aufstand und sagte: »Ich lasse euch jetzt lieber mal allein, ihr habt euch bestimmt einiges zu erzählen.« Dann blickte sie Felix an. »Und außerdem werde ich mal Ihrem Bruder ein wenig Gesellschaft leisten. Ich habe ja auch noch mit ihm ein paar Dinge wegen der Homestory zu besprechen.«

Felix nickte. Natürlich war es ihm recht, jetzt mit Conny alleine zu sein – und wenn auch nur für fünf Minuten. Denn irgendwann würden sie wohl oder übel wieder zu Valentin ins Kaminzimmer zurückkehren müssen. Er setzte sich neben sie auf die Bank. Gar zu gerne hätte er ihre Hand genommen, beschloss aber, es nicht zu tun. Er wollte sie nicht dem Getratsche der Kollegen aussetzen, immerhin war sie Gast des Hotels und er ein Angestellter. Das, was gerade zwischen ihnen beiden entstand, gehörte nur ihnen und war viel zu kostbar, um es von neugierigen Mäulern zerreißen zu lassen.

»Sorry, dass ich einfach so davongerannt bin«, sagte Conny nach einer Weile. »Aber ich habe es einfach nicht mehr ausgehalten. Ich hatte so genug von Valentins selbstgefälliger Art, einfach so zu tun, als ob das gestern überhaupt nicht passiert wäre.

Er hätte mich wenigstens kurz beiseitenehmen und mir sagen können, dass es ihm leidtut, oder?«

Felix hatte keine Ahnung, was er darauf antworten sollte. Er kannte seinen Bruder gut genug, um zu wissen, dass ihm solche Dinge nur sehr schwer über die Lippen kamen. In Valentins Welt hatte eigentlich immer nur einer Recht, und das war er selbst. Aber er war immerhin auch sein Bruder, und deswegen wollte Felix ihn vor Conny nicht auch noch bloßstellen, denn dafür hatte Valentin schon zur Genüge selbst gesorgt.

Glücklicherweise ersparte ihm Conny eine Antwort, indem sie gleich darauf weitersprach: »Ich weiß, ich hatte dir gesagt, dass ich Doro nichts verraten würde. Aber ich konnte vorhin einfach nicht mehr anders. Ich musste das Thema Marlene zur Sprache bringen, ohne dass ich lange darüber nachgedacht habe, was ich damit auslöse. Tut mir leid. Aber von Valentins schäbigem Verhalten gestern Abend werde ich ihr natürlich nichts erzählen.«

»Du brauchst dich wirklich nicht zu entschuldigen«, antwortete Felix. »Wenn das jemand tun muss, dann Valentin. Und in Sachen Marlene endlich reinen Tisch zu machen, war sowieso mehr als überfällig. Ich hatte ihm das immer wieder gepredigt, aber er wollte einfach nicht auf mich hören.«

Auch Conny schien aufzuatmen, dass er ihr nicht böse war. »Dann ist ja gut. Wenigstens konnte ich so Doro mit dem Interview einen Gefallen tun.«

»Du hängst sehr an ihr, nicht wahr?«

»Ja, und wie. Sie ist mit mir gemeinsam durch schlechte Zeiten gegangen und ist immer da, wenn ich sie brauche. Nach meinen Kindern ist sie der wichtigste Mensch in meinem Leben.«

Wie sehr wünschte er sich, dass sie eines Tages auch ihn zu diesen wichtigen Menschen in ihrem Leben zählen würde! Etwas verlegen versuchte er das Thema zu wechseln und sagte: »Übrigens hat Valentin vorgeschlagen, dass ihr beide euch morgen Vormittag die Küche anseht. Allerdings recht früh, bevor der große Trubel vor dem Mittagessen ausbricht.«

Sie starrte ihn mit weit aufgerissenen Augen an. »Oh nein, nicht noch einmal ein paar Stunden in Valentins Gegenwart! Ich weiß nicht, ob ich das aushalte. Es genügt schon, dass wir jetzt bald wieder zu ihm hinein müssen.«

»Nein, nein«, beruhigte er sie rasch, »Valentin wird nicht dabei sein. Er hat morgen früh dringende Termine. Ihr müsst leider mit mir vorlieb nehmen.« Er zwinkerte ihr zu und sah ihr an, dass ihr ein Stein vom Herzen fiel.

»Weißt du, dass mir das sowieso viel lieber ist?«, antwortete sie mit einem Lächeln. »Früher hätte ich alles dafür gegeben, dass Valentin mir seine Küche zeigt und ich mit ihm über das Kochen fachsimpeln kann. Doch jetzt ist auf einmal alles anders geworden. Ich muss ganz schön dumm gewesen sein, was?« Sie lachte und stieß ihn leicht am Arm an. »Nun sag schon, das denkst du doch auch gerade, oder?«

»Nein«, antwortete er heiser und blickte sie ernst an. Nun musste es heraus. Das Knistern zwischen ihnen beiden war mittlerweile so gewaltig geworden, dass er es schon am ganzen Körper spüren konnte. »Ich denke das, was ich immer denke, wenn ich dich sehe: dass ich dich jetzt am liebsten in den Arm nehmen und dich einfach küssen würde.« Für einen kurzen Moment hielt er den Atem an. Hoffentlich würde Conny nun nicht wieder davonlaufen wie gestern Abend am Bootssteg.

Doch sie blieb ganz ruhig sitzen und erwiderte seinen Blick. »Hier?«, fragte sie leise.

Er schüttelte den Kopf. »Nein. Das hole ich nach, wenn wir alleine sind, obwohl ich mich schon wahnsinnig danach sehne. Aber ich möchte nicht, dass alle über uns tratschen. Der Flurfunk hier im Haus funktioniert nämlich erstaunlich gut.«

»Ja, das ist wohl auch besser so. Ich habe hier ohnehin schon genug angerichtet. Immerhin hat man mich für eine dreiste Spionin gehalten.«

Erleichtert stimmte er in ihr Lachen ein. In ihrer Gegenwart fühlte er sich so frei und ungezwungen. »Hast du Lust, morgen Nachmittag mit mir auszureiten? Ich habe zwischen halb zwei und fünf Uhr frei.«

»Ja, natürlich, wahnsinnig gerne.«

»Damit machst du mir eine Riesenfreude.« Nun konnte er nicht mehr anders und berührte kurz ihre Hand. »Ich kann es schon kaum mehr erwarten.«

Gut gelaunt betrat Conny mit Felix wieder das Hotel. Selbst die Aussicht, Valentin nun noch weiter ertragen zu müssen, kam ihr auf einmal gar nicht mehr so furchtbar vor.

Als sie das Foyer, das sich zu dieser fortgeschrittenen Stunde schon ziemlich geleert hatte, zur Hälfte durchquert hatten, sah Felix sich nach allen Seiten um, grinste und flüsterte: »Ich habe da so eine Idee. Siehst du die Tür da drüben?« Er deutete an die Stelle, wo Conny von Valentin bei ihrer ersten Begegnung am Sonntagabend so rasch abgefertigt worden war. »Ich werde jetzt da hineingehen, und du kommst in ein paar Minuten nach.«

Conny sah ihn erst fragend an, doch dann verstand sie. Felix konnte es wohl wirklich kaum mehr erwarten. Und wenn sie ehrlich war, ging es ihr selbst auch nicht anders. Sie blieb stehen und blickte Felix nach, wie er die besagte Tür aufschloss und in dem Raum verschwand. Um möglichst gleichgültig zu wirken, falls sie doch irgendjemand beobachtete, begann sie in ihrer Handtasche zu kramen, zog ihr Handy heraus und tippte ziellos darauf herum.

Sie hatte keine Ahnung, ob die paar Minuten inzwischen schon vergangen waren, aber da in diesem Moment das Foyer ganz leer war und sich selbst an der Rezeption niemand blicken ließ – auch nicht Bertram König mit seinen neugierigen Augen, der ihr jetzt gerade noch gefehlt hätte –, lief sie eilig zu der Tür, öffnete sie und betrat den Raum.

Felix empfing sie mit einem strahlenden Lächeln. Kaum hatte sie die Tür hinter sich geschlossen, drehte er den Schlüssel herum und zog sie in seine Arme. »Endlich«, sagte er nur, und schon spürte sie seine Lippen auf ihren. Seine Hände wanderten an ihrem Körper nach unten bis zu ihren Hüften, und er drückte sie fest an sich. Er küsste sie erst ganz sanft, fast schon vorsichtig, dann immer heftiger und leidenschaftlicher, und Conny ließ es einfach geschehen. Sie schlang die Arme um seinen Hals und erwiderte seine Küsse. Irgendwann gab sie dem Drängen seiner Zunge nach und öffnete ihre Lippen. Sie fühlte, dass sie bereit für ihn war, dass sie sich ihm mit jeder Faser ihres Körpers öffnen konnte.

Erst als sie beide völlig außer Atem waren, lösten sie ihre Lippen voneinander und blieben eng umschlungen stehen.

»Ich liebe dich«, sagte Felix mit rauer Stimme. »Ich kann an nichts anderes mehr denken als immer nur an dich.«

»Und ich liebe dich«, flüsterte Conny. »Seit unserer Begegnung im Stall gehst du mir einfach nicht mehr aus dem Kopf. Weißt du überhaupt, was du da in mir angerichtet hast?«

Er lächelte. »Was immer es auch ist, ich habe es mit voller Absicht getan.«

Noch einmal küssten sie sich lange und intensiv, dann meinte Felix schließlich: »Ich fürchte, so langsam müssen wir zurück, sonst fällt es zu sehr auf, dass wir beide noch fehlen. Wie ich meinen Bruder mit seiner wilden Phantasie kenne, malt er sich ohnehin schon lebhaft aus, was wir beide wohl die ganze Zeit miteinander treiben.«

Conny drückte ihm einen Kuss auf die Nasenspitze. »Womit er ja nicht so ganz falsch liegt, oder? Und was die Phantasie anbelangt, da kann ihm Doro ganz bestimmt das Wasser reichen.«

Felix seufzte. »Na, dann müssen wir wohl los. Obwohl ich dich am liebsten gar nicht mehr gehen lassen würde.« Er öffnete die Tür und blickte hinaus. »Die Luft ist rein. Geh du voraus, und ich komme dann gleich nach.«

Draußen im Foyer setzte sich Conny in einen der Ledersessel und wartete auf Felix. Sie traute sie sich nicht, ohne ihn ins Kaminzimmer zurückzugehen. Wer weiß, wie Valentin auf sie reagieren würde. Sie war ja sozusagen Schuld daran, dass er jetzt die Sache mit Marlene öffentlich machen musste, und da war er bestimmt nicht gut auf sie zu sprechen. Mit Felix an ihrer Seite fühlte sie sich viel stärker – stark genug, um es mit einer ganzen Horde Valentins aufzunehmen.

Auf einmal machte es ihr gar nichts mehr aus, dass Felix Valentins Bruder war. Er hatte sich heute Abend wirklich großartig verhalten und ihr zu keiner Sekunde Anlass zu der Vermutung gegeben, dass er womöglich nur deshalb nett zu ihr war, weil Valentin ihn auf sie angesetzt hatte.

Es war schon kurios. Da war sie einzig wegen Valentin hierhergekommen, und nun verliebte sie sich so heftig wie noch niemals zuvor in ihrem Leben – in einen anderen. In einen Mann, der so ganz anders als Valentin war, einen Mann, der ihre Liebe auch noch erwiderte. Sie hätte in ihrem Glück das ganze Hotel zusammenschreien können.

Und als sie Felix schließlich auf sich zukommen sah, vollführte ihr Herz wilde Freudensprünge.

Als Conny und Felix wieder das Kaminzimmer betraten, besprachen Doro und Valentin gerade die Details zu ihrer geplanten Homestory. Doro zwinkerte Conny zu, und diese nickte daraufhin kaum merklich mit dem Kopf.

»Es scheint Ihnen ja wieder besser zu gehen, das freut mich«, sagte Valentin, und es hörte sich tatsächlich ein wenig so an, als ob er es ernst meinte. Ohnehin war er nach ihrer Rückkehr wie ausgewechselt. Er behandelte Conny sehr zuvorkommend und gab sich die größte Mühe, sie in das Gespräch mit Doro miteinzubeziehen. Ob Felix ihm vorhin, als Doro und sie draußen gewesen waren, den Kopf gewaschen hatte? Es sah ganz danach aus.

So wurde es dann doch noch ein durchaus erträglicher Abend für Conny, was wohl auch an den letzten beiden vorzüglichen Menügängen lag, die ihnen noch serviert wurden. Ganz bestimmt aber trug das, was soeben zwischen Felix und ihr geschehen war, dazu bei, dass es Conny am Ende sogar ein wenig bedauerte, dass der Abend schon vorüber war.

12

Am nächsten Morgen wachte Conny schon sehr früh auf. Sie hatte eine ziemlich schlaflose Nacht verbracht. Ihre Sehnsucht nach Felix und die Vorstellung, dass er sich irgendwo in diesem Haus gar nicht weit von ihr entfernt aufhielt, hatten sie nicht zur Ruhe kommen lassen. Ob es ihm wohl genauso ergangen war?

Nachdem sie kalt geduscht und sich angezogen hatte, ging sie schon kurz vor sieben hinunter zum Frühstück. Von Doro war weit und breit noch nichts zu sehen. Sie waren mit Felix schon für halb neun verabredet, und Conny fragte sich, ob Doro, die ja ein ausgesprochener Nachtmensch war, es wohl schaffen würde, rechtzeitig fertig zu werden. Dabei ertappte sie sich dabei, dass sie sich insgeheim sogar wünschte, Doro würde verschlafen, um Felix bei der Besichtigung der Küche ganz für sich alleine zu haben. Doro interessierte ja ohnehin alles, was mit Kochen zu tun hatte, nicht wirklich, und deshalb würde sie es wohl auch verschmerzen können, Valentins Küche nicht zu Gesicht zu bekommen.

Doch sie hatte umsonst gehofft. Kaum hatte sie im Speisesaal Platz genommen, tauchte Doro auch schon auf. Sie wirkte zwar noch ziemlich verschlafen, war aber wie immer perfekt gestylt.

»Bist du aus dem Bett gefallen, oder hat dich die Neugier nicht mehr schlafen lassen?«, empfing Conny ihre Freundin.

»Das Letztere, meine Süße. Ich lasse es mir doch nicht entgehen, die Küche des großen Valentin Seidel in Augenschein zu nehmen, auch wenn ich davon so viel Ahnung habe wie ein Eskimo von einem Sonnenbrand. Aber du weißt ja, wie ernst ich meinen Job nehme. Die Küche ist nun mal ein wichtiger Ort für Valentin, die kann ich doch in seiner Homestory unmöglich weglassen. Und außerdem wollte ich sehen, wie es dir heute Morgen geht. Immer noch Schmetterlinge im Bauch?«

Conny nickte und seufzte. »Nicht nur Schmetterlinge, ich glaube, das ist ein ganzer Hornissenschwarm. Ich weiß gar nicht, wann ich das letzte Mal so glücklich gewesen bin.«

»Auf jeden Fall freue ich mich ehrlich für dich, meine Süße, das habe ich dir ja gestern schon gesagt. Und dein Felix scheint nicht so ein aufgeblasener Schaumschläger wie sein Bruder zu sein. Er macht mir einen ganz geerdeten Eindruck. Ich bin mir sicher, er meint es völlig ernst mit dir.«

»Na, das will ich doch sehr hoffen. Aber wer weiß, vielleicht ist er ja zu allen weiblichen Hotelgästen so nett.«

Doro nahm einen Schluck Kaffee. »Jetzt mal doch nicht den Teufel an die Wand. Ich weiß, du bist ein gebranntes Kind, nicht zuletzt wegen Jürgen, dieser Kanaille, aber es müssen doch nicht alle Männer so sein. Und ehrlich gesagt, er und diese Lulu verdienen einander doch.«

»Sie heißt Lola.«

»Oder so, aber ist ja auch egal. Auf jeden Fall wirst du jetzt die Zeit mit deinem Felix genießen und nicht immer daran denken, was vielleicht passieren könnte. Versprichst du mir das?«

»Ja, zu Befehl.« Conny lächelte. »Übrigens reiten Felix und ich heute Nachmittag zusammen aus.«

»Na also, und vielleicht ergibt sich ja dabei auch gleich die Gelegenheit zu einem romantischen Stelldichein im Heu.«

»Woran du schon wieder denkst.« Conny schüttelte den Kopf. Aber sie selbst wünschte es sich ja irgendwie auch. Schließlich hatten Felix und sie jetzt nur noch zwei Tage füreinander, denn am Sonntag musste sie ja schon wieder nach Hause. Bei dem Gedanken hätte sie heulen können.

Nachdem sie sich am Buffet bedient hatten, tauchten auch schon Gerlinde und ihr Mann auf, der gestern Abend wieder aus Frankfurt zurückgekehrt war. So ergab sich für den Rest des Frühstücks ein nettes Gespräch.

Doro erzählte natürlich von ihrer Homestory über Valentin, worauf Siegfried Althoff im Spaß zu ihr sagte: »Schade, dass ich bei Weitem nicht so viel Interessantes zu bieten habe wie Herr Seidel. Eine solche Homestory mit Ihnen zu machen, würde mich auch reizen. Aber wer will schon etwas aus dem langweiligen Leben eines Verlegers wissen?«

»Oh, sagen Sie das nicht«, meinte Doro eifrig. »Im Zeitalter von Facebook und Twitter ist es doch modern geworden, die Leute, die man früher nur aus der Ferne kannte, mal ganz privat, sozusagen aus nächster Nähe zu erleben. Warum nicht auch Sie? Immerhin sind Sie einer der größten Verleger Deutschlands und bewegen sich in der Gesellschaft. Außerdem geben Sie und Ihre Frau ein so schönes, harmonisches Paar ab, dass wir da sicher auch viele gute Fotos schießen könnten. Also wenn Sie möchten ... Mein Chef sagt da sicher nicht Nein.«

»Langsam, langsam«, mischte sich nun auch Gerlinde lachend ein. »Ich habe da ja schließlich auch noch ein Wörtchen mitzureden. Wir bleiben ohnehin mit Conny in Kontakt, das haben wir uns fest vorgenommen, und dann werden wir weitersehen, was sich ergibt.«

Kurz vor halb neun trat die Kellnerin an ihren Tisch. »Frau Canin, Frau Hausmann, ich soll Ihnen ausrichten, dass Sie von Herrn Seidel in der Küche erwartet werden.«

Nun war es also so weit, nun würde sie Felix endlich wiedersehen. Und als sie sich dann schließlich in der Küche gegenüberstanden, in der sich außer ihnen noch niemand aufhielt, ließ Felix es sich nicht nehmen, Conny vor Doros Augen zu küssen.

»Entschuldigung«, sagte er, »aber das musste einfach sein.«

»Kein Problem«, antwortete Doro trocken, »solange ihr es nicht hier vor meinen Augen miteinander treibt ...«

Während Conny verschämt zu Boden blickte, grinste Felix.

»Aber bevor euch die Lust zu sehr überkommt, sagt es mir bitte, dann verschwinde ich«, ergänzte Doro mit einem Augenzwinkern.

Felix hatte wohl bemerkt, wie sehr Doros Worte Conny in Verlegenheit gebracht hatten, denn er wechselte glücklicherweise rasch das Thema und begann, ihnen den Küchenherd mit all seinen Schikanen zu erklären.

»Musste das denn sein?«, raunte Conny Doro zu.

»Du kennst mich doch«, flüsterte Doro zurück. »Ich kann eben manchmal nicht meine Klappe halten. Aber ich glaube, dein Schatz hat es mit Humor genommen.«

»Das will ich auch schwer für dich hoffen.«

Doro zeichnete Felix' Ausführungen ganz gewissenhaft mit ihrem Diktiergerät auf und stellte zu Connys großer Verwunderung sogar ein paar Fragen, die sich gar nicht so unwissend anhörten. Anscheinend verstand Doro doch ein wenig mehr vom Kochen, als sie zugab. Normalerweise wäre Conny diejenige gewesen, die mit ihrem Fachwissen und ihrer Leidenschaft für das Kochen das Gespräch an sich gezogen hätte, aber heute war sie verständlicherweise nicht so recht bei der Sache. Der Hornissenschwarm in ihrem Bauch kribbelte mit jeder Minute in Felix' Gegenwart heftiger, und nur mit größter Mühe widerstand sie dem Drang, ihn einfach an sich zu reißen und ihn zu küssen.

Felix ließ die beiden verschiedene Gerichte probieren, die er selbst kreiert und zubereitet hatte. Conny erkannte darin sofort wieder, was alle Gerichte auszeichnete, die sie bislang im Hotel gegessen oder aus Valentins Büchern nachgekocht hatte: eine raffinierte, sehr harmonische Komposition verschiedener Gewürze und Aromen – die typische Handschrift von Valentin Seidel eben. Aber wie Felix sagte, waren es doch seine eigenen Kreationen und nicht die seines Bruders? Doch sie war viel zu aufgeregt, um über diesen kleinen Widerspruch – wenn es denn einer war – weiter nachzudenken. Tatsache war, dass sie das, was sie probieren dufte, durchweg vorzüglich fand. Aber Felix hätte ihr an diesem Morgen wahrscheinlich auch geräucherten Fisch mit Sahnetorte kombiniert vorsetzen können, und sie hätte es für eine gelungene Kreation gehalten.

Doro notierte sich gleich auch mögliche Motive für den Fotografen, mit dem sie bald wiederkommen wollte. Conny beneidete sie schon jetzt darum, hieß das doch, dass sie bei dieser Gelegenheit wahrscheinlich auch Felix wiedersehen würde.

Ohnehin hatte sich Conny seit gestern Abend immer wieder gefragt, wie Felix und sie ihre Beziehung wohl aufrechterhalten könnten. Er war am Bodensee, sie in Stuttgart. Wenn sie am Wochenende frei hatte, musste er bestimmt arbeiten, denn da war im Restaurant natürlich Hochbetrieb. Ihre beiden Arbeits- und Lebensweisen passten so gar nicht zusammen. Dazu kam auch noch die räumliche Entfernung, die immerhin fast zweihundert Kilometer betrug. Wie sollte das eine frische Liebe aushalten? Wenn sie daran dachte, begannen ihre Knie zu schlottern, und sie spürte, wie die Angst in ihr hochkroch. Angst, Felix womöglich gleich wieder zu verlieren, noch bevor es überhaupt richtig angefangen hatte.

So in Gedanken versunken, bekam sie von dem, was Felix ihnen zeigte und erklärte, nicht allzu viel mit. Wie auch? Sie war hin- und hergerissen zwischen der Sorge, wie sich ihre Beziehung weiterentwickeln würde, und ihrer Bewunderung für Felix, und sie saugte jede Bewegung, jede Geste, jedes Lächeln von ihm tief in sich auf. Davon würde sie an den langen Abenden zehren, wenn sie zu Hause alleine in ihrer Wohnung sitzen und vor Sehnsucht nach ihm fast umkommen würde.

Als sie schließlich fast die gesamte Küche durchhatten, tauchten auch schon die ersten Mitarbeiter auf und begannen ihren Dienst für das Mittagessen. Neugierig blickten sie zu Conny und Doro herüber, was Conny ganz und gar nicht behagte. Bestimmt konnte ihr jeder schon von Weitem ansehen, was sie für Felix empfand.

Nur deshalb atmete sie auch ein wenig auf, als Doro etwas später auf die Uhr sah und meinte: »Jetzt wird es leider langsam Zeit für mich. Ich muss bald aufbrechen und vorher noch oben meine Sachen zusammenpacken. Aber danke, dass du dir Zeit für uns genommen hast, Felix. Ich wusste gar nicht, dass Kochen so spannend sein kann.«

Felix winkte ab. »Kein Problem, das habe ich doch gerne gemacht – nicht nur, weil es der Wunsch meines Bruders war.« Bei den letzten Worten lächelte er Conny zu. »Und was ist mit dir? Willst du noch hierbleiben?«

Wie gerne hätte sie Ja gesagt, doch es war wohl besser, wenn auch sie ging. Die Gefahr war zu groß, dass Felix und sie sich noch in irgendeiner Weise vor den Angestellten verrieten. Heute Nachmittag würde sie Felix ganz für sich alleine haben, und das würde ihr viel mehr geben als noch ein paar Minuten vor den neugierigen Augen hier in der Küche.

Daher sagte sie rasch: »Weißt du, ich möchte mich gerne noch ein wenig mit Doro unterhalten, wenn ich sie schon mal hier bei mir habe. Wir sehen uns doch heute Nachmittag.« Dabei deutete sie mit den Augen in Richtung der Angestellten.

Felix schien verstanden zu haben, denn er nickte. »Alles klar, dann treffen wir uns kurz nach halb zwei vor dem Stall. Übrigens hat mir mein Bruder großzügigerweise für morgen Abend freigegeben – und das auch noch an einem Samstag, wo hier die Hölle los ist. Du kannst dir also schon mal überlegen, was wir zusammen unternehmen könnten.«

Nach Doro reichte er auch Conny die Hand. Dabei streichelte er mit dem Daumen sanft ihren Handrücken. Er sah ihr fest in die Augen, und seine Lippen zuckten auffällig. Wahrscheinlich musste er sich genauso zusammenreißen wie sie selbst, um nicht vor den Angestellten die Kontrolle über sich zu verlieren.

Conny schaffte es schließlich nur mit Mühe, sich von Felix loszureißen. Dann verließ sie mit Doro zusammen die Küche.

Mittlerweile war es schon fast zehn, und Doro begab sich auf ihr Zimmer, um ihre Sachen zusammenzupacken. Dabei leistete ihr Conny natürlich Gesellschaft, schließlich hatten sie ja einiges zu besprechen. Und auch danach, als sich die beiden auf der Hotelterrasse noch einen Cappuccino gönnten, drehte sich alles nur um ein Thema: Felix und Valentin. Auch wenn Conny ein paarmal kurz davor stand, Doro von Valentins Ausraster vorgestern Abend im Park zu erzählen, blieb sie standhaft. Sie hatte es Felix schließlich versprochen.

Felix. Sie konnte es kaum mehr erwarten, ihn am Nachmittag wiederzusehen. Und wie schlimm würde es erst werden, wenn Doro abgereist war und sie niemanden mehr hatte, der sie ein wenig ablenkte? Auf Gerlinde konnte sie auch nicht zählen, da diese heute mit ihrem Mann nach Friedrichshafen gefahren war, wo Siegfried Althoff einen Studienkollegen besuchen wollte.

Conny begleitete Doro noch bis zum Auto, das Tom schon vor den Hoteleingang gefahren hatte. Auch hatte er bereits ihr Gepäck vom Zimmer geholt und im Kofferraum verstaut.

»Mach's gut, meine Süße, und genieße jede Sekunde mit deinem Schatz, hörst du?« Doro hauchte Conny ein Küsschen auf jede Wange und umarmte sie lange. »Und lass ihn ja nicht mehr gehen. Ich glaube, so einen bekommst du so schnell nicht wieder«, flüsterte sie ihr ins Ohr. Bildete sich Conny das nur ein, oder war Doro tatsächlich so gerührt, dass sie drauf und dran war, ein paar Tränen zu vergießen?

Rasch setzte Doro ihre dunkle Sonnenbrille auf und stieg ins Auto. Als sie schon ein paar Meter den Kiesweg entlanggerollt war, drehte sie noch einmal den Kopf zurück und rief: »Ich komme dann am Sonntagabend bei dir zu Hause vorbei!« Dann brauste sie davon.

Sonntagabend zu Hause. Bei dem Gedanken, dass das ja schon in zwei Tagen war, hätte Conny losheulen können. Wie ein Hund, dem man sein Fressen weggenommen hatte, ging sie hinauf in ihr Zimmer und legte sich aufs Bett, um eine Weile zu lesen, doch sie schaffte es nicht, sich auf ihre Lektüre zu konzentrieren.

Spontan beschloss sie, für morgen Abend einen Tisch für Felix und sich in dem kleinen Restaurant in Konstanz zu reservieren, wo sie mit Gerlinde zu Mittag gegessen hatte. Wenn Sie es jemandem zeigen wollte, dann ihm.

13

Bereits kurz nach eins wartete Conny vor dem Stall auf Felix, obwohl sie wusste, dass er bis halb zwei arbeitete. Sie ließ den schmalen Feldweg, der vom Hotel herüberführte und auf dem sie selbst zuvor hergekommen war, keine Sekunde aus den Augen. Glücklicherweise war um diese Zeit im Stall kaum Betrieb. Die Hotelgäste befanden sich wahrscheinlich noch beim Mittagessen, und die Pferde tummelten sich bis auf nur wenige Ausnahmen auf der Koppel. Auch vom Personal war niemand zu sehen.

Auf einmal spürte sie auf ihrer Schulter eine Hand, die sie sanft streichelte. Rasch drehte sie sich um. Felix stand vor ihr und lächelte sie an.

»Du?«, fragte sie überrascht und deutete in Richtung des Feldwegs. »Ich habe dich gar nicht kommen sehen.«

»Ich bin mit dem Auto hergefahren, über die Straße, die oben am Wald entlangführt. So konnte ich schneller bei dir sein.« Er legte den Zeigefinger auf seinen Mund, hauchte einen Kuss darauf und drückte ihn anschließend sanft auf Connys Lippen. So blieben sie ein paar Augenblicke stehen und sahen einander regungslos an.

»Sollten wir uns das nicht für später aufheben, wenn wir wirklich allein sind?«, flüsterte Conny, als sie sich wieder ein wenig gefangen hatte. »Wer weiß, ob uns hier nicht doch jemand beobachtet.«

»Stimmt. Lass uns reingehen und die Pferde satteln, dann suchen wir so rasch wie möglich das Weite«, meinte Felix verschmitzt und ging ihr voraus in den Stall.

Erst jetzt hatte sie Gelegenheit, ihn genauer zu betrachten, wenn auch nur von hinten, aber das machte ihr in diesem Fall überhaupt nichts aus. Unter seinem T-Shirt, das am Oberkörper ziemlich eng saß, zeichneten sich deutlich seine Muskeln ab. Er trug wieder dieselbe Jeans wie am Montag, als sie sich hier im Stall zum ersten Mal begegnet waren und sie ihren Blick kaum von seinem knackigen Hintern hatte abwenden können. Heute ging es ihr wieder genauso, und dazu kam noch die unbändige Lust, ihn zu berühren, nicht nur dort, sondern einfach überall. Sie spürte, wie ein warmer Schauer ihren Körper durchfloss, und sie sehnte sich in diesem Moment so sehr nach ihm, dass sie kaum mehr einen klaren Gedanken fassen konnte, sondern nur völlig verwirrt hinter ihm her trottete.

Zielsicher steuerte Felix die Box an, in der Arabella stand. Sie war sein eigenes Pferd, wie er Conny erklärte, gehörte also nicht zum Hotel. Für Conny war Cherry reserviert, die Stute, die sie bereits bei beim ersten Mal geritten hatte und mit der sie prima klargekommen war.

Als sie beide Pferde gesattelt hatten und aufgesessen waren, lenkte Felix Arabella ganz dicht neben Cherry. Er blickte Conny zärtlich an und legte ihr die Hand auf den Arm. »So, ab jetzt vertraust du dich meiner Führung an. Ich möchte dir gerne etwas zeigen.«

Conny nickte. In diesem Moment hätte sie sich von Felix wahrscheinlich überallhin führen lassen.

Sie ritten eine Weile über die Felder, dann ein Stückchen durch den Wald, und Conny genoss es, sich den Wind um die Nase wehen zu lassen. Felix war ein viel besserer Reiter als sie, doch er war umsichtig genug, sein Tempo ihrem anzupassen. Immerhin saß sie nach sehr langer Zeit erst das zweite Mal wieder im Sattel.

Irgendwann tauchte vor ihnen am Waldrand eine Hütte auf. Felix hielt an und stieg ab. »Das ist die Jagdhütte der Seidels«, erklärte er. »Ich komme gerne hierher, wenn mir der Trubel im Hotel zu viel wird und ich wirklich mal meine Ruhe haben möchte, denn hierher verirren sich garantiert keine Hotelgäste, und vom Personal auch niemand. Oder aber ich verziehe mich zum Bootssteg, wenn ich alleine sein möchte, doch der ist in letzter Zeit öfter mal von einer schönen Frau besetzt.« Er lächelte Conny zu, umfasste sie an den Hüften und half ihr vom Pferd.

Als sie sich in seine Arme fallen ließ, streifte ihre Brust sein Gesicht, und er stöhnte leise auf.

»Mein Engel, du weißt gar nicht, wie sehr ich dich liebe«, sagte er heiser, zog sie an sich und fing an, sie ungestüm zu küssen. Und sie erwiderte seine Küsse mit der gleichen Heftigkeit. In ihr hatte sich über eine lange Zeit so viel Leidenschaft aufgestaut, die sich nun ihren Weg nach draußen bahnte.

»Doch, ich weiß es«, antwortete sie, als sie beide kurz innehielten und Atem holten, »weil ich dich nämlich genauso sehr liebe.«

Er schaute sie an mit einem Blick, wie sie ihn noch niemals bei ihm gesehen hatte, einem Blick, in dem unbändiges Verlangen aufflammte. »Ich möchte, dass wir uns lieben, jetzt gleich«, flüsterte er. »Ich kann nicht mehr länger warten, das halte ich sonst nicht aus.«

Sie musste nicht lange überlegen, denn sie wollte es genauso sehr wie er. »Ja, das möchte ich auch«, hauchte sie nur.

Felix band die Pferde an einem kleinen Zaun fest, dann nahm er Connys Hand. »Vertrau mir«, sagte er kaum hörbar, »und hab keine Angst.«

Nein, sie hatte keine Angst. Noch nie hatte sie sich einem Mann so bedingungslos anvertraut wie Felix in diesem Augenblick.

Er schloss die Tür zur Hütte auf und zog Conny mit sich hinein. Drinnen war es dunkel und roch ein wenig muffig. Anscheinend war schon einige Zeit niemand mehr hier gewesen. Sie zogen ihre Reitstiefel aus, und Conny half Felix, die Fenster zu öffnen und die Streben der Fensterläden schräg zu stellen, um wenigstens ein bisschen Luft und Licht hereinzulassen. Die Hütte bestand nur aus einem einzigen Raum mit einer kleinen Kochnische, einer gemütlichen Essgruppe mit Tisch und Eckbank, über der an der Wand allerlei Jagdtrophäen hingen, sowie einem relativ breiten Bett in der gegenüberliegenden Ecke.

Felix schob den Riegel von innen vor die Tür. »Sicher ist sicher«, meinte er und schmunzelte, »wer weiß, ob mein Bruder nicht doch mal die glorreiche Idee hat, der Hütte einen Besuch abzustatten, obwohl er das sonst eigentlich nie tut.«

Dann standen sie einander etwas unbeholfen gegenüber, und Connys Herz pochte so laut, dass sie sich sicher war, dass Felix es hören musste. Sie nahm seine Hand und legte sie auf ihre Brust. »Hier, fühl mal«, sagte sie, »dagegen solltest du schleunigst etwas unternehmen, wenn du nicht willst, dass ich mit einem Herzkollaps im Krankenhaus lande.«

Er neigte seinen Kopf nach vorne und flüsterte ihr ins Ohr: »Ich wüsste da schon etwas.« Seine Hand wanderte auf ihrer Brust weiter nach unten, in ihren BH, und sie spürte augenblicklich, wie ihre Brustwarzen hart wurden. »Besser so?«

Sie nickte. »Aber hör nur nicht damit auf, ja?«

Dann begann er sie zu küssen, erst auf den Mund, dann auf den Hals. Dabei streichelte seine Hand unentwegt ihre Brust, und sie ließ es einfach geschehen.

Irgendwann streifte er ihr das T-Shirt und den BH ab. Sein Blick ruhte auf ihren nackten Brüsten. »Weißt du eigentlich, wie schön du bist?«, flüsterte er, und statt einer Antwort legte sie ihm die Hände auf die Taille und ließ sie unter seinem T-Shirt langsam nach oben wandern. Sie spürte jeden einzelnen seiner Muskeln unter ihren Fingern, und als sie seine Brustwarzen berührte, stöhnte er auf. Er riss sich das T-Shirt herunter, presste seinen nackten Oberkörper an ihren und vergrub sein Gesicht in ihren Haaren. »Was machst du nur mit mir?«, sagte er leise, und seine Stimme bebte.

Dann ging alles wie von selbst. Er zog erst Conny, dann sich selbst die Jeans und den Slip aus, hob sie hoch, trug sie zum Bett hinüber und legte sie vorsichtig darauf. Für einen Moment wanderte sein Blick auf ihrem nackten Körper auf und ab, dann legte er sich zu ihr.

»Vertrau mir«, sagte er noch einmal.

Sie nickte nur, etwas anderes konnte sie in diesem Augenblick nicht tun. Sie war mehr als bereit für ihn, bereit, nun endlich eins mit ihm zu werden.

Er begann, sie am ganzen Körper zu streicheln, erst nur das Gesicht, dann ihre Brüste, und schließlich glitten seine Hände immer weiter nach unten. Als er die Innenseiten ihrer Schenkel erreicht hatte, seufzte sie tief. Wie lange war es her, dass sie ein Mann so berührt hatte, so etwas in ihr ausgelöst hatte? Hatte sie überhaupt bei Jürgen wenigstens einmal so empfunden wie jetzt bei Felix?

Seine Berührungen wurden nun immer heftiger und seine Küsse immer fordernder, bis sie kaum mehr atmen konnte. Als er dann endlich ganz behutsam in sie eindrang, schrie sie leise auf. Ihr war, als ob die mächtigen Wellen des Meeres im Sturm über ihnen zusammenschlugen, und sie ließ sich treiben, einfach nur treiben und von der Brandung mitreißen.

Als alles vorbei war, lagen sie noch lange eng umschlungen da. Conny wagte sich kaum zu bewegen, um nicht den Zauber dessen, was sie zusammen erlebt hatten, zu zerstören. Auch Felix sagte nichts, sondern streichelte sie nur ganz sanft. In diesem Moment waren Worte überflüssig, denn jeder spürte ganz genau, was der andere fühlte.

Felix durchbrach schließlich das Schweigen. »Es war wundervoll.«

»Ja, das war es. So schön habe ich es noch nie zuvor erlebt«, flüsterte sie und empfand in diesem Augenblick nur eines: unendliches Glück. Glück und Geborgenheit.

Nach einer Weile sprach er das aus, was sie die letzten Stunden aus ihrem Kopf verbannt hatte: »Wie lange bist du noch hier?«

»Nur noch bis übermorgen.« Sofort begann ihre Stimme zu zittern. »Dann ist es schon zu Ende, noch bevor es richtig angefangen hat.«

Er hob ihr Kinn vorsichtig an, sodass er ihr in die Augen blicken konnte. »Was redest du denn da? Warum soll es aus sein? Nur weil wir erst einmal eine Fernbeziehung führen müssen? Bei Valentin und Marlene hat das fast fünf Jahre lang hervorragend funktioniert. Warum soll es bei uns anders sein?«

Es war das erste Mal, dass er das Wort *Beziehung* in den Mund genommen hatte. »Du willst also wirklich mehr, nicht nur ein flüchtiges Abenteuer?«, fragte sie zögernd.

»Muss ich dir darauf eine Antwort geben?«

Sie nickte. Er zog sie wieder enger an sich und küsste sie lange. Ihre Zungen liebkosten einander, und als sie sich atemlos voneinander gelöst hatten, fragte er: »War das Antwort genug?«

Sie schmunzelte. »Na ja, ein bisschen mehr hätte es schon noch sein dürfen.«

»Ich muss sagen, du bist ziemlich anspruchsvoll«, antwortete er mit einem Lächeln und bedeckte die Haut ihres Oberkörpers, die immer noch ein wenig erhitzt war, mit vielen kleinen Küssen. Als er begann, mit den Lippen sanft an ihren Brustwarzen zu saugen, stöhnte sie auf und spürte, wie sie sofort wieder feucht zwischen den Beinen wurde.

»Lass es uns noch einmal tun«, sagte er leise.

»Jetzt? Musst du nicht langsam zurück?«

»Es reicht, wenn ich erst um sechs da bin. Mein Bruder scheint heute irgendwie die Großzügigkeit gepachtet zu haben.«

Oder das schlechte Gewissen, dachte sie bei sich, sprach ihren Gedanken jedoch nicht laut aus, denn Felix hatte schon wieder angefangen, sie zwischen den Beinen zu streicheln.

Es dauerte länger als beim ersten Mal, bis sie ihn endlich in sich spürte. Ihr war, als hätte er sich mehr Zeit genommen, als wollte er jede einzelne Sekunde auskosten, die er noch mit ihr zusammen sein konnte.

Danach lag sie ganz entspannt in seinen Armen. Müde, aber glücklich schmiegte sie sich an ihn und schloss die Augen.

Irgendwann hörte sie ihn sagen: »Ich glaube, wir müssen langsam los. Hast du dir schon etwas wegen morgen Nachmittag überlegt?«

»Ja, das habe ich. Lass uns nach Konstanz hinüberfahren.«

»Nach Konstanz? Und was machen wir dort?«

Sie lächelte. »Ich zeige dir meinen Traum. Aber mehr verrate ich noch nicht.«

»Macht nichts, ich lasse mich gerne von dir führen. Wir treffen uns dann um zwei vor dem Hotel, abgemacht?«

Noch einmal küssten sie sich ausgiebig, dann zogen sie sich an und ritten zurück zum Stall. Der südländisch aussehende Pferdepfleger, den Conny bei ihrem ersten Ausritt nach Felix gefragt hatte, nahm ihnen die Pferde ab und meinte, er werde die beiden schon versorgen.

»Danke, Mario, das ist nett von dir«, sagte Felix. »Ich lasse dir dafür mal wieder etwas aus der Küche zukommen.«

Conny begleitete Felix noch bis zu seinem Auto. »Soll ich dich wirklich nicht mit zum Hotel hinübernehmen?«, fragte er.

Sie schüttelte den Kopf. »Nein, es ist wohl besser, wenn wir getrennt drüben ankommen. Und außerdem tut mir der kleine Spaziergang jetzt ganz gut.« Sie hatte so vieles zu verarbeiten. Dieser Nachmittag hatte ihr Leben völlig auf den Kopf gestellt. Da war es gut, wenn sie nun eine Weile alleine war und ihre Gefühle sortieren konnte.

Bevor Felix ins Auto stieg, nahm er ihre Hand und drückte sie lange. »Ich liebe dich, mehr als du denken kannst. Das war der schönste Nachmittag in meinem Leben«, sagte er und streichelte ihre Finger mit seinen.

»Für mich auch. Ich weiß nur nicht, wie ich das ohne dich bis morgen Mittag aushalten soll. Können wir uns nicht vorher kurz treffen?«

»Das wird nicht so einfach werden«, meinte er zögernd. »Heute Abend habe ich sehr lange in der Küche zu tun, und morgen muss ich in aller Herrgottsfrühe schon zum Großmarkt. Aber wir werden telefonieren, und ich werde pausenlos an dich denken, mein Engel. Hoffentlich bin ich dann überhaupt noch in der Lage, etwas Vernünftiges zusammenzukochen.«

»Man sagt ja, wer verliebt ist, verwechselt gerne Zucker mit Salz«, neckte ihn Conny und versuchte, auf diese Weise ihre

Enttäuschung zu verbergen. »Dann muss ich ja höllisch auf der Hut sein, was ich nachher im Restaurant esse.«

»Und falls du dich beschweren willst, bitte nur direkt bei mir. Dann sehen wir uns wenigstens bei der Gelegenheit wieder.«

Sie blickte seinem Auto noch lange nach, und mit jedem Meter, den er sich von ihr entfernte, spürte sie, wie ihre Sehnsucht nach ihm immer größer wurde. So ähnlich würde es sich also am Sonntag anfühlen, wenn sie abreisen musste – nur noch viel schlimmer. Auch wenn sie am Wochenende darauf gleich wieder hierherfahren würde, der Gedanke, eine Woche ohne Felix sein zu müssen, ließ sie schon jetzt beinahe verzweifeln.

Als Felix wieder im *Seeschlösschen* angekommen war, war es schon wenige Minuten vor sechs. Er ging nur noch kurz in seine Wohnung hinauf, um sich umzuziehen, dann machte er sich sofort auf den Weg in die Küche. Dabei kreisten seine Gedanken unentwegt nur um Conny. Was sie jetzt wohl machte? Ob sie auch gerade an ihn dachte? Er sah immer noch ihr lächelndes Gesicht vor sich und spürte ihre zarte Haut unter seinen Händen. Am liebsten hätte er sich sofort wieder auf die Suche nach ihr gemacht, doch er wurde in der Küche gebraucht. Umso mehr freute er sich auf morgen, und er konnte es kaum erwarten, sie wiederzusehen.

Als er Punkt sechs ein wenig außer Atem die Küche betrat, erwartete ihn Valentin schon mit einem breiten Grinsen. »Na, wie war dein kleines Rendezvous?«

Felix machte sich stillschweigend an die Arbeit. Die Erinnerung an das, was zwischen Conny und ihm gerade geschehen war, war so kostbar, und Valentin war der Letzte, dem er davon erzählen würde.

»Du sagst ja gar nichts, Bruderherz«, ertönte wieder Valentins Stimme. »Hat dich die Kleine etwa versetzt? Na ja, mach dir nichts draus. Sie hat erreicht, was sie wollte. Ihre Reporterfreundin bekommt die Homestory mit mir, und ich muss meine Beziehung zu Marlene offenlegen. Also warum soll sie sich noch mit dir treffen?«

Felix war nun kurz davor, zu explodieren. Rasch zerrte er Valentin in den Vorratsraum neben der Küche und knallte die Tür hinter sich zu. Es mussten ja nicht alle Angestellten mitbekommen, wie er seinem Bruder gehörig den Kopf wusch, was in seinen Augen längst überfällig war. »Du hast ja keine Ahnung«, zischte er und versuchte, möglichst leise zu sprechen. »Und ich verbiete dir, so über Conny zu reden. Eine Frau wie sie wird dich niemals im Leben überhaupt nur ansehen. Wenn du wüsstest, was sie deinetwegen auf sich genommen hat, würdest du dich in Grund und Boden schämen. Sie hat diesen Urlaub hier buchstäblich mit ihrem letzten Geld bezahlt, ist jetzt sozusagen pleite – und das alles nur, damit sie einmal im Leben ihrem großen Idol nahe sein kann. Und du? Was machst du? Behandelst sie wie den letzten Dreck!«

Valentin schnappte nach Luft und wollte etwas entgegnen, doch Felix wetterte mit erhobenem Zeigefinger einfach weiter: »Eines sage ich dir, wenn du deine selbstgefällige, arrogante Art nicht ablegst, vor allem nicht gegenüber der Frau, die ich liebe, dann trennen sich unsere Wege. Dann kannst du mit dem *Seeschlösschen* und meinen fünfundzwanzig Prozent machen, was du willst! Ich werde mit Conny auch ohne das alles hier glücklich!«

Zum ersten Mal hatte Felix einen solchen Gedanken laut ausgesprochen. Und es stimmte. Schon früher hatte ihm das *Seeschlösschen* nicht so sehr am Herzen gelegen wie Valentin. Und seit er Conny kannte, bedeutete es ihm immer weniger. Ihm war im Moment nur wichtig, mit Conny zusammen zu sein. Und je länger er darüber nachdachte, desto mehr konnte er sich eine Zukunft mit ihr an einem anderen Ort vorstellen. Was hatte sie abends am Steg zu ihm gesagt? Mit seinen Referenzen würde er locker irgendwo unterkommen. Auf der anderen Seite war Valentin nun einmal sein Bruder, und ohne Felix würde er das *Seeschlösschen* dichtmachen müssen, das wusste Felix genauso wie Valentin selbst.

Es dauerte eine Weile, bis Valentin Felix' Worte verdaut hatte. »Es ... es tut mir leid, ehrlich«, stammelte er kleinlaut, und Felix überlegte, wie lange es her war, dass er aus Valentins Mund eine Entschuldigung gehört hatte. »Ich wusste nicht, dass sie dir so viel bedeutet.«

»Mehr als du ahnen kannst, Valentin.«

Er wollte sich wieder auf den Weg in die Küche machen, doch Valentin hielt ihn zurück. »Und was das andere anbelangt, du weißt doch, dass ich dich brauche, dass das *Seeschlösschen* dich braucht. Onkel Theodor wollte doch ausdrücklich, dass wir beide ...«

»Schon okay«, antwortete Felix nur.

Er hatte den Vorratsraum beinahe schon verlassen, als er Valentin hinter sich murmeln hörte: »Ich wünsche dir viel Glück mit ihr, Bruderherz.«

Felix drehte sich noch einmal kurz zu ihm um und nickte, dann ging er wieder an seine Arbeit.

Das Abendessen nahm Conny zusammen mit den Althoffs ein, und sie war noch nie so dankbar für deren Gesellschaft gewesen wie heute. Das Menü schmeckte wie immer vorzüglich – typisch Seidel eben, wobei sie damit diesmal nicht Valentin, sondern Felix meinte. Bei jedem Bissen, den sie zu sich nahm, schwirrten er und die Erinnerung an den zauberhaften Nachmittag in ihrem Kopf herum.

Daher beteiligte sie sich auch nicht so richtig an der Unterhaltung, wie Siegfried Althoff bald bemerkte: »Was ist nur heute mit Ihnen los, Conny? Irgendwie wirken Sie ziemlich abwesend.«

Sollte sie den beiden den Grund dafür erzählen? Schließlich war Gerlinde in den wenigen Tagen schon so etwas wie eine Vertraute für sie geworden.

Doch dann antwortete Gerlinde schon an ihrer Stelle: »Ich glaube, das liegt daran, dass Sie uns am Sonntag schon wieder verlassen müssen, nicht wahr?«

Erleichtert blickte Conny Gerlinde an. Damit hatte sie ja irgendwo schon ins Schwarze getroffen, wenn auch die Umstände für ihre Traurigkeit ganz besondere waren, von denen Gerlinde nichts ahnte.

An diesem Abend sagte sie auch nicht Nein, als die Althoffs sie einluden, mit ihnen ins Kaminzimmer zu kommen und noch eine Weile dem Pianisten zuzuhören, denn sie war dankbar für jede Ablenkung.

Als sie in den bequemen Sesseln Platz genommen hatten, wanderten Connys Gedanken wieder zurück zu gestern Abend. Hier hatte das Dinner mit Doro, Felix und Valentin stattgefunden, in dessen Verlauf Felix ihr seine Liebe gestanden hatte.

Als Siegfried Althoff kurz den Raum verließ, weil er einen Anruf auf dem Handy bekam, beschloss sie spontan, Gerlinde die Wahrheit zu sagen. »Ich bin heute etwas durcheinander, weil ich mich wahnsinnig verliebt habe«, gestand sie und errötete, »und zwar in Felix Seidel. Er ist in mein Leben gefegt wie ein Orkan, und ich konnte absolut gar nichts dagegen tun.«

»Nein, wirklich? Ist das schön!«, rief Gerlinde, die sich ehrlich mit ihr zu freuen schien. »Felix ist ein netter und zuverlässiger Mann, und er wird Sie bestimmt sehr, sehr glücklich machen, da bin ich mir ganz sicher. Ich wünsche Ihnen natürlich von Herzen alles Gute.«

»Vielen Dank, das ist lieb von Ihnen. Wissen Sie, Felix und ich wollen es vorerst noch geheim halten. Getratscht wird hier im Haus noch früh genug. Und ich wäre dankbar, wenn Sie auch Ihrem Mann vorerst noch nichts sagen.«

»Aber natürlich, darauf können Sie sich verlassen«, antwortete Gerlinde und zwinkerte Conny zu. »Ich weiß jetzt schon nicht mehr, worüber wir gerade gesprochen haben.«

Nachdem sich die Althoffs in ihre Suite zurückgezogen hatten, setzte sich Conny noch eine Weile ins Restaurant zurück, und jedes Mal, wenn die Tür zur Küche aufging, versuchte sie, einen Blick hinein zu erhaschen. Ein paarmal meinte sie auch, hinter der Milchglastür Felix' Stimme zu hören, und gleich schlug ihr Herz schneller. Sie wusste, dass er an diesen Abend lange arbeiten musste. Womöglich bekam sie ihn ja noch zu Gesicht, wenn er Feierabend machte. Doch ihre Hoffnung erfüllte sich nicht, obwohl sie so lange vor ihrem Glas Wein sitzen blieb, bis Charles-Elvis schließlich zu ihr trat und sagte: »Gnädige Frau, ich darf Sie bitte daran erinnern, dass wir gleich schließen.«

Sie widerstand der Versuchung nur schwer, nicht im Vorbeigehen einfach in die Küche hineinzuspazieren, doch letzten Endes traute sie es sich dann doch nicht. Womöglich war ja auch Valentin da, und sie wollte nicht schon wieder seinen Unmut auf sich ziehen.

So ging sie schließlich traurig hinauf in ihr Zimmer und fiel müde ins Bett.

14

Obwohl sie am Samstagmorgen schon recht früh wach geworden war, blieb Conny noch lange im Bett liegen und träumte vor sich hin. Wenn sie an Felix dachte, ging ihr Puls ganz schnell, und eine wohlige Wärme durchflutete ihren Körper. Noch niemals hatte sie bei einem Mann ein solches Glücksgefühl empfunden wie bei ihm.

Erst spät zog sie sich an und ging zum Frühstück hinunter. Es war schon fast zehn, und die Kellner im Speisesaal hatten bereits begonnen, das Buffet abzuräumen. Daher schmierte sie sich nur ein Brötchen mit Butter und trank einen Kaffee. Mehr Appetit hatte sie in ihrer Aufregung ohnehin nicht. Nur noch vier Stunden, dann würde sie ihn wiedersehen.

Nach dem Frühstück beschloss sie spontan, hinüber in den Wellnessbereich zu gehen und sich von der Kosmetikerin wieder schminken zu lassen. Nicht dass Felix auf sie den Eindruck machte, großen Wert darauf zu legen, aber sie wollte es für sich selbst. Wenn sie schon mit einem gutaussehenden Mann wie Felix ausging, dann wollte sie wenigstens neben ihm nicht aussehen wie ein Mauerblümchen.

Während ihr die Kosmetikerin das Make-up auftrug, musste sie unweigerlich schmunzeln. Früher hätte sie so etwas für Valentin gemacht – und jetzt wusste sie eigentlich gar nicht mehr, was sie an ihm so anziehend gefunden hatte. Zugegeben, er war eine blendende Erscheinung mit seinen ebenmäßigen Gesichtszügen, den halblangen, welligen Haaren und seinem betörenden Lächeln. Wie hatte es Doro gestern so theatralisch ausgedrückt? »Ein wenig wie ein fleischgewordener griechischer

Gott.« Kein Wunder, dass ihm die Frauen scharenweise nachliefen. Neben ihm wirkte Felix einfach nur normal. Aber er hatte etwas an sich, das sie vom ersten Augenblick an verzaubert hatte. Niemals mehr hätte sie ihn für Valentin eintauschen wollen – nicht nur wegen dessen miesen Verhaltens neulich abends im Park, für das er ihr gegenüber noch immer kein Wort des Bedauerns geäußert hatte. Sie hatte inzwischen immer mehr den Eindruck, dass Valentin nicht viel mehr war als eine schöne Verpackung – von außen nett anzusehen, aber ohne nennenswerten Inhalt.

Dieser Vergleich fiel Conny auch wieder ein, als sie am Nachmittag zusammen mit Felix mit der Autofähre von Meersburg nach Konstanz hinüberfuhr, und sie lachte kurz auf.
»Warum lachst du?«, fragte Felix.
Was hätte sie sagen sollen? Valentin war immerhin Felix' Bruder, und sie wollte nicht noch für mehr Unruhe zwischen den beiden sorgen, als sie es wohl ohnehin bereits getan hatte. »Ach, ich musste nur gerade an Doro denken«, antwortete sie rasch.
»Du sagtest, sie und deine Kinder seien die wichtigsten Menschen in deinem Leben.«
Sie überlegte kurz. »Ja, aber nicht nur diese drei. Es gibt jetzt nämlich noch jemanden, der mir sehr, sehr viel bedeutet.«
Er nahm ihre Hand und küsste sie. »Und mir war noch nie ein Mensch so wichtig wie du.«
Sie standen ganz vorne am Bug des Schiffes. Conny drehte ihr Gesicht in den Fahrtwind, und Felix umarmte sie von hinten und legte seinen Kopf an ihren.
»Wie in *Titanic*«, sagte sie leise. »Die eine große Liebe, allen Widerständen zum Trotz.« Sie schmiegte sich noch enger an ihn. »Leider haben es diese beiden nicht geschafft, zusammen glücklich zu werden. Was wohl aus uns werden wird?«
»Ich werde alles, was in meiner Macht steht, tun, damit wir beide ganz, ganz lange glücklich sind, mein Engel. Das verspre-

che ich dir«, flüsterte er ihr ins Ohr, und sie fühlte, dass er es ernst meinte.

So umschlungen blieben sie stehen, bis sie in Konstanz von Bord gingen.

Sie machten zuerst einen Abstecher zur Insel Mainau, und Conny konnte sich an der Blumenpracht kaum sattsehen. Als sie an der Schlosskirche vorbeikamen, trat gerade ein frisch getrautes Brautpaar aus dem Portal und wurde von seinen Gästen fröhlich bejubelt.

»Hier in diesem Paradies müsste man heiraten«, seufzte Conny. Sie hatte bislang noch nie mit dem Gedanken gespielt, es noch einmal zu tun. Doch in dem Hochgefühl, in dem sie sich gerade befand, mit Felix an ihrer Seite, hätte sie womöglich spontan Ja gesagt.

Felix legte ihr den Arm um die Schultern und zog sie sanft an sich. »Wirklich? Ich habe eigentlich immer von einer kleinen einsamen Kirche hoch oben in den Bergen geträumt. Ohne Gäste, ohne viel Trubel. Nur der Pfarrer, die Frau meines Lebens und ich. Was meinst du dazu?«

»Von mir aus auch am anderen Ende der Welt. Hauptsache, du wärst dabei«, antwortete sie überschwänglich und ohne lange nachzudenken.

Am Abend fuhren sie nach Konstanz hinein. Als sie vor dem kleinen Restaurant standen, sagte Conny: »So, das ist er nun, mein Traum.«

Felix blickte sie verwundert an. »Ein Restaurant?«

»Ja, aber was für eines. Komm mit.« Sie nahm ihn an der Hand und führte ihn hinein.

Zufälligerweise saßen sie wieder am selben Tisch wie am Mittwoch, als sie mit Gerlinde hier gewesen war. Kurz nachdem sie Platz genommen hatten, erschien die Kellnerin, brachte ihnen die Speisekarte und nahm ihre Getränkewünsche auf. Diesmal war es nicht die Inhaberin selbst, sondern eine junge Frau Anfang zwanzig – wahrscheinlich eine Aushilfe, denn an diesem Samstagabend war das Restaurant bis auf den letzten Platz besetzt.

Conny sah zum Fenster hinaus, und ihr Blick fiel auf das Schuhgeschäft gegenüber, vor dem sie Valentin und Marlene gesehen hatte. Zufrieden stellte sie fest, dass es ihr überhaupt nichts ausmachte, daran erinnert zu werden.

Sie beschloss, Felix davon zu erzählen. »Siehst du das Schuhgeschäft auf der anderen Straßenseite?«, fragte sie ihn und deutete hinaus.

Er nickte. »Was ist damit?«

»Am Mittwoch, als ich mit Gerlinde Althoff hier zu Mittag gegessen habe, habe ich dort drüben Valentin gesehen. Ich habe ihn erst kaum erkannt, denn er trug einen Cowboyhut und eine dunkle Sonnenbrille. Doch dann kam Marlene, die mir schon im Hotel über den Weg gelaufen war, aus dem Laden, und die beiden gingen händchenhaltend davon. Da wusste ich, dass er es sein musste.«

»Ja, das ist eine Macke meines Bruders, sich in der Öffentlichkeit zu verkleiden, damit er ja nicht erkannt wird. In Wahrheit sind ihm seine vielen Fans nämlich äußerst lästig, zumindest wenn er zu Hause im *Seeschlösschen* ist.«

»Das habe ich auch schon gemerkt.«

Felix sah sie mit ernstem Blick an. »Und was hast du dabei gefühlt? Ich meine, als du die beiden zusammen gesehen hast?«

Sie dachte kurz nach und antwortete zögernd: »Im ersten Moment war ich natürlich schon enttäuscht. Schließlich dachte ich, Valentin ist Junggeselle, das wurde ja überall in der Presse auch so dargestellt. Irgendwo wird jede seiner Verehrerinnen auch ein wenig für ihn als Mann schwärmen. Und ich bildete da keine Ausnahme, das gebe ich zu.«

»Und wie denkst du jetzt darüber?«

»Jetzt ist es mir völlig egal. Von mir aus kann Valentin hundert Frauen gleichzeitig haben und mit ihnen glücklich werden. Er ist sicher nicht der Mann, den ich wirklich lieben könnte.« Sie berührte ihn am Arm und streichelte ihn. »Dich liebe ich dafür umso mehr.«

Sichtlich erleichtert lächelte er. »Na, dann ist ja alles gut. Ich hatte schon befürchtet, dass ...«

»Dass ich etwas für Valentin empfinde? Nein, da kann ich dich beruhigen. Ich halte ihn nach wie vor für einen tollen Koch, aber als Mann interessiert er mich so wenig wie – wie unsere liebe Doro jetzt sagen würde – wie eine rassige Zuchtstute einen schwulen Esel.«

Zuerst blickte er sie verdutzt an, dann prustete er los. Es tat ihr gut, mit ihm zu lachen. In seiner Gegenwart fühlte sie sich, als hätte er einen völlig anderen Menschen aus ihr gemacht.

»Aber nun lass uns nicht länger von Valentin sprechen«, sagte er schließlich. »Du willst mir doch von deinem Traum erzählen.«

Sie schmunzelte. »Ich habe dir doch schon gesagt, dass das hier mein Traum ist.«

»Du träumst also davon, ein Restaurant zu besitzen?«

»Ja, so eines wie dieses hier. Nicht so groß, keine Massenabfertigung und eine einfache, bodenständige Küche mit frischen, regionalen Zutaten und ohne viel Schnickschnack, nicht so ausgefallen und avantgardistisch wie die im *Seeschlösschen*. Meine Küche braucht keine exotischen Geschmackskompositionen, sondern besticht durch ihre Einfachheit. Einfachheit mit einem Hauch Raffinesse.«

Aufmerksam hatte er ihren Ausführungen zugehört, und sein Blick war jeder ihrer Gesten gefolgt. Als sie geendet hatte, sah er sie lächelnd an, sagte jedoch nichts.

»Was ist?«, fragte sie. »Wenn ich Blödsinn geredet habe, kannst du es ruhig sagen.«

»Nein, nein, auf keinen Fall. Ich bin nur immer wieder verblüfft, wie viel wir beide doch gemeinsam haben. Weißt du, dass genau das schon lange auch ein Traum von mir ist? Ein ganz kleines Restaurant mit einer ebenso kleinen, aber erlesenen Speisekarte, irgendwo an einem schönen Fleckchen Erde, in einem Weinbaugebiet, zum Beispiel in der Wachau, im Elsass oder im Tessin.«

»Wirklich? Aber warum machst du es denn dann nicht? Im Gegensatz zu mir hättest du doch alle Möglichkeiten dazu.«

»Das schon, ich bin nur eben in gewisser Weise auch an das *Seeschlösschen* gebunden. Ein Bruder unseres Vaters hat es Valentin und mir gemeinsam vererbt. Valentin als dem Älteren zu drei Vierteln und mir zu einem Viertel. Zum Ausgleich habe ich eine nicht gerade kleine Summe Bargeld bekommen, die ich noch gar nicht angerührt habe. Valentins Vermögensverwalter hat sie für mich bei einer Schweizer Bank angelegt. Das wäre schon einmal ein Grundstock für ein eigenes Restaurant – und ein recht stattlicher noch dazu. Aber andererseits kann und will ich Valentin nicht so einfach im Stich lassen. Er braucht mich hier, nicht nur in der Hotelküche, sondern auch für seine Fernsehshows.«

Mittlerweile war ihnen das Essen serviert worden. Sie hatten sich beide für gegrillten Bodenseehecht an einer Weißwein-Butter-Sauce mit Kräuterkartoffeln entschieden.

Felix war überrascht, wie vorzüglich alles schmeckte. »Da muss ich dir zustimmen, eine solche Küche ist viel bodenständiger und natürlicher als unsere im *Seeschlösschen*. Aber Valentin ist der Meinung, dass ein wenig Extravaganz nun einmal zu einem Sternekoch gehört, womit er auch nicht Unrecht hat. Man muss sich als Koch entscheiden, in welche Richtung man gehen will. Und Valentin hat da nun einmal sehr konkrete Vorstellungen.« Er zuckte die Schultern. »Wie auch immer, ein eigenes Restaurant wird wohl vorerst für mich nur ein Traum bleiben. Es sei denn, Valentin überkommt es eines Tages, und er hängt seine Kochschürze an den Nagel. Er redet nämlich immer davon, irgendwann einmal, wenn beruflich kürzertreten möchte, mit Marlene nach Südafrika auszuwandern, wo ein Freund von ihm eine große Obstplantage besitzt.«

Valentin kein Koch mehr? Das konnte sich Conny irgendwie nicht so recht vorstellen. »Glaubst du, er würde das wirklich tun?«, fragte sie.

»So schnell auf keinen Fall. Er ist ja erst Anfang fünfzig, und außerdem braucht er doch seinen Ruhm und die Bewunderung seiner Fans wie die Luft zum Atmen – wenn er auch zu Hause möglichst von ihnen in Ruhe gelassen werden will. Ich kann mir wirklich nicht vorstellen, dass er im Moment schon ohne das alles leben könnte.«

»Und könntest du es? Mal angenommen, Valentin würde tatsächlich auswandern?«

Er beugte sich vor und nahm ihre Hände zwischen seine. Ohne lange zu überlegen, sagte er: »Ja, auf jeden Fall, dann würde ich gleich am nächsten Tag meinen Traum wahr machen – nein, unseren Traum, denn du müsstest natürlich dabei sein. Mit dir würde ich überall auf der Welt ein neues Leben anfangen.«

Sie musste ein paarmal fest schlucken, um nicht vor seinen Augen in Tränen auszubrechen. Noch nie hatte ein Mann so etwas zu ihr gesagt. Jürgen erst recht nicht – er hatte keine Träume gehabt, die er hätte realisieren können, denn dazu war er viel zu phantasielos.

Nach dem Dessert brachen sie relativ schnell auf. Sie wollten sich nicht auf die letzte Fähre verlassen, die kurz nach elf zurück nach Meersburg ging. Während sich Felix zum Tresen begab, um die Rechnung zu bezahlen, sah sich Conny noch einmal im Restaurant um. Sie wollte sich möglichst jedes Detail der Einrichtung, die es ihr neben dem vorzüglichen Essen besonders angetan hatte, ganz genau einprägen. Wer weiß, ob nicht irgendwann einmal ihr Traum doch in Erfüllung gehen würde.

Als sie wieder im *Seeschlösschen* angekommen waren, begleitete Conny Felix ganz selbstverständlich in seine Wohnung, die in einem Seitenflügel des Gebäudes direkt unter dem Dach lag. Ohne dass sie darüber gesprochen hatten, waren sie sich stillschweigend einig, diese letzte Nacht miteinander verbringen zu wollen. Sie liebten sich lange und leidenschaftlich und schliefen erst spät völlig erschöpft ein.

Conny wachte auf, als das erste Licht des neuen Tages ins Zimmer drang. Eine Haarsträhne von Felix kitzelte sie in der Nase. Ganz vorsichtig löste sie sich aus seiner Umarmung, um ihn nicht aufzuwecken, und richtete sich im Bett auf. Eine Weile schaute sie ihn stumm an. Ihr Blick ruhte auf seinem nackten

Oberkörper und seinen kräftigen Armen, die sie die ganze Nacht hindurch festgehalten hatten. Mit den Fingerspitzen zeichnete sie seine Gesichtszüge nach, das markante Kinn, die Lippen, die sie so zärtlich und doch so leidenschaftlich geküsst und so viel in ihr ausgelöst hatten.

Für einen Augenblick lächelte er im Schlaf. Wovon er wohl träumte? Sie hauchte sich einen Kuss auf die Fingerspitzen und drückte sie ganz vorsichtig an seine Lippen. Dann stand sie auf, tastete im Halbdunkel nach ihrer Tunika, die sie am Abend zuvor achtlos auf den Boden geworfen hatte, und schlüpfte hinein. Leise öffnete sie die Tür zum Balkon und trat einen Schritt hinaus.

Über der Bergkette im Osten ganz hinten am Horizont konnte man die aufgehende Sonne bereits erahnen. Als ihre nackten Füße den Steinboden berührten, der von der Nacht noch kalt war, fröstelte sie. Kurz überlegte sie, ob sie wieder zurück ins Zimmer gehen sollte, doch sie wollte noch eine Weile alleine sein, alleine mit sich und ihren Gedanken. In wenigen Stunden würde sie Felix verlassen müssen, und sie hatte keine Ahnung, wie sie zu Hause ohne ihn weiterleben sollte.

Sie wusste nicht, wie lange sie so dagestanden hatte, als plötzlich seine Arme sich von hinten um ihre Schultern legten. »Na, mein Engel, wo bist du denn mit deinen Gedanken?« Seine Stimme war leise und zärtlich, und sein warmer Atem streichelte ihren Nacken.

Ihre Tunika war verrutscht, und sie spürte seine Lippen auf ihrer Schulter. Sie griff nach seiner Hand und sagte: »Am liebsten würde ich jetzt die Zeit anhalten, damit die Welt aufhören würde, sich zu drehen, damit wir für immer hier sein könnten, nur wir beide.«

»Das wäre schön«, flüsterte er.

Ein leiser Seufzer kam über ihre Lippen. »Aber in ein paar Stunden muss ich wieder nach Hause. Und was geschieht dann? Ist dann alles schon wieder zu Ende?« Für einen Moment war es ihr, als ob sie den Boden unter den Füßen verlor, und in ihren Wimpern verfing sich eine Träne.

Er drehte sie langsam zu sich um und streichelte ihre Wange. »Warum zweifelst du denn an unserer Liebe?«

Sie zuckte mit den Schultern. »Ich kann es gar nicht konkret beschreiben, es ist nur so ein komisches Gefühl.«

»Ich habe es dir doch schon gesagt. Das mit uns beiden ist etwas ganz Besonderes, etwas ganz Großes, das übersteht auch, wenn wir uns erst mal nur am Wochenende sehen.« Ein sanftes Lächeln umspielte seine Lippen. »Glaube mir, so ernst war mir noch niemals zuvor etwas in meinem Leben.«

Für ein paar Augenblicke starrten sie sich stumm an. Sie fühlte sich ihm ganz nah, nicht nur mit ihrem Körper, auch mit ihrem tiefsten Inneren. Deshalb sagte sie schließlich mit fester Stimme: »Ja, das ist es mir auch. Vollkommen ernst, meine ich.« Sie konnte nicht sagen, woher diese merkwürdigen Zweifel kamen. Auf jeden Fall aber wurde sie das dumpfe Gefühl nicht los, dass sich doch noch irgendetwas – oder vielleicht auch irgendjemand – zwischen sie beide drängen könnte.

Felix jedoch seufzte erleichtert. »Ich liebe dich«, sagte er leise und nahm sie bei der Hand. »Komm wieder mit hinein, ich will dich noch so lange wie möglich bei mir haben.«

15

Die nächsten Stunden vergingen für Conny wie im Flug. Sie und Felix hatten sich noch eine Weile hingelegt und sich ganz eng aneinandergekuschelt. Jeder wollte den anderen so lange spüren, wie es noch möglich war.

Kurz vor acht ließ Felix vom Zimmerservice das Frühstück nach oben bringen, das sie im Bett zu sich nahmen.

»Wann kannst du nächstes Wochenende hier sein?«, wollte er wissen.

»Leider erst am Samstagnachmittag. Ich muss vormittags arbeiten. Die Buchhandlung hat bis um zwei geöffnet. Wenn ich dann gleich mit der Stadtbahn nach Hause fahre und mein Auto hole, bin ich wahrscheinlich so gegen fünf bei dir.«

»Schade«, meinte er enttäuscht, »genau um diese Zeit fängt meine Abendschicht an. Ich kann Valentin nicht schon wieder um einen freien Samstagabend bitten. Aber ich werde an der Rezeption Bescheid sagen, dass sie dir einen Schlüssel zu meiner Wohnung geben. Dann kannst du dich hier inzwischen schon mal häuslich einrichten.«

Sie versuchte, optimistisch zu klingen, obwohl es in ihr ganz anders aussah. »Ich werde eben so lange auf dich warten, bis du Zeit hast. Schließlich haben wir ja dann noch die ganze Nacht für uns. Und den Sonntagmorgen.«

»Ja, aber da auch nur bis um neun. Und dann noch einmal nachmittags ab zwei. Ich nehme an, du wirst am Sonntag erst gegen Abend zurückfahren?«

»Klar, dann haben wir am Nachmittag auch noch ein paar Stunden Zeit.« Sie seufzte ganz leise, damit Felix es nicht hörte.

Sollte so ihr zukünftiges gemeinsames Leben aussehen, dass sie sich die Zeit, die sie füreinander haben wollten, regelrecht stehlen mussten?

Am liebsten hätte sie Hals über Kopf ihre Zelte in Stuttgart abgebrochen und wäre zu Felix an den Bodensee gezogen, doch ihr Verstand hielt sie davon ab. Sie würde schließlich mit solch einer Aktion nicht nur ihren Job aufgeben, die einzige, wenn auch nicht gerade üppige Einnahmequelle, die sie hatte. Auch Alina konnte sie ein Jahr vor dem Abitur nicht so einfach aus ihrer Schule herausreißen – wenn auch die schicke Umgebung des *Seeschlösschens* wohl genau ihren Geschmack getroffen hätte. Und nicht zuletzt war ihr das Risiko dann doch zu groß. Immerhin kannte sie Felix erst ein paar Tage. Wenn es sich auch noch so gut anfühlte und sie sich eigentlich sicher war, dass er es ernst mit ihr meinte, konnte und durfte sie nichts überstürzen.

Felix erzählte sie von all dem natürlich nichts. Auch er schien seinen Gedanken nachzuhängen, denn er schwieg ebenfalls.

Irgendwann sah er auf die Uhr. »Jetzt muss ich mich aber schleunigst anziehen, meine Schicht fängt bald an.« Er drückte ihr einen langen Kuss auf den Mund, dann verschwand er im Bad.

Conny suchte ihre Kleider, die sie gestern getragen hatte, zusammen und schlüpfte hinein. Sie würde nachher duschen und sich umziehen, wenn sie auf ihrem Zimmer war.

Ein paar Minuten lang sah sie sich unschlüssig um. Außer dem Bad bestand Felix' Wohnung eigentlich nur aus einem sehr großen, leicht verwinkelten Raum, in dem alles zu finden war: von der kleinen Küchenzeile über den Esstisch, eine dunkle Ledersitzgruppe und einen Schreibtisch bis hin zum Bett und einem Kleiderschrank. Verschiedene Raumteiler sorgten geschickt dafür, dass jeder Wohnbereich seine eigene Nische hatte, wodurch der große Raum wenigstens ein bisschen gemütlicher wirkte. In Connys Augen war es eine typische Junggesellenwohnung: praktisch und funktional eingerichtet, aber ohne besonderen Charme – und ohne die Handschrift einer Frau.

Auf einmal stand Felix neben ihr. »Na, gefällt es dir?«
»Ja.«
»Aber?«
»Ich hätte da schon noch ein paar Dekorationsideen. Weißt du, solche Dinge sind wichtig, wenn man sich in seinem Zuhause wohlfühlen will.«
»Da lasse ich dir völlig freie Hand. Es soll ja in Zukunft auch mit dein Zuhause sein.« Er umarmte und küsste sie. »Wann wirst du nachher fahren?«
»Wahrscheinlich so gegen elf.«
»Gut, dann warte ich kurz vor elf vor dem Hoteleingang auf dich, damit wir uns noch einmal kurz sehen können. Aber richtig verabschieden werde ich mich jetzt schon, das muss nicht jeder zu Gesicht bekommen.«

Ein letztes Mal küsste er sie lange und voller Leidenschaft. Erst als sein Handy zweimal piepste, ließen sie voneinander ab. Er tippte kurz auf dem Display herum. »Eine SMS aus der Küche. Ich soll unbedingt kommen, es gibt ein Problem mit dem Dampfgarer.«

Vor Felix' Wohnung trennten sie sich. Er ging hinunter in die Küche und sie auf ihr Zimmer, wo sie duschte, sich umzog und traurig ihre Sachen zusammenpackte.

Es war kurz nach zehn, als sie fertig war. Sie setzte sich auf das Himmelbett und dachte nach. Eine knappe Stunde noch. Wie würde es sein, nachher vor Felix zu stehen und zu wissen, dass sie ins Auto steigen und wegfahren musste? Er würde ihr sicher so lange nachsehen, bis auch das letzte Fleckchen ihres Wagens aus seinem Blick verschwunden war. Ob sie das alles so einfach durchstehen würde?

Dann hatte sie ihre Entscheidung getroffen. Sie rief hinunter zur Rezeption und bat, ihr Gepäck sofort abzuholen. Ein letztes Mal schritt sie die große Freitreppe hinunter, die ihr sogar im Traum erschienen war – in einem Traum, der rückblickend auf sie schon mehr als lächerlich wirkte.

Sie stellte sich an der Rezeption an, um auszuchecken, und wurde – wie konnte es auch anders sein – von Bertram König bedient, der sich diesmal irgendwie besonders tief vor ihr verbeugte, und auch sein Lächeln wirkte natürlicher und weniger aufgesetzt als sonst.

Er tippte kurz auf dem Computer herum. »Ihren Zimmerpreis hatten Sie ja schon komplett im Voraus über das Reisebüro bezahlt. Und ich darf Ihnen sagen, dass die Rechnung für die Getränke und die Speisen, die Sie über die Halbpension hinaus im Restaurant verzehrt haben, auch bereits beglichen wurde.«

»Von wem?«, fragte sie erstaunt.

»Von Felix Seidel. Ich denke, damit wären alle Formalitäten erledigt, gnädige Frau. Ich wünsche Ihnen eine gute Heimreise und hoffe, Sie haben Ihren Aufenthalt bei uns genossen.«

»Sehr sogar.« Sie schob ihm einen Geldschein zu. »Hier, für Sie und Ihre Kollegen. Sie haben doch bestimmt eine Kaffeekasse?«

»Ja, natürlich. Meinen herzlichsten Dank, auch im Namen der Kollegen.« Er verbeugte sich noch einmal, dann sah er sich etwas verlegen um und reichte ihr lächelnd die Hand.

»Übrigens hat mir Herr Seidel berichtet, dass Sie nächstes Wochenende sein persönlicher Gast sein werden. Ich werde selbstverständlich gerne einen Schlüssel zu seinen privaten Räumen für Sie bereithalten«, fuhr er leise fort und zwinkerte ihr sogar zu, was Conny mit großer Verwunderung registrierte. Gehörte sich so eine vertrauliche Geste überhaupt für den seriösen Empfangschef eines Nobelhotels?

Ob er wusste, was zwischen Felix und ihr lief? Bestimmt ahnte er zumindest etwas. Und Felix hatte ja auch schon mit ihm wegen des Wohnungsschlüssels gesprochen. Sie war nun immerhin – wie hatte er es ausgedrückt? – Felix' »persönlicher Gast« und damit in Bertrams Achtung wohl schon ziemlich gestiegen.

Plötzlich fiel ihr ein, was sie noch erledigen wollte. »Sagen Sie, Herr König, hätten Sie vielleicht bitte ein Blatt Papier und etwas zum Schreiben für mich? Und einen Briefumschlag?«

»Selbstverständlich, gnädige Frau.«

Während Bertram sich diskret zurückzog, schrieb Conny mit zitternden Händen:

Mein lieber Felix,
bitte verzeih mir, dass ich schon abgereist bin, ohne dich wie verabredet noch einmal zu treffen. Aber ich hätte es beim besten Willen nicht geschafft, vor deinen Augen ins Auto zu steigen und wegzufahren. Dazu ist meine Verzweiflung, dich alleine lassen zu müssen, viel zu groß.
Ich kann es jetzt schon kaum mehr erwarten, bis wir uns am Samstag wiedersehen, und bis dahin wird keine Sekunde vergehen, in der du nicht in meinem Herzen bist und ich nicht an dich denke.
In Liebe und großer Sehnsucht
Conny

Als sie den Briefumschlag zugeklebt und Felix' Namen darauf geschrieben hatte, reichte sie ihn Bertram. »Würden Sie das bitte in einer Viertelstunde Felix Seidel geben? Aber nur ihm persönlich.«

»Selbstverständlich, gnädige Frau, das werde ich gerne tun.«

Sie verabschiedete sich von Bertram und ging zum Ausgang, wo Tom bereits mit ihrem Auto und dem Gepäck auf sie wartete. Sie steckte auch ihm ein für ihre Verhältnisse nicht gerade kleines Trinkgeld zu, über das er sich sichtlich freute.

»Eine kleine Aufmerksamkeit für Sie und Ihre Freundin. Das haben Sie sich wirklich verdient. Sie beide waren immer sehr nett und zuvorkommend zu mir. Schade, dass ich Lissy vor meiner Abreise nicht mehr gesehen habe.«

»Sie ist über das Wochenende zu ihrer Familie nach Basel gefahren, irgendein Verwandtentreffen.«

»Oh, dann richten Sie ihr bitte herzliche Grüße aus. Und wir sehen uns bestimmt schon bald wieder«, meinte sie schmunzelnd. »Früher, als Sie denken.«

Noch einmal blickte sie an der Fassade des *Seeschlösschens* hinauf zu den Fenstern, hinter denen sie Felix' Wohnung vermutete, wo sie vor wenigen Stunden noch in seinen Armen gelegen hatte.

Dann drehte sie sich um. Dort drüben ging es zum Stall, wo sie sich zum ersten Mal begegnet waren. Damals hatte sie noch nicht ahnen können, wie sehr sich ihr Leben in dieser einen Woche verändern würde. Sie hatte nicht nur den Mann gefunden, den sie liebte, sondern auch in Gerlinde und Siegfried Althoff gute Freunde. Vorsorglich hatte sie sich bereits gestern von den beiden verabschiedet, und sie hatten sich fest vorgenommen, miteinander in Kontakt zu bleiben und sich möglichst bald zu treffen. Diese eine Woche im *Seeschlösschen* hatte ihr sehr viel gegeben, obwohl sie so ein großes Loch in ihre Ersparnisse gerissen hatte.

Voller Zuversicht stieg sie ins Auto und fuhr los, in der Gewissheit, dass sie das alles hier und vor allem Felix schon sehr bald wiedersehen würde, wenn sie auch in der Zwischenzeit vor Sehnsucht nach ihm fast umkommen würde.

Als Conny am frühen Nachmittag zu Hause in Stuttgart angekommen war, hörte sie zuerst ihre Mailbox ab. Felix hatte ihr, nachdem Bertram ihm den Brief gebracht hatte, eine Nachricht hinterlassen. Sie rief ihn gleich zurück, er hatte gerade Mittagspause und etwas Zeit zum Reden. Natürlich war er enttäuscht, dass sie einfach so abgefahren war. Sie glaubte jedoch, auch eine Spur von Erleichterung in seiner Stimme zu hören. Vermutlich war er in gewisser Weise auch ein wenig froh, dass sie ihnen mit ihrer schnellen Abreise eine schmerzliche Abschiedsszene erspart hatte.

Kaum hatte sie aufgelegt, tauchte auch schon Doro bei ihr auf, die wahrscheinlich die Neugier schon früher als verabredet hergetrieben hatte. Da jedoch inzwischen auch Alina nach Hause gekommen war, berichtete Conny den beiden zwar in allen Einzelheiten von ihren Urlaubseindrücken, das Thema Felix klammerte sie jedoch aus, und sie war dankbar, dass Doro es vor Alina auch nicht erwähnte. Sie wollte ihre Tochter später, wenn sie alleine waren, darauf vorbereiten, dass es nun wieder einen Mann in ihrem Leben gab.

So zog Doro schließlich ein wenig enttäuscht wieder davon, und Conny unterhielt sich danach noch lange mit Alina. Sie erzählte ihr alles über Felix – na ja, zumindest fast alles, denn die ganz intimen Details ließ sie tunlichst aus.

Und Alina reagierte viel lockerer, als Conny befürchtet hatte – im Gegenteil, sie schien sich wirklich zu freuen.

»Das heißt aber auch, dass ich an den Wochenenden kaum mehr zu Hause sein werde«, gab Conny zu bedenken. »Felix hat nur zwei halbe Tage in der Woche frei, und am Wochenende ist im Hotel Hochbetrieb, da kann er nicht so einfach hierherkommen. Also muss ich zu ihm fahren, und das bedeutet, dass ich dich öfter mal alleine lassen muss.«

»Macht nichts, Mama, ich bin doch kein Baby mehr, und Meike freut sich immer, wenn ich zu ihr komme. Außerdem kann ich dich ja ab und zu mal zu Felix begleiten.« Sie grinste. »Keine Sorge, ich will garantiert nicht in eurem Bett schlafen. In dem großen Hotel wird es ja wohl irgendwo ein freies Zimmer für mich geben. Wow, ist das abgefahren! Ich kann es immer noch nicht glauben: meine Mutter und der stellvertretende Chefkoch und Mitinhaber eines Fünf-Sterne-Hotels! Meine Freundinnen werden staunen, wenn ich ihnen das erzähle!«

Conny atmete auf und lächelte. Eine Hürde hatte sie geschafft.

Als Nächstes war Philipp an der Reihe. Ihm erzählte sie es kurz und bündig am Telefon. Philipp hatte ohnehin nicht die romantische Ader wie Alina, er kam eher nach seinem Vater und nahm die Neuigkeit sachlich-nüchtern zur Kenntnis. Er fragte lediglich: »Ist dieser Felix auch so ein aufgeblasener Schwätzer wie sein Bruder, dieser Fernsehheini?«

Conny grinste. Philipp hatte Valentins Charakter ziemlich gut getroffen, obwohl er ihn überhaupt nicht kannte. »Nein, nein«, antwortete sie, »das ganze Gegenteil. Felix ist sehr zurückhaltend und bodenständig. Du wirst ihn mögen.«

»Na, wenn du das sagst, Mama. Aber schließlich bist du ja diejenige, die ihn vor allem mögen muss, oder nicht?«

Dem hatte sie nichts hinzuzufügen.

Die nächsten Tage schlichen nur so dahin. Connys gesamter Tagesablauf wurde nur von Felix bestimmt, den sie schrecklich vermisste. Morgens, bevor sie zur Arbeit ging, telefonierten sie kurz miteinander, spätabends, wenn er in der Küche fertig war, dann ausführlich. Und dazwischen flogen ihre Gedanken beinahe pausenlos zu ihm, und sie versuchte sich auszumalen, was er wohl gerade machte. Manchmal meinte sie sogar zu spüren, dass er ebenfalls genau in diesem Moment ganz intensiv an sie dachte. Früher hatte sie von Telepathie so gut wie nichts gehalten. Doch seit sie Felix kannte und liebte, glaubte sie fest daran, dass so etwas möglich war.

Sie war froh, dass sie durch ihre Arbeit ein wenig Ablenkung erfuhr. Wie Doro bereits angedeutet hatte, begrüßte sie Erich Wieland am Montagmorgen in der Buchhandlung mit der Nachricht, dass die Kochbücher von Valentin Seidel doch kein so großer Verkaufsschlager seien, wie Conny geglaubt hatte. Vielleicht hatte sie es mit ihren Verkaufsbemühungen ja doch ein wenig übertrieben, doch das gab sie natürlich ihrem Chef gegenüber nicht zu. Und natürlich konnte Erich sich eine ironische Bemerkung über ihren »Nobelurlaub«, wie er es ausdrückte, nicht verkneifen, doch Conny stellte auf Durchzug.

Merkwürdigerweise tauchte Doro in diesen Tagen regelmäßig in der Buchhandlung auf, was Conny für sich damit begründete, dass ihre Freundin einfach nur neugierig war und auch das letzte Detail über sie und Felix aus ihr herauskitzeln wollte. Auf jeden Fall wirkten Doro und Erich ungewohnt vertraut. Gut, sie waren einmal zusammen beim Abendessen gewesen – zumindest hatte Doro ihr das so erzählt. Ob wohl noch mehr zwischen den beiden lief, als sie zugeben wollte?

Doro hatte Conny es auch zu verdanken, dass sie völlig unerwartet den Samstagvormittag freibekam und dadurch früher zu

Felix fahren konnte. Doro hatte nämlich Erich, den sie inzwischen beim Vornamen nannte, bei einem ihrer Besuche gefragt: »Ach, sagen Sie, Erich, jetzt in der Ferienzeit ist doch hier in der Buchhandlung ohnehin weniger los. Könnten Sie da nicht mal ausnahmsweise am Samstag auf Ihre beste Mitarbeiterin verzichten? Sie hätte da nämlich eine dringende Familienangelegenheit zu erledigen.« Sie zwinkerte ihm zu und schenkte ihm ihr schönstes Lächeln.

Erich, der unter Doros betörendem Blick dahinzuschmelzen schien, überlegte kurz. Er sah erst Conny, dann bedeutend länger Doro an und meinte: »Ich denke, das geht schon. Dann müssten Sie aber kommende Woche auf einen Ihrer freien Nachmittage verzichten, Frau Hausmann.«

»Wunderbar, Erich«, flötete Doro, »Sie sind wirklich ein Schatz.«

Conny dachte nicht weiter darüber nach, warum Erich wohl Doros Bitte nachgegeben hatte. Sie war nur unwahrscheinlich glücklich und dankbar, dass sie jetzt mehr Zeit – und vor allem eine ganze Nacht mehr – mit Felix verbringen konnte. Natürlich würde sie gleich am Freitag nach Feierabend losfahren, auch wenn es bestimmt elf Uhr werden würde, bis sie im *Seeschlösschen* ankam, doch Felix arbeitete ja ohnehin abends immer ziemlich lange. Allerdings sagte sie ihm am Telefon nichts davon, dass sie früher kommen würde, obwohl sie es sich in ihrer Freude kaum verkneifen konnte. Sie wollte ihn überraschen, und sie konnte es kaum erwarten, sein Gesicht zu sehen, wenn sie ihm unverhofft gegenüberstand.

16

Dieses Mal fuhr Conny in einer ganz anderen Stimmung an den Bodensee. War sie bei ihrer ersten Fahrt noch unsicher gewesen, was sie erwarten und ob sie überhaupt in das vornehme Ambiente passen würde, war es heute für sie wie eine Rückkehr nach Hause. Wenn sie daran dachte, dass sie sogar überlegt hatte, ob sie überhaupt mit ihrer alten Rostlaube im *Seeschlösschen* aufkreuzen konnte, musste sie über sich selbst lachen. Wie naiv sie gewesen war, sich so von Äußerlichkeiten beeindrucken zu lassen! Doch die Begegnung mit Felix hatte sie gelehrt, solche Dinge nicht mehr so wichtig zu nehmen.

Es war schon lange dunkel, als sie im *Seeschlösschen* ankam. Schon von Weitem erkannte sie den hell erleuchteten Bau, dessen Vorderfront jeden Abend durch starke Lampen angestrahlt wurde. Wäre Philipp hier, würde er ihr jetzt vorrechnen, welch große Menge Energie dadurch vergeudet wurde und wie viele Menschen man in der Dritten Welt damit versorgen könnte. Mittlerweile war Conny in einer solchen Hochstimmung, dass sie angesichts dieser Vorstellung alleine im Auto laut loslachte und kaum mehr das Steuer festhalten konnte.

Als sie vor dem Eingang ausgestiegen war, kam auch sofort Tom aus dem Hotel gelaufen. Conny zwinkerte ihm zu. »Hallo, Tom, Sie können den Mund ruhig wieder zumachen. Ich bin's nur, wenn auch etwas früher als erwartet.« Bevor Tom antworten konnte, drückte sie ihm den Autoschlüssel in die Hand. »Hier, bitte, und wo mein Gepäck hinkommt, sagt Ihnen dann sicher Herr König.«

»Na...natürlich, gnädige Frau«, stammelte Tom, während Conny schon im Hotel verschwunden war.

Auch Bertram König an der Rezeption war seine Verblüffung deutlich anzusehen. »Gnädige Frau, Sie kommen heute schon? Wir hatten Sie eigentlich erst morgen erwartet.«

»Nun, ich wollte Felix damit überraschen«, meinte Conny lächelnd und streckte Bertram ihre Hand hin, die dieser sichtlich irritiert ergriff.

»Sie brauchen heute nicht einzuchecken, gnädige Frau«, meinte er und reichte ihr einen Schlüssel. »Schließlich sind Sie ja diesmal der persönliche Gast von Herrn Seidel und werden in seinen Privaträumen logieren. Sie kennen ja den Weg. Und Ihr Gepäck wird gleich nach oben gebracht.«

»Kein Problem, Herr König«, antwortete sie strahlend. »Das hat Zeit. Erst möchte ich Felix begrüßen. Ich nehme an, er ist noch in der Küche?«

»Ja, aber ...«

Ohne sich Bertrams mögliche Einwände anzuhören, machte sie kehrt und lief ins Restaurant, wo sich zu dieser späten Stunde keine Gäste mehr aufhielten. Anders als sie erwartet hatte, folgte Bertram ihr nicht. Vielleicht war er ja durch einen anderen Gast abgelenkt worden.

Als sie die Milchglastür zur Küche öffnete, vernahm sie bereits Felix' Stimme, und ihr Herz schlug schneller.

Dann aber hörte sie Valentin ungeduldig schimpfen: »Ich verstehe nicht, warum das immer noch nicht klappt!«

Rasch schlüpfte sie durch die Tür und schloss sie so geräuschlos wie möglich. Eigentlich wollte sie Valentin nicht schon wieder belauschen, schließlich hatte sie diesbezüglich ja keine allzu guten Erfahrungen gemacht. Doch die Tatsache, dass Valentin beim Kochen etwas nicht zu gelingen schien, weckte natürlich ihre Neugier. Außerdem wollte sie Felix so schnell wie möglich wiedersehen, und das war nun einmal am besten an diesem Ort möglich.

»Du erwischst einfach den Zeitpunkt nicht richtig, wenn du die Schüssel herausnehmen und ins Eiswasser stellen musst,

Valentin.« Das war nun Felix. Seine Stimme hätte sie unter Tausenden anderer Stimmen wiedererkannt.

Valentin schien jetzt aufgeregt in der Küche hin und her zu gehen, denn er tauchte immer wieder kurz vor ihren Augen auf und verschwand dann wieder. Glücklicherweise konnte er sie in dem dunklen Vorraum vor der Küche nicht erkennen, zumal sie sich im Schatten eines hohen Regals ein wenig verbergen konnte.

»Also, dann müssen wir eben das Menü für die Sendung ändern, wenn du das nicht hinbekommst«, hörte sie nun Felix sagen.

»Auf keinen Fall! Das Menü ist bereits beim Sender angekündigt. Nachher heißt es noch: ›Der Sternekoch Valentin Seidel wird aus unbekannten Gründen nun doch keine Balsamicoschaumsauce zubereiten.‹ Meinst du, ich gebe mir diese Blöße?«

»Dann weiß ich auch nicht, Valentin. Du solltest eben kein Menü ankündigen, das du nicht mal selber kochen kannst.«

Valentin hörte sich nun immer wütender an. »Ja, mach dich ruhig lustig über deinen dilettantischen Bruder. Es kann eben nicht jeder so ein Genie sein wie du, der einfach alles aus dem Ärmel schüttelt. Ich muss mir meinen Erfolg hart erarbeiten.«

Was sollte das denn heißen? Valentin war kein solches Genie wie Felix? In Connys Augen hätte das doch eher umgekehrt der Fall sein müssen. Und Valentin konnte etwas nicht zubereiten? Wer, wenn nicht er?

»Gut, dann lass es uns noch einmal versuchen«, meinte Felix beschwichtigend. »Irgendwann hast du den Dreh raus, du wirst sehen.«

Dann schienen die beiden noch einmal von vorne zu beginnen und ziemlich konzentriert zu arbeiten, denn es wurde auf einmal recht still in der Küche. Conny vernahm nur noch das Klappern von Geschirr und immer mal wieder eine kurze Anweisung von Felix. Es hörte sich geradezu so an, als ob Felix Valentin zeigte, wie er diese ominöse Balsamicoschaumsauce zubereiten musste.

»Verdammt noch mal!«, polterte Valentin auf einmal so laut los, dass der Tellerstapel auf dem Regal neben Conny zu vibrieren begann.

»Es funktioniert nicht, Valentin, das musst du doch einsehen.«

»Es muss aber funktionieren, zum Donnerwetter!«, schrie Valentin weiter. »Das ist diesmal eine Aufzeichnung mit Publikum. Wenn mir da was schiefgeht, weiß es am nächsten Tag die ganze Welt!«

»Du bewegst dich ohnehin auf sehr dünnem Eis, das habe ich dir ja schon oft gesagt«, antwortete Felix ruhig. »Bei deinen Fernsehsendungen, wo dir jeder beim Kochen über die Schulter schauen kann, ist die Gefahr zu groß, dass du auffliegst.«

»Und ich habe dir schon oft gesagt, dass wir das Fernsehen brauchen. Wer würde mich denn ohne meine Sendungen schon kennen? Davon lebst nicht zuletzt auch du ganz gut, mein lieber Bruder.«

Conny verstand immer noch nicht. Womit sollte Valentin auffliegen, und was hatte das mit dem Fernsehen zu tun?

»Nein, Valentin«, sagte Felix, »du bist nun schon an einem Punkt angelangt, wo du das Fernsehen nicht mehr unbedingt brauchst. Du könntest zum Beispiel sagen, dass du dich vom Bildschirm zurückziehen willst, weil dir der Stress zu groß geworden ist. Die Leute kennen dich jetzt, die werden auch hierherkommen, wenn du nicht mehr permanent über die Mattscheibe flimmerst.«

Valentin antwortete darauf nichts. Er schien nun entweder über das nachzudenken, was Felix gesagt hatte, oder vollends beleidigt zu sein.

Nach ein paar Augenblicken sprach Felix weiter, diesmal etwas leiser als zuvor. »Überlege es dir, Valentin. Die Gefahr, dass jemand deinem Geheimnis auf die Schliche kommt, wäre mit einem Schlag gebannt.«

»Mein Geheimnis, ja«, entgegnete Valentin mit einem spöttischen Unterton in der Stimme. »Sprich es ruhig aus, Felix: Der bekannte Sternekoch Valentin Seidel führt ganz Deutschland an der Nase herum. Er kann nämlich in Wahrheit gar nicht so gut kochen, wie alle denken, sondern muss sich vor jedem Fernsehauftritt alle Gerichte von seinem Bruder erklären lassen und so lange mit ihm proben, bis er sie zubereiten kann.«

Das war ja ein Ding! Im ersten Moment glaubte Conny ganz sicher, sich verhört zu haben. Valentin konnte überhaupt nicht so gut kochen, und Felix musste ihm alles zeigen? Das konnte einfach nicht sein.

Doch dann überlegte sie. Hatten nicht alle, mit denen sie gesprochen hatte – einschließlich Valentin selbst – immer hervorgehoben, wie wichtig Felix für die Küche im *Seeschlösschen* war? Und auch Felix hatte gesagt, dass er Valentin nicht einfach im Stich lassen könne, weil dieser ihn ja brauche. Angesichts dessen, was sie soeben unfreiwillig mitbekommen hatte, erschienen ihr diese Aussagen plötzlich in einem völlig neuen Licht. Wenn das stimmte, dann war Valentin nicht mehr als ein mieser Betrüger – und Felix steckte in diesem Spiel mittendrin!

Auf einmal drehte sich alles um sie herum. Bestimmt würde sie gleich in Ohnmacht fallen, oder es würde sie der Schlag treffen, vielleicht aber auch beides. Wie ferngesteuert verließ sie ihre dunkle Ecke hinter dem Regal und ging leise ein paar Schritte weiter hinein in die hell erleuchtete Küche.

Valentin und Felix standen mit dem Rücken zu ihr vor dem Herd. »Mach von mir aus, was du willst, Valentin«, sagte Felix, als sie um die Ecke bog, »aber mir wird die ganze Sache langsam zu heiß. Ich weiß nicht, wie lange ich das noch mittragen kann. In letzter Zeit hat sich mein Leben total verändert, und wenn ich weiter mitmache, muss ich Conny belügen, aber das kann und will ich nicht. Sie ist die Frau meines Lebens, und ich möchte das, was zwischen uns ist, nicht mit einer solchen Sache belasten.«

»Aha, daher weht also der Wind«, meinte Valentin schnippisch, und obwohl Conny sein Gesicht nicht sehen konnte, erahnte sie sein fieses Grinsen. »Du bekommst also auf einmal Skrupel wegen ihr. Und du weißt auch schon nach wenigen Tagen, dass sie die Frau deines Lebens ist? Glaub mir, keine Frau ist es wert, das aufzugeben, was man sich so hart erarbeitet hat. Wer sagt dir denn, dass sie nicht nur hinter deinem Geld her ist? Du hast mir doch selbst erzählt, dass sie so gut wie pleite ist, da kommt der wohlhabende Mitbesitzer eines Fünf-Sterne-Hotels wohl gerade recht.«

Nun konnte Conny sich nicht mehr zurückhalten. Ganz mechanisch, ohne lange nachzudenken, griff sie nach einem der Eier, die neben ihr auf der Ablage standen, und schleuderte es in Valentins Richtung. Es traf ihn genau an seinem linken Ohr, wo es mit einem lauten Knacken zersprang.

In Sekundenschnelle drehten sich Valentin und Felix um und starrten sie entgeistert an.

»Conny, was machst du ...«, begann Felix, doch er wurde jäh unterbrochen, denn in diesem Moment warf Conny das zweite Ei nach Valentin. Diesmal landete es mitten auf seiner Nase.

Conny ging auf die beiden zu und blieb ganz dicht vor Valentin stehen. Mit ruhiger Stimme sagte sie: »Erwarten Sie nur keine Entschuldigung von mir. Dieses Wort existiert für Sie ja ohnehin nicht, wie ich am eigenen Leib erfahren durfte. Und was Ihr Geheimnis betrifft, das Sie mir gerade netterweise verraten haben: Ich hatte wirklich einmal große Achtung vor Ihnen – als Koch und als Mensch. Doch spätestens ab heute sind Sie für mich nur noch ein armseliger kleiner Wicht, der andere Leute belügen und betrügen muss. Was wohl die Öffentlichkeit dazu sagen würde?«

Valentin stand noch immer da wie ein begossener Pudel. So sprach wahrscheinlich nur ganz selten jemand mit ihm. Nach seinem Verhalten neulich abends im Park hatte Conny eigentlich einen wütenden Ausbruch erwartet, aber da hatte sie sich wohl gründlich getäuscht.

Sie wollte sich gerade umdrehen, um aus der Küche zu laufen, doch Felix hielt sie am Arm zurück. »Warte bitte, Conny.«

»Wozu?«, fragte sie leise. »Es gibt nichts, was mich hier noch hält.«

Er sah sie verzweifelt an. »Lass es mich dir erklären. In zehn Minuten oben in meiner Wohnung. Bitte.«

Für ein paar Sekunden huschten Bilder durch ihren Kopf, Bilder der glücklichen Momente, die sie mit Felix erlebt hatte. Ihre erste Begegnung im Stall, das Dinner im Kaminzimmer, der Ausflug nach Konstanz, das Gespräch am Steg, ihr erster Kuss, der Ausritt zur Jagdhütte, wo sie sich das erste Mal geliebt hatten. Und immer sein lächelndes Gesicht, seine Augen, die sie voller Verlangen angesehen hatten. Sie spürte wieder die Berührung seiner Hände auf ihrer Haut, die heißen Wellen, die bei seinen Küssen ihren Körper geflutet hatten.

Sie hatte Felix bedingungslos vertraut, ihm ihre Seele offenbart, wie sie es noch niemals zuvor bei einem Mann getan hatte, nicht einmal bei Jürgen, mit dem sie immerhin über fünfzehn Jahre zusammen gewesen war. Und nun? Würde sie dazu weiter in der Lage sein, mit dem Wissen, dass Felix das falsche Spiel seines Bruders mitmachte? Auf einmal spürte sie in sich nichts als nur eine unendliche Leere.

»Gib mir bitte die Chance, darüber zu reden, Conny«, hörte sie Felix noch einmal sagen.

Sie hob den Kopf und sah ihn an. »Gut, ich warte oben auf dich. Dir zuliebe.«

Nun wusste Conny also Bescheid, und Felix war in gewisser Weise sogar ein wenig erleichtert darüber, auch wenn er sich gewünscht hätte, dass sie es auf andere Weise erfuhr. Endlich musste er, wenn er mit ihr zusammen war, nicht andauernd das Gefühl haben, ihr etwas Wichtiges aus seinem Leben zu verschweigen. Aber würde sie ihm auch verzeihen, dass er bei Valentins Lügereien mitmachte, dass er ihr nicht schon die Wahrheit gesagt hatte? Er starrte ihr noch lange nach, auch als sie schon draußen im Restaurant verschwunden war.

Wenig später rannte Valentin ihr hinterher und kam gleich darauf wieder zurück. »Keine Spur mehr von ihr«, keuchte er. »Ich dachte schon, sie hat sich wieder irgendwo versteckt, um uns weiter zu belauschen. Scheint eine Marotte deiner kleinen Freundin zu sein.«

Hoffentlich war Conny wirklich nach oben gegangen und nicht schon wieder auf dem Weg nach Hause. Am liebsten wäre er ihr sofort nachgelaufen und hätte sie gesucht. Auf Valentins Bemerkung gab er gar keine Antwort.

»So eine verdammte Scheiße!«, brüllte Valentin auf einmal los und fegte in seiner Wut einen ganzen Korb mit Besteck, der auf der Arbeitsplatte stand, zu Boden. Er schlug mit einem lauten Klirren auf den Granitfliesen auf.

Felix konnte sich einen Kommentar nicht verkneifen. »Ganz prima, großer Bruder. Deine Gäste oben in ihren Zimmern werden es dir danken. Die sind nämlich jetzt alle wieder wach geworden.«

»Ja, spotte du nur, dir haben wir es ja schließlich zu verdanken, dass jetzt alles herauskommt.«

»Mir?«

»Genau, dir und deiner kleinen Liebschaft, die mir von Anfang an nur hinterherspioniert hat. Hättest du deine Triebe besser unter Kontrolle gehabt, wäre sie heute Abend nicht hier aufgekreuzt.«

»Deine Logik schreit mal wieder zum Himmel, mein Lieber. Erstens mussten wir jederzeit damit rechnen, erwischt zu werden. Das hätte uns genauso gut auch mit jemandem vom Personal passieren können, der zufällig die Küche betritt. Da konnte Bertram vorne noch so sehr aufpassen. Und zweitens hast du dir das alles selbst zuzuschreiben. Ich hatte dich von Anfang an gewarnt, dass das nicht gut gehen kann, aber deine Geltungssucht und deine Gier nach Bewunderung hatten dich ja nicht mehr klar denken lassen.«

Wie immer, wenn Valentin Felix insgeheim Recht geben musste, ging er nicht auf dessen Argumente ein. Stattdessen baute er sich mit erhobenem Zeigefinger vor Felix auf und zischte: »Und warum ist es dann jahrelang gut gegangen und jetzt auf einmal nicht mehr? Seit dein billiges Betthäschen und ihre Reporterfreundin hier herumschnüffeln.«

Felix packte Valentin am Handgelenk. In ihm kochte es, und er hatte Mühe, sich zu beherrschen und Valentin keine Ohrfeige zu verpassen. »Wenn du es noch einmal wagst, Conny zu beleidigen, sind wir geschiedene Leute, ist das klar? Und auspacken werde ich dann auch. Mir kann nicht so viel dabei passieren, dir aber umso mehr. Also überlege dir gut, was du sagst.«

Noch einmal drückte er fest zu, dann ließ er Valentins Hand abrupt fallen. Als er sah, wie sich Valentin die Stelle rieb, an der dieser den Druck seiner Finger spüren musste, sagte er ernst: »Das war nur ein kleiner Vorgeschmack. Wenn du mich weiter reizt, werde ich dafür sorgen, dass du noch viel mehr Schmerzen erleiden musst, wenn auch auf ganz andere Weise.«

Er wandte sich ab und ließ Valentin alleine in der Küche stehen. Auf einmal hörte er ihn ganz kleinlaut hinter seinem Rücken sagen: »Was hast du denn jetzt vor?«

»Conny suchen und ihr sagen, wie leid es mir tut, was ja eigentlich deine Aufgabe wäre. Und außerdem will ich versuchen, sie davon zu überzeugen, das Ganze für sich zu behalten. Hoffentlich hat sie in ihrer Enttäuschung nicht schon Doro angerufen. Ich könnte es ihr nicht einmal verdenken.«

Nachdenklich ging er weiter, hinaus durch das Restaurant, an der Rezeption vorbei und die Treppen hinauf zu seiner Wohnung. Wenn ihm das früher jemand prophezeit hätte, dass er Valentin einmal so entschieden Kontra geben würde ... Er war doch immer nur der kleine, unbedeutende Bruder gewesen, der hinter dem großen, berühmten Valentin Seidel zurückstand. Immer hatte er Rücksicht genommen auf das Wohl des Hotels und auch auf Valentins Karriere. Seit sie das *Seeschlösschen* geerbt hatten, war er doch immer nur Valentins Marionette gewesen. Jetzt fühlte er, wie er langsam begann, sich ein wenig freizuschwimmen, und seine Liebe zu Conny hatte keinen unbedeutenden Anteil daran. Mit ihr an seiner Seite fühlte er sich viel stärker, stark genug, um sein eigenes Leben zu führen – wenn es sein musste, auch ohne Valentin. Doch jetzt musste er erst einmal das Gespräch mit ihr hinter sich bringen, und er hoffte und betete, dass sich alles zum Guten wenden würde.

Als er seine Wohnung betrat, war sie tatsächlich da. Sie saß auf dem schwarzen Ledersofa, blickte ihm mit großen Augen entgegen und wirkte dabei so zerbrechlich, dass er sie am liebsten sofort in den Arm genommen hätte. Doch das traute er sich in diesem Moment noch nicht. Erst musste er mit ihr reden und das, was zwischen ihnen stand, aus der Welt schaffen. Er holte eine Flasche Wasser und zwei Gläser aus der Küche und setzte sich neben sie. Erst hatte er eine Flasche Spätburgunder in der Hand gehabt, doch dann hatte er beschlossen, damit lieber noch zu warten. Das Gespräch mit Conny würde ernst und schwierig genug werden.

»Jetzt weißt du es also«, sagte er, nachdem sie ein paar Minuten geschwiegen hatten.

»Warum?«, fragte sie nur.

»Warum wir das gemacht haben?«

Sie nickte.

»Das ist eine lange Geschichte. Weißt du, das *Seeschlösschen* gehört schon seit ein paar Generationen der Familie Seidel und wird immer vom Vater auf den ältesten Sohn vererbt, das hat Tradition. Wie ich dir schon erzählt habe, gehörte es vorher unserem Onkel Theodor, dem älteren Bruder unseres Vaters. Er war nie verheiratet und hatte keine Nachkommen, deswegen war es schon ganz früh klar, dass Valentin als der Ältere von uns beiden irgendwann einmal der Besitzer werden würde. Wir haben dann auch beide eine Ausbildung zum Koch gemacht. Erst Valentin, aber eigentlich nur deshalb, weil er ja als Hotelerbe nicht anders konnte. Und zehn Jahre später dann ich, wobei es bei mir wirklich deshalb war, weil ich mir keinen schöneren Beruf als den des Kochs vorstellen kann.«

»Ich auch nicht«, flüsterte Conny und lächelte.

»Und warum bist du dann Buchhändlerin geworden?«

»Meine Eltern wollten es damals so. Und außerdem habe ich meine Liebe zum Kochen erst später entdeckt. Als Teenager wollte ich noch nichts davon wissen.« Eine leichte Röte überzog ihr Gesicht.

Er legte seine Hand auf ihre und streichelte sie zaghaft. »Glaub mir, es ist nie zu spät, noch einmal von vorne zu beginnen. Seit wir beide uns begegnet sind, beschäftigt mich dieser Gedanke immer mehr.« Er hatte befürchtet, dass sie ihre Hand unter seiner wegziehen würde, aber sie tat es nicht, was er zufrieden registrierte.

Dann erzählte er weiter: »Als dann vor gut fünf Jahren unser Onkel starb, hinterließ er Valentin drei Viertel des Hotels und mir ein Viertel, wie du ja schon weißt. Normalerweise hätte nach der Familientradition Valentin das gesamte *Seeschlösschen* erben müssen, aber Onkel Theodor hatte frühzeitig erkannt, dass Valentin einfach nicht das Talent zum Koch mitbrachte, das nötig ist, um eine solche Küche zu führen, und dass ich dagegen mit Leib und Seele Koch bin. Daher beschloss er, auch mir einen Teil zu vererben, damit ich Valentin zur Seite stehen kann. Valentin hat dann erst einmal das Hotel, das zugegebenermaßen ein wenig in die Jahre gekommen war, von Grund auf renovieren und neu einrichten lassen. Bei der Gelegenheit hat er übrigens Marlene kennengelernt. Sie war damals Innenarchitektin in München. Ja, und so haben wir dann begonnen, das Hotel zu führen: ich als die gute Seele im Hintergrund und Valentin als strahlender Chef. Und du musst zugeben, Valentin spielt diese Rolle wirklich hervorragend, viel besser als ich es jemals könnte.«

Sie nickte. »Ich bin ja auch darauf hereingefallen. Obwohl ich rückwirkend gar nicht mehr verstehe, warum ich so dumm war und mich davon habe blenden lassen.«

»Nein, so darfst du nicht denken. Du kanntest ja nur das, was du von außen gesehen hast: den gutaussehenden, charmanten Strahlemann, der von allen Frauen umschwärmt wird. Hinter die Kulissen blicken konntest du ja nicht.«

Sie sah ihn dankbar an, und er fuhr fort: »Bald schon kam zufällig ein Fernsehteam vorbei, weniger wegen des Restaurants, sondern weil sie eine Dokumentation über alte Adelssitze hier in der Region drehten. Das *Seeschlösschen* war nämlich ursprünglich kein Hotel, sondern der Wohnsitz der Grafenfamilie von Seefels.«

»Der steinerne Graf im Foyer?«

Felix schmunzelte. »Genau der, er hat das *Seeschlösschen* im achtzehnten Jahrhundert erbaut. Irgendwann vor mehr als hundert Jahren hat sich dann der damalige Graf von Seefels beim Roulette so hoch verschuldet, dass er das Anwesen verkaufen musste, und einer meiner Vorfahren hat es zu einem Spottpreis erworben. Er muss ein wirklich gerissener Geschäftsmann gewesen sein und machte ein Hotel daraus, denn damals kam hier am Bodensee gerade der Tourismus auf und brachte zahlreiche Fremde an den See, unter anderem auch einige Adlige. Für die war natürlich das *Seeschlösschen* geradezu standesgemäß. Angeblich soll sogar der letzte deutsche Kaiser einmal hier übernachtet haben.«

»Und wie ging das dann mit dem Fernsehteam weiter?«

»Na ja, einer dieser Fernsehleute hat Valentin sozusagen entdeckt und gemeint, mit seinem Aussehen und Charisma könne er doch Karriere im Fernsehen machen. Ich verfluche den Typen heute noch, der meinem Bruder diesen Floh ins Ohr gesetzt hat. Valentin ist natürlich sofort darauf angesprungen, du kennst ihn ja mittlerweile auch schon etwas. Da standen wir vor dem Problem, das Valentin gar kein so talentierter Koch war, wie es nach außen den Eindruck machte. Klar wollte er sich vor den Fernsehleuten nicht die Blöße geben und absagen, deswegen haben wir von da an jeden Tag geübt, meistens spätabends, wenn das Restaurant schon geschlossen war und die Kollegen in der Küche Feierabend hatten. Bertram musste draußen Schmiere stehen, damit ja niemand in die Küche gelangen konnte. Aber was Valentin und ich genau gemacht haben, wusste er natürlich nicht, nur dass es etwas Geheimes war, bei dem wir nicht gestört werden durften. Ich habe Valentin alles gezeigt, was er in den Sendungen zubereiten musste, und er hat mir hoch und heilig versprochen, das Ganze nach einer Sendungsstaffel sein zu lassen. Aber dann stellte sich heraus, dass er beim Publikum gut ankam, bei den Frauen ja sowieso, und sie haben ihm gleich einen neuen Vertrag für eine Fortsetzung angeboten. Valentin hatte nun Blut geleckt und unterschrieb sofort, ohne darüber nachzudenken, was das für ihn und auch für mich bedeuten würde. Zu dieser Zeit führte er eine Fernbeziehung mit Marlene. Sie war in München, er hier. Und da es Marlene ja offiziell nicht gab – zumindest trat sie nie als die Frau an seiner Seite auf, denn dazu ist sie viel zu zurückhaltend –, hatte ein findiger PR-Mensch des Senders die Idee, Valentins angebliches Junggesellendasein besonders herauszustellen, mit der Begründung, dass das seine weiblichen Fans noch viel mehr anziehen würde. Und so bekam er das Image verpasst, das bis heute wie die Pest an ihm klebt. Valentin hätte damals sofort widersprechen und Marlenes Existenz aufdecken müssen, aber er hat es nicht getan, denn ist er viel zu versessen darauf, bewundert und umschwärmt zu werden. So ging das dann weiter und weiter. Valentin wollte in seinen Sendungen immer ausgefallenere Gerichte zubereiten, die ich ihm dann natürlich wieder beibringen musste. Auch im Restaurant wurde die Speisekarte immer exklusiver. Ja, und eines Tages hieß es dann schließlich, Valentin solle einen Stern bekommen. Spätestens da konnte er nicht mehr zurück.« Er seufzte. »Den Rest der Geschichte kennst du ja.«

»Und warum hast du bei der ganzen Sache mitgemacht?«

»Ich weiß, es hört sich blöd an, wenn ich sage, dass ich da einfach so reingerutscht bin. Aber im Prinzip war es ja auch nicht viel anders. Und die Geschichte hat irgendwann eine solche Eigendynamik bekommen, dass ich nicht mehr herauskonnte.«

»Doch, das hättest du«, sagte sie ruhig. »Du hättest jederzeit sagen können, dass du aussteigst. Valentin hätte alleine nicht weitermachen können, dann wäre das ganze Theater zu Ende gewesen.«

»Ich weiß, aber andererseits ist Valentin mein Bruder, und ich habe ihm viel zu verdanken. Durch ihn bin ich immerhin Souschef in einem Fünf-Sterne-Hotel geworden.«

»Ja, weil er wusste, dass ohne dich nichts läuft, deswegen hat er dich in diese Position gehievt. Er ist doch von dir abhängig und nicht du von ihm! Außerdem hast du mit deinen fünfundzwanzig Prozent ja irgendwo auch ein Anrecht darauf.«

Damit lag Conny nicht einmal so falsch, das wusste Felix. Nicht er musste Valentin dankbar sein, sondern umgekehrt. Valentin wäre ohne ihn niemals zu dem geworden, was er heute war, und auch das *Seeschlösschen* hätte nicht einen solchen Aufstieg erfahren, wenn Valentin alleine für die Küche verantwortlich gewesen wäre.

»Ja, das ist richtig«, sagte er schließlich. »Ich hätte es jederzeit beenden können, aber ich hatte nicht den Mut dazu. Es war bequemer, Valentin die Führung zu überlassen und selbst im Hintergrund zu bleiben. Vielleicht hatte ich auch ein wenig Angst, mir alleine etwas aufbauen zu müssen. Hätte ich damals eine Frau an meiner Seite gehabt, hätte ich mich vielleicht getraut, auszusteigen. Dann wäre alles anders gekommen.«

Ihre Stimme wurde nun lauter, fast schon ein wenig aggressiv. »Hätte, wäre, wenn ... Tatsache ist, dass du bei dieser Schweinerei mitgemacht hast, ganz abgesehen davon, dass du es mir verschwiegen hast. Wann hättest du es mir denn erzählt? Wenn wir alt und grau sind?«

»Aber was hätte ich denn tun sollen? Hätte ich gleich bei unserer ersten Begegnung sagen sollen: ›Hallo, ich bin Felix, und zusammen mit meinem Bruder führe ich die Leute ein wenig an der Nase herum?‹ Dann hättest du doch niemals etwas mit mir zu tun haben wollen.«

»Das nennst du ›ein wenig an der Nase herumführen‹? Das ist Betrug, was Valentin da macht!«, schrie sie nun schon beinahe. »Einfach nur Betrug, eine Straftat, und du hilfst ihm auch noch dabei! Damit stellst du dich auf dieselbe Stufe wie er!«

Betrug. Das war es tatsächlich, und Conny war die Erste, die es ausgesprochen hatte. Und sie hatte in allem vollkommen Recht. Valentin hatte ihn da zwar hineingezogen, aber er hatte sich hineinziehen lassen. Damit war er kein Deut besser als sein Bruder. Wenn sie jetzt ging und nichts mehr von ihm wissen wollte, konnte er ihr das nicht einmal verübeln.

»Es tut mir leid, was ich getan habe, du ahnst gar nicht, wie sehr. Und ich wollte dich erst recht nicht hintergehen, das musst du mir glauben.«

»Wenigstens einer aus der Familie Seidel, der sich mal für etwas entschuldigt«, antwortete sie mit einem zynischen Lachen. »Gibt es sonst noch irgendetwas, mit dem dein Bruder die Leute belügt und betrügt, abgesehen von Marlenes Existenz und der Tatsache, dass er gar nicht so gut kochen kann, wie er behauptet?«

Er schüttelte den Kopf. »Nein, das ist alles, ich schwöre es.« Nun konnte er nicht anders, er musste die Fragen stellen, die ihm schon die ganze Zeit unter den Nägeln brannten. »Wirst du es Doro erzählen?«

»Ich weiß noch nicht.«

»Und ... und was geschieht mit uns beiden?«

Sie zuckte mit den Schultern. »Keine Ahnung. Ich weiß nur, dass ich dich nicht mehr so bedingungslos lieben kann wie bisher.«

Er fühlte, wie sie mit sich kämpfte, wie sie alle Mühe hatte, die Fassung zu bewahren. »Fahr nicht gleich wieder nach Hause«, bat er sie mit belegter Stimme. »Bleib wenigstens bis morgen früh hier. Ich kann auch unten nachsehen, ob wir irgendwo ein Zimmer frei haben.«

Sie sagte eine Weile nichts, und er ließ sie in Ruhe, bedrängte sie nicht.

Auf einmal flüsterte sie: »Schlaf mit mir, jetzt gleich, und wenn es auch das letzte Mal ist. Ich will dich noch einmal spüren.«

Mit allem hatte er gerechnet, nur damit nicht. Doch er wollte es genauso sehr wie sie. »Bist du dir sicher?«, fragte er vorsichtig.

Sie nickte.

Behutsam hob er sie vom Sofa hoch und trug sie hinüber zum Bett, und er hatte das Gefühl, als ob sie sich hilflos an ihn klammerte. Auf einmal begann sie, ihn wild zu küssen, und sie riss ihm dabei fast die Kleider vom Leib. Als er schließlich ihre Hand in seinem Schritt spürte, konnte auch er sich nicht mehr zurückhalten. Hastig zog er sie aus, und sie musste ihm noch helfen, ihren BH aufzuhaken, weil er es in seiner Aufregung nicht alleine schaffte. Voller Leidenschaft wälzten sie sich auf dem Bett herum, als würden sie mit aller Macht gegen das ankämpfen, was so unerbittlich zwischen ihnen stand. Irgendwann konnte er es nicht mehr länger aushalten, er begehrte sie so sehr, dass es ihn fast wahnsinnig machte. Als er in sie eindrang, krallte sie sich mit ihren Fingernägeln so fest in seinen Rücken, als wollte sie ihn nie mehr loslassen. Nie zuvor hatte er im Zusammensein mit ihr so intensiv empfunden und so deutlich gespürt, dass sie in diesem Moment eins waren.

Als er sich schließlich völlig verausgabt und mit einem lauten Stöhnen von ihr löste, brach sie in Tränen aus, und er wiegte sie noch lange stumm in seinen Armen – wie ein kleines Kind, das seinen Schutz brauchte.

Es wurde schon bald wieder hell, als sie einschliefen.

Das Klappern einer Tür weckte Felix am nächsten Morgen. Conny kam bereits fertig angezogen aus dem Bad. Rasch stand er auf, schlüpfte in seine Boxershorts, die neben dem Bett lagen, und ging ihr entgegen.

Als er vor ihr stand, hob er die Hand und streichelte zärtlich ihre Wange. »Ich liebe dich«, sagte er nur.

Stumm sah sie ihn an, und er glaubte, in ihrem Blick Unsicherheit zu erkennen, Unsicherheit und Verlangen zugleich. Ihre Augen schimmerten feucht, als sie nach seiner Hand griff, die immer noch auf ihrer Wange lag.

Lange standen sie so da, ohne ein Wort zu sagen, doch er fühlte, dass es ein Abschied war.

Irgendwann flüsterte sie: »Verzeih mir, aber ich kann nicht weitermachen, als ob nichts gewesen wäre. Die wenigen Stunden, die wir zusammen hatten, haben mir mehr bedeutet als alles andere zuvor in meinem Leben.« Ihre Stimme begann zu zittern. »Aber es geht nicht. Ich muss mir erst über vieles klar werden.«

Er spürte ihre innere Zerrissenheit, wie unendlich schwer es ihr fiel, diese Worte auszusprechen. Doch er durfte sie nicht unter Druck setzen. Es war einzig und allein ihre Entscheidung, ob sie ging oder blieb und ob sie irgendwann einmal zu ihm zurückkehren wollte. Bis dahin würde er wohl oder übel warten müssen, er hatte keine andere Wahl.

Schließlich nickte er. »Sehen wir uns wieder?«

»Ich weiß nicht. Vielleicht irgendwann einmal.« Ein kleines Lächeln huschte über ihr Gesicht. »Wer weiß, was das Leben noch mit uns vorhat.«

Sie drehte sich um und bückte sich nach ihrer Reisetasche, die sie gar nicht erst ausgepackt hatte. »Ich muss dann mal los«, sagte sie und strich sich die Haare aus der Stirn.

»Darf ich dich noch um etwas bitten?«, fragte er zögernd. »Wenn ich Valentin dazu bringe, mit dieser Sache Schluss zu machen, würdest du es dann für dich behalten? Ich denke da in erster Linie an Doro. Nicht dass sie …«

»Ich verstehe schon, was du meinst. Mir liegt auch nichts daran, dass das Ganze in der Öffentlichkeit breitgetreten wird. Dann muss Valentin aber wirklich mit dem Theater aufhören.«

Er atmete erleichtert auf. »Ich tue, was in meiner Macht steht, das verspreche ich dir.«

»Also, ich muss dann wohl los«, sagte sie noch einmal. Sie schien sich regelrecht von ihm losreißen zu müssen. Und er hätte sie am liebsten an den nächsten Stuhl gefesselt, nur um sie bei sich behalten zu können. Doch dazu hatte er nach allem, was passiert war, kein Recht. Er musste sie gehen lassen, wenn sie es wollte.

An der Wohnungstür drehte sie sich noch einmal um. »Leb wohl«, sagte sie leise.

Er nickte. »Pass gut auf dich auf.«

»Ja, du auch.«

Schon hatte sie die Tür von außen zugezogen.

Als sie den Gang entlang zum Treppenhaus hastete, konnte sie durch den dichten Schleier von Tränen kaum etwas erkennen. Sie hielt kurz inne, um nach einem Taschentuch zu suchen, und blickte sich um. Gott sei Dank, Felix war ihr nicht gefolgt.

Einerseits hätte sie es sich tief in ihrem Inneren schon gewünscht, aber andererseits war es besser so. Sie wäre sonst womöglich gar nicht mehr von ihm losgekommen. Es hatte sie ohnehin schon viel, viel Kraft gekostet, ihn zu verlassen, und es hatte ihr fast das Herz aus dem Leib gerissen. Doch in diesem Augenblick überwogen in ihr Enttäuschung und Wut. Enttäuschung darüber, wie sehr Valentin mit Felix' Hilfe die Öffentlichkeit belogen und betrogen hatte, und Wut über sich selbst, weil sie in ihrer Naivität auch noch das ganze Theater geglaubt hatte und Valentin wie ein unreifes Mädchen nachgedackelt war.

Sie beschloss, das Hotel über den Lieferanteneingang zu verlassen, den Felix ihr glücklicherweise an dem Samstag, als sie in Konstanz waren, gezeigt hatte. Jetzt wäre sie unmöglich in der Verfassung gewesen, den Angestellten unten im Foyer unter die Augen zu treten. Den Schlüssel zu Felix' Wohnung, den Bertram ihr gegeben hatte, hatte sie oben bei Felix liegengelassen, und auch sonst musste sie nichts mehr an der Rezeption erledigen. So war sie froh, dass sie unbemerkt nach draußen schlüpfen konnte.

Als sie auf dem Parkplatz angekommen war, blickte sie noch einmal zurück. Das *Seeschlösschen* leuchtete prachtvoll wie immer in der Morgensonne, und niemand ahnte, welch falsches Spiel hinter seiner blendend weißen Fassade getrieben wurde. Es hatte ihr schöne Erlebnisse beschert, aber auch tiefe Enttäuschungen. Hier war sie Felix begegnet, und die Stunden mit ihm würde sie niemals in ihrem Leben mehr vergessen. Und Valentin? Hätte er nicht so ein mieses Verhalten an den Tag gelegt, könnte man ihn mit seiner Geltungssucht fast schon bedauern. Und immerhin war er ja auch der Grund dafür, dass sie überhaupt hierhergekommen war. Ohne ihn hätte sie Felix niemals kennengelernt – den Mann, mit dem sie geglaubt hatte, alt werden zu können, und den sie trotz allem immer noch liebte, das musste sie zugeben. Doch konnte sie auch noch wirklich mit ihm zusammenleben? Zu sehr hatte er sie enttäuscht.

Ob es wohl ein Abschied für immer vom *Seeschlösschen* war? Im Moment konnte sie sich jedenfalls kaum vorstellen, noch einmal hierher zurückzukehren. Dennoch stieg sie schweren Herzens ins Auto, wischte sich noch einmal die Tränen aus den Augen und fuhr los.

Als sie vor der ersten Biegung der Straße ein letztes Mal in den Rückspiegel sah, stand vor dem Hoteleingang ein Mann in einer weißen Kochjacke, der ihr nachzublicken schien. Und es war ganz sicher nicht Valentin.

17

Zu Hause hatte Conny der Alltag bald wieder eingeholt. Erich Wieland war wie jeden Sommer schlecht gelaunt, weil die Umsätze in der Buchhandlung zur Ferienzeit zurückgingen. Alinas Gemütszustand war auch nicht besser. Sie hatte zwar Ferien, was sie sonst eigentlich in Hochstimmung versetzte, aber Meike besuchte drei Wochen lang einen Sprachkurs in England, und so hing Alina den ganzen Tag zu Hause herum und wusste nichts mit sich anzufangen. In ihrer Langeweile griff sie sogar zu ihren Schulbüchern, was Conny mit großer Verwunderung zur Kenntnis nahm, aber Alina erklärte ihr, sie wolle ja schließlich gut vorbereitet ins letzte Schuljahr vor dem Abitur gehen. Conny schüttelte insgeheim den Kopf. So viel Lerneifer hatte Alina noch nie an den Tag gelegt, aber so war sie wenigstens beschäftigt. Philipp hatte auch Semesterferien, war aber den ganzen Tag unterwegs, weil er einem Krautbauern auf den Fildern half, seinen Betrieb auf ökologischen Anbau umzustellen. Über dieses Projekt wollte er später seine Abschlussarbeit schreiben, und er sprach wochenlang von nichts anderem.

Doro fiel es natürlich als Erste auf, dass Conny irgendwie verändert war. Zwar hatte sie nicht mitbekommen, dass Conny bereits am Samstagmittag wieder vom Bodensee zurückgekehrt war. Taktvoll, wie Doro auch hin und wieder sein konnte, hatte sie ihre Freundin erst am Sonntagabend auf dem Handy angerufen, weil sie sie – wie sie mehrmals betonte – bei ihrem Wochenende mit Felix nicht stören wollte.

Am Montag tauchte sie dann schließlich in der Buchhandlung auf, und als Erich, den Doro nach wie vor ziemlich zu umgarnen schien, kurz zur Bank gegangen war, ergriff sie die Gelegenheit beim Schopfe. »Sag mal, Süße, was ist eigentlich mit dir los?«

Conny war froh, dass sie gerade den Lieferschein einer Büchersendung kontrollierte und daher so tun konnte, als wäre sie sehr beschäftigt. Wie unbeteiligt fragte sie: »Wieso, was soll schon sein?«

Doro, die wie immer in ihrem Lieblingssessel in der Leseecke Platz genommen hatte, beugte sich vor und musterte Conny eingehend. »Mir kannst du nichts vormachen, das weißt du doch. Ich sehe es dir schon an der Nasenspitze an, dass etwas vorgefallen ist. Sonst würdest du mir doch pausenlos von deinem Wochenende mit Felix vorschwärmen. Aber lass mich raten: Felix hat in seiner Verliebtheit beim Kochen Zucker mit Salz verwechselt, und deshalb gab es Ärger mit dem großen Valentin.«

Obwohl ihr ganz anders zumute war, lachte Conny kurz auf. »Du und deine blühende Phantasie, Doro.« Immerhin verschaffte ihr das noch Zeit, sich eine Ausrede einfallen zu lassen. Sie hatte ja schließlich Felix versprochen, Doro erst einmal nichts von Valentins Betrügereien zu erzählen.

»Na, dann hast du dich vielleicht mit deinem Felix gestritten, weil er vor lauter Arbeit in der Küche keine Zeit für dich hatte?«

Ja, das war es, das klang plausibel. Nun hatte ihr die gute Doro, ohne es zu ahnen, eine Ausrede auf dem Silbertablett serviert.

Langsam ging sie hinüber zu Doro und setzte sich neben sie. »Du hast den Nagel auf den Kopf getroffen«, sagte sie ruhig. »Felix hat das ganze Wochenende über gearbeitet. Anscheinend geht das nun einmal nicht anders. Und ich saß andauernd nur alleine herum. Wir hatten praktisch nur die Nächte miteinander, aber selbst da kam Felix erst nach Mitternacht aus der Küche herauf.«

Es schmerzte sie ungemein, Doro anschwindeln zu müssen, aber es ging wirklich nicht anders. Sie hätte ihr gerne die Wahrheit erzählt, allein schon deshalb, um sich ein wenig den Kummer von der Seele zu reden. Zwar hätte sie Doro eindringlich um Verschwiegenheit bitten können. Doch sie kannte ihre beste

Freundin gut genug, um zu wissen, dass womöglich eines Tages der Gaul mit ihr durchgehen und sie in einem Anflug von journalistischem Tatendrang die Geschichte dann doch an die Öffentlichkeit bringen könnte. Sie wollte Felix auf keinen Fall schaden, wenn sie auch das, was er getan hatte, nicht guthieß.

»Das tut mir wirklich leid für dich«, riss Doro sie aus ihren Gedanken. »Und wie geht's jetzt mit euch beiden weiter?«

Conny zuckte die Schultern. »Ich weiß noch nicht. Auf jeden Fall werden wir uns jetzt einmal eine Weile nicht sehen. Jeder von uns soll sich erst darüber klar werden, was er möchte und was ihm wichtig ist. Ich für meinen Teil stelle mir unter einer Beziehung mehr vor, als immer nur ein, zwei Nächte in der Woche miteinander zu verbringen.«

»Und was möchte Felix? Ich meine, für ihn ist es doch sicher schwierig, dich und den Job unter einen Hut zu kriegen. Er hat immerhin eine verantwortungsvolle Position, und Miteigentümer des Hotels ist er dazu auch noch.«

»Ja, und gerade deshalb sollte er sich die Freiheit nehmen können, dann zu arbeiten, wenn ich nicht da bin«, sagte Conny gespielt trotzig.

Doro seufzte. »Meine Liebe, ich glaube, du machst es dir etwas zu einfach. Das wird in einem solchen Betrieb nicht so ohne weiteres möglich sein. Das Wochenende ist dort mit Sicherheit die umsatzstärkste Zeit, vor allem jetzt im Sommer. Sei lieber froh, dass Felix seinen Job so ernst nimmt. Er könnte auch den großen Chef spielen und andere für sich arbeiten lassen.«

Wenn Doro wüsste, dachte Conny bei sich. Genau das Gegenteil war doch der Fall. Felix musste für Valentin arbeiten, er war derjenige, der die Fassade, die sich Valentin zusammengeschwindelt hatte, aufrechterhielt.

Glücklicherweise betrat in diesem Moment Erich wieder den Laden und ersparte Conny damit eine Antwort.

Die Wochen vergingen wie im Flug. Mittlerweile war es Herbst geworden, und Conny sehnte sich von Tag zu Tag mehr nach

Felix. Sie hatte sich sogar sein Foto von der Internetseite des *Seeschlösschens* ausgedruckt, und abends, wenn sie alleine war, starrte sie es an und träumte sich in Gedanken zu ihm. Ein paarmal war sie kurz davor gewesen, einfach zu ihm zu fahren und ihm vorzuschlagen, noch einmal ganz von vorne zu beginnen. Doch dann hatte die Enttäuschung in ihr gesiegt, obwohl sie sich manchmal selbst fragte, ob es nicht eher Trotz oder verletzter Stolz war.

Auch Doro bedrängte sie immer wieder, sich zu überwinden und sich mit Felix auszusprechen. Sie hatte mittlerweile die Homestory mit Valentin erfolgreich hinter sich gebracht. Der Artikel war auch bereits erschienen und hatte eine sehr positive Resonanz bei den Lesern hervorgerufen. Conny hatte darauf verzichtet, sich ihn anzusehen. Zu groß war ihre Angst, dass dann alles wieder in ihr hochkommen könnte, und außerdem hatte sie keine Lust, Valentins scheinheiliges Geschwätz auch noch schwarz auf weiß lesen zu müssen. Das Abendessen damals im Kaminzimmer hatte ihr gereicht.

Eines Abends läutete es noch relativ spät an Connys Wohnungstür. Sie hatte es sich bereits im Schlafanzug vor dem Fernseher gemütlich gemacht und überlegte erst, ob sie überhaupt öffnen sollte. Doch als es dann ganz aufgeregt ein zweites und gleich darauf noch ein drittes Mal läutete, stand sie schließlich doch auf. Sie machte sich auf einmal Sorgen. Hoffentlich war Alina, die noch mit Meike unterwegs war, nichts zugestoßen.

Als Conny durch den Spion nach draußen blickte, sah sie nur ein weißes Blatt Papier und darum herum knallrotes Haar. Doro? Was in aller Welt wollte sie denn so spät noch bei ihr?

Kaum hatte sie geöffnet, schoss Doro auch schon an ihr vorbei in die Diele und von dort schnurstracks ins Wohnzimmer, wo sie sich seufzend auf das Sofa fallen ließ. »Meine Süße, du ahnst gar nicht, was für eine Meldung vorhin über den Ticker der Presseagentur kam!« Sie drückte Conny, die inzwischen verwundert neben ihr Platz genommen hatte, das Blatt Papier in die Hand. »Da, lies mal, das haut dich aus den Socken!«

Conny zuckte zusammen, als ihr auf dem Papier sofort der Name *Valentin Seidel* ins Auge stach. Rasch griff sie nach ihrer Lesebrille, die sie vor sich auf dem Tisch liegen hatte.

»Nun mach schon«, drängelte Doro. Und Conny las:

Valentin Seidel hängt Kochschürze an den Nagel
Der Sternekoch vom Bodensee, der auch aus zahlreichen Fernsehsendungen bekannt ist, hat überraschend mit sofortiger Wirkung seinen Rückzug vom Bildschirm und aus der Führung seines Fünf-Sterne-Hotels »Seidels Seeschlösschen« am Bodensee erklärt.

Conny blickte Doro fassungslos an.

»Ist das nicht ein Hammer?«, fragte Doro aufgeregt. »Als ich neulich die Story mit ihm machte, hatte ich ganz und gar nicht den Eindruck, dass er keine Lust mehr hatte – im Gegenteil, er erzählte mir noch von seinen Plänen für eine neue Sendung. Und jetzt das!«

Conny nickte. Sie konnte sich schon denken, auf wessen Initiative Valentins Entscheidung zustande gekommen war. Dann las sie weiter:

Wie sein Büro mitteilte, habe sich der Vierundfünfzigjährige aus gesundheitlichen und privaten Gründen zu diesem Schritt entschlossen. »Ich bedanke mich sehr herzlich bei all meinen Gästen und Fans, die mir über so viele Jahre die Treue gehalten haben«, ließ er in der offiziellen Presseerklärung verlauten. Zu seinen Zukunftsplänen sagte er: »Ich werde mir gemeinsam mit meiner Frau einen Jugendtraum erfüllen und auf einer Obstplantage in Südafrika meinen Ruhestand genießen.«

Also doch Südafrika, wie Felix es vorhergesagt hatte. Er hatte sein Versprechen gehalten.

Der Fernsehsender, für den Valentin Seidel bislang tätig war, äußerte sein tiefes Bedauern über diese Entscheidung, gab jedoch gleichzeitig bekannt, dass Seidels jüngerer Bruder Felix, bislang Souschef in »Sei-

dels Seeschlösschen«, von seinem Bruder eine Staffel der beliebten Fernsehsendung »Seidel tischt auf« übernehmen wird. Felix Seidel wird auch für eine Übergangszeit das Hotel leiten, bis ein Pächter dafür gefunden ist.

Mit gemischten Gefühlen ließ Conny das Blatt sinken. Was sollte sie davon halten? Natürlich war sie froh, dass Valentins hässliches Spiel nun ein Ende fand und Felix dabei nicht mehr mitmachen musste. Doch war es wirklich die beste Lösung? Hatte sie womöglich Felix dadurch, dass sie ihn einfach so verlassen und sich seitdem nicht mehr bei ihm gemeldet hatte, zu sehr unter Druck gesetzt? Immerhin hingen ja drei Existenzen daran: die von Valentin, von Felix – und nicht zuletzt auch die von Marlene. Auch sie würde ihre Arbeit aufgeben müssen. Natürlich hatte Conny in ihrer ersten Verletztheit Felix aufgefordert, alles zu beenden, aber nun, da sie das Ergebnis hier schwarz auf weiß vor Augen geführt bekam, wurde ihr die Tragweite ihres Verhaltens erst so richtig bewusst.

Felix würde also Valentins Sendungen übernehmen. Ob sie jemals so stark sein würde, sie sich ansehen zu können? Und würde Felix darin überhaupt sein Glück finden? Sie wusste ja, dass er Valentins Berühmtheit nie etwas abgewinnen konnte und lieber hinter den Kulissen geblieben war. Vielleicht machte er das Ganze ja lediglich, um Valentins Vertrag mit dem Sender zu erfüllen und keine Konventionalstrafe zu riskieren – oder einfach nur Valentin zuliebe. Und sie war im Grunde genommen schuld daran, dass er diesen Schritt tat, der ihn womöglich tief unglücklich machte. Vielleicht würde er jetzt dann aber auch seinen Traum verwirklichen, den Traum von einem eigenen Restaurant, bei dem sie ihn so gerne unterstützt hätte.

»Du sagst ja gar nichts«, hörte sie Doros Stimme wie aus weiter Ferne. »Gib's zu, du bist genauso baff wie ich.«

»Ja, nein«, stammelte Conny. »Felix hat zwar davon gesprochen, dass Valentin irgendwann einmal gerne nach Südafrika auswandern würde, aber dass er das so schnell in die Tat umsetzt ...«

Auf einmal flimmerte alles vor ihren Augen. Kraftlos ließ sie das Blatt auf den Boden fallen. Sie musste sich mit der Hand am Tisch festhalten, um nicht umzukippen.

»Ist dir nicht gut?«, fragte Doro.

Conny nickte. »Ich glaube, ich muss mich einfach nur hinlegen. Es ist doch schon recht spät.«

Doro reichte ihr noch ein Glas Wasser, dann begleitete sie sie ins Schlafzimmer und half ihr ins Bett. Sie blieb noch so lange bei Conny, bis etwas später Alina nach Hause kam.

Conny fand in dieser Nacht keinen Schlaf. Unruhig wälzte sie sich im Bett hin und her. Ihre Gedanken kreisten ununterbrochen um Felix und die Neuigkeiten, die sie heute Abend erfahren hatte. Und vor allem quälte sie eine Frage: War Felix ihr böse, weil durch sie der Stein ja erst ins Rollen gekommen war, weil er und vor allem Valentin nun all das aufgaben, was sie sich erarbeitet hatten und was schon über Generationen im Familienbesitz gewesen war? Und würde er ihr deswegen eines Tages verzeihen können? Denn dass nicht mehr nur sie diejenige war, die verzeihen musste, war ihr spätestens jetzt klar geworden.

Gut eine Woche nachdem Doro sie abends mit der Nachricht von Valentins Rücktritt überrascht hatte, stand Conny an einem Montagmorgen im Bad und machte sich für die Arbeit fertig. Sie steckte sich gerade vor dem Spiegel die Haare hoch, als sie ein leises Klopfen an der Wohnungstür vernahm. Rasch lief sie hinaus in die Diele und schielte durch den Spion, doch sie konnte niemanden erkennen. Sie hätte ja einfach die Tür öffnen und hinausschauen können, aber das traute sie sich dann doch nicht. Schließlich war sie alleine zu Hause, Alina war bereits in der Schule, und man hörte ja immer wieder von Überfällen, bei denen sich die Täter irgendwo im Treppenhaus versteckten und nur darauf warteten, bis der Wohnungsbesitzer die Tür öffnete, damit sie ihn niederschlagen und in die Wohnung eindringen konnten.

Während sie so dastand und überlegte, wanderte ihr Blick nach unten. Vor ihren Füßen entdeckte sie einen weißen Briefumschlag, den jemand durch den Schlitz unter der Tür hindurchgeschoben haben musste. Sie bückte sich und hob ihn auf, und sofort zog ein wohlbekannter Duft in ihre Nase. Sein Aftershave, sie war sich ganz sicher.

Hastig zog sie ein Stück Papier, das mit einer markanten Männerhandschrift beschrieben war, aus dem Umschlag. Sie überflog es und suchte nach der Unterschrift: *Felix*. In Sekundenschnelle riss sie die Wohnungstür auf und wäre fast über den üppigen Rosenstrauß gestolpert, der vor der Tür auf dem Boden lag. Von Felix war jedoch weit und breit nichts zu sehen. Rasch lief sie ein Stockwerk die Treppe hinunter und beugte sich weit über das Geländer, so dass sie das ganze Treppenhaus bis zur Haustür überblicken konnte.

»Felix?«, rief sie, doch niemand antwortete.

Sie eilte wieder die Treppe hinauf, zurück in ihre Wohnung und öffnete das Küchenfenster, das hinaus auf die Straße führte.

In diesem Moment sah sie ihn. Er stieg gerade auf der gegenüberliegenden Straßenseite in sein Auto.

»Felix!«, schrie sie, so laut sie nur konnte. Und noch einmal: »Felix! Warte!«

Doch er konnte sie bei dem Lärm, der auf der belebten Straße herrschte, nicht hören. Er startete den Motor, fuhr aus der Parklücke und fädelte in den laufenden Verkehr ein. Unfähig, sich zu bewegen, starrte sie ihm nach, auch als sein Auto schon lange aus ihrem Blick verschwunden war.

Sie hätte sich selbst ohrfeigen können. Felix war ihr so nahe gewesen, sogar vor ihrer Wohnungstür, und sie hatte ihn verpasst! Wenn sie nur gleich nach dem Klopfen die Tür geöffnet hätte, dann hätte sie ihn sicher noch erwischt. Aber anscheinend hatte er mit ihr nicht reden wollen – oder es sich womöglich einfach nicht getraut. Sonst hätte er ja warten können und nicht so einfach zu verschwinden brauchen.

Traurig holte sie den Blumenstrauß herein, der immer noch vor der Tür lag. Sie versuchte, die samtig roten Rosen, die einen intensiven Duft verströmten, zu zählen, doch immer wenn sie bei dreißig angelangt war, verlor sie den Faden. Im Bad suchte sie im Besenschrank nach einem Eimer, denn eine so große Vase besaß sie nicht. Sie füllte ihn mit Wasser, stellte ihn mitsamt den Blumen auf den Tisch im Wohnzimmer und setzte sich davor.

Als sie Felix' Brief in die Hand nahm, zitterte sie so sehr, dass sie ihn kaum halten konnte. Durch den Schleier der Tränen, die sich in ihren Wimpern verfingen, versuchte sie zu lesen:

Meine liebste Conny,
wie du vielleicht schon gehört hast, wird Valentin hier alles aufgeben und mit Marlene nach Südafrika gehen. Es hat mich ziemlich viel Überzeugungskraft gekostet, doch schließlich hat er eingesehen, dass es so das Beste ist. Er hatte sich ohnehin auf sehr dünnem Eis bewegt, sodass die Gefahr, eines Tages aufzufliegen, jederzeit gegeben war.
Für das Hotel suchen wir so rasch wie möglich einen Pächter. Ich könnte es auch selbst weiterführen, möchte aber lieber heute als morgen alles hinter mir lassen und irgendwo anders ein neues Leben beginnen. Irgendwo, wo ich nur Felix und nicht der Bruder von Valentin bin. Wie sehr wünsche ich mir, du könntest dabei an meiner Seite sein!
Weißt du noch, wie wir in dem kleinen Restaurant in Konstanz saßen und über unsere Träume sprachen? Doch der schönste Traum ist für mich nichts wert ohne dich. Ich vermisse dich jeden Tag und jede Nacht aufs Neue, in jeder Minute, in jeder Sekunde. Mein sehnlichster Wunsch ist es, dort weiterzumachen, wo wir vor diesem unsäglichen Abend, als du das Gespräch zwischen Valentin und mir mit anhören musstest, aufgehört hatten.
Ich fahre jetzt nach Köln, wo ich die nächsten drei Tage die restlichen Kochsendungen aufzeichne, die ich von Valentin übernommen habe. Sein Vertrag läuft noch für diese eine Staffel, danach ist endgültig Schluss. Anders als Valentin bin ich einfach nicht für das Rampenlicht gemacht. Danach werde ich gleich von Köln aus in die Berge fahren und erst mal eine Weile untertauchen. Ein Bekannter von mir besitzt eine abgelegene Hütte in Tirol. Dort werde ich viel Zeit zum Nachdenken haben. Die Küche im Seeschlösschen wird auch ohne mich funktionieren, ich habe sehr fähige Leute.

Meine Liebe zu dir wird niemals enden. Seit ich dich verloren habe, erkenne ich das mehr und mehr. Ich habe mich seit damals nicht mehr bei dir gemeldet, weil ich dich bei deiner Entscheidung nicht unter Druck setzen wollte. Außerdem hatte ich Angst, damit alles nur noch schlimmer zu machen. Du allein solltest entscheiden, ob wir noch eine Zukunft haben. Und glaube mir, es ist mir unendlich schwergefallen zu schweigen. Doch nun sollst du wissen, was ich fühle. Ein Zeichen von dir, und sei es auch noch so klein, würde mich zum glücklichsten Mann auf der Welt machen.
Ich umarme und küsse dich in meinen Träumen.
Felix

Mittlerweile liefen ihr die Tränen in Strömen über das Gesicht und tropften auf Felix' Brief hinab, wo sie die Tinte, mit der er geschrieben war, zum Zerfließen brachten. Noch nie in ihrem Leben hatte sie einen Brief erhalten, der so sehr ihr Herz berührt hatte wie dieser.

Felix schien ihr tatsächlich nichts nachzutragen – im Gegenteil, er wirkte fast schon erleichtert, das *Seeschlösschen* und alles, was damit zusammenhing, hinter sich lassen zu können. Und sie? War sie schon wieder bereit für ihn, bereit, sich wieder so bedingungslos auf ihn einzulassen wie am Beginn ihrer Liebe?

Noch einmal betrachtete sie seinen Blumenstrauß. Sie atmete den schweren Duft der Rosen ein und berührte vorsichtig jede einzelne Blüte, als könnte sie dadurch Felix bei sich spüren.

Inzwischen war es kurz vor halb zehn. In wenigen Minuten würde Erich Wieland seine Buchhandlung öffnen. Doch in dieser Verfassung konnte sie ihm unmöglich unter die Augen treten, geschweige denn vernünftig arbeiten. Also griff sie zum Telefon, meldete sich wegen Kreislaufproblemen krank und versprach ihm, ein Attest vom Arzt nachzureichen. Bei ihrem Hausarzt ließ sie sich für den Nachmittag einen Termin geben. Er kannte Conny schon sehr lange und würde ihr ihre gesundheitlichen Probleme sicher abkaufen.

Sie überlegte, Felix auf dem Handy anzurufen. Allzu weit entfernt konnte er ja noch nicht sein. Vielleicht hätte er sogar kehrtgemacht und wäre zu ihr zurückgefahren. Doch gleich nachdem sie seine Nummer eingetippt hatte, verließ sie der Mut, und sie unterbrach die Verbindung sofort wieder.

Gar zu gerne hätte sie sich mit jemandem unterhalten, dem sie ihr Herz hätte ausschütten können. Doro, die dafür als Erste in Frage gekommen wäre, war bis Ende der Woche beruflich unterwegs. Alina schied ebenfalls aus. Sie hatte in Liebesdingen noch keine allzu große Erfahrung – und das war auch gut so. Außerdem hätte Conny die Geschichte dann auch gleich in Doros Zeitung veröffentlichen können. Ihre Tochter konnte kaum etwas für sich behalten, erst recht nicht, wenn es um solch »abgefahrene Dinge«, wie Alina sie bezeichnete, ging.

Dann fiel ihr Gerlinde ein. Mit ihr konnte sie darüber reden, denn sie kannte auch Valentin und Felix und würde die Angelegenheit ganz bestimmt vertraulich behandeln. Conny erwischte sie glücklicherweise auf dem Handy, war aber ziemlich enttäuscht, als sie hörte, dass Gerlinde mit ihrem Mann bis morgen Abend auf Reisen war. Schließlich verabredeten sie sich gleich für Mittwochmorgen in Frankfurt. Ihre Haushälterin werde sicher ein köstliches Frauenfrühstück für sie beide herrichten, meinte Gerlinde fröhlich, und Conny merkte, dass sich Gerlinde ehrlich auf das Wiedersehen freute.

Erleichtert legte sie auf. Wenn ihr jemand einen Rat geben konnte, wie sie sich Felix gegenüber verhalten sollte, dann war es Gerlinde.

18

Am Mittwochmorgen machte sich Conny sehr früh auf den Weg nach Frankfurt, denn sie war mit Gerlinde bereits um neun verabredet. Sie hatte beschlossen, mit der Bahn zu fahren, denn für eine Autofahrt wäre sie viel zu aufgeregt gewesen. Vom Bahnhof aus nahm sie ein Taxi zur Villa der Althoffs.

Gerlinde freute sich sichtlich, Conny wiederzusehen, und umarmte sie zur Begrüßung an der Haustür lange und innig. Dann betrachtete sie Conny von Kopf bis Fuß und meinte mit sorgenvoller Miene: »Meine Liebe, was ist denn los mit Ihnen? Sie sind ja ganz schmal geworden. Als wir uns das letzte Mal gesehen haben, strahlten Sie vor Glück, und nun sehen Sie aus wie ein Häufchen Elend.«

Sofort schossen Conny Tränen in die Augen. »Deswegen bin ich ja hier. Ich bin völlig verzweifelt und muss mich jetzt endlich jemandem anvertrauen.«

»Dann kommen Sie nur herein. Ich denke, wir verzichten unter diesen Umständen lieber darauf, uns das Haus anzusehen, und gehen gleich ins Esszimmer. Einverstanden?«

Conny nickte dankbar und ließ sich von Gerlinde ins Haus führen. Sie setzten sich an den geschmackvoll gedeckten Tisch im Esszimmer, das allein bestimmt annähernd so groß war wie Connys gesamte Wohnung zu Hause in Stuttgart.

Nachdem die Haushälterin ihnen Kaffee eingegossen hatte, bat Gerlinde sie: »Wären Sie bitte so nett, Frau Schuster, und lassen uns beide allein? Sie sollten ohnehin noch ein paar Besorgungen machen, und von meinem Mann müssten zwei Anzüge in die Reinigung.«

»Natürlich, Frau Althoff. Ich sollte unbedingt auch noch zum Supermarkt, sonst muss womöglich heute das Abendessen ausfallen«, antwortete die Haushälterin freundlich und verabschiedete sich.

Als sie die Haustür ins Schloss fallen hörte, atmete Conny auf. »Darf ich jetzt erzählen?«, fragte sie ungeduldig.

»Natürlich, ich bin ganz Ohr. Aber vergessen Sie dabei bitte das Essen und Trinken nicht.«

Conny lächelte. Es tat ihr gut, so umsorgt zu werden.

Dann erzählte sie Gerlinde alles, angefangen von ihrem spontanen Entschluss, im *Seeschlösschen* Urlaub zu machen, und dass sie dafür ihr Notfallsparbuch geplündert hatte, bis hin zu Valentins unehrlichem Spiel, in das sich Felix hatte hineinziehen lassen. Sie ließ nichts aus – mit Ausnahme der intimen, glücklichen Momente, die sie mit Felix erlebt hatte, denn diese gehörten nur ihnen beiden ganz alleine. Und Gerlinde unterbrach sie nicht, sondern ließ sie einfach reden.

Als Conny geendet hatte, sagte Gerlinde erst einmal nichts. Nachdenklich blickte sie auf ihren Teller und drehte ihre Kaffeetasse in der Hand hin und her. »Nun«, meinte sie schließlich, »das ist schon ziemlich harter Tobak, was Sie mir da erzählen.«

»Ja, und ich bitte Sie inständig, es niemandem zu sagen. Die Presse würde Valentin in tausend Stücke zerreißen – und Felix auch.«

»Natürlich, das verspreche ich Ihnen hoch und heilig. Nicht einmal mein Mann wird etwas davon erfahren. Ich denke ohnehin, dass Valentin genug damit gestraft ist, dass er nicht mehr im Rampenlicht steht und von den Leuten bewundert wird. Denn wie ich so mitbekommen habe, brauchte er das wie die Luft zum Atmen, und es wird ihm unwahrscheinlich schwergefallen sein, das aufzugeben.«

»Ja, das denke ich auch. Und vor allem möchte ich nichts tun, was Felix schadet«, antwortete Conny und fügte leise hinzu: »Denn dazu bedeutet er mir immer noch viel zu viel.«

»Aber was hält Sie dann davon ab, einfach alles zu vergessen und mit ihm noch einmal ganz von vorne anzufangen?«

»Enttäuschung und Wut, dass Felix sich von Valentin so vor den Karren hat spannen lassen?« Conny zuckte die Schultern. »Manchmal denke ich aber auch, es ist nur verletzter Stolz, und ich sollte endlich über meinen Schatten springen.«

»Dann tun Sie es doch einfach. Sie lieben ihn doch und verzehren sich vor Sehnsucht nach ihm, das spüre ich. Oder ist es nicht so?«

Conny sah Gerlinde an und nickte nur.

»Na also, dann fahren Sie doch zu ihm und sprechen sich mit ihm aus.«

»Das habe ich mir nun schon so oft vorgenommen, aber dann denke ich wieder: Kann ich Felix noch so vertrauen, wie es für ein Zusammenleben notwendig wäre? Immerhin hat er ja Valentins Betrügereien gedeckt. Nennt man das nicht Beihilfe zu einer Straftat?«

»Streng genommen schon. Aber Felix ist alles andere als ein Verbrecher. Er hat keinerlei kriminelle Energie in sich. Ich glaube, er ist da wirklich einfach nur hineingerutscht und konnte irgendwann nicht mehr zurück, zumal er seinen Bruder nicht im Stich lassen wollte. Er ist nämlich eine sehr treue Seele, und das wäre er auch Ihnen gegenüber, wenn Sie sich dazu durchringen könnten, ihm noch eine Chance zu geben. Und seiner Liebe könnten Sie sich ganz, ganz sicher sein. Wissen Sie, damals, als Ihr Urlaub zu Ende war und Sie abgereist waren, habe ich mich ein wenig mit Felix unterhalten. Er hat mir so sehr von Ihnen vorgeschwärmt und mir erzählt, wie glücklich er mit Ihnen ist.«

Nun konnte Conny die Tränen nicht mehr zurückhalten. Sie zitterte am ganzen Körper.

Gerlinde stand auf, kam zu ihr herüber und nahm sie in die Arme, dabei strich sie ihr sanft über den Rücken. »Ja, weinen Sie nur, das tut manchmal gut.«

Und das tat es wirklich. Nach einer Weile spürte Conny, wie sie sich entspannte.

Gerlinde reichte ihr ein Taschentuch, das Conny ausgiebig benutzte. »Danke«, sagte sie, »Sie sind so lieb zu mir.«

»Weil ich Sie sehr, sehr mag, und weil ich es nicht mit ansehen kann, wie zwei Menschen, die eigentlich zusammengehören, sich das Leben so schwer machen. Ich bin mir sicher, Felix leidet genauso sehr wie Sie unter der Situation.«

Conny lächelte. »Dass Felix und ich zusammengehören, fühle ich tief in mir auch. Aber dann kommen wieder diese verdammten Zweifel. Wer garantiert mir, dass Felix nicht eines Tages mich belügt? So wie Valentin und auch er es jahrelang mit der Öffentlichkeit gemacht haben?«

»Meine Liebe, im Leben gibt es keine Garantien. Niemand von uns weiß, was morgen ist. Und lassen Sie sich von einer alten Frau wie mir eines gesagt sein: Lieben bedeutet auch, verzeihen zu können. Wenn man den anderen wirklich liebt, dann ist man auch bereit, ihn so zu akzeptieren, wie er ist, mit all seinen Fehlern und Schwächen. Sehen Sie sich meinen Mann und mich an. Wir feiern in vier Jahren goldene Hochzeit. Wäre ich gleich davongelaufen, als es Probleme gab, hätten wir uns spätestens nach einem Jahr Ehe wieder scheiden lassen müssen. Aber dazu ist doch eine Partnerschaft da, dass man sich unterstützt und gegenseitig Halt gibt, auch wenn einem der Wind mal etwas rauer ins Gesicht bläst.«

»Das würde ich so gerne tun, Felix unterstützen, meine ich.« Conny erzählte Gerlinde von seinem Wunsch, ein eigenes Restaurant zu besitzen. »Und dabei würde ich ihm wahnsinnig gerne zur Seite stehen, zumal es ja auch mein allergrößter Traum ist. Ich bin mir sicher, zusammen können wir es schaffen.«

»Auch in den schlechten Tagen, nicht nur in den guten?«

»Ja«, antwortete Conny aus voller Überzeugung. Sie war Gerlinde unendlich dankbar. Das Gespräch mit ihr hatte ihr die Augen geöffnet. Nun wusste sie, dass sie Felix so annehmen konnte, wie er war, ohne Wenn und Aber. Und wenn sie ehrlich zu sich selbst war, hatte sie ihm schon längst verziehen, aber irgendetwas in ihr hatte sie daran gehindert, über ihren Schatten zu springen und auf ihn zuzugehen.

»Also, worauf warten Sie dann noch?«, meinte Gerlinde schmunzelnd. »Wissen Sie, wo sich Felix zurzeit aufhält?«

»Heute dürfte er noch in Köln sein, im Fernsehstudio. Er zeichnet dort seine letzte Sendung auf, und danach will er anscheinend gleich nach Tirol auf eine einsame Hütte fahren.«

»Dann müssen Sie ihn aber heute noch erwischen«, überlegte Gerlinde. »Denn wenn er erst einmal auf seiner Hütte ist, dürften Sie ihn wohl nicht so leicht aufstöbern können. Wissen Sie was, ich habe da eine Idee ...« Sie griff zum Telefon und wählte eine Nummer. »Ich rufe die Sekretärin meines Mannes an. Sie soll sich mal schlaumachen, wo sich das Fernsehstudio genau befindet und wie lange dort heute aufgezeichnet wird.«

»Wozu?«

»Na, weil wir beide jetzt so schnell wie möglich nach Köln fahren werden, meine Liebe.«

Conny erschrak. Nach Köln fahren? Das würde ja bedeuten, dass sie Felix noch heute wiedersehen würde. Sie spürte, wie ihr Herz wild zu klopfen begann.

Nachdem Gerlinde mit der Sekretärin gesprochen hatte, blickte sie Conny freudestrahlend an, und sie wirkte dabei wie ein junges Mädchen, das sein erstes Date mit dem Jungen seiner Träume hat.

»Meinen Sie, wir können dort wirklich einfach so aufkreuzen?«, fragte Conny zögernd.

»Warum denn nicht? Wenn es um die Liebe geht, ist alles erlaubt – zumindest fast alles.«

Es dauerte keine fünf Minuten, bis die Sekretärin zurückrief. Gerlinde hörte ihr kurz zu, dann fragte sie: »Ist denn Herr Sauser gerade frei?«

Conny schmunzelte, als sie den Namen des Chauffeurs hörte, doch glücklicherweise bemerkte es Gerlinde in ihrem Eifer nicht.

»Gut«, fuhr Gerlinde fort, »dann soll er sich sofort auf den Weg hierher machen. Er muss meine Freundin und mich dringend nach Köln fahren.«

Als sie aufgelegt hatte, erzählte sie: »Die letzte Aufzeichnung beginnt heute um dreizehn Uhr dreißig. Jetzt ist es kurz vor elf. Wir haben also gute zweieinhalb Stunden, um nach Köln zu kommen. Etwas knapp zwar, aber ich bin mir sicher, Herr Sauser wird das schaffen.«

»Aber selbst wenn, dürfen wir denn da einfach so hinein?«

»Wir schon. Lassen Sie mich nur machen, Sie werden sehen, das klappt. Wozu haben denn mein Mann und ich Presseausweise? Die können nämlich manchmal ganz schön nützlich sein.« Sie zwinkerte Conny zu.

Kaum hatte Gerlinde noch zwei Nachrichten für ihren Mann und die Haushälterin geschrieben, stand auch schon Herr Sauser vor der Tür. Er begrüßte Conny freundlich, ganz im Gegensatz zu ihrer ersten Begegnung damals vor dem Hotel. Immerhin verkehrte sie ja inzwischen in den Kreisen seines Arbeitgebers, und er musste sie sogar zusammen mit Frau Generaldirektor nach Köln fahren.

Als sie ins Auto eingestiegen waren, nannte Gerlinde ihm die Adresse des Fernsehstudios. »Und bitte beeilen Sie sich«, meinte sie lächelnd, »die Sache ist nämlich lebenswichtig.«

An die Fahrt konnte sich Conny später kaum mehr erinnern. Noch nie waren ihr zwei Stunden so lange vorgekommen. Sie saß im Auto, starrte zum Fenster hinaus und hatte größte Mühe, ihre Gedanken zu ordnen. Vor allem beschäftigte sie eine Frage: Was, wenn Felix abweisend reagieren würde, wenn er gar nichts mehr mit ihr zu tun haben wollte? Aber der Brief, den er ihr am Montag geschrieben hatte, sagte doch etwas ganz anderes, das versuchte sie sich immer wieder einzureden.

Gerlinde schien Connys Aufgewühltheit zu spüren, denn sie legte immer wieder ihre Hand auf Connys Arm und blickte sie beruhigend an. Und Conny war unglaublich froh darüber, Gerlinde bei sich zu haben. Alleine hätte sie die Fahrt wahrscheinlich nicht durchgestanden.

Exakt acht Minuten vor halb zwei parkte Herr Sauser den Wagen vor der Pforte des Senders. Glücklicherweise hatte die Sekretärin Gerlinde eine Wegskizze auf ihr Handy gemailt, sodass sie den Weg zu dem Studio, in dem Felix' Sendung aufgezeichnet wurde, ohne Probleme fanden.

Gerlinde zeigte dem Türsteher ihren Presseausweis. Dieser weigerte sich, sie und Conny noch ins Studio zu lassen. Schließlich sollte die Sendung ja jeden Augenblick beginnen.

Während Gerlinde noch mit dem Mann diskutierte, zögerte Conny nicht lange. Beherzt lief sie an den beiden vorbei ins Studio. Sie hatte es nun so weit geschafft, da durfte sie sich von dieser einen Hürde nicht mehr abhalten lassen.

Im Studio waren schon alle Sitzplätze belegt, sodass Conny nichts anderes übrigblieb, als am Rand neben den Sitzreihen stehen zu bleiben.

Ein Mann mit einem Stapel Papier in der Hand und einem Kopfhörer – vermutlich ein Mitarbeiter des Produktionsteams – sprach sie an. »Sie müssen leider hier weg. Gleich beginnt die Aufzeichnung.«

Wenn er sie nun aus dem Studio warf? Das durfte nicht sein. Sie blickte den Mann an und setzte ihr betörendstes Lächeln auf. Dabei musste sie an Doro denken, die damit meistens Erfolg hatte. »Wissen Sie, ich bin seine Frau«, sagte sie, und die Worte kamen ihr ganz leicht über die Lippen. »Die Frau von Herrn Seidel.« Hoffentlich würde er ihr das überhaupt glauben. Wenn er nun ihren Personalausweis sehen wollte?

Er runzelte tatsächlich erst nachdenklich die Stirn, dann aber sprach ihn ein Kollege an, weil es anscheinend irgendwo ein Problem gab. Daher sagte er in der Hektik nur: »Na gut, dann bleiben Sie eben ausnahmsweise hier. Stellen Sie sich am besten dort hinter den Regisseur. Es macht sich nämlich nicht so gut, wenn wir nachher mit der Kamera über das Publikum schwenken und Leute herumstehen, die keinen Platz gefunden haben.«

Erleichtert atmete sie auf und nickte. »Natürlich, ganz wie Sie wünschen.«

Mittlerweile war auch Gerlinde neben ihr aufgetaucht. »Puh, das hat ganz schön Überzeugungsarbeit gekostet«, flüsterte sie Conny ins Ohr. »Aber ich habe dem Herrn klargemacht, dass mein Mann einen der größten Verlage Deutschlands besitzt – was ja sogar stimmt – und darüber berichten wird, wie die Pressevertreter bei diesem Sender behandelt werden. Er brauchte ja nicht zu wissen, dass wir kein Zeitungs-, sondern ein Buchverlag sind.«

»Und ich habe behauptet, dass ich Felix' Frau bin«, flüsterte Conny zurück.

»Auch nicht schlecht«, meinte Gerlinde trocken, »und auch das ist nicht mal ganz gelogen.«

In diesem Moment betrat Felix zusammen mit dem Moderator die hell erleuchtete Küche auf der Bühne vor ihnen. Connys Beine begannen zu beben, und sie hakte sich schnell bei Gerlinde unter, um sich etwas Halt zu verschaffen.

Das Publikum applaudierte, und Felix verbeugte sich lächelnd nach allen Seiten. Es stimmte schon, er wirkte im Scheinwerferlicht ein wenig steif und unbeholfen, wenn er sich auch bestimmt die allergrößte Mühe gab. Valentin war einfach ein geborener Medienprofi gewesen, er hatte es wie kaum ein anderer verstanden, die Leute mit einem einzigen Blick, einem Lächeln, einer einfachen Geste für sich zu gewinnen.

Dann sah er in ihre Richtung. Wahrscheinlich warteten er und der Moderator auf ein Zeichen des Regisseurs, der vor ihr saß. Sie spürte, wie ein Ruck durch Felix' Körper ging. Er fixierte sie ganz fest mit den Augen, und sein Gesicht begann zu strahlen. Seine Lippen formten ihren Namen. Erst als ihn der Moderator kaum merklich mit dem Ellbogen anstieß und zu sprechen begann, ließ er seinen Blick von ihr ab.

Conny. Sie war also doch noch gekommen, obwohl er die Hoffnung schon fast aufgegeben hatte. Am liebsten wäre er nun sofort von der Bühne gesprungen und hätte sie trotz laufender Kamera in die Arme genommen. Doch es war wohl besser, er hob sich das für später auf.

Er musste sich wahnsinnig anstrengen, um sich auf das zu konzentrieren, was der Moderator neben ihm sagte, und es dauerte lange, bis er begriffen hatte, dass sie tatsächlich da war. Immer wieder wanderte sein Blick zu ihr hinunter, als könnte er auf diese Weise sicherstellen, dass sie nicht gleich wieder verschwand.

Beinahe automatisch spulte er sein Pensum ab, und es fiel ihm auf einmal viel leichter, sich vor den Kameras und dem Publikum zu bewegen. Das Menü, das heute auf dem Programm stand, beherrschte er im Schlaf, so oft hatte er es schon zubereitet. Doch heute sah Conny ihm zum ersten Mal beim Kochen zu, und es sollte nicht das letzte Mal gewesen sein. Nie wieder würde er sie gehen lassen, das schwor er sich in diesem Augenblick.

Inzwischen hatte sich Conny wieder gefangen und beobachtete amüsiert die Frauen im Publikum, die Felix an den Lippen hingen und ihn anhimmelten, genauso wie sie selbst es früher bei Valentin getan hatte. Sie konnte diese Frauen voll und ganz verstehen. Felix sah in seiner schneeweißen Kochjacke wirklich unglaublich attraktiv aus, und sie war in diesem Moment sehr, sehr stolz auf ihn – stolz, dass er es scheinbar ohne Probleme schaffte, das Publikum zu begeistern, und unwahrscheinlich glücklich, dass dieser Mann sich ausgerechnet in sie verliebt hatte.

Und Felix schien wirklich nur Augen für sie zu haben, denn er schielte immer wieder vorsichtig zu ihr herüber und lächelte dabei.

Natürlich bekam sie von all dem, was auf der Bühne passierte und gesprochen wurde, kaum etwas mit. Sie musste nur immer Felix ansehen, sein Gesicht, seine Augen und vor allem seine Hände. Die Hände, mit denen er sie so zärtlich berührt und damit solch ein Feuer in ihr ausgelöst hatte. Was war seitdem alles geschehen? Beinahe hatte sie ihn verloren. Und erst durch Gerlinde hatte sie begriffen, worauf es bei der Liebe wirklich ankam.

»So gut war er noch nie«, hörte sie den Regisseur nach einer Weile zu dem Mann neben ihm sagen. »Ich weiß nicht, was heute mit ihm passiert ist, aber man könnte direkt meinen, ein anderer Felix Seidel steht auf einmal da oben.«

Gerlinde musste die Worte des Regisseurs auch gehört haben, denn sie legte Conny die Hand auf den Arm und zwinkerte ihr zu. »Das macht die Liebe«, flüsterte sie und lächelte.

Ja, so musste es wohl sein. Die Liebe konnte einen ganz schön verändern, das hatte Conny am eigenen Leib erfahren.

Sie konnte es kaum erwarten, bis die Sendung endlich vorbei war, und als die Schlussmusik ertönte und der Beifall des Publikums aufbrandete, sagte Gerlinde zu Conny: »Nur damit Sie mich nachher nicht suchen. Ich fahre jetzt mit Herrn Sauser zurück nach Frankfurt. Mein Mann wird mich schon vermissen. Und Sie übergebe ich nun in seine Obhut.« Sie deutete mit dem Kopf in Felix' Richtung. »Da sind Sie gut aufgehoben, Sie werden sehen.«

Conny umarmte sie gerührt, dann wischte sie sich eine Träne von der Wange. »Ich weiß gar nicht, wie ich Ihnen danken soll.«

»Damit, dass Sie ihn gut festhalten. Und je stärker der Sturm bläst, desto kräftiger müssen Sie zupacken.«

Conny nickte. »Ja, das werde ich tun, ganz bestimmt. Und nochmal vielen, vielen Dank für alles.«

Dann hielt es sie nicht länger auf ihrem Platz. Sie ging Felix entgegen, bis sie den Rand der Bühne erreicht hatte.

Felix sprach gerade noch mit dem Moderator, aber als er sie entdeckt hatte, eilte er sofort auf sie zu.

Ein paar Augenblicke sahen sie sich stumm an, zu überwältigt, um auch nur ein Wort zu sagen. Dann fielen sie einander in die Arme, und Felix drückte Conny fest an sich.

»Mein Engel«, sagte er nur, »endlich haben wir uns wieder.«

Minutenlang standen sie eng umschlungen da und hielten einander fest, und Conny spürte, wie viel Kraft ihr seine Nähe gab. Sie störte sich auch nicht daran, dass um sie herum Blitze von Fotoapparaten aufflammten. Womöglich würden sie beide morgen in sämtlichen Zeitungen erscheinen, doch das war ihr in diesem Moment völlig unwichtig. Die ganze Welt durfte erfahren, wie glücklich sie war.

Auf einmal klopfte jemand Felix auf die Schulter. Es war der Regisseur, der nun direkt hinter ihm stand. Mit einem tiefen Seufzer löste sich Conny von Felix.

»Ich will ja nicht stören«, meinte der Regisseur und grinste, »aber ich möchte dir ein Angebot machen, Felix. Ich weiß, dass du nur diese eine Staffel machen willst, um den Vertrag deines Bruders zu erfüllen. Aber du warst heute wirklich brillant, und die Leute sind so begeistert, dass ich unsere Zusammenarbeit nur ungern beenden möchte.«

Felix blickte Conny an. »Was meinst du?«

Sie lächelte. »Mach das, was du wirklich willst. Ich unterstütze dich in allem, was du tust.«

Felix überlegte kurz, dann schüttelte er den Kopf. »Nein, tut mir leid. Ich habe gerade das Wertvollste, das ich im Leben habe, wiedergefunden. Jetzt kommt erst einmal unser Traum an die Reihe. Da werde ich kaum Zeit für andere Dinge haben.«

»Das ist schade«, meinte der Regisseur enttäuscht. »Und ich kann dich wirklich nicht umstimmen? Wir können natürlich auch jederzeit über ein höheres Honorar reden.«

»Nein, ganz sicher nicht.« Felix lachte und legte Conny den Arm um die Schultern.

»Na, dann wünsche ich euch beiden ganz viel Glück.« Der Regisseur reichte ihnen die Hand. »Aber wenn du doch irgendwann einmal Sehnsucht nach einer Kamera hast ...«

»... dann weiß ich sicher, wo ich dich finde«, ergänzte Felix und schmunzelte.

Mittlerweile hatte sich das Studio schon so gut wie geleert. Felix führte Conny in den Schatten hinter der Bühne und küsste sie lange und voller Leidenschaft, als wollte er in einem einzigen Kuss all das nachholen, was sie beide so lange hatten entbehren müssen.

Und Conny erwiderte seinen Kuss genauso heftig. Wie sehr hatte sie sich all die Wochen alleine zu Hause in Sehnsucht nach ihm verzehrt, in ihrer Verzweiflung, ihn womöglich nie mehr wiederzusehen.

Irgendwann ließen sie atemlos voneinander ab.

»Jetzt beginnt ein neues Leben«, sagte Felix leise und blickte Conny voll Verlangen in die Augen.

»Ja«, flüsterte sie, »und ich werde es sehr gerne mit dir teilen.«

»Und was ist mit Valentin?«

»Valentin?« Sie lächelte. »Wer ist Valentin?«

19

Fast ein Jahr später

Die Morgensonne tauchte die sanften Hügel der Weinberge in ein warmes Licht. Conny war an diesem Tag schon sehr früh aufgestanden, weil sie keinen Schlaf mehr gefunden hatte. Zu aufgeregt war sie. Endlich war es so weit. Endlich ging ihr Traum in Erfüllung.

Sie stand gemeinsam mit Felix auf der kleinen Anhöhe gleich neben den Gebäuden des Weinguts, deren frischer cremefarbener Anstrich in der Sonne leuchtete, und genoss die unglaubliche Stille, die noch über dem Anwesen lag. Doch bald würde Schluss damit sein, bald würde hoffentlich jeden Tag Leben im Haus sein, auf ihrem idyllischen Weingut im Elsass, wo Felix und sie an diesem Tag ein kleines, aber feines Restaurant mit Gästezimmern eröffneten.

Und in wenigen Stunden würde sie auch all die Menschen wiedersehen, die ihr in ihrem Leben wichtig waren, allen voran Philipp, Alina und natürlich auch Doro. Seit sie vor vier Wochen von Stuttgart hierher auf das Weingut gezogen war, wo Felix bereits seit Monaten die Umbauarbeiten beaufsichtigt hatte, hatte sie von den dreien keinen mehr zu Gesicht bekommen. Philipp hatte nach dem Semesterende in Göttingen noch ein paar Prüfungen gehabt, und Alina, die mittlerweile ihr Abitur bestanden hatte, hatte mit Meike eine Reise durch Irland gemacht – ein Geschenk zum Abitur von ihrer Patentante Doro.

Seufzend lehnte sich Conny am Felix.

»Was ist los, mein Engel?«, hörte sie seine Stimme ganz nah an ihrem Ohr.

»Ach nichts«, antwortete sie zögernd, »ich habe nur gerade daran gedacht, dass ich Philipp und Alina schon seit fast einem Monat nicht mehr gesehen habe. Gut, Alina war jetzt mit Meike unterwegs. Aber manchmal frage ich mich, ob ich nicht eine ziemliche Rabenmutter geworden bin.« Sie blickte Felix schmunzelnd an. »Schließlich habe ich in Stuttgart einfach alles liegen und stehen lassen, um irgendwo in der Fremde ein Restaurant zu eröffnen.«

Felix lachte. »Du und eine Rabenmutter! Ich würde eher sagen, das Gegenteil ist der Fall. Aber du wirst dich jetzt langsam daran gewöhnen müssen, dass deine Kinder immer mehr ihr eigenes Leben führen. Philipp ist ja ohnehin schon die meiste Zeit gar nicht mehr zu Hause. Wenn jetzt dann auch noch Alina in Paris ist ...«

»Hör bloß auf damit, davor graut mir jetzt schon!« Und es stimmte. Der Gedanke, dass Alina bald ganz alleine in dieser Riesenstadt zurechtkommen musste, drehte ihr jedes Mal aufs Neue den Magen um. Nur durfte sie das natürlich nicht laut sagen. Schließlich wollte sie ja vor ihren Mitmenschen, vor allem vor ihren Kindern nicht als Glucke dastehen.

Alina hatte es tatsächlich dank irgendwelcher Kontakte, die Valentin noch hatte, geschafft, ein Stipendium bei einer Pariser Modeschule zu bekommen. Zwar nicht in dieser einen exklusiven, von der sie immer geträumt hatte. Aber auch die Schule, die Alina ab Herbst besuchen würde, hatte einen ausgesprochen guten Ruf. Das hatte ihnen eine Kollegin von Doro, die bei einem Modemagazin arbeitete, bescheinigt.

Ja, mit Valentin hatte Conny zwischenzeitlich ihren Frieden geschlossen. Er hatte sich für Alinas Stipendium so ins Zeug gelegt, dass sie sich gefragt hatte, ob er damit wohl etwas wiedergutmachen wollte. Er und Marlene hatten sich in Südafrika gut eingelebt, und Marlene hatte sogar schon einige Einrichtungsaufträge von deutschen Auswanderern an Land ziehen können. Bei dieser Nachricht hatte Conny erleichtert aufgeatmet. Schließlich war sie ja nicht ganz unschuldig daran gewesen, dass Marlene, die für Valentins falsches Spiel wohl am allerwenigsten konnte, ihr Leben und ihre Arbeit in Deutschland aufgeben musste. Valentin, mit dem Felix regelmäßig über das Internet telefonierte, plante sogar, in Südafrika eine eigene Farm zu kaufen. Anscheinend hatte er wohl jetzt erst wirklich zu dem Beruf gefunden, den er eigentlich schon als junger Mann hatte ergreifen wollen, wenn er nicht der Erbe eines Hotels gewesen wäre. Zumindest hatte er sich Conny gegenüber so ausgedrückt, als sie am Telefon ein paar Worte mit ihm gewechselt hatte.

Entschuldigt hatte er sich bei ihr nie, doch sie legte auch gar keinen Wert mehr darauf. Wahrscheinlich konnte Valentin einfach nicht aus seiner Haut, und es hätte ihn eine zu große Überwindung gekostet, ein paar Worte des Bedauerns zu sagen. Er war wohl nicht der Mensch für Entschuldigungen, so ähnlich hatte sich auch Felix geäußert. Und umgekehrt trug sie ihm auch nichts mehr nach, selbst seine ungerechtfertigten Beschimpfungen im Park nicht. Sie hatte beschlossen, das Ganze einfach auf sich beruhen zu lassen. Hauptsache, sie konnten in den seltenen Fällen, in denen sie mit ihm zu tun hatte, normal miteinander umgehen. Gerlinde hatte wahrscheinlich Recht gehabt: Valentin war schon genug damit gestraft, das *Seeschlösschen* und damit auch seinen Ruhm und die Bewunderung der Menschen aufgegeben zu haben.

Und schließlich wäre sie ja ohne Valentin auch niemals Felix begegnet, dem Mann, den sie wie noch keinen zuvor liebte und mit dem sie den Rest ihres Lebens verbringen wollte. Wie hatte es Doro neulich am Telefon ausgedrückt? »Felix ist wie ein Sechser im Lotto für dich.« Nein, wenn sie es recht überlegte, war er noch viel, viel mehr. Er war ihr Leben.

Doro hatte sie übrigens kurz vor ihrem Umzug die Wahrheit gesagt – die ganze Wahrheit. Angefangen von Valentins Wutausbruch im Park bis hin zu der Tatsache, dass er die Öffentlichkeit belogen hatte und bei Weitem nicht so gut kochen konnte, wie er vorgab. Und Doro hatte ihr hoch und heilig versprochen, dieses Geheimnis auf alle Zeiten für sich zu behalten und keine Enthüllungsstory darüber zu schreiben. Danach war Conny sehr erleichtert gewesen. Endlich brauchte sie kein schlechtes Gewissen mehr zu haben, dass sie Doro irgendetwas vorenthalten hatte.

»Na, wovon träumst du?«, drängte sich Felix' Stimme in ihre Gedanken.

Sie drehte sich zu ihm und legte ihm die Arme um den Hals. »Weißt du, ich habe darüber nachgedacht, was in dem einen Jahr schon alles passiert ist, seit ich diese Schnapsidee hatte, in das Reisebüro zu gehen und einen sündhaft teuren Urlaub in *Seidels Seeschlösschen* zu buchen.«

Er lehnte seine Stirn an ihre. »War das wirklich so eine Schnapsidee?«, fragte er leise.

Sie lächelte. »Nein, das weißt du doch. Wenn ich sie auch zuerst bereut habe, aber das war die beste Idee meines Lebens.«

»Dann ist ja gut. Ich wollte es nur noch einmal hören.« Er küsste sie zärtlich, dann sah er sie an und streichelte ihre Wange. »Und du bist das Beste, was mir in meinem Leben passiert ist. Ich kann gar nicht sagen, wie sehr ich dich liebe.«

Wie unendlich gut ihr es tat, diese Worte zu hören! Sie deutete hinunter zum Weingut. »Und heute wird unser Traum Wirklichkeit.«

Er nickte. »Ja, und ich habe es noch keine Sekunde bereut, das *Seeschlösschen* nicht selbst weitergeführt zu haben, sondern stattdessen diesen Weg gegangen zu sein – gemeinsam mit dir. Aber jetzt müssen wir langsam zurück. Unsere ersten Gäste werden nicht mehr allzu lange auf sich warten lassen.« Er nahm sie bei der Hand, und gemeinsam gingen sie auf dem schmalen Pfad wieder nach unten.

Der große Hof, den der u-förmige Gebäudekomplex des Weinguts umschloss und der gleichzeitig auch mit als Parkplatz diente, füllte sich langsam. Conny stand mit Felix mittendrin und begrüßte jeden einzelnen Gast persönlich. Sie hatten für den Eröffnungstag, an dem bei diesem herrlichen

Wetter nur draußen bewirtet wurde, im Hof zahlreiche Tische und bunte Sonnenschirme aufstellen lassen. Die beiden Kellnerinnen, die ihnen zumindest jetzt den Sommer über zur Hand gingen, waren bereits fleißig dabei, Getränke zu servieren. Drinnen in der Küche legte der Koch, den Felix engagiert hatte, um ihn abends und am Wochenende zu unterstützen, mit zwei Küchenhilfen letzte Hand an das warme und kalte Buffet, das an diesem Eröffnungstag serviert wurde. Ab morgen würde natürlich auch Felix in der Küche stehen und Conny den Service leiten. Aber heute wollten sie nur für ihre Gäste da sein.

Als eine der Ersten kam Alina an, zusammen mit Meike, die mittlerweile den Führerschein hatte und einen eigenen kleinen Flitzer besaß.

»Wow, das sieht ja überirdisch aus! Viel schöner als auf den Fotos, die du mir gemailt hast«, meinte Alina, nachdem sie ausgestiegen und erst einmal Conny in die Arme gefallen war. »An den Wochenenden werde ich ganz bestimmt bei euch aufkreuzen, Mama, da kannst du Gift drauf nehmen. Hier bekomme ich bestimmt genügend Inspirationen für meine Kreationen.«

»Na, na, nun übertreib mal nicht, mein liebes Kind«, antwortete Conny schmunzelnd und drohte ihr spielerisch mit dem Zeigefinger. »Du redest ja, als ob du schon eine berühmte Modeschöpferin wärst.«

»Ach, Mama, jeder von denen hat doch mal klein angefangen.« Dann zog Alina mit Meike los, um das Anwesen zu besichtigen.

Nur kurze Zeit später fuhr Philipps altes, klappriges Auto, das er mittlerweile von Conny übernommen hatte, auf den Hof. Sie hatte es nicht übers Herz gebracht, es verschrotten zu lassen. Zu viele Erinnerungen hingen daran, nicht zuletzt hatte sie sich damit vor einem Jahr auf den Weg ins *Seeschlösschen* gemacht. Und obwohl Philipp zuerst wegen der fragwürdigen Ökobilanz des Autos protestiert hatte, konnte er es gut gebrauchen, denn die Bahnverbindung von Göttingen in den etwas abgelegenen Ort im Elsass, wo Conny jetzt lebte, war natürlich nicht so gut wie die nach Stuttgart. Conny selbst fuhr inzwischen den Kombi und den Transporter, die sie beide für das Restaurant angeschafft hatten.

Sie traute ihren Augen nicht, als Philipp ausstieg und mit einer dunkelhaarigen jungen Frau an der Hand auf sie zukam.

»Mama, Felix, darf ich vorstellen, das ist Sarah, eine Kommilitonin.« Er drückte Sarahs Hand und lächelte sie an.

»Und noch ein bisschen mehr, wie mir scheint«, fügte Conny schmunzelnd hinzu. »Herzlich willkommen bei uns, Sarah. Ich hoffe, es ist okay, wenn ich du sage.«

»Aber klar«, meinte Sarah und reichte Conny die Hand. »Ich finde es unglaublich schön hier.«

Conny blickte Philipp entschuldigend an. »Jetzt habe ich aber leider für dich nur ein Einzelzimmer reserviert. Hätte ich gewusst, dass ihr zu zweit kommt ...«

»Macht nichts, Mama. Uns beiden genügt ein Bett.« Er zwinkerte Sarah zu. »Und für den Fall der Fälle haben wir immer auch ein Zelt dabei. Der Garten hier ist ja groß genug.« Dann entdeckte er Alina und Meike und zog Sarah mit sich, um die beiden zu begrüßen.

Conny blickte Felix ungläubig an. »Kannst du dir das vorstellen? Mein Sohn, der bislang nur sein Studium und irgendwelche Ökothemen im Kopf hatte, kommt auf einmal mit einer Freundin hier an – und in nicht allzu ferner Zeit womöglich dann auch noch mit einem Kind. Ich glaube, ich werde langsam alt.«

Felix drückte ihr einen Kuss auf die Wange und lächelte verschmitzt. »Ich bin mir sicher, du wirst irgendwann einmal eine ganz tolle Großmutter abgeben.«

»Ja, mach dich nur lustig über mich. Ich meine es ernst.«

»Ich auch.«

Bevor sich Conny eine entsprechende Antwort überlegen konnte, parkte ein Kleinbus ganz in ihrer Nähe.

»Ich glaube, ich weiß, wer das ist«, sagte Felix. »Eine Abordnung aus dem *Seeschlösschen*.«

Und tatsächlich: Kaum hatten sich die Türen des Busses geöffnet, eilten auch schon Lissy und Tom auf sie zu.

»Kinder, ist das schön, euch mal wiederzusehen!«, meinte Conny und begrüßte anschließend auch Jasmin Becker von der Rezeption, Bertram König, der ihr sogar die Hand küsste, und noch ein paar andere, die ihr während ihrer Aufenthalte im *Seeschlösschen* ans Herz gewachsen waren.

Sie musste sich gehörig zusammenreißen, um Charles-Elvis mit seinem richtigen Namen anzusprechen, so sehr hatte sich dieser Spitzname schon in ihrem Kopf festgesetzt. »Wenn Sie einmal eine Frage hinsichtlich der Führung des Restaurants haben, gnädige Frau«, sagte er und blickte Conny vertrauensvoll an, »dann ist es mir eine Ehre, Ihnen mit Rat und Tat zur Seite zu stehen.«

»Und mir natürlich ebenfalls«, fügte Bertram hinzu.

Conny glaubte erst, sich verhört zu haben. Wer hätte das gedacht, dass Charles-Elvis und Bertram König einmal so ehrfürchtig mit ihr umgehen und ihr sogar ihre Unterstützung anbieten würden? »Das ist sehr freundlich von Ihnen beiden«, antwortete sie lächelnd. »Ich komme bei Bedarf gerne darauf zurück.«

Lissy sah sich um. »Hier sollte man leben. Nicht wahr, Tom?«

Dieser nickte. »Ja, tatsächlich. Ein tolles Fleckchen, um zu leben und zu arbeiten.«

Felix schmunzelte. »Also, wenn ihr euch verändern wollt, wir hätten bestimmt noch ein Plätzchen frei. Was meinst du?« Fragend blickte er Conny an.

»Aber klar«, kam es von ihr wie aus der Pistole geschossen. »Für die Zimmer brauchen wir ohnehin noch jemanden, das schaffe ich alleine nicht auf Dauer. Da käme mir Lissy wie gerufen. Und Tom könnten wir an der Rezeption und im Büro einsetzen, und er könnte sich auch um die Einkäufe kümmern.«

»Eine prima Idee«, meinte Felix. »Aber lasst uns das einmal in Ruhe besprechen. Heute ist der Trubel zu groß.« Er blickte Bertram und Charles-Elvis an. »Leider ist unser Haus nicht groß genug, dass wir uns einen Empfangschef und einen Restaurantleiter leisten können. Ich will auch nicht dem Pächter des *See-*

schlösschens alle fähigen Mitarbeiter abwerben, obwohl ich natürlich sehr gerne die alte Mannschaft um mich hätte.«

»Kein Problem, Herr Seidel«, antwortete Bertram. »Ich trage mich ohnehin mit dem Gedanken, demnächst in den Ruhestand zu gehen, und da werde ich mir erlauben, Ihnen hin und wieder zusammen mit meiner Frau einen Besuch abzustatten, wenn es Ihnen recht ist.«

»Natürlich, Bertram, Sie sind jederzeit herzlich bei uns willkommen. Aber ich frage mich, was ohne Sie aus dem *Seeschlösschen* werden soll. Sie gehören doch beinahe schon zum Inventar.«

Conny klinkte sich aus der Unterhaltung der Männer aus und lief der Limousine der Althoffs entgegen, die am Ende des Parkplatzes aufgetaucht war. Sie hatte Gerlinde seit ihrer Fahrt damals nach Köln nicht mehr wiedergetroffen, sondern immer nur mit ihr telefoniert. Gerlinde hatte den Winter über mit gesundheitlichen Problemen zu kämpfen gehabt. Umso mehr freute sich Conny jetzt, die beiden wohlbehalten wiederzusehen. Erleichtert und dankbar zugleich fiel sie Gerlinde um den Hals.

Diese sah sich neugierig um. »Ein richtiges Paradies habt ihr beiden euch hier geschaffen. Den Himmel auf Erden.«

Conny nickte und strahlte. »Ja, und so fühlt es sich auch an.«

Während Siegfried Althoff auf Felix zuging, nahm Gerlinde Conny beiseite. »Ich muss sagen, Sie sehen unwahrscheinlich glücklich aus, meine Liebe.«

»Das bin ich auch.« Conny drückte Gerlindes Hand ganz fest. »Sie wissen gar nicht, wie dankbar ich Ihnen bin, dass Sie damals so beharrlich auf mich eingeredet und mir die Augen geöffnet haben. Ohne Sie hätte ich meinen Stolz niemals überwunden und Felix womöglich für immer verloren.« Sie schluckte, dann fuhr sie fort: »Und ich bin so froh, Sie als Freundin zu haben.«

Gerlinde nickte und strich Conny lächelnd über die Wange. »Ich freue mich auch sehr, dass wir beide uns getroffen haben. Damals, als Sie wie ein Häufchen Elend zu mir nach Frankfurt kamen, da konnte ich gar nicht anders, als Ihnen zu raten, wieder auf Felix zuzugehen. Ich habe doch gesehen, wie unglücklich

Sie waren und dass Sie trotz allem Felix immer noch von Herzen liebten.«

»Ja, das hatten Sie richtig erkannt. Ich hatte niemals aufgehört, ihn zu lieben. Doch ich war zu verletzt und zu stur, mir das einzugestehen.«

»Also, sehen Sie, nun ist doch noch alles gut geworden. Aber lassen Sie uns jetzt nicht mehr von der Vergangenheit reden, sondern von der Gegenwart und vor allem von der Zukunft. Sie können sicher sein, dass mein Mann und ich Ihnen von nun an regelmäßig auf die Pelle rücken werden. Er hat hier ganz in der Nähe einen Golfplatz entdeckt, da hätte er schon mal eine Beschäftigung. Und falls er wie immer zwischendurch mal nach Hause in die Firma fahren möchte, ist es von hier nach Frankfurt auch nicht viel weiter als vom Bodensee aus.«

»Darüber würde ich mich riesig freuen, Felix natürlich auch. Unser Haus steht Ihnen jederzeit offen. Und Sie bekommen natürlich das schönste Zimmer mit Blick auf die Weinberge.«

»Na, das will ich auch hoffen. Aber vor allem möchte ich eines: dass wir beide uns endlich duzen. Ich finde, wir haben so viel miteinander erlebt, dass wir uns das jetzt erlauben dürfen.«

Conny strahlte. »Nichts lieber als das. Ich habe mir das schon lange gewünscht, aber mich nie getraut zu fragen.« Sie umarmte Gerlinde noch einmal innig.

»Ich vermisse deine Freundin Doro«, meinte Gerlinde, als Conny sie wieder losgelassen hatte. »Kommt sie nicht? Das wäre sehr schade, ich hatte mich schon so darauf gefreut, auch sie wiederzusehen.«

»Doch, doch«, antwortete Conny. »Aber sie wird wie immer zu spät dran sein. Irgendwie bekommt sie es zumindest im privaten Bereich nie auf die Reihe, pünktlich zu erscheinen. Wobei ich mir sicher bin, dass da auch ein wenig Kalkül dabei ist. Der große Auftritt, wenn alle anderen schon da sind. Du verstehst, was ich meine?« Sie lachte und strich sich die Haare aus dem Gesicht.

»Na klar. Sonst wäre Doro ja nicht Doro. Aber in ihr steckt ein guter Kern.«

»Natürlich, ein sehr guter sogar. Ich bin überaus dankbar, dass ich sie habe – mit all ihren Ecken und Kanten. Aber gerade heute habe ich mir gewünscht, dass sie wenigstens einmal pünktlich ist. Ich bin doch schon so darauf gespannt, wen sie mitbringt. Sie hat nämlich ein Doppelzimmer reserviert.«

Gerlinde zog belustigt die Augenbrauen hoch. »Aha. Ein männliches Wesen?«

»Sieht so aus. Wahrscheinlich mal wieder eine von ihren Zwei-Wochen-Affären. Davon habe ich schon genügend zu Gesicht bekommen. Ich würde es Doro ehrlich wünschen, dass sich auch für sie endlich einmal etwas Dauerhaftes ergibt, vielleicht sogar der Mann fürs Leben. Jetzt, wo ich meinen gefunden habe ...«

Langsam schlenderten sie zu den anderen Gästen zurück. Das Küchenpersonal hatte bereits begonnen, das Buffet aufzutragen – keine avantgardistischen Kreationen mit gewagten Geschmackskombinationen wie früher bei Valentin im *Seeschlösschen*, sondern eine regionale, bodenständige Küche mit einer gewissen Raffinesse, eine wohl abgestimmte Mischung aus französischen und deutschen Speisen, die alle auf irgendeine Weise einen Bezug zum Wein hatten und damit vorzüglich in die Umgebung passten.

Conny klopfte Felix auf die Schulter. »Tja, mein Schatz, ich glaube, jetzt ist es an der Zeit, dass du eine kleine Rede hältst, oder?«

Felix verdrehte die Augen. »Muss das sein? Meine Fernsehsendungen reichen mir ein für alle Mal, was solche Auftritte vor Publikum anbelangt. Kannst du das nicht für mich machen? Bitte.«

»Keine Chance, und wenn du mich noch so sehr mit deinem Hundeblick betörst. Schließlich hast du ja reichlich Übung darin, vor Leuten zu reden, und außerdem bist du der Chef. Die Leute kommen doch wegen dir und deiner Küche.«

Conny schmunzelte. Felix würde nie der Showmensch werden, wie es Valentin gewesen war. Und das war auch gut so. Sie brauchte keinen selbstverliebten Schaumschläger, der anderen ein X für ein U vormachen konnte, sondern Geborgenheit, Glück und Liebe – und all das fand sie bei Felix im Überfluss.

Belustigt sah sie zu, wie Felix ein paar Schritte nach vorne trat und sich räusperte. Irgendwo klopfte jemand mit dem Löffel gegen ein Glas, sodass die Gäste allmählich aufhörten, sich zu unterhalten.

»Meine lieben Gäste«, begann Felix zuerst noch etwas unsicher, doch dann wurde seine Stimme rasch fester. »Ich möchte keine allzu lange Rede schwingen, sonst wird womöglich noch das Essen kalt. Ich möchte nur sagen, wie sehr wir uns freuen, dass Sie alle heute gekommen sind, um diesen Tag mit uns zu feiern, den Tag, an dem unser Traum endlich wahr wird. Wir haben beschlossen, unser Restaurant *Le Coeur du Vin* zu nennen, das Herz des Weines. Warum Wein, dürfte auf der Hand liegen, man braucht sich ja nur hier umzusehen. Und das Herz, nun ja, das Herz widme ich Conny, meiner wunderbaren Gefährtin, die mein Leben so sehr bereichert.« Er warf Conny einen liebevollen Blick zu. »Ich danke dem Schicksal jeden Tag aufs Neue, dass ich ihr begegnen durfte. Noch vor einem Jahr bestand mein Dasein nur aus Kochen und nochmals Kochen. Und dann kam sie und brachte die Liebe in mein Leben – und das Glück. Gemeinsam werden wir beide dieses Restaurant hier führen, das uns hoffentlich nur gute Zeiten bescheren wird.« Er winkte eine Kellnerin herbei, die ihm ein Glas Sekt reichte. »Trinken wir also auf unser *Coeur du Vin*, dass es blühen und gedeihen möge. Sie alle sind natürlich jederzeit herzlich bei uns willkommen. Und nun kann ich nur noch sagen: Das Buffet ist eröffnet. Ich wünsche Ihnen einen guten Appetit.« Er hob das Glas und prostete in die Runde.

Während die Gäste applaudierten, verdrückte Conny ein paar Tränen, und auch Gerlinde, die neben ihr stand, tupfte sich mit dem Taschentuch im Gesicht herum.

Felix kam zu Conny herüber und umarmte sie lange und heftig. »Danke«, flüsterte er ihr ins Ohr. »Danke für alles, mein Engel. Und danke, dass es dich gibt.«

Und Conny drückte ihn ebenfalls fest an sich. Sie spürte, wie auch er in diesem Augenblick Mühe hatte, die Fassung zu bewahren.

Plötzlich erklang hinter ihnen eine wohlbekannte Stimme. »Das habe ich gern. Da komme ich hier an, und das Erste, was ich sehe, ist meine beste Freundin beim Knutschen!«

Ruckartig löste sich Conny von Felix und drehte sich um. »Doro!«, rief sie und fiel ihr überschwänglich um den Hals. »Ich dachte schon, du kommst nicht mehr.«

»Na, du kennst mich doch und solltest eigentlich wissen, dass ich mir so etwas wie das hier nicht entgehen lasse«, antwortete Doro trocken und musterte Conny von oben bis unten. »Prima siehst du aus. Die Liebe scheint dir hervorragend zu bekommen.«

Etwas verlegen blickte Conny zu Boden und lächelte. »Das tut sie auch. Und wie.«

»Das war die falsche Antwort, meine Süße.«

Conny sah Doro ungläubig an.

Doro konnte sich das Lachen nun kaum mehr verkneifen. »Na ja, eigentlich hättest du sagen müssen: ›Danke, gleichfalls, dir aber auch.‹«

Conny begriff erst gar nicht. Was sollte das denn heißen: *dir aber auch*? Doch als sie völlig überraschend Erich Wieland hinter Doro auftauchen sah, begriff sie allmählich. »Nein, wirklich? Soll das etwa heißen, dass ihr beide …?«

»Ja, natürlich, was denkst du denn?« Strahlend legte Doro den Arm um Erichs Schultern. »Darf ich vorstellen: Vor dir steht das neue Stuttgarter Traumpaar. Wir sind schon das Gesprächsthema Nummer eins in der Stadt – na ja, jedenfalls beinahe.«

»Das muss ich jetzt erst einmal verdauen«, meinte Conny sichtlich perplex, als sie Erich die Hand schüttelte. Sie hatte zwar schon bemerkt, dass Doro und Erich zunehmend Sympathien füreinander entwickelt hatten, aber dass aus ihnen tatsächlich ein Liebespaar werden würde, verblüffte sie nun doch ziemlich.

»Dann tu das«, antwortete Doro amüsiert. »Ich hole mir inzwischen mal was zu trinken.« Nach kurzer Zeit kam sie mit zwei Gläsern Sekt zurück und drückte eines davon Conny in die Hand. »Na, hast du dich schon von deinem Schock erholt?«

»Ach was, das war doch kein Schock«, beeilte sich Conny zu sagen. »Ich freue mich doch wahnsinnig für dich. Aber ich muss mich erst an den Gedanken gewöhnen, dass meine beste Freundin und mein alter Chef ...«

Doro prostete Conny zu. »Lass das mit dem ›alten Chef‹ ja nicht Erich hören. Er fürchtet ohnehin immer, dass er zu alt für mich sein könnte. Wo steckt er überhaupt?« Sie blickte sich um und entdeckte ihn etwas abseits mit Siegfried Althoff ins Gespräch vertieft. »Ich sehe, die beiden haben sich schon gefunden. Erich hat auf der Fahrt hierher von nichts anderem gesprochen. Er hat doch vor zig Jahren mal ein Praktikum bei den Althoffs gemacht.«

»Ja, ich weiß«, antwortete Conny. »Aber sag mal, wie lange geht das denn schon mit euch beiden? Ich meine, so richtig?«

»Och, schon eine ganze Weile.«

Conny lachte. »Dann habt ihr es aber wirklich gut geheim gehalten. Ich habe mich nur immer gewundert, dass du so oft in der Buchhandlung aufgetaucht bist. Und jetzt kapiere ich auch, warum du plötzlich so wenig Zeit für mich hattest.«

»Gut kombiniert, meine Süße. Und was glaubst du, wessen Fürsprache du es zu verdanken hattest, dass Erich dir so oft samstags freigegeben hat? Dann konnte ich nämlich in der Buchhandlung ein und aus gehen, ohne dass jemand etwas bemerkt hat. Deine freien Samstage waren also auch nicht ganz uneigennützig.«

»Das glaube ich dir aufs Wort. Aber dass du so dichthalten konntest. Nicht mal ich habe was davon gemerkt, dass ihr inzwischen mehr geworden wart als nur gute Bekannte.«

Doro nahm noch einen Schluck Sekt. »Tja, du kannst dir vorstellen, dass mir das absolut nicht leicht gefallen ist. Ich hätte dich nur zu gerne eingeweiht. Aber wir wollten erst mal ausprobieren, ob das mit uns beiden überhaupt funktioniert, bevor wir es an die große Glocke hängen.«

»Und es scheint zu funktionieren, wie ich sehe.« Conny lächelte. Ihr Blick fiel auf einen ziemlich teuer aussehenden Brillantring an Doros Finger. »Sag mal, ist der neu?«

»Blitzmerkerin.« Doro drehte ihre Hand hin und her, so dass der Stein die Sonnenstrahlen brach. »Ein Geschenk von Erich, aus diesem noblen Juweliergeschäft am Rathaus. Ein halbes Karat, lupenrein.«

Conny pfiff anerkennend. »Wow! Ich glaube, mein alter Chef wird auf einmal übermütig. Früher war er doch ein sparsamer Schwabe, wie er im Buche steht.«

Doro grinste. »Na ja, er wird sich wohl gedacht haben, es muss schon etwas Besonderes her, wenn er einer Frau wie mir einen Heiratsantrag macht.«

»Was?«, rief Conny so laut, dass sich ein paar Gäste verwundert nach ihr umdrehten. Etwas leiser fuhr sie fort: »Sag das noch mal! Ihr wollt tatsächlich heiraten?« Stürmisch nahm sie Doro in die Arme und schüttete dabei ihr Sektglas aus, doch das war ihr in diesem Moment egal. »Mensch, Doro, das ist ja ein Ding! Das gönne ich dir von ganzem Herzen!«

Während Doro ihre Frisur ordnete, die Conny durch ihre überfallartige Umarmung ein wenig durcheinandergebracht hatte, meinte sie strahlend: »Danke, meine Süße. Weißt du, ich würde gerne hier bei euch heiraten, eine romantische Hochzeit mitten in den Weinbergen. Und am liebsten wäre es mir«, sie hielt kurz inne und holte Luft, »wenn daraus eine Doppelhochzeit werden könnte. Wie wär's?«

Conny war so überrascht, dass sie im ersten Moment gar nichts sagen konnte. Eine Doppelhochzeit, zusammen mit Doro, hier in ihrem neuen Zuhause? Sie bezeichnete zwar Felix immer als den Mann ihres Lebens, und sie war sich sicher, dass sie für immer mit ihm zusammenbleiben wollte, aber über eine Hochzeit hatte sie sich noch keine Gedanken gemacht, zumindest nicht ernsthaft. Damals bei ihrem Ausflug auf die Insel Mainau hatte sie zwar mit Felix über das Heiraten gesprochen, aber das war im Überschwang der Gefühle gewesen, aus einer Laune heraus, ohne lange nachzudenken.

»Wer macht eine Doppelhochzeit?«, hörte sie Felix fragen, der in diesem Moment mit Erich und den Althoffs zu ihnen trat.

»Na, Conny und ich, hier bei euch«, antwortete Doro. »Und zwei Männer brauchen wir dafür natürlich auch. Wir hatten da an Erich und dich gedacht. Erich natürlich für mich«, fügte sie rasch hinzu und hakte sich bei Erich unter.

Felix nahm Connys Hände in seine und blickte ihr fest in die Augen. »Heiraten also, gemeinsam mit Doro und Erich? Könntest du dich damit anfreunden?«, fragte er und lächelte zärtlich.

Conny brauchte eine Weile, bis sie begriff, dass Felix ihr gerade einen Heiratsantrag machte. Ihr Herz vollführte wahre Purzelbäume, und in ihrem Kopf drehte sich alles. Erst als Doro neben ihr wie ein Gummiball auf und ab hüpfte und »Bitte, bitte, sag Ja!« rief, konnte sie langsam wieder einen klaren Gedanken fassen. »Ja, ich würde sehr gerne Frau Seidel werden«, sagte sie schließlich leise.

»Mein Engel, du machst mich zum glücklichsten Menschen auf der Welt.« Felix zog sie an sich und küsste sie sehr lange und voller Hingabe.

Und Conny erwiderte seinen Kuss. Sie ließ sich einfach fallen und bekam gar nicht mit, dass die Gäste, die in ihrer Nähe standen, freudig applaudierten. Und sie bemerkte auch nicht, dass Doro neben ihr Erich mit einem lauten »Juhu!« um den Hals fiel und ihn ebenfalls stürmisch küsste. In diesem Moment gab es nur Felix und sie, und sie beide gehörten für immer zusammen, wie die zwei Teile eines Ganzen, wie zwei Puzzlestücke, die perfekt ineinander passten.

Alina, die zwischen den beiden küssenden Paaren stand, blickte perplex mal nach links und mal nach rechts, verdrehte die Augen und meinte mit einem tiefen Seufzer: »Na, wenn die jetzt schon so knutschen, wie wird das dann erst bei der Hochzeit werden?«

ENDE